HEYNE <

Kiri Johansson

Islandsommer

Roman

WILHELM HEYNE VERLAG
MÜNCHEN

FSC
www.fsc.org
MIX
Papier aus verantwortungsvollen Quellen
FSC® C014496

Verlagsgruppe Random House FSC® N001967

3. Auflage
Originalausgabe 06/2019

Printed in Germany
Redaktion: Steffi Korda
Umschlaggestaltung: Nele Schütz Design München
unter Verwendung von shutterstock (Bahadir Yeniceri, Andrew
Mayowskyy, Africa Studio, Wila_Image, jirobkk)
Satz: Uhl + Massopust, Aalen
Druck und Bindung: GGP Media GmbH, Pößneck
ISBN 978-3-453-42350-3

www.heyne.de

Láttu hjartað ráða – Folge deinem Herzen.

Merit

Wenn ich die Augen schließe und an meine Kindheit denke, ist mein Herz erfüllt von opalsanften Himmelsfarben. Ich schmecke blaue Seeluft, atme das zarte Grün von Birken und Strandhafer und sehne mich nach der grenzenlosen Freiheit sommerheller Nordnächte. Normalerweise. Doch jetzt ist nichts mehr normal, seit einer Woche ist alles anders. Seit Tagen läuft ein Film in Dauerschleife in meinem Kopf ab, und der beginnt mit den Worten: »Ich habe mich verliebt.«

Ein schöner Satz, aber nicht, wenn ihn der Mann sagt, mit dem du seit Jahren zusammenlebst, und schon gar nicht, wenn er dich dabei ansieht wie ein schuldbewusster Labrador, der ein ganzes Stück Butter vom Frühstückstisch geklaut hat.

Er hat sich verliebt. Ohne mich und in eine andere Frau. Deshalb bin ich hier.

1.

Die Sonne lauerte bereits an der Wasseroberfläche und zauberte Pastelltöne in die feuchte Meeresluft.

Es war ihr dritter Morgen auf See, und weil sie es nicht länger aushielt, auf ihrer schmalen Pritsche unter Deck in der Neunerkabine dem Atmen fremder Menschen zu lauschen, hatte sie sich auch heute nach ein paar unruhigen Stunden Schlaf aus der Kajüte geschlichen. Ihr Gesicht fühlte sich von der Kälte steif an. Doch hier im Windschatten war es mit der schweren Wolldecke und eingemummelt in eine Steppjacke, die selbst am Nordpol noch gewärmt hätte, auszuhalten.

Mit klammen Fingern machte sie Fotos. Die unglaublichen Farben schwebten direkt durch ihre Seele, und sie hätte viel dafür gegeben, diese Stimmung sofort auf Leinwand zu bannen.

Island. Ich muss verrückt geworden sein. Dieser Gedanke war ihr seit dem Telefonat mit Ísrún Bryndísardóttir mehr als einmal durch den Kopf gegangen.

Doch so kurz vor dem Ziel fühlte sie nun auch eine erwartungsvolle Freude, ein Kribbeln, als wüsste etwas in ihrem Unterbewusstsein mehr als sie selbst und hoffte auf ein grandioses Abenteuer.

Die Mitreisenden schwärmten von Island, als wäre diese

karge Insel aus Feuer und Stein eins der letzten Paradiese, ein Ort, an dem Unmögliches noch möglich wurde. Das konnte sie gebrauchen.

Merits Mut, *so spontan aufzubrechen,* wurde bewundert und gewiss auch belächelt. Doch die Leute waren im Urlaub und bester Laune, deshalb behielten sie ihre Kritik vermutlich für sich und gaben stattdessen gut gemeinte Ratschläge, bis ihr Kopf voll von Geysiren, Pferde- und Elfengeschichten war.

Über Reykjavík erfuhr sie nicht viel. Die meisten der Touristen waren nicht zum ersten Mal in Island und planten eine Campingreise mit dem eigenen Wagen, keinen Stadtaufenthalt. Ein DJ aus Hamburg, der jeden Monat in einem der Clubs auflegte und dieses Mal anschließend das Land erkunden wollte, hatte mit nasaler Stimme gesagt: »Für eine Kleinstadt ist Reykjavík eigentlich ganz in Ordnung«, um dann, nach kurzer Pause, hinzuzufügen: »Feiern können die Isis jedenfalls.«

Merit steckte ihr Smartphone ein und stand auf, um zur Reling zu gehen, als der Mann wieder auftauchte. Er schien die frühen Morgenstunden auf See zu mögen. Seit der Abfahrt im dänischen Hirtshals war sie ihm mehrmals begegnet. Dabei hatten sie sich zugenickt oder auch mal einen Gruß gemurmelt, wie es hier an Bord üblich war, und jedes Mal hatte sie sich merkwürdig verlegen gefühlt. Unter ihren Freundinnen gehörte Merit zu den weniger kühnen. Sie beobachtete lieber, als im Mittelpunkt zu stehen. Aber schüchtern war sie nicht, und wenn ihr jemand gefiel, sprach sie ihn an, sofern sich eine Gelegenheit dazu ergab. Doch bei ihm hätte sie sogar gezögert, würde sie gerade nicht so sehr von ihren eigenen Problemen in Anspruch genommen. Er wirkte in sich gekehrt, beinahe abweisend.

Für Merit war es offensichtlich, dass ihn irgendetwas beschäftigte. Vielleicht ging dem Mann so viel durch den Kopf, dass er sich selbst genug war. Seine Reaktion auf die Annäherungsversuche einer attraktiven Blondine, die sich vorgestern Abend an der Bar neben ihn gesetzt hatte, ließ dies jedenfalls vermuten. Er hatte nur knapp geantwortet, sein Glas in einem Zug geleert und war gegangen.

Heute Morgen aber stellte er sich eine Armeslänge von ihr entfernt an die Reling, obwohl sie beide zu so früher Stunde die Einzigen hier draußen waren. Allerdings machte er keine Anstalten, sie anzusprechen, sondern blickte genau wie sie gebannt auf den Horizont, wo sich ein Naturspektakel ankündigte.

Dennoch war sich Merit seiner Präsenz bewusst. Nach einer Weile wurde sie kribbelig und wagte einen raschen Seitenblick: Eine Wollmütze betonte sein Adlerprofil. Der Dreitagebart und die dunkle Kleidung verliehen ihm etwas Verwegenes. Ein echter Wikinger.

Bevor er bemerkte, dass sie ihn anstarrte, blickte sie schnell zurück aufs Wasser.

Neben ihr raschelte seine Outdoorjacke, als wollte er sich abwenden, und Merit bereute es auf einmal doch, nichts gesagt zu haben. Jetzt war es zu spät, hinterherrufen würde sie ihm ganz sicher nicht. Sie straffte die Schultern. Um zu flirten war sie nun wirklich nicht nach Island gekommen.

»Damit siehst du besser.«

»Wie?« Seine Stimme riss sie aus ihren Gedanken, und als kühles Metall ihre Haut berührte, schrak sie zurück.

»Vorsicht, schwer!« Mit diesen Worten legte er seine Hand auf ihre, gerade rechtzeitig, bevor Merit das Fernglas entgleiten konnte.

Die Berührung ließ sie erstarren. Seine Finger, die danach aussahen, als könnten sie zupacken, umfassten ihre warm und gerade fest genug, um das Fernglas zu halten, und für die Dauer eines Wimpernschlags entstand eine unerklärliche Vertrautheit. Sie sah ihm an, dass er es ebenfalls fühlte.

»Entschuldigung …«, sagten beide wie aus einem Mund.

»Ich wollte dich nicht erschrecken.« Er zog sich ein Stück zurück, um ihr Raum zu geben. »Du scheinst mir nur so ein ausgeprägtes Interesse an Sonnenaufgängen zu haben, dass ich dachte, du würdest gern mal hindurchsehen.«

Mit einem Lächeln, das seine Annahme bestätigen sollte, hob Merit das schwere Fernglas an die Augen. Zuerst war das Bild verwackelt, aber als sie die Ellbogen auf die Reling stützte und sich in Fahrtrichtung drehte, entdeckte sie einen Küstenstreifen am Horizont. »Was für Inseln sind das denn?«, fragte sie überrascht.

»Wenn der Kapitän sich nicht verfahren hat, siehst du die isländische Küste. Wir sind recht früh dran«, fügte er hinzu.

»Das klingt, als würdest du dich auskennen. Bist du die Strecke schon gefahren?« Merit reichte ihm das Fernglas zurück. Er war bestimmt ein Isländer auf dem Weg nach Hause. Der skandinavisch klingende Akzent, mit dem er Englisch sprach, legte die Vermutung nahe.

Seine Antwort bestätigte es. »Gelegentlich.«

Merit warf ihm einen verstohlenen Blick zu. Die Augenfarbe gab ihr Rätsel auf. Im Augenblick glich sie dem morgengrauen Meer, obwohl Merit sich genau zu erinnern glaubte, dass die Augen blau gewesen waren, als er sie bei ihrer ersten Begegnung so amüsiert gemustert hatte. Für Farben besaß sie ein besonderes Gedächtnis.

In diesem Augenblick erschien am Horizont ein glühender Fleck, der schnell größer wurde.

Aurora hebt ihre Schleier und überlässt dem Sonnengott die Bühne, dass er sich strahlend aus dem Meer erhebe, zitierte Merit in Gedanken und vergaß darüber, was sie sonst noch hatte fragen wollen.

Versunken in die Schönheit der Natur, betrachtete sie die ins hellblaue Firmament getupften rosa Wolken und die Choreografie der Farben, die am Horizont zu einem grandiosen Feuerrot rund um die aufsteigende Sonne verschmolzen, die nun auch das Meer entzündet zu haben schien. Fortwährend veränderten sich Licht und Atmosphäre, der Himmel wurde blauer, das Rot allmählich blasser. Farben wie diese berührten sie tief in ihrer Seele. Vor Aufregung ein wenig außer Atem, sah Merit zur Seite – und direkt in nun hell leuchtende Augen. Ein goldener Schimmer lag über seinem Gesicht.

»Dann werde ich mal meine Sachen zusammenpacken«, sagte er und blinzelte, als würde die Sonne ihn blenden. »Ich wünsche dir einen schönen Urlaub auf Island.«

Im Fortgehen murmelte er etwas, das wie *Bless* klang, war aber außer Hörweite, ehe sie nachfragen konnte.

Einige wenige Sekunden lang spürte sie ein unbestimmtes Bedauern ihre Stimmung verdunkeln. Seine Nähe war Merit angenehm gewesen. Nicht auf eine Weise, die zum Flirt reizte, den Jagdinstinkt aktivierte. Und doch: Männer mochten im Augenblick zwar ziemlich weit unten auf ihrer Prioritätenliste stehen, aber ein gewisses Prickeln konnte sich jederzeit einstellen. So war es mit Ferdinand auch geschehen. Sie hatte sich aus heiterem Himmel in einer langen Kinonacht während der Berlinale in ihn verliebt, obwohl sie schon ewig beste Freunde gewesen waren und das Thema Liebe längst geklärt schien.

Der Gedanke an ihren ehrlosen Ex holte Merit sofort in die Realität zurück, und sie verließ ihren Posten an der Reling, um weiter vor zum Bug des Schiffes zu gehen, wo sich inzwischen Fotofreunde versammelt hatten, um die Einfahrt in den Fjord mit ihren Kameras festzuhalten. Weil ihr Fotoapparat tief vergraben unter Klamotten im Auto lag, knipste Merit die noch ferne Küste mit dem Handy.

»Mädle, so wird das nichts.« Den Blick fest auf die Küstenlinie gerichtet, tastete der Mann neben ihr die Taschen seiner Weste ab. »Ich bin jedes Jahr in Island. Falls Sie schöne Fotos haben wollen, schicken Sie mir doch nach dem Urlaub eine Mail. Ich verkaufe auch Kalender.« Er reichte ihr eine bunte Visitenkarte. »Frank«, wechselte er zum Du. »Frank Bäuerle aus Aalen, und wer bist du?«

»Merit aus Berlin.«

»Ein Großstadtpflänzle. Na ja. Dann wirst du aber erstaunt sein, wie einsam es in Island sein kann.«

»Davon bin ich überzeugt«, sagte sie und zwang sich, das überwältigende Gefühl von Menschenscheu zurückzudrängen, das sie wie so oft aus dem Nichts überfiel. Am liebsten hätte sie sich in eine dunkle Ecke des Schiffes zurückgezogen. Um dem Drang nicht nachzugeben, zeigte sie auf seine Kamera. »Ist die gut?«

Augenblicklich kam sie in den Genuss einer detaillierten Analyse geeigneter Objektive, in die sich auch andere einmischten, bis die Diskussion zu einem Streit zu eskalieren drohte, der durch den kollektiven Ausruf *Wir fahren ein!* abrupt beendet wurde.

Wie ein Bote des Lichts durchfurchte der strahlend weiße Bug der *Norrøna* das klare Wasser im Seyðis-Fjord. Am Ufer wuchsen zu beiden Seiten Berge empor, deren Höhe schwer zu schätzen war. Die See, der Himmel und das Schiff waren drei Tage lang die Eckpunkte von Merits Welt gewesen. Nach dem Gefühl der Freiheit eines unendlichen Horizonts kam diese unvermittelt auftauchende Einengung einem Schock gleich. War es das, was sie auf der spärlich besiedelten Insel erwarten würde? Enge nicht im räumlichen Sinne, aber womöglich in Form einer festgefügten traditionellen Gesellschaft. In einem Augenblick der Panik überlegte Merit, ob sie einfach an Bord bleiben und zurückfahren sollte. Doch das kam nicht infrage; sie hatte sich für diese Unternehmung entschieden und wollte auf keinen Fall davor davonlaufen. Außerdem besaß sie überhaupt nicht genug Geld, um es für eine Kreuzfahrt ausgerechnet auf dem Nordatlantik auszugeben.

Die Leute mochten zwar glauben, dass sie jemand war, der in den Tag hineinlebte, aber in Wahrheit fürchtete sie sich vor den Herausforderungen des Lebens, machte an ihre Sehnsucht nach Geborgenheit eine Menge Konzessionen und passte sich an: an die Wünsche ihrer älteren

Schwestern, die sich um sie kümmerten wie um ein zurückgebliebenes Lämmchen, und an Ferdinands Bedürfnisse, der ihre erste große Liebe und stets ein Anker für Merit gewesen war.

Nein, kein Anker, eine Fußfessel, dachte sie grimmig. In den ruhigen Stunden, die sie während der Überfahrt an Deck verbracht hatte, hatte Merit lange nachgedacht und sich schließlich vorgenommen, jeden Tag als Geschenk zu betrachten und ihre Entscheidungen so spontan zu treffen wie jene, für einen Sommer nach Island überzusiedeln. Jetzt umzukehren, bevor ihr neuer Weg überhaupt richtig begonnen hatte, wäre feige, und das wollte sie nie mehr über sich denken müssen. Es gab ohnehin keine Garantien. Nicht für Lebenspläne und schon gar nicht für mehr als ein flüchtiges Glück. Wer wüsste das besser als sie selbst?

Der Mann neben ihr stupste sie an. »Sehen Sie, da vorn liegt Seyðisfjörður.«

Seyðisfjörður hieß so viel wie »Fjord der Feuerstelle«, hatte ihr eine Mitreisende erklärt. Das klang nicht gerade spektakulär, passte aber recht gut. Mehr als ein paar hübsch aufgereihte bunte Häuser und ein hellblaues Kirchlein, das mit seinen weiß gestrichenen Fenstern wie ein Puppenhaus vor der kargen Berglandschaft wirkte, waren nun tatsächlich nicht zu sehen. Je weiter sie sich näherten, desto größer schien ihr Schiff zu werden, und als es den Anleger erreicht hatte, überragte es den Ort auf eine geradezu groteske Weise.

»Niedlich«, sagte sie zu niemand Bestimmtem.

»Wenn Sie wegen des urbanen Flairs nach Island gekommen sind, steht Ihnen eine große Enttäuschung bevor.«

Die Frau, die inzwischen den Platz des Fotografen neben ihr eingenommen hatte, sah Merit an, als fühlte sie sich von ihrer Bemerkung stellvertretend für Island beleidigt. »Sie machen diese Reise wohl das erste Mal?«, fragte sie spitz. Als Merit nickte, fuhr sie fort: »Dann gehen Sie jetzt lieber zu Ihrem Mann, wir legen gleich an.«

Merit fehlten die Worte, um höflich zu formulieren, wie irritierend sie diesen Rat fand. Wirkte sie auf andere wie jemand, der sich nicht traute, allein eine Reise wie diese zu unternehmen? Sie war verletzt und fühlte sich auf einmal sehr einsam. Bevor ihr eine scharfe Entgegnung entschlüpfen konnte, verließ sie ihren Platz an der Reling, um sich auf den Weg zum Parkdeck zu machen, wo sie ihren Wagen abgestellt hatte. Ganz ohne Ehegatten.

Bei dem Gedanken musste sie lächeln. Manche Menschen waren augenscheinlich noch nicht im einundzwanzigsten Jahrhundert angekommen oder schon wieder auf dem Weg zurück ins neunzehnte. Dass es davon eine ganz Menge gab, darüber wollte sie im Augenblick nicht nachdenken.

Es dauerte eine Weile, bis sie im Gedränge ihre Reisetasche aus dem Schließfach geholt hatte, und wenig später erklang über die Lautsprecheranlage der Fähre die Aufforderung, die Fahrzeuge aufzusuchen und den Anweisungen des Personals zu folgen.

Nachdem sie das Schiff verlassen und eine Einfuhrplakette für ihr Auto bekommen hatte, musste sich Merit den Fragen einer kräftig wirkenden Zollbeamtin stellen, die ihre Papiere kontrollierte.

»Guten Tag«, begrüßte sie Merit auf Deutsch. »Grund der Reise?«

Damit hatte sie nicht gerechnet. Merit sagte stockend: »Eine Bekannte hat mich gebeten … Ich soll ihren Kater versorgen.«

Die Miene der Frau verlor an Freundlichkeit.

Nicht die richtige Antwort. Wahrscheinlich dachte sie, Merit würde sie auf den Arm nehmen wollen. Um ein Lächeln bemüht, versuchte sie zu erklären, dass die Katzenbesitzerin den ganzen Sommer fort sein würde und sie das Tier unmöglich so lange allein lassen konnte.

»Name?«

»Merit Fournier.«

»Nicht Ihrer. Wie heißt Ihre Bekannte?«

»Ísrún Bryndísardóttir. Warten Sie«, Merit kramte einen Zettel hervor, »ich bin mir nicht sicher, ob ich den Namen richtig ausspreche.«

»Ach, Ísrún mit ihrem verrückten Köter.«

Hatte sie etwas falsch verstanden und die Vermieterin hatte sie als Dogsitterin angeheuert?

»Ein Hund?«

Das Gesicht der Zöllnerin verzog sich, und ein Laut war zu hören, der Ähnlichkeit mit dem Liebesruf eines Seehunds hatte. Ihr Doppelkinn zitterte, und als sie sich mit der Hand über die Augen wischte, dachte Merit im ersten Augenblick, die Frau weinte. Doch da hoben sich ihre Mundwinkel, und um die Augen herum bildete sich ein Kranz aus Fältchen. Sie lachte.

»Sie kennen sich?«, fragte Merit verunsichert.

»Ísrún Bryndísardóttir schreibt eine bekannte Kolumne,

und der Köttur hat eine ziemliche Reputation. Kein Hund. Obwohl er groß genug sein soll, um einen Ihrer Deutschen Schäferhunde in die Flucht zu schlagen.« Das sagte sie auf Englisch. Wahrscheinlich beherrschte sie einige für ihren Job wichtige Redewendungen in verschiedenen Sprachen, was Merit ungewöhnlich, aber sehr gastfreundlich fand. Island, das hatte sie unterwegs erfahren, war nach einer dramatischen Bankenkrise nur mithilfe des Tourismus so schnell wieder auf die Beine gekommen.

Das Seehundlachen riss sie aus ihren Überlegungen, doch dann blickte die Zöllnerin unvermittelt wieder ernst. »Führen Sie Reit- oder Angelzeug mit sich?«

»Um Himmels willen, nein.«

»Dann ist ja gut. Sonst müsste ich prüfen, ob alles ordnungsgemäß desinfiziert ist.« Die Frau tippte sich an die Uniform-Kappe. »Welcome to Iceland!«

Damit war Merit entlassen. Sie fädelte sich in die Schlange der Fahrzeuge ein, die den Ort im Schritttempo in Richtung der Ringstraße verließen. Vor ihr lagen mindestens acht Stunden Fahrt bis Reykjavík, und sie hatte sich nach einem Tipp ihrer reiseerfahrenen Schiffsbekanntschaften für die südliche Route entschieden. Im Norden, so hieß es, wären nach dem Schneesturm der letzten Woche noch einige Straßen gesperrt. Nichts Ungewöhnliches für Mitte Mai. Dem Rat, unterwegs zu übernachten, konnte sie nicht folgen. Ísrún erwartete sie am heutigen Abend, denn morgen schon würde ihre Vermieterin nach Kanada abreisen.

Keine Stunde später bedauerte Merit den Zeitdruck. Durch eine Landschaft wie diese durfte man nicht rasen.

Es gab so viel zu sehen. Die Straße wand sich an Felsbrocken und Bachläufen entlang in die Berge. Vom Pass Fjarðarheiði hatte sie einen großartigen Blick auf Seyðisfjörður und musste die Heizung höher stellen, weil hier oben noch Schnee lag.

Die Landschaft, die sie auf ihrer Fahrt durchquerte, zeigte sich ihr in einer fantastischen Wildheit. Wie musste es erst im Inneren des Landes zwischen Geysiren und grollenden Vulkanen sein? Unterwegs passierte sie mächtige Wasserfälle und Wiesen in zartem Frühlingsgrün. In malerischen Fjorden funkelte die See in der Sonne unter blauem Himmel, der zwischen dramatischen Wolkenbildern hervorblitzte. Unvermittelt steckte sie in einer Talsenke in dichtestem Regen. Ein paar Kilometer weiter glitten Schafe und Pferde rechts und links der Straße scheinbar ohne Bodenhaftung durch Nebelbänke. Island hatte sich offenbar entschlossen, ihr alles zu zeigen, was es an Witterung im Wonnemonat Mai aufbieten konnte. Dass dabei auf ihrer Route gefährliches Schneetreiben ausgelassen wurde, empfand die Reisende als eine freundschaftliche Willkommensgeste.

Als Merit endlich durch die Außenbezirke von Reykjavík fuhr, waren aus den veranschlagten acht Stunden Fahrtzeit mehr als vierzehn geworden.

Das Navi half ihr zwar, sich in den Straßen zu orientieren, dennoch erreichte sie ihr Ziel erst gegen Mitternacht, und da gab es selbst hier im Norden Europas im Mai noch eine kurze Phase der Dunkelheit. Sie schaltete den Motor aus, lehnte die Stirn gegen das Lenkrad und dankte trotz ihrer Kopfschmerzen den isländischen Elfen dafür, die lange Fahrt unbeschadet überstanden zu haben.

Ein solches Stoßgebet schien angebracht, schließlich musste man sich als Gast an die Landessitten halten, und jeder Tourist wusste, dass sich die Isländer sogar beim Straßenbau nach den Wünschen der Ureinwohner richteten. Hier glaubte man noch an die Existenz von Trollen und Elfen. Zumindest stand das so in jeder Broschüre, die sie während der Überfahrt gelesen hatte. Von einer Elfenbeauftragten war die Rede, die für magische Angelegenheiten zuständig sein sollte. Wenn das ein Marketingtrick war, dann ein ziemlich guter.

Das Haus gefiel ihr auf den ersten Blick. Rot gestrichen, mit weiß lackierten Fensterrahmen und einem tief heruntergezogenen grünen Dach wirkte es im Licht der Straßenlaternen zusammen mit den ebenso bunten Nachbarhäusern im Stadtteil 101 wie Perlen in einer farbenfrohen Kette. Merit gähnte, stieg aus, griff nach ihrer Tasche und überquerte die Straße, um an der Tür zu läuten.

Bevor sie den Finger auf die Klingel legte, schwante ihr bereits, dass niemand öffnen würde. Ob dieser Gedanke ihrem schlechten Gewissen, zu spät gekommen zu sein, entsprungen war, oder ob die Müdigkeit sie pessimistisch gemacht hatte, konnte sie nicht sagen. Was auch immer die Ahnung ausgelöst hatte, sie bewahrheitete sich: Ísrún Bryndísardóttir war nicht zu Hause.

Merit zog den Reißverschluss ihrer Steppjacke bis zum Kragen hoch und ließ sich auf die regennassen Stufen der Haustreppe sinken. Vielleicht schlief ihre Vermieterin schon und ein Anruf würde sie wecken. Peinlich, aber das musste sie riskieren, wenn sie sich nicht mitten in der Nacht auf die Suche nach einer preiswerten Unterkunft machen wollte, und schließlich waren sie verabredet.

Das Handy ließ ein paar jämmerliche Töne hören, dann verdunkelte sich das Display. Leer. Offenbar hatte sie das Ladekabel nicht richtig eingesteckt. Das hatte ihr gerade noch gefehlt.

Ratlos starrte sie auf ihre rechte Schuhspitze, an der ein Zettel klebte. Sie zog ihn ab und las:

Dear Merit, ich musste früher los. Den Schlüssel bekommst du im Nebenhaus. Herzlichst, Ísrún

Darunter war ein Pfeil gemalt, über dem *Islandtür* stand.

Merit drehte sich um und wusste sofort, was gemeint war. Einen Augenblick später stand sie vor einer blau, rot und weiß glänzenden Tür, die mit isländischen Fähnchen dekoriert war. Unnötig zu erwähnen, dass die Besitzer auch den Rest des Hauses in den Landesfarben gestrichen hatten. Sogar die gestreiften Gardinen, hinter denen noch Licht brannte, passten ins Bild.

Nachdem sie sich eine höfliche Entschuldigung zurechtgelegt hatte, betätigte sie den dunkelblauen Türklopfer in Form eines Pferdekopfes, ein wenig bang, wer wohl in einem derart nationalbewussten Haus lebte.

»*Gott kvöld.* Guten Abend, bist du für Ísrún?« Die Tür hatte sich geöffnet, und eine Frau im Sari sah durch den schmalen Spalt zu ihr auf.

»Es tut mir leid …«, begann Merit ihre Entschuldigungsrede.

Doch die merkwürdige Nachbarin unterbrach sie in einem seltsamen Gemisch aus Englisch und etwas, das Merit für Isländisch hielt. »Ísrún fly Canada. Velkominn til Íslands. Köttur always hungry.« Mit diesen Worten reichte die Frau den Schlüssel heraus und schloss die Tür, bevor Merit sich bedanken konnte.

»O verflixt!« Der Schlüssel ließ sich nicht drehen. Sie versuchte es andersherum – vergebens. Merit stellte die Tasche ab. Es gab noch eine Möglichkeit, aber dafür brauchte man beide Hände. Gegen die Tür gelehnt, betätigte sie die Klinke, schloss in die entgegengesetzte Richtung auf und fiel beinahe in den Flur.

Keine Minute später ließ sie ihre schwere Reisetasche auf die Holzdielen von Ísrúns Zuhause sinken. Morgen würde sie den Rest aus dem Auto holen, aber jetzt war sie zu müde dafür.

Sie sah sich nach ihrem Zimmer um. Links, direkt am Eingang, führte eine geschwungene Treppe ins Obergeschoss, neben der ein übervolles Schuhregal stand, davor ein flauschiger Teppich, darüber ein handgeschriebenes Schild: *Schuhe ausziehen – bitte.* Rechts klebte ein Papier am Türrahmen, auf dem sie ihren Namen las. Ihre Vermieterin hegte offenkundig eine Vorliebe für Hinweiszettelchen. Die obere Etage würde sie später erkunden, den nächsten Raum betrat sie eilig, er war dankenswerterweise mit *Badezimmer* gekennzeichnet. Gegenüber lag die weit geöffnete Küche.

Eine halbe Stunde später war der Kater mit frischem Wasser und genügend Futter versorgt, hatte sich aber nicht blicken lassen. Auf dem Tisch lag ein Brief, den sie jedoch nur kurz überflogen hatte, ohne viel zu verstehen. Merit zog die Bettdecke bis zum Kinn und schloss die Augen. Morgen würde sie versuchen, die eigenwillige Handschrift zu entziffern.

2.

Warum hatte er das merkwürdige Mädchen vom Schiff in letzter Minute angesprochen?

Von einem unerklärlichen Verlangen getrieben, hatte Kristján heute Morgen auf Deck unbedingt noch einmal ihre Stimme hören wollen. Eitelkeit hatte ebenfalls eine Rolle gespielt, der Wunsch, von ihr wahrgenommen zu werden. Das vorhersehbare Ergebnis: Während der gesamten Autofahrt war sie ihm nicht aus dem Kopf gegangen, dabei kannte er nicht einmal ihren Namen.

Gesehen hatte er sie schon am ersten Tag auf See. Sein Deutsch war zwar ziemlich eingerostet, doch als sie sich in der Lounge am Tisch hinter ihm mit Landsleuten unterhielt, verstand er genug, um zu wissen, dass sie das erste Mal nach Island reiste. Viel spannender als den Krimi, den sich Kristján vor der dreitägigen Überfahrt gekauft hatte, fand er den warmen Alt ihrer Stimme. Er regte seine Fantasie an, und er machte sich einen Spaß daraus, über das Aussehen der Sprecherin zu spekulieren.

Als sie schließlich aufstand, um das Restaurant zu verlassen, musste er vor Überraschung lachen. Die Frau hatte überhaupt keine Ähnlichkeit mit der kurvigen Brünetten, zu der er sie in seiner Fantasie gemacht hatte. Sie war groß genug, um mit ihrer schlanken Figur als ein junger Mann durchzugehen. Locker sitzende Jeans, klobige Stiefel und ein lässiges Hemd unterstrichen das Bild einer unkomplizierten Person ohne große Eitelkeiten. Ausgerechnet der strubbelige Kurzhaarschnitt gab ihr eine weibliche Note, dachte er, als sie sich mit gerunzelter Stirn zu ihm umdrehte. Offenbar hatte sie seine Reaktion richtigerweise auf sich bezogen.

Kristján klappte das Buch zu und erwiderte ihren Blick. Wenn sie gewollt hätte, wäre das die ideale Gelegenheit gewesen, ein Gespräch zu beginnen. Stattdessen musterte sie ihn nur kurz, reckte ihre schmale, von Sommersprossen bedeckte Nase in die Höhe, drehte sich um und ging weiter.

Die Enttäuschung bohrte sich ihm quälerisch langsam wie ein Rosendorn unter die Haut. Doch eigentlich musste er ihr dankbar sein. Keineswegs immun gegen die Ausstrahlung interessanter Frauen, hatte er sich vor einiger Zeit in eine Situation manövriert, die ihm reichlich Kopfzerbrechen bereitete, und er hatte sich vorgenommen, diesen Sommer einen deutlichen Abstand zwischen sich und allem Weiblichen zu wahren.

Das nächste Mal sah er sie am folgenden Vormittag in der Bar. Sie war der einzige Gast, und offensichtlich hatte der Barkeeper nichts dagegen einzuwenden, dass sie sich an den Flügel setzte und ein wenig herumklimperte. Kristján war kein großer Musikkenner, aber die Melodien gefielen ihm. Er ließ sich einen Kaffee servieren und sah ihr zu, wie sie selbstverloren und scheinbar tief in Gedanken versunken spielte. Dabei umgab sie eine Traurigkeit, die ihn seltsam berührte. Vielleicht lag es an den Dämonen, mit denen er selbst zu kämpfen hatte, dass er die Schatten zu sehen glaubte, die ihre Seele betrübten.

Während er also eine Fremde beobachtete, dachte er darüber nach, wenigstens einen dieser Dämonen endgültig loszuwerden. Das war natürlich ungerecht, denn Sundance war alles andere als ein Ungeheuer. Sie war eine schöne, sinnliche Frau, in deren Armen man sich verlieren konnte. Sunny, wie sie sich gern nennen ließ, stammte aus Arkansas und war verheiratet. Die Ehe lag, wie sie es formulierte, vorübergehend auf Eis, der Gatte sei meistens beruflich unterwegs.

»Ich will nur ein bisschen Spaß und guten Sex«, hatte sie Kristján nach der ersten Nacht erklärt.

Mit den Moralvorstellungen jenseits des Atlantiks kannte er sich nicht aus, aber diese Einstellung passte ihm gut. Ohne diese klare Ansage wäre es bei der einen Nacht geblieben. Er war niemand, der anderen die Frau ausspannte, und ganz sicher war er nicht auf der Suche nach einer Partnerin fürs Leben.

Doch wie es aussah, konnte ein Mann niemals vorsichtig genug sein. Menschen wie Sundance waren einfach nicht in der Lage, Vereinbarungen einzuhalten.

Anfangs war er nach jeder noch so anregenden Nacht in die eigene Wohnung zurückgekehrt. Später hatte Sunny immer öfter Gründe gefunden, damit er bis zum Frühstück blieb. Mal war es der Nachbar, vor dem sie sich fürchtete, mal eine Unpässlichkeit. Es kümmerte sie nicht, dass er in diesen Nächten nicht schlief, und selbst wenn sie nach den Gründen gefragt hätte, wäre es sein Geheimnis geblieben.

Sunny liebte Luxus und Partys. Anfangs hatte er sie gelegentlich begleitet, doch das gab er schnell auf. Als Pilot konnte er es sich nicht erlauben, nächtelang zu feiern. Ihre Freunde fand er überdies vulgär, das ahnte sie wohl auch. Im Bett lief es bestens, und das schien ihr zunächst genug zu sein. Seit einiger Zeit redete sie jedoch über Zukunftspläne, in denen er eine wichtige Rolle spielen sollte. Und kurz vor seiner Abreise nach Dänemark hatte sie ihm eröffnet, sich scheiden lassen zu wollen. »Um für dich frei zu sein, Kristján.«

Eine Geliebte mit einem Ehemann, der weit weg lebte und ihr den teuren Schmuck kaufte, den sie so sehr begehrte, war genau die Freiheit, die Kristján schätzte. Er wollte nichts ändern, fühlte sich überrumpelt, und das gefiel ihm überhaupt nicht. Eine verbindliche Beziehung, wie sie es sich vorstellte, kam für ihn nicht infrage, und falls Kristján überhaupt jemals an Heirat denken würde, dann sicher nicht mit einer Frau wie Sundance. Dass sie ein paar Jahre älter war, störte ihn nicht. Aber dass sie wie eine Elster nach allem schielte, was glitzerte und ihr einen gewissen Status verlieh, hatte er von Anfang an nicht gemocht. Warum sie sich aus heiterem Himmel nicht mehr an die Abmachungen halten wollte, war ihm ein Rätsel. Zu Beginn hatte er es für eine vorübergehende Laune gehalten. Doch inzwischen hatte er verstanden, dass sie es ernst meinte.

Am Abend vor seiner Abreise war es – nicht zum ersten Mal – zu einer lautstarken Auseinandersetzung gekommen. Sie hatte geweint, etwas, das er schwer ertragen konnte. Schließlich war er regelrecht geflohen. Eine Entschuldigung war also angebracht und ein klärendes Gespräch ebenfalls. Unterwegs hatte er sich überlegt, dies in ihrem Lieblingsrestaurant zu führen, wo sie einen klaren Kopf behalten und akzeptieren würde, dass sie in Zukunft getrennte Wege gehen mussten. Doch nun konnte es ihm gar nicht schnell genug damit gehen, und er fuhr direkt nach Laugarás, wo Sundance in dem Neubaukomplex, der zum weitverzweigten Imperium ihres Mannes gehörte, ein großzügiges Apartment bewohnte.

Während Kristján seinen neuen Wagen in die Tiefgarage fuhr, sagte er leise zu sich selbst: »Ich hätte dem Elfenmädchen meine Karte geben sollen.« Niemand ließ sich die Chance auf einen kostenlosen Rundflug mit dem Heli entgehen.

Als er begriff, was er da redete, schlug er mit der Faust aufs Lenkrad. Was war nur mit ihm los?

3.

An ihrem ersten Morgen in Reykjavík sah sich Merit die Wohnung genauer an. Die klaren Linien des zeitgenössischen skandinavischen Designs gefielen ihr. Helle Farben verliehen den Räumen etwas Lichtes und eine heitere Atmosphäre, bei der sie sofort Lust bekam zu zeichnen oder zu malen. Hier fühlte sie sich wohl.

Die einzige Tür, die am Tag zuvor ungeöffnet geblieben war, führte in ein Wohn- und Arbeitszimmer. Der antike Schreibtisch mit Blick in den Garten fiel sofort ins Auge. Bücher stapelten sich darauf, und der Stuhl stand da, als hätte ihn seine Besitzerin gerade erst verlassen und dabei wäre unbemerkt der hellgrüne Pulli von der Lehne gerutscht. Daneben reichte ein Kratzbaum bis unter die Decke und bot jedem Katzentier einen wunderbaren Blick nach draußen. Doch sein erstklassiger Zustand ließ vermuten, dass Ísrúns Kater diesen Platz verschmähte und das karierte Plaid bevorzugte, das neben Grünpflanzen auf dem Fensterbrett lag, oder die helle Couch. Dem rothaarigen Flaum nach zu urteilen, der eines der Kissen bedeckte, machte er einen heftigen Fellwechsel durch. Merit sah sich schon mit Kamm und Bürste oder mit dem Staubsauger hinter dem Tier herlaufen und musste lachen. So einfach, wie sie geglaubt hatte, würde das Catsitting nicht werden.

Zwischen zwei überquellenden Bücherregalen führte eine Tür ins Schlafzimmer. Merit hob den Pullover zu ihren Füßen auf und ging hinüber. Das lackierte Eisenbett erinnerte sie an ihre Kindheit, in der ein fast baugleiches mit vielen Kissen ihr Lieblingsplatz und Rückzugsort gewesen war. Hell geblümte Baumwollvorhänge und ein weißer Teppich, der dazu einlud, die nackten Zehen hineinzugraben, gaben dem Raum etwas Intimes.

Merit widerstand der Versuchung, sich den Schmuck und andere Preziosen näher anzusehen, die über einem Schminktischchen verstreut lagen. Es wäre ihr wie ein unerlaubtes Eindringen in Ísrúns Privatleben vorgekommen.

Also schloss sie die Schlafzimmertür hinter sich und ging zur Treppe. Was mochte wohl dort oben sein? Doch die Antwort darauf lag vor ihr verborgen hinter einer verschlossenen Tür.

Damit beschränkte sich ihr Bewegungsradius im Haus auf das Bad, Ísrúns kombinierten Wohn- und Arbeitsraum und ihr eigenes Zimmer, in das außer dem französischen Bett nur eine Kleiderstange und eine Kommode passten. Für Merit war das dennoch Luxus, denn in Ferdinands Wohnung hatte sie keinen Rückzugsort gehabt, wohingegen er sich ein Büro gegönnt hatte, das er kaum nutzte.

Und dann war da noch die Küche mit Balkon zum tiefer gelegenen Garten. Gestern Abend hatte sie nicht darauf geachtet, aber bei Tageslicht war der seegrün lackierte Dielenboden ein Hingucker, in den sie sich sofort verliebte. Diese Wohnküche bildete das Herzstück des Hauses und hätte einer fünfköpfigen Familie ausreichend Platz geboten. Die mehrfach weiß gestrichenen Holzmöbel zeigten deutliche Gebrauchsspuren: Der Abdruck eines zu heißen Topfes auf der Tischplatte zeugte vom Leben und Arbeiten in diesem Raum, die gedrechselten Stuhlbeine hätten einen frischen Anstrich gut gebrauchen können, doch all diese kleinen Macken trugen zum unverwechselbaren Charme ebenso bei wie die hauchdünnen, viel zu langen Gardinen, die sich beim Öffnen der Balkontür wie Segel im Wind blähten. Das war Ferienhaus-Atmosphäre pur. Obendrein bot der Balkon ausreichend Platz, um die Sonne zu genießen, sobald es etwas wärmer wurde. Merit trat hinaus und blickte hinunter in den Garten. Die Häuser standen an einem Hang, der sich zum Hafen leicht hinabsenkte. Aus den Erkerfenstern über ihr würde man vielleicht sogar das Meer und die Berge sehen können, hier unten versperrten leider Nachbarhäuser die Sicht.

An der Hauswand lehnten zusammengeklappte Holzstühle. Daneben standen Farbtöpfe und eine verbeulte Blechdose, in der Pinsel steckten. Womöglich ein dezenter Hinweis der Vermieterin, den Möbeln das abgeblätterte Blau zurückzugeben, falls Merit sie im Sommer benutzen wollte. Sie hatte keine Ahnung, wie warm es in Island werden konnte, aber sie freute sich darauf, bei lauem Wetter hier draußen zu frühstücken. Die vertrockneten Pflanzen in den auf der Balustrade aufgereihten Töpfen würde sie ersetzen, sobald sie irgendwo in Reykjavík eine Gärtnerei entdeckt hatte.

Erfreut, eine erste Aufgabe gefunden zu haben, die sich ohne Schwierigkeiten lösen ließ, ging sie zurück in die Küche, um den Brief ihrer Vermieterin zu lesen, den sie gestern Abend nur kurz überflogen hatte. Oder das, was davon übrig war, denn in der Nacht hatte jemand die Blumen auf dem Tisch umgeworfen. Die bauchige Glasvase lag ganz nahe an der Tischkante und Merit stellte sie vorsorglich erst einmal in die Spüle. Das Papier war nass geworden und die Tinte stellenweise verlaufen. Obwohl sie ihn vorsichtig mit einem Küchenhandtuch trocken tupfte, war der Brief nicht mehr vollständig zu entziffern.

Soweit zu lesen war, entschuldigte sich Ísrún darin für ihren übereilten Aufbruch, sie hatte kurzfristig eine günstigere Flugverbindung bekommen und die Gelegenheit genutzt, Geld zu sparen. Ein weiterer eng beschriebener Briefbogen folgte mit einer Gebrauchsanweisung für die Wohnung. Von zwei *Streunern* war die Rede, die nach Gutdünken ein und aus gingen und um die sich Merit kümmern sollte. Hier verschwamm der Text ins Unleserliche.

Bisher hatte sie geglaubt, Ísrún besäße nur einen Kater, nämlich diesen Köttur. Aber gut, dann versorgte sie eben beide Tiere. Sie gab noch eine Handvoll Trockenfutter in den Napf, tauschte das Wasser aus und stellte die Schalen in die Nähe der Katzenklappe, bevor sie sich setzte, um die Listen mit Adressen von Cafés, Clubs und Supermärkten zu studieren, die Ísrún in einer Broschüre angestrichen oder notiert hatte.

Ein Geräusch ließ sie aufhorchen. Hinter ihr schnarrte es merkwürdig. Schnell fuhr sie herum, sah, was los war, und lachte. Die Küchenuhr bot einen heimatlichen Anblick, aber knapp unterhalb des Polarkreises hätte Merit nicht mit einem geschnitzten Schwarzwälder Modell gerechnet. Der Vogel krächzte mehrmals, bevor er sich zurückzog. Sein Ruf klang beleidigt. Bestimmt, weil das Türchen, hinter dem er mit einem ächzenden Laut verschwunden war, vernehmlich zuknallte, dachte sie belustigt.

Sonnenstrahlen tauchten die Küche unerwartet in ein warmes Licht. Die Wolkendecke war aufgerissen und zeigte einen kräftig blauen Himmel.

Merit verschob den geplanten Lebensmitteleinkauf kurzerhand auf später. Statt zwischen neonbeleuchteten Supermarktregalen herumzuirren und zu versuchen, ohne brauchbare Sprachkenntnisse isländische Lebensmittel zu identifizieren, machte sie einen Mai-Spaziergang. Als sie unterwegs an einer Bankfiliale vorbeikam, ging sie spontan hinein, um nach den Bedingungen für eine Kontoeröffnung zu fragen. Das würde sie brauchen, sobald sie einen Job gefunden hatte. Außerdem hatte sie in der Eile vor ihrer Abreise nicht daran gedacht, eine eigene Kreditkarte zu beantragen oder sich nach irgendwelchen Kosten zu erkundigen, die erheblich sein konnten, wenn sie wie die Einheimischen überwiegend damit bezahlen wollte.

»Haben Sie eine Kennitala?«

»Ich glaube nicht, was ist das?«

Die Bankmitarbeiterin erklärte ihr kurz angebunden, dass sie diese Nummer benötige und von ihrem Arbeitgeber bekäme, sobald sie einen Job gefunden hätte. Man sah ihr an, was sie von Leuten hielt, die einfach in ein fremdes Land zogen, ohne sich vorher zu informieren.

Merit bedankte sich höflich und ging. Die Frau hatte ja recht.

Wieder draußen, googelte sie das seltsam klingende Wort und stellte fest, dass ein Leben in Island ohne Kennitala, eine Art lebenslange Registrierungsnummer, praktisch unmöglich war. Sie war mit einem Passbild versehen und vergleichbar mit dem deutschen Personalausweis. Man brauchte sie beispielsweise, um sich in einem Fitness-Club anzumelden und sogar, um Bonuspunkte im Supermarkt zu sammeln.

Geld verdienen musste Merit ohnehin, denn besonders viel lag nicht auf ihrem Konto, obendrein hatte sie die Überfahrt eine Menge gekostet. Wollte sie wie verabredet vier Monate bleiben, musste sie arbeiten oder eine gewisse Summe nachweisen, die ihren Aufenthalt finanziell absicherte. Die Schwestern wollte sie gewiss nicht um Hilfe bitten, und außerdem lernte man die Leute in einem fremden Land und ihren Alltag am besten kennen, wenn man gemeinsam mit ihnen arbeitete.

»Für einen anständig bezahlten Job«, sagte ihr der Mann in der privaten Arbeitsvermittlung gleich gegenüber der Bank, »sollten Sie Isländisch können. Hier spricht zwar fast jeder Englisch, das stimmt schon, aber Grundkenntnisse in unserer Sprache, bitte verzeihen Sie, wenn ich das sage, sind Voraussetzung dafür, dass ich Sie in unsere Vermittlungskartei aufnehme.« Mit sympathischem Akzent fuhr er fort: »Sie sind ja gerade erst angekommen. Sehen Sie sich im Internet nach Informationen um. Hier gibt es eine große Expatriate Community auch mit vielen Deutschen. Dort wird man Ihnen alles genauer erklären können.«

Merit bedankte sich und ging. Sie würde sich informieren und danach einen neuen Versuch starten. Das Wetter war im Augenblick viel zu schön, um sich Sorgen um die Zukunft zu machen.

Beim Anblick des glitzernden Meeres vor der schneebedeckten Bergkette, die zum Greifen nahe wirkte, glitt die Anspannung der letzten Tage langsam an ihr hinab wie ein Kleid, das man auszog, um es in die Wäsche zu werfen.

Anders als in Berlin, wo sie schon im April im Strandcafé am Wannsee unter einem dichten Blätterdach gesessen hatte, erwachte die Natur in Island erst langsam. Ein zartes Grün schmückte die Bäume in ihrer Straße. Die Ránargata war überwiegend von ein- oder zweigeschossigen Häusern in kräftigen Bonbonfarben gesäumt, die auch an trüben Tagen ein bisschen Fröhlichkeit in die Stadt bringen mochten. Sogar die Dächer leuchteten bunt. Was sie zuerst für Holzverschalungen gehalten hatte, entpuppte sich bei genauerem Hinsehen als farbenfrohes Aluminium. Das, so vermutete sie, war dem rauen Klima geschuldet, das hier in der dunklen Jahreszeit zweifellos herrschte.

Reykjavík wurde im Reiseführer als eine junge Metropole bezeichnet, und dies galt offenbar auch für die Architektur. Die neueren Häuser ein paar Straßen weiter wirkten vergleichsweise kühl. Den weißen Turm der modernen *Hallgrímskirkja* sah Merit in der Ferne hoch aufragen und nahm sich vor, ihn bald zu besteigen. Von dort oben hatte man sicher einen großartigen Blick über die Stadt. Im Augenblick aber betrachtete sie staunend einen kristallenen Meteoriten, der direkt am Ufer eingeschlagen war. Unregelmäßig geformte Waben aus Glas und Stahl glitzerten wie die Schuppenhaut von Meeresbewohnern und zauberten ein sich ständig veränderndes Bild von Himmel und Wolken, die sich darin gemeinsam mit der Sonne spiegelten – ein faszinierender Fremdkörper zwischen dem Wohnviertel hinter ihr und dem bescheiden anmutenden alten

Hafen. Nun verstand sie die Bemerkung eines ihrer Mitreisenden, der gesagt hatte: »Die Isländer spinnen, eine derartig große Konzerthalle zu bauen. Das wäre so, als würde Berlin ein Stadion für gut zweihunderfünfzigtausend Besucher planen«, hatte er ihr vorgerechnet und erzählt, dass mit etwa hundertzwanzigtausend Bewohnern mehr als ein Drittel aller Isländer in Reykjavík lebten. »Nicht, dass in Berlin so etwas jemals fertig werden würde.« Über den Kommentar hatten alle gelacht, nur Merit fand ihn ein bisschen ungerecht. Sie mochte ihre Hauptstadt, obwohl sie ihr nicht gutgetan hatte.

Doch nun lag das ja erst mal hinter ihr. Merit sog ihre Lungen voll mit dem prickelnden Aroma von Meer, Freiheit und… Curry? Sie hustete und sah sich dann überrascht nach der Quelle des köstlichen Dufts um. Ein indisches Restaurant hätte sie hier im hohen Norden zuallerletzt erwartet.

In diesem Augenblick spürte sie es so sicher wie den Wind, der ihr vom Meer entgegenblies: Berlin den Rücken zu kehren, um in Reykjavík zur Ruhe zu kommen, war die richtige Entscheidung gewesen. Der Schock über die unerwartete Trennung war noch zu frisch, wie auch der Schmerz und all die anderen unguten Gefühle, die in ihr tobten, sobald sie an Ferdinand dachte. Rasch wischte sie sich eine Träne von der Wange. »Heulen ist keine Option«, murmelte Merit in den Wind hinein.

Sie würde ihr Leben neu organisieren müssen, und dafür brauchte sie einen Plan. Aber zuerst brauchte sie Kaffee und ein gutes Frühstück. Alles Weitere würde sich finden.

4.

Das nächstgelegene Café sah nett aus, doch es war kaum besucht, nur am Fenster saß eine Gruppe Amerikaner. Sie unterhielten sich über ihre Erlebnisse im Norden der Insel, kritisch beäugt von einem Paar in Wanderstiefeln und mit dicken Outdoorjacken, die sich auf der Bank zwischen ihnen aufblähten wie Ballons.

Eine junge Frau kam an den Tisch und hielt ihr eine mehrsprachige Karte entgegen. »Hallo, womit kann ich dir helfen?«, fragte sie auf Englisch, als wüsste sie, dass Isländer hier niemals einkehren würden.

Dem Tonfall nach zu urteilen hatte sie keine Lust auf ihren Job, und Merit überlegte kurz, ob sie wieder gehen sollte. Aber ihr Magen verlangte mit einem leisen Grummeln danach, versorgt zu werden. Also bestellte sie das französische Frühstück – auch auf Englisch –, las im deutschsprachigen Reiseführer, den ihr jemand auf der Fähre geschenkt hatte, und stellte später beim Bezahlen fest, dass ihr wenig von den in Seyðisfjörður eingetauschten isländischen Kronen geblieben war. Fürs gestrige Mittagessen hatte sie unterwegs so viel hingelegt wie für ein gutes Drei-Gänge-Menü in Berlin. Die neue Sonnenbrille hatte ein weiteres Loch in ihre Barschaft gerissen.

Die Rechnung mit der Kreditkarte zu bezahlen mochte

Merit ausgerechnet hier lieber nicht ausprobieren. Die Kellnerin war auch ohne die Mehrarbeit missmutig genug. Sogar ihr Trinkgeld nahm sie kommentarlos entgegen. Wenn sie überhaupt eine Reaktion zeigte, dann wirkte es wie Verachtung.

Normalerweise war Merit nicht auf den Mund gefallen. Zu Hause hätte sie dem übellaunigen Mädchen ganz sicher die Meinung gesagt, doch hier war sie fremd und kannte sich mit Sitten und Gebräuchen nicht aus. Also lächelte sie sparsam und ging hinaus. Dieser Laden würde sie kein zweites Mal sehen.

Aus der Ferne sah es einigermaßen einfach aus, in einem anderen Land zurechtzukommen, wenn man offen für Neues war und sich ein bisschen am Verhalten der Einheimischen orientierte. In Wirklichkeit gab es allerdings häufig Schwierigkeiten, mit denen man nie gerechnet hätte, ganz gleich, wie gut man sich vorbereitete.

Merit mochte Herausforderungen wie diese im Grunde gern, aber sie war ja gerade erst angekommen und würde Zeit brauchen, um sich auf den Rhythmus der fremden Stadt einzuschwingen. Das war bei all ihren Reisen und ganz besonders bei den Umzügen nicht anders gewesen, die sie mit ihrer Familie erlebt hatte.

Um nicht komplett unvorbereitet zu sein, hatte sie – den Erfindern der App sei Dank – auf der Fahrt von Berlin nach Reykjavík einen schnellen Sprachkurs für Reisende absolviert und konnte nun zumindest *Guten Tag* sagen oder nach der nächsten Tankstelle fragen. Für eine Touristin war das super, sie aber wollte mehr sein. Touristen, das waren in ihren Augen Leute, die durch eine Stadt liefen, ausgerüstet, als erwarteten sie jeden Augenblick, durch ein Flussbett waten zu müssen. Touristen trugen Schuhe, mit denen sie den Amazonas durchqueren konnten, und Jacken, mit denen sie sich selbst im Hochsommer gegen einen unerwarteten Schneesturm wappneten. Sie zelteten in Blumenrabatten, hinterließen ihren Müll in der Landschaft oder besuchten Kirchen in Badeschlappen und kurzen Hosen, was vielen Gläubigen verständlicherweise nicht gefiel.

Das war natürlich pauschal und ziemlich ungerecht, aber Merit wollte eben keine Besucherin sein, sondern mittendrin. Hier leben, wie sie in Berlin, Madrid und an all den anderen Orten allein oder früher mit der Familie gelebt hatte. Selbst wenn sie nicht lange bliebe, wäre es dem Gastgeberland gegenüber höflicher, ein paar Sätze in der Landessprache zu beherrschen. Außerdem wusste sie, dass der Arbeitsvermittler recht hatte: Ohne Sprachkenntnisse würde es schwierig, wenn nicht sogar unmöglich werden, einen einträglichen Job zu finden, zumal »bildende Künstlerin« nicht gerade zu den stark nachgefragten Berufen gehörte.

Also nahm Merit die Broschüre der Sprachschule, die sie von ihm bekommen hatte, und hielt sie dem nächsten Passanten unter die Nase, um zu erfahren, wie sie dorthin kam. Der bärtige Hipster mit britischem Akzent erklärte den Weg und sagte, es wäre nicht weit. Nichts sei weit in dieser Stadt. Vermutlich kam er aus London.

Ihren Versuch, sich mit *Takk fyrir* zu bedanken, quittierte er mit einem Augenzwinkern und verschwand in einem Modeladen, dessen Auslagen sofort ihr Interesse weckten. Sie war gerade dabei, ein Kleid näher zu betrachten, da bemerkte sie den Mann im Gespräch mit einer Verkäuferin, beide sahen in ihre Richtung. Hitze stieg ihr in die Wangen, und sie wandte sich eilig ab. Womöglich dachte der Typ, ihre Frage wäre nur ein Vorwand gewesen, um ihn anzusprechen.

Die Sprachschule befand sich tatsächlich nur einen kurzen Fußweg entfernt. Hinter der Glasfassade des modernen Gebäudes saßen Gruppen von vier bis etwa zehn Schülern. Der Eingangsbereich wirkte lichterfüllt mit glänzenden Dielen aus Kiefernholz. An der Empfangstheke stand ein junger Mann und sah ihr entgegen. Er fragte etwas auf Isländisch und wechselte unkompliziert ins Englische, als sie ihn ratlos ansah. »Hallo. Ich bin Gunnar. Was kann ich für dich tun?«

»Ich brauche einen Job …« Merit stoppte verlegen. »Ich möchte Isländisch lernen«, korrigierte sie sich, »und es eilt ein bisschen, weil … einen Job suche ich auch.«

»Du hast Glück, in Guðrúns Schnellkurs ist ein Platz frei. Warte mal …« Er tippte etwas auf seiner Tastatur. »Du kannst gleich hierbleiben, wenn du willst. Der Unterricht beginnt in einer halben Stunde.«

Merit wollte – nachdem er ihr einen annehmbaren Preis genannt hatte.

»Hast du eine Kennitala?«

»Noch nicht, kann ich mich ohne die Nummer nicht anmelden?«

»Doch, natürlich. Es geht auch so. Ich dachte nur, du würdest vielleicht länger hierbleiben wollen«, sagte er und reichte ihr einen Anmeldebogen. »Würdest du das bitte ausfüllen?«

Als sie ihm die Unterlagen über den Empfangstresen zurückschob, ertönte ein Gong, und gleich darauf öffneten sich die Türen der Unterrichtsräume. Junge Leute strömten heraus, lachten und schwatzten in den unterschiedlichsten Sprachen.

Gunnar wechselte einige Worte mit einem Mann im gemusterten Islandpullover, sah dabei zur Tür und winkte schließlich jemanden heran. »Da kommt Guðrún, deine Lehrerin. Sie spricht übrigens gut Deutsch«, sagte er.

Der Kobold, der fröhlich zurückwinkte, sah überhaupt nicht so aus, wie Merit sich eine Frau mit diesem altbackenen Namen vorgestellt hatte. Sie war etwa im gleichen Alter wie sie selbst, mindestens einen Kopf kleiner, und ihre gesamte Erscheinung ließ sich am besten mit *bunt* umschreiben. Das dunkle Haar hatte sie in zahlreiche Büschel aufgeteilt, die von unterschiedlich farbigen Zopfbändern gehalten wurden und wie Pinsel vom Kopf abstanden. Ihre Kleidung sah nach Island-Ethno für Elfen aus. Das flächige Gesicht mit den hohen Wangenknochen, wie man es bei den Bewohnern des eisigen Randes der Nordhalbkugel häufiger fand, bot einen reizvollen Kontrast zu den mandelförmigen Augen. Guðrún nickte, als Gunnar sie einander vorstellte. Ihr Händedruck war energisch, aber nicht zu fest. Merit mochte sie sofort.

Der Unterricht erwies sich als anspruchsvoll. Ihre drei Mitschülerinnen, zwei amerikanische Studentinnen und eine Holländerin, arbeiteten konzentriert. Anfangs verstand sie kaum etwas, doch Guðrún ermunterte sie, die schwierige Aussprache einiger Wörter so lange zu üben, bis sie schließlich zufrieden nickte. »Gut gemacht! Du lernst schnell.«

Nach der Stunde bat sie Merit zu sich. »Gunnar sagt, du suchst einen Job. Was hast du dir denn vorgestellt?«

»Och, so ziemlich alles. Ich habe freie Kunst und Malerei studiert, da muss man sehen, wie man ein bisschen Geld zusammenkratzt. Ein Bühnenbild kann ich dir auch malen, aber wer braucht das schon?«

»Das weiß man nie so genau.« Guðrún schmunzelte. »Ich habe eine Idee! Mein Cousin Áki ist eigentlich Musiker. Zusammen mit einer Freundin wollte er ein Café eröffnen, um sich etwas dazuzuverdienen. Sein ganzes Geld hat er investiert, und dann ist sie einfach abgehauen! Jetzt sucht er jemanden, der sie ersetzt.«

»Das klingt interessant«, sagte Merit höflich. Doch sie war sich nicht sicher, ob sie die Richtige für solch einen Job war. »Aber ich weiß nicht… sollte man nicht Isländisch können, um zu kellnern?«

Sie hatte zwar tatsächlich häufiger in Cafés oder Szene-Bars ausgeholfen, um über die Runden zu kommen, aber ein besonderes Talent besaß sie nicht darin, andere Leute zu bedienen. Dafür war sie viel zu unorganisiert, außerdem sah sie es auch nicht ein, sich von den Gästen grundlos schlecht behandeln zu lassen, wie es nicht selten in diesem Job vorkam. Ihre Schwester Katrine, die in einem Hotel arbeitete, hatte einmal gesagt, sie würde Merit niemals im Service einstellen. Sie selbst fand, dass es ihr an der für diesen Beruf erforderlichen Leidensfähigkeit mangelte.

Guðrún winkte ab. »Nicht zum Bedienen. Du sprichst doch Englisch?« Als Merit nickte, sagte sie: »Prima! Du kommst aus Deutschland, und Áki will seinen Laden im Berliner Stil einrichten.«

Merit fragte sich, was ein Berliner Stil sein mochte, aber vielleicht konnte sie Áki wirklich ein paar Tipps geben. »Ich kann gern mit ihm reden«, schlug sie vor. »Wo ist das Café denn?«

»Du gehst höchsten zwanzig Minuten zu Fuß.« Guðrún hielt schon ihr Smartphone in der Hand. *Hæ!* »Hallo Áki …«

Was danach folgte, konnte Merit nur ahnen, aber es klang zumindest nicht negativ. Der Cousin schien interessiert zu sein.

»Hast du morgen um elf Uhr Zeit?«, fragte Guðrún. Als Merit nickte, erklang ein neuer Wortschwall, bevor das Gespräch beendet war. »Hier ist die Adresse.« Sie reichte ihr einen Zettel, auf den sie mit ausladender Handschrift Straßenname und Hausnummer notiert hatte. »Gib mir mal sicherheitshalber deine Handynummer.«

Merit strich sich mit dem Daumen über die Nasenspitze, während sie versuchte, sich an ihre Telefonnummer zu erinnern. Stockend nannte sie die Ziffern. »Ich habe es in der Küche liegen gelassen. Eine neue Telefonkarte brauche ich auch. Würdest du mir deine Nummer aufschreiben. Für alle Fälle.«

Nachdem das erledigt war, verabschiedeten sie sich voneinander, denn Guðrúns nächster Kurs begann.

Auf dem Rückweg nach Hause kam Merit an einem kleinen Supermarkt vorbei und entschied sich, nur die wichtigsten Besorgungen zu machen, anstatt für den geplanten Großeinkauf noch mal loszufahren. Erfreulicherweise konnte sie mit Ferdinands Partner-Kreditkarte bezahlen. Das würde er erst bei der Abrechnung bemerken, und die kam frühestens Mitte Juni.

Inzwischen war sie nicht mehr nur traurig, sondern vor allem wütend auf ihn. Es geschah ihm recht, in Zukunft ohne Auto dazusitzen. Obwohl er es wahrscheinlich nicht mal sofort vermissen würde, weil es die meiste Zeit in der Tiefgarage gestanden hatte. Von so was wurde ein Fahrzeug schließlich auch nicht besser.

Der morgige Einkauf wird dein Konto explodieren lassen, mein lieber Ferdinand, dachte sie schadenfroh. Die paar hundert Euro machten ihn nicht arm, und irgendwann bekäme er sie ja auch zurück. Eine bescheidene Rache, wenn man bedachte, dass er ihr mit großer Gelassenheit das Herz gebrochen hatte.

Im neuen Zuhause angekommen, bereitete sie sich ihr Seelenessen zu: Pasta und knoblauchgewürzter Spinat mit einer herrlich sämigen Käse-Sahne-Soße – der absolute Figurkiller, aber mit reichlich Bordeaux aus Ferdinands Weinkeller das beste Frustessen, das sich Merit vorstellen konnte.

Nachdem das Nudelwasser aufgesetzt war, ging sie zum Küchentisch, den sie schon jetzt liebte, und schaltete ihr Tablet ein, um sich mit Ísrúns WLAN zu verbinden. Es wurde Zeit, sich bei ihren Schwestern zu melden.

Katrine und Leonie besaßen den untrüglichen Instinkt übervorsichtiger Glucken. Für sie war Merit immer noch die Kleine, die sie nach dem Tod der Eltern gemeinsam großgezogen hatten. Obwohl sie sich selten sahen, hielten alle drei Kontakt, und sie war gewissermaßen überfällig. Ihr Handy hatte sie vorhin deshalb in der Wohnung gelassen, um nicht schwach zu werden und ranzugehen, falls es klingelte. Es wäre ein Leichtes, die eine oder andere fröhliche Nachricht zu schicken, aber sie mochte die beiden nicht belügen. Aus diesem Grund hatte sie sich für ein vorläufiges Schweigen entschieden, auch, weil sie selbst erst mit der Situation klarkommen musste. Es wurde Zeit, dass sie sich freischwamm, und dabei waren ihre großen Schwestern nur hinderlich.

Doch offensichtlich war zumindest Leonie mit ihrer Geduld am Ende.

»Ich weiß längst, dass du nicht mit Ferdinand unterwegs bist«, hatte sie ihr in der Zwischenzeit auf die Mailbox gesprochen. »Seine Putzfrau war sehr auskunftsfreudig. Sie war übrigens drauf und dran, die Polizei zu rufen, aber hat gerade noch rechtzeitig bemerkt, dass der große Fleck auf der Wand kein Blut ist.«

Na, wunderbar. Hastig tippte Merit *Alles gut, das war Bordeaux* ins Smartphone.

Wo bist du?, kam sofort eine Nachricht zurück.

Schicke dir später eine Mail. Okay?

Ich warte!

Trotz allem, was sie heute und in den letzten Tagen geschafft hatte, fühlte sie sich nicht gut, sondern leer und erschöpft. Fröstelnd zog sie den blauen Kaschmirschal enger um ihre Schultern, den ihre Mutter immer als *Seelenwärmer für Nomadenkinder* bezeichnet hatte, und ohne den Merit genau aus diesem Grund nirgendwohin reiste. Er war ihr Heimat und Familie auf eine Weise, die sie noch niemals hinterfragt hatte.

Ein Zischen riss sie aus den Gedanken. Das Nudelwasser brodelte so wild im Topf, dass es auf die Herdplatte spritzte und dort lautstark verdampfte. Besser, sie kümmerte sich um ihr Essen. Merit war in Küchenangelegenheiten überaus untalentiert. Auch etwas, das Ferdinand ihr vorgeworfen hatte. Von einer Partnerin erwartete er, dass sie für seine Gäste die vollkommene Hausherrin gab, und weil ihre Zeiteinteilung meist flexibler war als seine, hatte sich Merit bemüht, ihn nicht zu blamieren. Irgendwann waren ihm dann aber die Rechnungen der Catering-Firma in die Hände gefallen, bei der sie all die angeblich *selbst gemachten* Köstlichkeiten bestellte. Natürlich hatte es einen Riesenkrach gegeben. Danach lud er nie wieder Geschäftsfreunde zu sich nach Hause ein. Merit war zwar erleichtert, doch sie verstand es nicht. Schließlich hatte sich niemand beschwert. Im Gegenteil, die Kollegen schwärmten von dem exzellenten Essen.

Während die Nudeln kochten, holte sie den mitgebrachten Bordeaux aus ihrem Zimmer. Alkoholische Getränke wurden in Island hoch besteuert, und sie war dankbar, von der grimmigen Zöllnerin am Hafen nicht weiter kontrolliert worden zu sein. Statt der vier erlaubten Flaschen Wein, von denen sie nun eine entkorkte, hatte sie in Unkenntnis der Zollbestimmungen zwei Kartons eingepackt. Es war aber auch leicht zu vergessen, dass Island nicht zur EU gehörte.

»Auf den Zoll!« Merit füllte ein besonders schönes, hochstieliges Glas und trank einen Schluck. »Köstlich.«

Eine halbe Stunde später löffelte sie Tiramisu aus einem Plastikbecher. Die Zwiebeln waren schneller als gedacht dunkel geworden und hatten der Käsesoße eine bittere Note gegeben, da war das süße Dessert nun genau das Richtige.

Schließlich gab es keine Ausrede mehr. Leonie wartete und würde nicht lockerlassen, bevor sie wusste, was passiert war. Doch dafür musste Merit weit ausholen.

5.

Merits Gedanken wanderten zurück zu einem Gespräch, das sie ziemlich genau vor einem Jahr mit Ferdinand geführt hatte.

»Willst du nicht mal etwas tun, um ernsthaft Geld zu verdienen?«, hatte er sie damals gefragt.

»Wie meinst du das?«

»Du könntest an die Uni gehen, einen Lehrauftrag annehmen …«

»Sehr witzig!«

Ferdinands Wunsch nach Vollkommenheit in allen Ehren, aber der Vorschlag war einfach nur absurd. Einmal davon abgesehen, dass keine Hochschule im Land eine erfolglose Künstlerin wie sie als Dozentin einstellen würde, hatte sie weder die Absicht noch das Talent zu unterrichten.

»Du kannst dich doch nicht ewig von Auftrag zu Auftrag hangeln und auf deinen Durchbruch als Künstlerin warten.« Ferdinands Stimme wurde weicher. »Versteh mich nicht falsch. Deine Bilder sind sehr hübsch, aber leben kannst du nicht davon.«

»Ich könnte mir einen Job in einer Agentur suchen.«

»Das ist nichts für dich. Aber du könntest promovieren. Zwei Jahre. Ich würde dich unterstützen, das lässt sich sogar in meinen Finanzierungsplan integrieren.«

Merit wollte in keinen Plan integriert werden. »Was meinst du mit *Finanzierung*?«

»Ich dachte, wir kaufen diese Wohnung in Zehlendorf, die ich dir neulich gezeigt habe. Bis das erste Kind kommt, ist sie groß genug, und dann ist da ja auch immer noch die Villa …«

»Du glaubst doch nicht, ich ziehe da ein?«

»Wieso nicht?« Offenbar erwärmte er sich für die Idee. »Du könntest dir ein Atelier einrichten und Mutter …«

»Das ist nicht dein Ernst!«

Ferdinand wusste genau, dass seine Mutter das Malen als Hobby bezeichnete und sich beide Frauen keine zehn Minuten in einem Raum aufhalten konnten, ohne miteinander zu streiten.

»Deine Mutter ist achtundfünfzig, aktiv und bei bester Gesundheit. Findet sich der Zeitpunkt ihres Ablebens auch in dem Konzept?«

»Du bist ungerecht. Wenn du nur etwas mehr auf sie eingehen würdest …«

»Sag ihr das mal.«

Sie hatte wirklich keine Lust, mit ihm über seine Mutter zu diskutieren, während er gerade versuchte, ihr Leben auf den Kopf zu stellen. Wie stellte er sich das bloß vor? Dass sie nur zu promovieren brauchte, um einen guten Posten an der Hochschule zu bekommen, den sie sogleich für eine Kinderschar aufgäbe? Ferdinand war kein Mann, der freiwillig in Elternzeit ginge. Über Kinder hatten sie bisher auch noch nie gesprochen. Merit fragte sich, was das alles auf einmal sollte, sie fand sich viel zu jung dafür.

»Merit, ich liebe dich, aber ich will nicht ewig warten, bis du endlich erwachsen wirst.«

Daraufhin tat sie etwas ziemlich Unerwachsenes: Sie stürmte aus der Wohnung und schlug die Tür so fest hinter sich zu, dass im Flur eine Vase vom Regal fiel.

Die Scherben lagen noch da, als sie in der Nacht wieder nach Hause kam.

Die Kuckucksuhr in Ísrúns Küche riss Merit schnarrend aus ihren Erinnerungen.

Sie saß nun, ein Jahr später, am isländischen Küchentisch und sah einen Augenblick lang sehnsüchtig zum Kühlschrank, in dem sich eine Familienpackung Schokoladenpudding befand, wischte sich dann aber nur die Tränen mit einer ärgerlichen Geste aus den Augen. Es tat gut, die Ereignisse aufzuschreiben, die schließlich zur Trennung geführt hatten. *Ich hätte wissen müssen, dass er es ernst meint.* Ferdinand scherzte nie, wenn es um so wichtige Dinge wie Geld oder seine Zukunft ging. Es war ein Ultimatum, das er ihr damals gestellt hatte. Doch wie ernst es ihm gewesen war, hatte Merit erst verstanden, als er sie vor die Tür gesetzt hatte.

Ihre beiden Schwestern hingegen schienen schon viel länger zu wissen, wie es um ihre Beziehung stand. Sie erinnerte sich an ein Gespräch mit Katrine, das bestimmt zwei Jahre zurücklag.

»Wenn du Ferdinand nicht bald dazu bringst, dir einen Heiratsantrag zu machen, wird er sich eine andere suchen, und dann stehst du ganz allein da.« Katrine neigte zu dramatischen Formulierungen, sobald es um Zwischenmenschliches ging. »Wovon willst du denn leben? Ohne richtigen Beruf.«

»Entschuldige? Ich habe studiert.«

»Dein Abschluss ist so viel wert wie ein Diplom in Sandkuchenbacken.«

»Du musst es ja wissen.«

Katrine, die älteste der drei Schwestern, hatte nach dem Abitur eine Ausbildung in der Hotellerie gemacht und dies damit begründet, dass sie für ihr Leben gern Torten buk. Was genau genommen auch keine rationale Entscheidung gewesen war. Doch davon wollte sie nichts mehr hören, denn inzwischen leitete sie den Bankettservice eines Spitzenhotels, hatte exzellente Karriereaussichten und mit dem Steuerberater Marcus einen erfolgreichen Gatten an ihrer Seite.

Leonie war anders. Sie nannten sie scherzhaft »die Mittelschwester«. Als Zweitgeborene fiel ihr die undankbare Aufgabe zu, zwischen der vernünftigen Katrine und dem Küken Merit vermitteln zu müssen. Nicht immer gelang ihr das, und wenn es um Ferdinand ging, gab sie sich erst gar keine Mühe. »Siehst du nicht, dass er überhaupt nicht zu dir passt, Merit?«

Leonie sagte von sich selbst, sie lebe wie ein Seemann, auf den in jedem Hafen ein anderer Schatz wartete. Ihr Job ließ sie mehr Zeit auf Reisen verbringen als in Frankfurt, wo sie ein Apartment mit Mainblick besaß. An einer festen Beziehung schien sie kein Interesse zu haben.

»Ach, was soll's!« Merit stand auf, um sich den isländischen Schokopudding zu holen, bevor sie mit der Mail an ihre Schwester fortfuhr. Heute war nicht das erste Mal, dass sie versuchte, die Ereignisse zu rekapitulieren, die zur Entfremdung zwischen ihr und Ferdinand geführt hatten. Irgendwann würde es ihr vielleicht helfen, besser damit klarzukommen. Außerdem hatte Leonie eine Erklärung verdient, und sosehr die Erinnerungen auch schmerzten, es tat gut, sich den Groll und die verletzten Gefühle von der Seele zu schreiben.

Es war etwa zwei Monate her, da hatte Ferdinand sie erneut mit dem Wunsch konfrontiert, eine Familie zu gründen. Sogar einen Job als Zeichenlehrerin an einer privaten Kunstschule, womit sie die Zeit bis zum ersten Kind sinnvoll überbrücken sollte, hatte er ihr über Beziehungen besorgen wollen.

Natürlich hatte sie ihn ausgelacht. Sie hatten gestritten, dass die Fetzen flogen. Der Versöhnungssex war fantastisch gewesen. Das hatte ihn aber offenbar nicht davon abgehalten, in der gleichen Zeit mit einer Kollegin zu schlafen, die schon lange auf ihn scharf gewesen war.

Merit war ihr einmal auf einer Vernissage begegnet, ohne zu wissen, mit wem sie es zu tun hatte. Sie hätte nie gedacht, dass sich Ferdinand in so eine Frau verlieben würde. Sicher, ihre Nachfolgerin sah fabelhaft aus, roch nach teurem Parfüm und rieb bestimmt nie erfolglos Farbflecken aus ihrer Kleidung. Doch hatte Ferdinand nicht gerade Merits Impulsivität und ihr unkompliziertes Wesen immer an ihr geliebt? Diese Frau dagegen besaß die berechnende Aura einer Schlange. Garantiert konnte sie aber super kochen, war beruflich erfolgreich – und in der Liebe.

Die Ungeheuerlichkeit seines Verrats hatte ihr die Sprache verschlagen, daran änderte auch seine reumütige

Miene nichts, als er ihr gestand, sich in eine andere verliebt zu haben.

Sie war laut geworden: »Hast du nicht neulich noch versucht, mich mit einer Kinderschar zu beglücken?« Zornig ballte sie die Hände zu Fäusten, mit denen sie ihm in diesem Augenblick liebend gern den Dackelblick aus dem Gesicht geboxt hätte.

Der verschwand aber ganz von allein, als er im gleichen Ton zurückgab: »Du hast mich ausgelacht! Erinnerst du dich noch? Ich habe mich wirklich bemüht, dir eine sichere Zukunft zu bieten, aber du tingelst von einem Job zum anderen und findest alle Leute hohlköpfig, die deine Malerei nicht verstehen.«

»Das stimmt nicht! Aber wenn du deine ignorante Mutter meinst, dann hast du allerdings recht. Ich erinnere mich auch noch ganz genau an deinen Plan, mich mit ihr zusammen in eure scheußliche Villa zu stecken. Und da wunderst du dich, dass ich lache? Heulen hätte ich sollen, so wenig wie du mich augenscheinlich kennst.« Merit hätte auch bei diesem Streit am liebsten geweint, doch es kamen keine Tränen. Stattdessen schien plötzlich ein riesiger Kloß in ihrem Hals zu stecken, und sie konnte nicht weitersprechen.

Hilflos hörte sie deshalb zu, wie sich dieser Mann, der ihr von Minute zu Minute fremder wurde, ihre Zukunft vorstellte. Wieder einmal. »Ich habe deine Nummer dem Maklerbüro gegeben, das Mutters Immobilien betreut. Du wirst sehen, Steffen findet im Nu eine Wohnung für dich.« Dass er davon selbst nicht überzeugt zu sein schien, bewies der nächste, von einer hilflos wirkenden Geste unterstützte

Satz: »Für ein paar Wochen kannst du bestimmt auch bei deinen Schwestern wohnen.«

Merit rang sich ein Lächeln ab. »Mach dir über mich keine Gedanken. Ich komme zurecht.«

Am Ende hatte er sie für die verständnisvolle, erwachsene Haltung gelobt, mit der sie ihre Trennung aufnahm, und war zu einer mehrtägigen Geschäftsreise aufgebrochen. *Geflüchtet.* Er war einfach abgehauen im Vertrauen darauf, dass sie die Zeit nutzen würde, um spurlos aus seinem Leben zu verschwinden.

Doch natürlich war es alles andere als einfach, eine Wohnung zu finden. Ferdinands Maklerfreund Steffen schrieb tatsächlich eine Mail und versprach, sich zu melden, sobald er ein geeignetes Objekt aufgetan hätte, sie möge ihm doch bitte ihr Limit nennen. Ferdinand sei da ein wenig unpräzise gewesen. Seine Mitarbeiterin, mit der Merit nach dem gefühlt hundertsten Versuch durchzukommen endlich sprach, hatte gekichert, als hätte sie einen Scherz gemacht. Jemandem mit ihrem Einkommen, erfuhr sie auch anderswo, vermietete in dieser Stadt niemand auch nur eine Abstellkammer. Es in Brandenburg zu versuchen oder gleich in Vorpommern waren noch die nettesten Kommentare.

Nach jenem langen, erfolglosen Tag fühlte sie sich mitternachtsphilosophisch. Das Display ihres Tablets zeigte eine Menge Fingerabdrücke, die sie bei der vergeblichen Suche nach einer neuen Unterkunft hinterlassen hatte. Immerhin schmeckte der Wein, und sie bedauerte es nun, eine der Flaschen an die Wand geworfen zu haben, nachdem Ferdinand mit seinem eleganten Rollkoffer das Haus verlassen hatte. Den Bordeaux hatte er voriges Jahr als Geldanlage und für besondere Anlässe angeschafft und ihr eingeschärft, ihn nicht anzurühren. Ein *edler Tropfen wie dieser* müsse ohnedies noch reifen.

Für ihre Zwecke war er reif genug. Mal ehrlich, eine Trennung – nein, ein Rausschmiss: Das war definitiv ein besonderer Anlass.

»Wozu brauche ich einen Job, wenn das Gehalt nicht mal fürs Wohnen reicht?«, fragte sie, und weil niemand da war, der ihr hätte antworten können, schrieb sie eine Kündigungsmail und stellte den Screenshot davon auf die Facebook-Seite ihres Arbeitgebers. Auf ihre eigene Facebook-Seite schrieb sie nur das Wort »getrennt«. Binnen weniger Sekunden erhielt sie dreißig Likes. Ihre Laune hob sich schlagartig.

Deutlich motivierter, suchte sie auf einschlägigen Websites nach einer Lösung für ihr Wohnproblem. Doch ganz gleich, wie viel Applaus sie in den sozialen Medien für den Trennungsstatus bekommen hatte, eine Wohnung oder auch nur ein Zimmer bot ihr niemand an.

Sie schenkte sich Wein nach und überlegte: Wenn nicht in Berlin, dann würde sie eben irgendwo anders ein neues Zuhause finden. Hauptsache, sie musste nicht bei den Schwestern wohnen – oder fliegen. Das kam für sie nicht infrage. Ein Ortwechsel! »Das ist überhaupt *die* Idee«, Merit stellte ihr Glas beiseite.

Berlin war toll, aber die Stadt hatte eindeutig nicht auf sie gewartet. Was ihr vom Lebensglück übrig geblieben war, hing nun wirklich nicht davon ab, ob sie dablieb oder nicht. Wegen Ferdinand war sie hergekommen, da wäre es nur konsequent, wegen ihm auch weiterzuziehen. Zumindest vorübergehend. Tapetenwechsel hatten ihrer Seele schon in anderen Krisen gutgetan. Elektrisiert von diesem Gedanken, machte sie sich erneut auf die Suche.

Und zu ihrem größten Erstaunen wurde sie recht schnell fündig: *Zentrale Lage* konnte natürlich eine Menge bedeuten, aber die Fotos zeigten ein sauberes Zimmer, eine große Küche und einen strubbeligen, voluminösen roten Kater, der offenbar zum Inventar gehörte. Kurz entschlossen füllte sie den Online-Bewerbungsbogen aus, schickte ihn ab und kippte rücklings ins Bett.

Am nächsten Morgen erwachte sie vom Klingeln des Handys.

»Spreche ich mit Merit?«

Beim Klang des skandinavischen Akzents dicht an ihrem Ohr wurde sie schlagartig wach. Sie sprach mit der isländischen Wohnungsbesitzerin, deren Namen sie nicht aussprechen konnte, ohne ins Stottern zu geraten.

Ísrún Bryndísardóttir stellte sich vor und erzählte, sie habe im Sommer in Kanada zu tun und müsse überraschend bereits in der kommenden Woche abreisen. Ob Merit bis dahin kommen und vor allem versprechen könne, sich bis zu ihrer Rückkehr um den Köttur zu kümmern?

Wenngleich Ferdinand ihr häufig vorgeworfen hatte zu handeln, ohne nachzudenken, erbat sich Merit an jenem Morgen Bedenkzeit.

»Natürlich, ich schlafe auch immer eine Nacht über meine Entscheidungen«, hatte die Isländerin mit warmer Stimme gesagt. »Allerdings müsste ich spätestens morgen Bescheid wissen. Tut mir leid.«

»Kein Problem.«

Mit klopfendem Herzen hatte Merit regungslos auf der Bettkante gesessen, unfähig, einen Gedanken zu fassen. In ihrem Kopf kreiste pausenlos eine Textzeile: »Should I stay or should I go?« Sie wusste nicht einmal, woher sie das Lied kannte, nur dass es schon ihre Eltern gehört hatten. Und plötzlich war ihr klar, dass sie gehen musste. Raus aus Berlin, das in den letzten Tagen zu einer Ferdinand-Gedenkstätte geworden war: Im Kino zwei Straßen weiter hatte er ihre Hand gehalten, dort drüben im Café waren sie sonntags zum Brunch gegangen, bis er gesagt hatte, dass man das Geld dafür auch sparen und zu Hause frühstücken könne. Gegenüber winkte ihr sein Lieblingsfriseur zu, und im Park hatten sie auf ihrer Lieblingsbank italienisches Eis gegessen und gemeinsam über den niedlichen Terrier gelacht, der den Frisbee-Spielern fröhlich kläffend die flache Scheibe abjagte, wenn sie nicht aufpassten.

Merit lief ins Bad, um unter der Dusche einen klaren Kopf zu bekommen. Kaltes Wasser hatte sich in solchen Augenblicken bewährt.

Noch während sie sich die Haare trocken rubbelte, die sie kurz entschlossen abgeschnitten hatte, weil Ferdinand ihre blonde Mähne geliebt hatte, fasste sie einen Entschluss.

»Prima«, sagte Ísrún Bryndísardóttir kurz darauf und schien sich nicht einmal zu wundern, dass Merits Entscheidung nun doch so schnell gefallen war. »Ach, und noch etwas: Falls du länger bleiben möchtest, ist das kein Problem.«

»Länger bleiben?«

»Du wirst sehen, es gibt viele Gründe, Island zu lieben.«

Nachdem sie nun an Ísrúns Küchentisch all dies aufgeschrieben hatte, damit ihre Schwester verstand, was passiert war, löschte sie alle Verwünschungen aus der Mail und die Passage, bei der sie das erste Mal hatte aufstehen und sich eine Rolle Klopapier holen müssen, weil sie keine Taschentücher fand, mit denen sie ihre Tränen hätte trocknen können. Schließlich drückte sie auf *Senden* und lehnte sich zurück.

Nicht einmal fünf Minuten später hatte sie eine Antwort, die ganz anders ausfiel als erwartet. *Island? Eine fantastische Idee. Endlich gehst du deinen eigenen Weg!*, schrieb Leonie und versprach, die ältere Schwester behutsam auf die Veränderungen in Merits Leben vorzubereiten. *Du weißt, wir sind immer für dich da, wenn du uns brauchst*, schrieb sie weiter. *Lass dich drücken, du schaffst das!*

Leos Worte trieben ihr erneut Tränen in die Augen. Sie stand auf, um das Geschirr abzuräumen, und merkte erst jetzt, wie ihr der Wein zu Kopf gestiegen war. Egal, dachte sie, griff nach der Flasche und trank den Rest aus.

Was danach geschah, wusste Merit am nächsten Morgen nicht mehr so genau, nur dass Rotwein vorläufig tabu sein würde – und Schokoladenpudding.

Immerhin hatte sie sich ausgezogen, bevor sie ins Bett gekrochen war, leider aber nicht die Gardinen zugezogen. Schnell vergrub sie ihr Gesicht in den Kissen. Zu schnell. Der Schmerz explodierte hinter dem linken Auge und breitete sich wie ein heller Blitz in ihrem Schädel aus. Nach

Luft ringend, setze sie sich auf – und sah in zwei bernsteinfarbene Katzenaugen eingebettet in unglaublich viel Fell.

»Köttur?«

Die Augen flackerten, und der Kater floh mit einem eleganten Satz von ihrem Bett. Mit ihm die unerklärliche Schwere, die auf ihren Beinen gelastet hatte.

Irgendetwas Wichtiges sollte heute geschehen. Aber was?

Elf Uhr. Das Treffen mit Áki!

Als Merit hektisch die Wasserhähne der Brause aufdrehte, hielt sie erschrocken den Atem an. Der Geruch von faulen Eiern schlug ihr gewaltig auf den Magen. Er war ihr schon gestern aufgefallen. Widerlich. Nach einer kurzen Dusche riss sie das Fenster auf und floh aus dem Bad.

Um einen Klempner würde sie sich später kümmern, jetzt musste sie sich beeilen.

6.

Vermutlich lag es an den Spukgeschichten, die sie während der Überfahrt gelesen hatte – als Merit in die Küche eilte, hätte sie schwören können, dass heute Nacht jemand hier gewesen war. Prüfend sah sie sich um, doch alles wirkte unverändert, bis ihr Blick auf den leeren Futternapf fiel.

»Die Katzen!«

Wie die Nachtgespenster hatten sie sich hereingeschlichen und alles verspeist. Erleichtert lachte sie auf. Die Tiere hatten den ersten Schritt zu einem friedlichen Miteinander getan. Es war keineswegs selbstverständlich, dass diese vierbeinigen Individualisten eine neue Mitbewohnerin akzeptierten. Für Merit sprach natürlich, dass sie in der Lage war, Futterdosen zu öffnen, und immer für frisches Wasser sorgte, aber eigentlich musste sie den beiden dankbar sein. Jedenfalls heute: Ohne den Schreck, den ihr Kötturs unerwartetes Auftauchen am Fußende ihres Bettes eingejagt hatte, hätte sie sich womöglich noch einmal auf die andere Seite gedreht und den Termin mit Guðrúns Cousin komplett verschlafen.

Eilig reinigte und füllte sie die Schüsseln, stopfte sich eine Handvoll vom Abend übrig gebliebener Spaghetti in den Mund und nahm für unterwegs einen schrumpeligen Apfel aus der Obstschale, bevor sie die Wohnung im

Laufschritt verließ. Für einen belebenden Kaffee fehlte die Zeit.

Im Auto aktivierte sie das Navi, was wie immer eine Weile dauerte, und folgte dann den Anweisungen bis zum vereinbarten Treffpunkt. Die eingegebene Adresse lag in einer zugigen Straße im alten Hafengebiet mit zahllosen einstöckigen Gebäuden und riesigen Tanks. Die salzige Luft des Atlantiks, dessen Wellen kaum mehr als einen Steinwurf entfernt gegen die Kaimauern schlugen, hatte sichtbare Spuren an den eisernen Verstrebungen hinterlassen; hinter einem provisorischen Bauzaun stapelten sich Berge von Schrott, und Fischgeruch lag in der Luft. Menschen waren nirgendwo zu sehen. Eine trostlose Gegend. Immerhin musste sie sich nicht damit quälen, Ferdinands sperrigen SUV einigermaßen gerade in eine Parklücke zu rangieren. Merit fragte sich, ob sie im falschen Stadtteil gelandet war. Weiter vorn hatte sie ein Restaurant und zwei, drei Cafés passiert, aber hier war nichts.

Das Straßenschild jedoch war eindeutig, sie befand sich auf der Grandagarður. Und die lag laut Guðrún im Grandi, dem alten Hafendistrikt, den sie als den neuen Hotspot in Reykjavík bezeichnet hatte. Offenbar wussten noch nicht allzu viele Leute davon. Ein Vorteil lag immerhin auf der Hand: Anwohner, die sich über Lärm beklagten, gab es hier bestimmt keine.

Merit sah auf die Uhr. Eine Viertelstunde Verspätung sah ihr der fabelhafte Cousin hoffentlich nach.

Beim Aussteigen wurde sie beinahe von einem bärtigen Typen erwischt, der mit seinem Rad direkt an ihrer Nase vorbeiraste, einen Bogen fuhr und dann scharf abbremste.

Rücksichtslose Fahrradfahrer wiederum erinnerten sie an Berlin. Im Frühjahr war sie in Tempelhof von einem Mountainbiker über den Haufen gefahren worden und hatte sich beim Versuch, den Sturz mithilfe eines Laternenpfahls zu bremsen, ein blaues Auge geholt. Der Mann hatte sie beschimpft und war einfach abgehauen, statt ihr zu helfen.

Dieser war ähnlich gestrickt, er stellte sein Rad ab und drehte ihr dabei den Rücken zu. Sein Anblick war immerhin erfreulich. Die Jeans saß ihm lässig auf den Hüften, das T-Shirt war offensichtlich eingelaufen, die Figur tadellos. Kurze Ärmel kamen ihr bei höchstens zwölf Grad jedoch bemerkenswert luftig vor.

Als er die von innen mit Zeitungspapier verklebte Ladentür aufschloss, ging ihr ein Licht auf: Das war Áki, der Irgendwie-Cousin, wie Guðrún ihre verwandtschaftliche Beziehung genannt hatte, Musiker und womöglich ihr zukünftiger Chef. *Na, prima!* Nach der ersten Überraschung befand Merit allerdings, dass sie es schon deutlich schlimmer getroffen hatte.

Die Frisur ist das Fenster zur Seele, dachte sie nach einem Blick in den Taschenspiegel, fuhr sich mit der Zungenspitze über die Schneidezähne und mit einer Hand durch die Haare, die ihr danach wie gespreizte Federn einer mausernden Gans vom Kopf abstanden. Da war nichts zu machen, aber immerhin hatte sie nun keine grüne Apfelschale mehr zwischen den Zähnen. Merit seufzte vernehmlich. Seufzen half, die Aufregung zu lindern. Mit Schwung drückte sie die Tür des zukünftigen Cafés auf und fand sich in einem beträchtlichen Chaos wieder. Áki stand gebeugt über einem Farbeimer und fluchte.

»Hi!«

»Was …?« Die Stehlampe war ihm beim Aufrichten im Weg, und er rieb sich den Hinterkopf. Als er Merit reichlich unverschämt musterte, hellte sich sein Blick auf, während sich ihrer garantiert verdunkelt hatte.

»Sieht aus, als könntest du Hilfe gebrauchen.« Sie zeigte auf die Farbeimer.

»Du bist das Berlin-Mädchen!«

»Wenn du der Kaffeehaus-Musiker bist …«

»Kann man so sagen, schätze ich.«

»Dann ist das deine Band?« Sie zeigte auf den Schriftzug, der sich spiralförmig um seinen linken Arm wand.

»Was? Nein! Das ist mein Lebensmotto. Übersetzt heißt es etwa: Ich leide nicht an Realitätsverlust, ich genieße ihn.«

Ihr gefiel der Spruch. »Und damit du es nicht vergisst, hast du es dir tätowieren lassen. Sehr praktisch.«

»Genau.«

Mit seinem Lachen besänftigte er Merit, die es nicht schätzte, von irgendjemandem so taxiert zu werden, wie er es getan hatte.

»Du bist also Malerin?«

»Sonst wäre ich nicht hier.« Sie ärgerte sich ein bisschen über seinen skeptischen Blick und verzichtete darauf zu erklären, dass sie üblicherweise Leinwände bemalte und keine Kneipenwände strich. Letzteres hatte sie auch schon getan, und in der Theatermalerei, mit der sie immer wieder ihr Geld verdient hatte, waren zeichnerisches Talent und Handwerk von Vorteil. Sie besaß beides.

»Na gut. Guðrún sagt, du könntest mir helfen, rechtzeitig zu eröffnen.«

»Wann soll das Café denn aufmachen?« So, wie es hier momentan aussah, würde ein ganzes Handwerkerteam mindestens einen Monat brauchen.

»In zwei Wochen?« Erwartungsvoll sah er sie an. »Sobald du alles gestrichen hast, kommt ein Kumpel von mir, um die Bar und all das Zeugs aufzubauen, was man so braucht. Danach müssen wir nur noch Tische und Stühle einräumen.«

»Und das Geschirr, Getränke, Lebensmittel …«

»Was? Ja, klar.« Áki grinste und hätte ohne Bart dabei keinen Tag älter als zwanzig ausgesehen. »Man merkt sofort, dass du Deutsche bist. Sehr organisiert.«

Merit hielt sich für alles andere als das, aber wenn ein Vorurteil ihr zum Vorteil gereichte, würde sie bestimmt nicht widersprechen. Prüfend sah sie sich um. »Du willst also ein Berliner Café eröffnen. Warum?« Seine Antwort interessierte sie wirklich. Berlin mochte derzeit sehr angesagt sein, aber weltweit galten doch eher Oktoberfest und Hofbräuhaus als typisch deutsch.

Er zuckte mit den Schultern. »Café Paris und Chicago Diners gibt es schon, und die Leute hier mögen Party. Berlin ist Party.«

»Ich schätze, ich könnte dir helfen, aber …«

»Echt? Das wäre …« Er ließ die ausgebreiteten Arme sinken und sah sie prüfend an. »Es gibt einen Haken, stimmt's?«

»Wie man es nimmt. Ich habe keine Kennitala, und ohne darf ich nicht arbeiten, oder?«

Er winkte ab. »Doch, doch. Die besorgen wir dir. Hast du Ahnung von so Küchenzeugs?«

»Was meinst du damit?«

Er suchte nach den passenden Worten. »Na ja, Guðrún hat dir bestimmt erzählt, dass Cookie, meine Geschäftspartnerin, ausgestiegen ist, weil sie einen Job als Pâtissière auf einem Luxusliner bekommen hat. Das verstehe ich, aber ich brauche jemanden, der die Küche schmeißt. Nichts Großes«, sagte er hastig, »ich will ja kein Restaurant aufmachen.«

Merit überlegte schnell. In ihrem Berliner Kiez kannte sie alle Bistros, und die Jungs vom Lieferservice sah sie häufiger als ihre besten Freunde. Sie aß gern, und Spiegeleier konnte sie durchaus braten. Das qualifizierte sie doch in gewisser Weise als Lebensmittelspezialistin?

»Klar, kein Problem.«

Áki hatte ihr Zögern nicht bemerkt, oder er hielt es für Bescheidenheit. »Also gut. Wegen der Kennitala mach dir keine Gedanken, die besorge ich.« Entschuldigend fügte er hinzu: »Anfangs kann ich nur Mindestlohn zahlen. Aber wenn es erst mal läuft, bekommst du natürlich mehr.«

Im Augenblick lief es für sie bereits wesentlich besser als gedacht. Falls Isländer ihr Leben immer so unkompliziert anpackten wie Áki und seine Cousine, befand sie sich in Reykjavík am richtigen Ort. Merit reichte ihm die Hand. »Deal!«

»Prima. Das freut mich! Alles, was du zum Malern brauchst, bekommst du von Einur. Die Inneneinrichtung besorgt er auch.« Áki zeigte auf die Wand hinter sich, auf die jemand eine Web-Adresse und einige Zahlen gesprüht hatte. »Seine Firma. Das darunter ist meine Telefonnummer.«

»Praktisch.« Merit machte mit ihrem Handy ein Foto und beobachtete dabei aus dem Augenwinkel, wie Áki einen ausgeblichenen Knochen aus der Hosentasche zog.

»Wenn du Fragen hast, kannst du mich anrufen. Hier ist der Schlüssel zum Laden.«

»Ist das ein Stück vom Wal?«

»Nein, Delfin.« Als er ihre entsetzte Miene bemerkte, korrigierte er sich hastig: »Das war ein Scherz. Es ist Schwemmholz, ein Kumpel schnitzt Schlüsselanhänger daraus. Sieh her, es ist ganz leicht.«

Zögerlich griff sie danach. Er hatte recht, es fasste sich wie glattes Holz an. »Du kennst mich doch gar nicht.«

»Guðrún sagt, du bist okay. Sie irrt sich mit so was nie.« Er zuckte mit den Schultern. »Es ist ja auch nicht so, als könnte man hier etwas Wertvolles klauen. Wir haben ein paar Gigs in Norwegen und Dänemark. Cookie wollte sich um alles kümmern, während ich mit den Auftritten Geld für die Startphase besorge.« Ernst sah er sie an. »Mir ist durchaus bewusst, dass man nicht sofort Gewinn machen kann, aber ich habe inzwischen so viel in das Projekt investiert, dass ich es nicht einfach hinschmeißen will.«

Bevor Merit wusste, was sie tat, nickte sie. »Ich kann nicht garantieren, dass in zwei Wochen alles fertig ist, aber wenn dein Freund Einur schnell liefert, sind zumindest die Wände gestrichen. Dann sehen wir weiter, okay?«

»Großartig! Warte, das muss besiegelt werden.«

Áki verschwand in der dunklen Tiefe des Raums und kehrte kurz darauf mit einer Schnapsflasche und zwei Wassergläsern zurück, die er schwungvoll füllte. »Auf Berlin!«

Die klare Flüssigkeit roch nach nichts, brannte sich aber

einen feurigen Weg in ihren Magen und erhöhte den Restalkohol in Merits Blut um gefühlte dreihundert Prozent.

»Och!«, war alles, was sie herausbrachte.

»Gut, oder?« Den Zeigefinger auf den Lippen, zwinkerte er ihr zu. »Landi. Selbst gemacht.«

7.

Merit wärmte ihre Hände an einem blau-weiß bedruckten Becher Kaffee und beobachtete einen Mückenschwarm, der vor dem Küchenfenster in der Nachmittagssonne tanzte. Die heiter anmutende Szene täuschte, denn das *Eis-Land* machte seinem Namen alle Ehre. Ganz gleich, wie sommerlich sich die Reykjavíker auch kleiden mochten, das Thermometer am Fenster war auf neun Grad gesunken, und sie fror trotz weit aufgedrehter Heizung.

Berlin-Style, hatte Áki gesagt, als sie wissen wollte, welche Farben er sich für seinen Laden wünschte, und sie erkannte bald, dass er überhaupt keine Vorstellung davon besaß, wie das Café aussehen sollte. Seine Stärke seien Getränke und Musik. Alles andere sei Cookies Aufgabe gewesen. Aber diese offenbar vielseitige Dame fuhr ja nun zur See und hatte ihre Pläne mitgenommen.

Während sie gemeinsam die Räume ausgemessen hatten, waren Merit bereits einige Ideen gekommen, die sie nun in brauchbare Zeichnungen umsetzen wollte. Entschlossen nahm sie den Zeichenstift zur Hand und zog die erste Linie eines Entwurfs.

Draußen war es noch immer hell, als der alberne Kuckuck hinter dem Holztürchen hervorschoss und sein Ruf sie aufschreckte. Elf Mal schlug die Uhr. Merit lehnte sich zurück und betrachtete ihre Skizzen, die den gesamten Küchentisch bedeckten. »Das wird toll!« Zufrieden lächelnd, stand sie auf, gähnte und streckte sich.

Köttur tat es ihr nach. Mit einem eleganten Satz sprang er danach vom Sofa, auf dem er die letzten Stunden zusammengerollt geschlafen hatte, und stolzierte zum Futternapf.

»Du hast ja alles aufgefressen!«

Er warf ihr einen Blick zu, als wollte er sagen: »Es ist deine Aufgabe, für ausreichend Nahrung zu sorgen. Schon vergessen? Dafür hat Ísrún dich schließlich angestellt.«

»Du hast ja recht.« Lächelnd öffnete sie eine Dose und erneuerte das Wasser. »Besser so?«

Er würdigte sie keines Blickes. Sein langes, rötlich-braunes Fell ließ ihn wie eine Wildkatze aussehen und nicht wie ein domestiziertes Schmusekätzchen. Seit er hereingekommen war, hatte er sich noch nicht von ihr anfassen lassen, und auch jetzt sah er immer wieder über die Schulter, während er die saftigen Brocken hinunterschlang, als traute er der fremden Frau in seiner Wohnung nicht so recht.

»Wir werden uns schon aneinander gewöhnen«, versprach sie ihm. »Richte deinem Kumpel aus, er soll sich auch mal blicken lassen, damit ich Ísrún sagen kann, dass es euch gut geht.«

Als Antwort schüttelte sich Köttur und quetschte sich durch die Katzenklappe, was ihm mit dem gut gefüllten Bauch nicht leichtfiel. Hoffentlich stürzte er beim Sprung auf den nächstgelegenen Baum nicht ab. Doch als Merit die Balkontür öffnete, war er bereits verschwunden.

Frischer Wind wehte herein. Kurz vor Mitternacht waren die Lichter in den Fenstern der Nachbarn erloschen. Der Nachthimmel schimmerte in einem silbrigen Grau, außer dem Mond leuchtete nur der Abendstern weit über ihr. Obwohl die Straßenlaternen inzwischen glommen, wäre es immer noch hell genug für einen Spaziergang gewesen. In wenigen Wochen würde die Sonne überhaupt nicht mehr untergehen. Auf diese Mittsommernächte freute sich Merit sehr.

Im letzten Jahr war es ihr gelungen, Ferdinand zu überreden, während der weißen Nächte ein gemeinsames Wochenende in Sankt Petersburg zu verbringen. Anders als er war sie begeistert gewesen von der Lebensfreude der Russen, die sich in den Abendstunden in den Straßen versammelten, um zu feiern und den Himmel zu betrachten, der sein schimmerndes Gewand mit fantastischen Farben schmückte, wie es ihre Reiseleiterin poetischer nicht hätte ausdrücken können.

Nicht weniger erhoffte sie sich vom isländischen Mittsommer, wenn der Himmel schon nicht mit den berühmten Polarlichtern aufwartete. Nicht etwa, weil es sie nicht gab. Man sah sie nur einfach am besten in vollständiger Dunkelheit. Hoffentlich konnte sie lange genug hierbleiben, um auch dieses Wunder der Natur mit eigenen Augen zu sehen.

Es gab schlechtere Gründe, sich als Köchin zu versuchen. Die Sache hatte nur einen Haken. Katrine konnte sie nicht um Rat fragen, denn die ahnte noch immer nichts von den aktuellen Entwicklungen in Merits Leben. Leonie hatte am Nachmittag eine Nachricht geschickt: *Konnten noch nicht reden. Bin für acht Tage in China unterwegs. Mach keine Dummheiten, Kleines.*

Leo war die geborene Diplomatin, ihr gelang es spielend, die Wogen zwischen den ungleichen Schwestern zu glätten. Ohne ihre Vermittlung regte sich Katrine bestimmt furchtbar auf und machte ihr zum tausendsten Mal Vorhaltungen: Weil sie nicht zielstrebig war, ihr Erbe verschleuderte – was im Übrigen nicht stimmte, Leonie hatte das Geld für sie angelegt – und vor allem, weil sie nicht erwachsen werden wollte.

Auf eine weitere Gardinenpredigt hatte sie keine Lust. Sie wusste selbst, dass sie in Schwierigkeiten geraten würde, wenn ihre kleine Notlüge aufflog.

Merit rieb sich die Augen. Das Zeichnen hatte sie angestrengt. Es war Zeit, schlafen zu gehen.

Kaum lag sie im Bett, war sie wieder hellwach und dachte über eine Speisekarte nach. Kuchen und Berliner Spezialitäten hatte Áki gesagt. Du lieber Himmel. Was war eigentlich typisch für Berlin? Er wollte seinen Gästen doch nicht etwa Kalbshaxe und Currywurst servieren? Mit diesem Gedanken schlief sie ein.

Möglicherweise war es ein ungewohnter Laut, der sie aufgeweckt hatte. Mit klopfendem Herzen lauschte sie ins Zwielicht. Da war es wieder. Direkt über ihr. Ein Geräusch, als ob sich jemand auf knarrendem Parkett bewegte. Nach Katze klang das nicht. Sie dachte nach. Natürlich war es möglich, dass die Dachetage ebenfalls vermietet war. Aber das hätte Ísrún bestimmt erwähnt. Schließlich besaß, wer auch immer dort oben lebte, Zugang zu allen unteren Räumen.

Auf einmal knackte es im Flur. Erschrocken zog sie die Bettdecke höher und lauschte in die Stille. Doch nun war nichts mehr zu hören. Erleichtert atmete sie ein paar Mal tief durch. Wahrscheinlich hatte sie sich das alles nur eingebildet. In alten Häusern knackte und knarrte es eben manchmal.

Ihr Herzschlag hatte sich gerade beruhigt, als die Kuckucksuhr an der Wand zwischen ihrem Zimmer und der Küche schlug. Das war genug! Sie zog sich die Decke über den Kopf und setzte in Gedanken Ohropax und eine Schlafmaske auf ihre Einkaufsliste. Es war schon wieder hell draußen.

Schließlich stand sie entnervt auf. Der dämliche Kuckuck nebenan krächzte zu jedem Glockenschlag. Fünf Uhr.

Für eine zukünftige Tortenbäckerin allerdings die passende Uhrzeit, mit ihrer Arbeit zu beginnen, dachte sie amüsiert. Also gut. Gähnend zog sie sich eine Strickjacke über den karierten Flanellpyjama und ging auf Socken durch den kalten Flur in die Küche, um den ersten Kuchen ihres Lebens zu backen, der nicht aus einer Fertigbackmischung stammte. Bestimmt konnte es nicht schaden, die Rezepte auszuprobieren, bevor sie ihre kulinarischen Wunderwerke einem größeren Publikum vorstellte.

Als das Wasser im Kessel brodelte, hatte Merit bereits die gestern gekauften Zutaten für einen Hefeteig hervorgeholt, und wenig später studierte sie mit einer Tasse Kakao in der Hand einschlägige Internetseiten. Zuerst machte sie einen Teig für Berliner Pfannkuchen: Das Mehl mit lauwarmer Milch, etwas Zucker und Hefe in einer Schüssel verrühren, aufgehen lassen und mit den restlichen Zutaten kneten. Warm stellen. Das war einfach.

Da die so erstellte Masse den Rest selbst erledigte, hatte sie ausreichend Zeit, die Schwarzwälder Kirschtorte vorzubereiten, zu der sie die Kuckucksuhr inspiriert hatte. Für den dunklen Biskuitteig mussten Eigelb und -weiß getrennt werden, las sie im Rezept. Entschlossen schlug Merit das erste Ei an der Tischkante auf, wie sie es bei ihrer Schwester unzählige Male gesehen hatte. Den Dotter von einer in die andere Hälfte zu befördern, während das Eiweiß hinunter in die Schüssel rann, hatte einfach ausgesehen. War es aber nicht: Er blieb an der gezackten Schale hängen, tropfe zäh hinunter und ließ sich hinterher mit dem Löffel nicht herausfischen. Auch der zweite Versuch scheiterte. Das war kein Beinbruch, zum Frühstück würde sie sich eben ein Omelett zubereiten.

Damit hatte sie ihr Problem aber noch nicht gelöst. Die Eier mussten getrennt werden, was das betraf, war das Rezept unmissverständlich.

Als sie sich abwandte, um im Internet nachzusehen, ob es einen Trick gab, fiel Merits Blick auf die leer getrunkene Wasserflasche aus Plastik, und ihr kam eine Idee. Gespannt, ob es funktionieren würde, schlug sie das dritte Ei in eine neue Schüssel, stülpte die leicht zusammengedrückte Flasche darüber und saugte das Eigelb ein. »Ich bin genial!«, erklärte sie dem Kuckuck, der aus seiner Tür sah, um die halbe Stunde anzuzeigen, und fuhr mit ihrer Arbeit fort, bis sie einen Teig zusammengerührt hatte, den sie in einer Springform in den vorgeheizten Herd schob.

Weil ihr vierzig Minuten zu lang vorkamen, drehte sie

den Temperaturregler kurzerhand bis zum Anschlag. Der Herd gab eine Reihe von Pieptönen von sich und brummte danach fröhlich vor sich hin. Die solchermaßen verkürzte Backzeit konnte man nutzen, um Sahne zu schlagen. Auch etwas, das sie seit Jahren nicht mehr getan hatte. Wozu gab es diese genialen Sahnesprüher aus dem Kühlregal?

Als Merit Vanillezucker hinzugeben wollte, den Ísrún in einem Glas aufbewahrte, rutschte sie ab und der gesamte Inhalt landete in der Sahne. Sie steckte den Finger hinein und probierte. Ganz schön süß … doch sie liebte Vanille, und der dunkle Biskuitboden würde das schon wieder wettmachen.

So schwierig ist Backen gar nicht, dachte sie und durchsuchte ihre Einkäufe nach dem kleinen Fläschchen Kirschwasser, für das sie extra zu einem *Vínbúðin* gefahren war, weil es alkoholische Getränke nur in diesen staatlichen Geschäften zu kaufen gab, wie man ihr im Supermarkt erklärt hatte. Der Preis war schwindelerregend gewesen, aber ohne dieses besondere Aroma durfte sich eine echte Schwarzwälder Kirschtorte so nicht nennen, hieß es im Rezept.

Anscheinend hatte sie die Tüte mit dem Fläschchen im Auto liegen lassen. Auch wenn es nur ihr erster Versuch war, so gut, wie es gerade lief, wollte sie gleich alles richtig machen. Kurzerhand zog sie die Stiefel an und nahm den Autoschlüssel vom Haken.

Gerade als sie die Heckklappe öffnete, kam ihr ein Gedanke – und sie erstarrte. Langsam öffnete sie die Hand, doch darin lag nur der elektronische Wagenöffner. Der Hausschlüssel lag auf der Kommode in ihrem Zimmer.

Ärgerlich schlug sie den Kofferraum zu und lief zum Haus zurück, aber natürlich war es zu spät. Die Tür war ins Schloss gefallen, und durch böses Anstarren würde sie sich nicht öffnen lassen.

Die zweite Klingel fiel ihr erst jetzt auf. *K. Kjellsson* stand in Ísrúns Schrift auf dem handgeschriebenen Schild. Es wohnte also tatsächlich jemand im Dachgeschoss! Wer mochte das wohl sein? Augenblicklich war ihr Interesse geweckt. Eine Einheimische, bei der sie ihre frisch erworbenen Sprachkenntnisse anwenden könnte, wäre toll. Oder eine der vielen Saisonkräfte, die den Sommer über in Island jobbten und mit der Rückkehr der Dunkelheit zurück in ihre Heimatländer flogen wie bunte Zugvögel?

Sie wollte schon klingeln, ließ den Finger dann aber schwebend verharren. Die geheimnisvolle Nachbarin – Merit war fest davon überzeugt, sich das Haus mit einer Frau zu teilen – war mitten in der Nacht nach Hause gekommen. Das erklärte die unheimlichen Geräusche. Sie wäre bestimmt nicht erfreut, zu so früher Stunde aus dem Bett geklingelt zu werden. Es musste einen anderen Weg geben hineinzugelangen. Die Balkontür! Sie war nur angelehnt. Hatte sie bei ihrer gestrigen Inspektion nicht auch ein Rankgitter gesehen?

Merit lief ums Haus bergab in den Garten und tatsächlich: An der Hauswand war ein Spalier befestigt. Nur leider nicht besonders sorgfältig, wie ein prüfender Griff ergab, bei dem sich eine Schraube mit Dübel aus der Wand löste. Der Wind zerrte an ihrer Pyjamahose, und die Gänsehaut, die ihre Beine heraufkroch, fühlte sich höchst unangenehm an. Die Strickjacke mit beiden Händen bis zur

Nase ziehend, sah sie sich um. Selbst wenn sie auf einen der Klappstühle steigen würde, fehlten noch zehn Zentimeter bis zum Balkongeländer. Um es zu erreichen, müsste sie einen ziemlich Satz machen und sich anschließend daran hinaufziehen. Merit hielt sich für einigermaßen sportlich, aber eine Artistin war sie nicht.

Über ihr miaute es. Genau! Die Katzen gelangten ja auch irgendwie auf den Balkon. Sie sah nach oben und seufzte. Köttur stand auf einem Ast, von dem aus es ein Leichtes für ihn war hinüberzuspringen. Für sie wäre es nicht so einfach.

»Geh rein und hol mir die Schlüssel!«, flüsterte sie, doch er drehte sich ungerührt um und war im Nu vom Baum über eine Backsteinmauer in den Nachbargarten gesprungen. »Dusseliges Tier!« Als sie ihm hinterherstarrte, entdeckte Merit die Holzleiter. Im einsetzenden Nieselregen schleppte sie das schwere Ding durch den Garten, lehnte es an die Hauswand und machte den ersten Schritt. Wie befürchtet sank die Leiter ein Stück in den weichen Boden ein. Das würde eine wackelige Angelegenheit werden. Vorsichtig, um nicht zur Seite umzukippen, stieg Merit Sprosse für Sprosse hinauf. Glücklich oben angekommen, schwang sie sich über die Balkonbrüstung und wollte schon aufatmen, als die Türen aufgerissen wurden. Beißender Rauch wehte ihr entgegen. Erschrocken kniff sie die Augen zusammen und suchte am Geländer Halt.

Eine Hand legte sich ihr fest um den Oberarm. »Was zum Teufel ist hier los?«, fragte jemand auf Englisch.

Ein Hustenanfall verhinderte, dass sie die gleiche Frage stellen konnte. Sie riss die Augen auf. War das etwa der Mann von der Fähre? Sie musste sich irren.

Inzwischen hatte sich der Rauch etwas verzogen.

»Du?«

Er war es tatsächlich.

Unsanft zog der Typ sie in die Küche hinein und blickte sich um, als bemerkte er erst jetzt die herumstehenden Backutensilien. »Wie sieht es hier überhaupt aus?«

Merit öffnete den Mund, um ihm zu antworten, atmete falsch ein und bekam einen Hustenanfall. Benommen ließ sie sich aufs Sofa sinken und beobachtete, wie er ein Wasserglas füllte, es ihr reichte und sich anschließend einen Stuhl heranzog.

»Danke!« Sie wischte sich mit dem Ärmel über die tränenden Augen und sah auf das Backblech mitten auf dem Tisch. »Der ist sehr dunkel geworden.« Mit Mühe unterdrückte sie ein Lachen. Sie neigte in Stresssituationen zu unangebrachter Heiterkeit und wollte den Mann nicht weiter gegen sich aufbringen.

»Allerdings.«

»In so kurzer Zeit? Der Ofen muss kaputt sein.«

»Er funktioniert einwandfrei. Was sollte das werden?« Die Frage beantwortete er sich gleich selbst. »Kuchen? Den backt man nicht bei dreihundert Grad.« Mit einer resignierten Geste fuhr er sich mit der Hand durchs Haar. »Was tust du hier?«

»Ich ...«, sagte Merit mit so viel Würde, wie eine Frau haben konnte, die soeben dabei erwischt worden war, wie sie bei gefühlten null Grad Celsius im Pyjama auf einen Balkon kletterte, »... wohne hier.« Sie zog die Strickjacke fester vor der Brust zusammen. Die Balkontür stand noch immer offen, Brandgeruch lag in der Luft.

»In diesem Haus?« Er sah aus, als würde er ihr kein Wort glauben.

»Allerdings. Ísrún Bryndísardóttir musste nach Kanada, und ich werde ihre Katzen so lange versorgen, wie sie fort ist.« Sie dachte nicht daran, sich von ihm einschüchtern zu lassen. »Dich«, sagte sie nachdrücklich, »hat sie mit keinem Wort erwähnt.«

Fasziniert beobachtete Merit, wie sich die Farbe seiner Augen veränderte. Es war, als zöge ein Sturm auf und verdunkele sie zu einem Mitternachtsblau. Nun, da er so dicht vor ihr saß, korrigierte sie die Schätzung seines Alters nach unten. Er hatte sehr wahrscheinlich ein paar Jahre mehr erlebt als sie, und die feinen Linien um seinen Mund deuteten an, dass die nicht immer glücklich gewesen waren. Ähnliche Lebensspuren fand auch in ihrem Gesicht, wer ganz genau hinsah.

Die Erinnerung ließ sie unwillkürlich frösteln. *Als ginge jemand über ihr Grab*, wie ihre Oma zu sagen pflegte.

Abrupt stand er auf, schloss die Balkontür und drehte sich wieder zu ihr um. »Würdest du mir dann bitte erklären, warum du mitten in der Nacht Kuchen backst und dabei auf dem Balkon herumturnst?« Er blinzelte, als sähe er sie zum ersten Mal genauer an. »Im Pyjama?«

Was geht dich das an?

Sie musste die Frage laut gestellt haben, denn er sagte: »Es ist auch meine Küche, die du beinahe in Brand gesteckt hättest.« Wie zum Beweis drehte er sich um und öffnete einen der Oberschränke. »Ich brauche einen Kaffee. Willst du auch?«, fragte er zu ihrer Überraschung plötzlich auf Deutsch. Ohne ihre Antwort abzuwarten, nahm er zwei Tassen heraus, füllte den Wasserkocher und schaltete ihn ein. Während der Kessel summte, holte er das Glas mit dem löslichen Kaffee hervor und fragte über die Schulter: »Milch, Zucker?« Er bewegte sich tatsächlich so selbstverständlich, als wäre er hier zu Hause. Warum hatte Ísrún ihr bloß verschwiegen, dass sie nicht allein lebte?

»Ohne alles, bitte.«

Merit wollte Klarheit, und die würde sie nur erlangen, wenn sie nachfragte. Mit einem Seufzer streifte sie sich ihre Stiefel von den Füßen, zog die Beine hinauf aufs Sofa und steckte sie unter die Wolldecke, auf der der Kater geschlafen hatte. Ihr war zu kalt, um sich Gedanken über gute Umgangsformen zu machen, und schließlich war das auch *ihre* Küche, ganz gleich was er behauptete – zumindest vorübergehend.

Um einen verbindlichen Gesichtsausdruck bemüht, lehnte sie sich zurück, denn sie hatte das unangenehme Gefühl, dass sie sich irgendwie mit ihm würde arrangieren müssen, falls sie hierbleiben wollte – und das wollte sie unbedingt.

Mit einem nicht ganz ehrlichen Dankeschön nahm sie ihre Tasse entgegen – Merit hasste Instantkaffee. »Ísrún und du, ihr seid also …«

»Roommates«, fiel er ihr ins Wort. »Wir teilen uns das Haus. Die Mieten in Reykjavík sind astronomisch.« Er setzte sich und sah sie einen kurzen Augenblick regungslos an, bevor seine Miene freundlicher wurde, als hätte er sich zu einer Entscheidung durchgerungen. »Ich bin übrigens Kristján. Und du?«

Von der Veränderung abgelenkt, die dieses Lächeln –

wenn auch nur angedeutet – in seinem Gesicht auslöste, antwortete sie nicht sofort. Es ließ ihn zugänglicher wirken.

Hohe Wohnkosten würden erklären, weshalb ihre Vermieterin jemanden gesucht hatte, der hier während ihrer Abwesenheit lebte und einen Teil davon übernahm, aber nicht, warum sie ihr die Versorgung der Katzen so sehr ans Herz gelegt hatte.

»Merit.« Sie entspannte sich und reichte ihm die Hand. Sein fester Griff fühlte sich warm an. Und er hatte einen ähnlichen Effekt auf sie wie ihre zufällige Berührung auf der Fähre. Sie nippte an ihrer Tasse und verzog das Gesicht. »Wieso versorgst *du* die Tiere nicht?«

»Du meinst den Kater?« Kristján blinzelte, als hätte er ihre Frage nicht genau verstanden. »Natürlich füttere ich Köttur, wenn ich da bin.«

»Und was ist mit dem anderen? Wo ist er eigentlich, ich habe ihn bisher überhaupt noch nicht gesehen.«

»Ísrún hat eine zweite Katze? Davon wusste ich nichts. Die muss neu sein. Ich war verreist, wie du weißt, und ...«, Kristján trank einen Schluck Kaffee, bevor er weitersprach, »Ísrún hat ein Herz für Streuner.« Er sah auf die Uhr. »Ich muss los. Den Rest kannst du mir später erklären und – bring das bitte in Ordnung.« Mit einer weiträumigen Geste, die sowohl die verwüstete Küche als auch ihr Hiersein offenbar einschloss, stand er auf, um hinauszugehen. Auf Socken.

Gedankenverloren betrachtete sie seinen Rücken. Entweder war er ein genetischer Glückspilz, oder er trainierte hart für diese Figur.

An der Tür drehte er sich noch einmal um.

Als wäre sie bei etwas Ungehörigem ertappt worden, sah Merit zur Seite.

»Der Hefeteig ist inzwischen übrigens genügend aufgegangen.«

»Tatsächlich?«

»Er haut dir ab, wenn du nicht aufpasst.« Mit diesen Worten schloss er die Tür hinter sich, und sie hätte schwören können, dass er lachte.

Merit sah zum Tisch, wo ein graubraunes Ungeheuer aus der Rührschüssel kroch. Es hatte das Handtuch abgeworfen und hing nun wie zäher Schleim über die Kante des Küchentischs.

Fluchend sprang sie vom Sofa, um die klebrige Masse aufzuhalten.

8.

Behutsam ließ Kristján die Hand über ein Rotorblatt seiner *Dolphin* gleiten. Alles in Ordnung. Nichts anderes hatte er von den Mechanikern der *Ice Air* erwartet. Auf ihre Logbucheinträge konnte man sich verlassen. Dennoch nahm er es mit dem Vorflugcheck ganz genau.

Während er die Klarliste Punkt für Punkt abhakte, erlaubte er sich keine weiteren Gedanken. Jetzt noch das Hauptfahrwerk, fertig. Ein Blick auf die Uhr zeigte, dass ihm bis zur Ankunft der Passagiere zwanzig Minuten Zeit blieben. Fünf Touristen, die eine etwa dreistündige Vulkantour erleben wollten. Normalerweise erklärten die Piloten unterwegs, welche Sehenswürdigkeiten und Landschaften sie überflogen, aber der Veranstalter dieser Tour warb mit einem besonderen Service, und so wurde die Gruppe von Sundance begleitet, die nicht nur das Reden übernahm, sondern bei Zwischenlandungen auch dafür sorgte, dass es ihren Gästen in kulinarischer Hinsicht an nichts fehlte. Solange Kristján nicht selbst Champagner auf einem Gletscher ausschenken musste, war es ihm gleich, für welchen Unsinn die Leute ihr Geld ausgaben. Dass er mit Sunny fliegen sollte, dämpfte seine Vorfreude heute allerdings.

Nach seiner Rückkehr hatte er endgültig Schluss machen wollen, aber Sundance hatte eingelenkt und ihm hoch und heilig versprochen, seinen Wunsch nach Unabhängigkeit zu respektieren. Der anschließende Sex war gut gewesen, und so war er eben doch geblieben.

Gestern Abend hatte es aber erneut Streit gegeben. Daraufhin hatte er mitten in der Nacht die Sachen gepackt und war in seine eigene Wohnung zurückgekehrt. Was ein großes Glück war, denn morgens war er gerade noch rechtzeitig erwacht, um zu verhindern, dass sie abbrannte.

Das hätte er sich nicht verziehen. Dieses Haus im Herzen des beliebtesten Stadtteils von Reykjavík war alles, was Ísrún besaß. Ihr Mann hatte es ohne Eigenkapital gekauft, als die Zinsen noch lächerlich niedrig gewesen waren. Damals, vor der Bankenkrise, die Island erschüttert hatte. Nun war der Mann fort, und sie saß auf einem riesigen Schuldenberg. Die Situation war absurd, denn Haus und Grundstück waren in den letzten zwei, drei Jahren enorm im Wert gestiegen. Sie zu verkaufen, hätte ihr mehr als genug Geld für eine gute Wohnung in einem anderen Bezirk gebracht. Doch das kam für sie nicht infrage. Sie liebte ihr Haus und behauptete, die Elfen wachten darüber. Heute war er geneigt, selbst daran zu glauben. Vor seiner Freundschaft mit Ísrún wäre er niemals auf derart verrückte Gedanken gekommen.

Kristján mochte seine Mansarde. Da er gern kochte und es oben nur eine Teeküche gab, hatte Ísrún ihm angeboten, die Wohnküche auf ihrer Etage mitzubenutzen. Wenn es sich ergab, bereiteten sie gemeinsam ein Essen zu. Sie hatte oft Freunde zu Besuch oder ihre Schwester aus Hafnarfjörður. An solchen Tagen gab es immer interessante Gespräche und viel zu lachen. Ursprünglich nur Vermieterin, war sie, ohne dass er es wollte, so etwas wie die Mutter für ihn geworden, die er als Kind schmerzlich vermisst hatte. Dabei war sie nur zwölf Jahre älter als er, eher also eine große Schwester. Doch Ísrún trug eine Weisheit in sich, die ihn auf eine Art berührte, für die er keine Worte fand.

Im Übrigen lag die Ránargata, in der sich das Haus befand, in seiner bevorzugten Wohngegend zwischen der Innenstadt mit zahllosen Geschäften und dem alten Hafen. Zum Flughafen war es auch nicht weit, bei gutem Wetter fuhr er mit dem Fahrrad dorthin. Das freie Zimmer, in das Merit eingezogen war, vermietete Ísrún gern an Austauschstudentinnen, wenn sie mindestens zwei Semester blieben. Unruhe, wie sie Touristen und damit ein häufiger Wechsel mit sich brachten, schätzten sie beide nicht. Und Männer wollte Ísrún auf ihrer Etage nicht wohnen lassen.

Kristján hatte anfangs den Verdacht gehabt, dass sie ihn vor allem wegen seiner Ordnungsliebe duldete. Zu Hause hatte der Vater ihm das Aufräumen buchstäblich eingebläut. Später beim Militär hatte sich dieser unerbittliche Drill als hilfreich herausgestellt. Für Soldaten wie Flieger konnte Ordnung überlebenswichtig sein. Überdies verdiente er gut und hatte sich den Luxus leisten können, die Mansarde zu behalten, als er letzten Winter als jüngstes Teammitglied keinen Vertrag von *Ice Air* bekommen und stattdessen Einsätze im spanischen Küstenschutz geflogen hatte. Der milde, sonnige Winter, die mediterrane Lebensart hatten ihm gutgetan. Heilen würde seine Seele niemals, doch er hoffte, sich mit den Narben darauf eines Tages ebenso zu arrangieren wie mit denen auf seinem Körper.

Island hatte ihm dennoch gefehlt. Tief in seinem Herzen war er ein Mann des Nordens und hatte sich deshalb auf einen weiteren Sommer direkt unterhalb des Polarkreises gefreut.

Wenn bloß die Frauen nicht wären. Mit Sundance eine Affäre zu beginnen, das hatte er sofort gewusst, war ein Fehler gewesen. Frauen wie sie bedeuteten immer *Trouble*. Und prompt hatte ihr Noch-Ehemann, der als Veranstalter exklusiver Reisen ein wichtiger Kunde von *Ice Air* war, angekündigt, sie zurückerobern zu wollen.

Ausgerechnet in so einer Situation lief ihm dieses seltsame Mädchen auf der Fähre über den Weg. Ja, er hatte sie angesprochen. Ohne einen bestimmten Grund. Vielleicht wollte er einfach ihre warme Stimme noch einmal hören. Idiotisch, klar. Aber wer sagte, dass ein Mann immer logisch sein musste? Außerdem hatte doch niemand damit rechnen können, dass er ihr wiederbegegnen würde. Und schon gar nicht unter solchen Umständen.

Doch Ísrún hielt die Deutsche offenbar für geeignet, während ihrer Abwesenheit das Haus zu hüten und sich um den verrückten Kater zu kümmern. Er hatte natürlich von ihren Plänen, den Sommer in Kanada zu verbringen, gewusst, und ihm hätte klar sein müssen, dass das Zimmer wieder vermietet werden würde. Dennoch hätte er erwartet, dass sie eine solche Entscheidung mit ihm absprach. Schließlich wusste sie über seine Vergangenheit Bescheid. Was, wenn er die neue Mitbewohnerin versehentlich für einen Einbrecher gehalten und ausgeschaltet hätte? Woher sie das Mädchen wohl kannte? Egal, sie versorgte den Kater, obwohl der auch ganz gut allein zurechtkam, und wahrscheinlich zahlte sie obendrein Miete. Schon aus diesem Grund sollte er sich gut mit ihr stellen. Ísrún zuliebe.

Merkwürdig, dass er von ihr als *Mädchen* dachte. Dabei war sie eindeutig eine Frau. Eine durchaus attraktive zudem, obwohl sie überhaupt nicht seinem üblichen Beuteschema entsprach, wofür er eine spontane Dankbarkeit empfand.

Kopfschüttelnd versuchte er, das Bild des zerzausten Elfenmädchens loszuwerden, das im karierten Flanell-Pyjama auf seinem Balkongeländer gehockt hatte. Warum bloß? Er hatte ganz vergessen, sie danach zu fragen.

Das Weib, ein rätselhaftes Wesen. Der beste Beweis dafür kam soeben auf hohen Absätzen, mit einladendem Hüftschwung und strahlend auf ihn zu. Gefolgt von ihrer Assistentin Moira, die einen Handwagen zog, schritt Sundance über das Rollfeld, als wäre der graue Asphalt ein allein für sie angelegter Laufsteg. Mit dem ihr eigenen, verheißungsvollen Unterton begrüßte sie ihn, als hätte es nie einen Streit gegeben: »Hallo, Darling!«

Keine Frage, sie war eine schöne Frau. Ohne nachzudenken, legte er die Hände auf ihre schmale Taille und erwiderte ihre gehauchten Begrüßungsküsschen. Ein Fehler, denn sofort schmiegte sie sich an ihn. »Du hast es dir überlegt«, sagte sie mit einem Gurren in der Stimme.

»Wie kommst du darauf? Der Wetterbericht ist einwandfrei.« Er reichte ihr den Ausdruck vom Flugwetterdienst. »Sonnenschein und nur ein leichter Westwind. Deine Kunden werden begeistert sein.«

»Du bist so ein Arschloch!«

Das hatten schon andere Frauen zu ihm gesagt. Ohne

die Miene zu verziehen, zeigte er aufs Flughafengebäude. »Da kommen sie. Ich helfe Moira beim Verladen.«

»Wir sprechen uns noch!«

»Natürlich.« Er wandte sich der schottischen Assistentin zu, die seinem Blick auswich. »Was gibt es heute Schönes?«

»Gammelhai, Pferdewürstchen und Schwarzer Tod.«

»Du machst Witze!«

»Dass man dich mal aus der Ruhe bringen kann.« Moira lachte. »Keine Sorge. Die werden dir den Heli nicht vollkotzen. Hoffe ich jedenfalls.« Sie zeigte auf die mitgebrachte Kühlkiste: »Champagner und Häppchen.«

»Und was ist in der anderen Box?«

»Du kannst nachsehen, alles legal!«

»Mach ich.« Nachdem er den Deckel abgehoben und den Inhalt geprüft hatte, schob Kristján die Kisten in den Helikopter. Sein Vorgänger war rausgeflogen, weil er gegen Bezahlung nebenher unangemeldete Transporte übernommen hatte. Das würde man ihm nicht nachsagen können. Wenn Platz war, nahmen alle Piloten mal Post mit oder andere Dinge, die es nur in Reykjavík zu kaufen gab. Doch die Fracht musste angemeldet werden, denn jedes zusätzliche Kilo kostete teuren Sprit.

Obwohl sein Tag chaotisch begonnen hatte, freute er sich auf den Flug – und, wenn er ehrlich war, irgendwie auch darauf, am Abend wieder nach Hause zu kommen. Ob er das seltsame Mädchen dort treffen würde, dessen Lächeln ihn seit ihrer ersten Begegnung begleitete?

Der Tag wurde wieder einmal länger als geplant. In seinem Job musste Kristján darauf gefasst sein, auch außergewöhnliche Einsätze zu fliegen. Am Nachmittag hatte er kaum die Gäste nach ihrem Rundflug abgesetzt, als ein Notruf reinkam. Eine beim Klettern verunglückte Touristin musste ins Landspitali Reykjavík geflogen werden. Weil es in den letzten Jahren immer mehr solcher Flüge gab und er dank seiner medizinischen Erfahrungen bestens dafür geeignet war, hatte *Ice Air*, die den freiwilligen Rettungsdienst ICE-SAR unterstützten, ihn für die Sommersaison gern wieder eingestellt.

Viel später als geplant schloss Kristján seine Haustür auf. Die untere Etage lag im Dunkeln. Natürlich konnte er nicht erwarten, dass sie jetzt noch wach sein würde, sagte er sich und ging in die Küche, um nachzusehen, ob der Kater versorgt war. Der rote Teufel kam üblicherweise in der Nacht, um sich vollzufressen und gemütlich auf dem Sofa zu schlafen. Tagsüber trieb er sich in der Nachbarschaft herum und machte die feline Damenwelt unsicher.

Nachdem Kristján das Wasser ausgetauscht hatte, wollte er sich schon zum Gehen abwenden, als er den Zettel auf dem Küchentisch bemerkte. Belustigt las er: *Bin am Malen – bring Pizza mit, und ich gestehe alles.* Darunter hatte sie eine Adresse notiert.

Ein anstrengender Tag lag hinter ihm, dennoch zögerte Kristján nur kurz, bevor er hinauf in seine Wohnung lief. Er zog sich schnell um, legte eine Flasche Wein in die Messenger Bag und schulterte sein Fahrrad. Ja, er schätzte Ordnung und Verlässlichkeit. Doch Herausforderungen wie diese, und mochten sie auch noch so klein sein, liebte er fast noch mehr. Kristján wusste nicht, was das verrückte Huhn mit *Malen* meinte. Und es gab nur einen Weg, das aufzuklären: Zwei knusprige Pizzen und eine Fahrt zu der angegebenen Adresse.

Eine halbe Stunde später war er dort. Durch die zugeklebten Schaufensterscheiben schimmerte Licht. Die ausgesprochen schräge Musik, die er von innen hörte, ließ ihn schmunzeln. Der Sound passte zu ihr, und ihm kam er auch bekannt vor. Sehr wahrscheinlich hörte sie eine der jungen, wilden isländischen Bands. Nachdem Kristján sein Fahrrad abgeschlossen hatte, klopfte er an die Ladentür. Er wartete eine Weile und hatte schon die Hand erhoben, um fester gegen die Scheibe zu schlagen, als die Musik leiser wurde und gleich darauf Schlüssel klapperten.

»Herein!«, sagte sie und hielt ihm die Tür auf. »Ich hätte nicht gedacht, dass du kommst.«

Ihr gut gelauntes Lachen wirkte ansteckend, und als er sie näher betrachtete, konnte er sich ein Grinsen nicht verkneifen. Die blonden Haare waren verstrubbelt, auf der Wange prangte ein grüner Farbfleck, und auch die Jeans hatte schon bessere Tage gesehen. Wobei es ihm unwahrscheinlich erschien, dass all die Farbspritzer erst heute draufgekommen waren. Offensichtlich hantierte sie nicht zum ersten Mal mit Farben.

Es war nur ein schmaler Streifen milchweißer Haut zwischen dem hochgerutschten Saum ihres Shirts und einem tief sitzenden Hosenbund, aber der Anblick machte ihn nervös. Ihm war klar, dass er wegsehen musste.

Die Hände in die Hüften gestemmt, den Kopf schräg gelegt, musterte sie ihn ebenfalls. »Was ist?«

»Essen wir im Stehen?«

Etwas Besseres fiel ihm auf die Schnelle nicht ein. Ihr

spöttisches Lächeln verriet, dass ihr sein Starren nicht entgangen war.

Er wandte sich ab. Der Raum war weitgehend leer, nur ein paar Farbeimer und eine Leiter standen herum. Die linke Seite war mit Scheinwerfern hell erleuchtet, die andere lag im Dunkeln. Kristján unterdrückte den Impuls, sich alles genauer anzusehen, stattdessen packte er die Tasche aus.

»Nimm Platz.« Merit zog einen Stapel Holzkisten ins Licht. »Oh! Du hast Wein mitgebracht.« Mit diesen Worten verschwand sie in der Dunkelheit. Was hatte sie nun wieder vor? Weil es nichts anderes zu tun gab, stellte er die Weinflasche ab, drehte eine der Kisten hochkant und breitete ein sauberes Taschentuch darauf aus.

»Wow, ein gedeckter Tisch! Ich habe die passenden Gläser gefunden.« Merit stellte zwei Plastikbecher ab und setzte sich. »Du hast nicht zufällig ein Schwert dabei?«

»Warum?« Er setzte sich ebenfalls und streckte seine Beine aus. »Willst du mich köpfen, wenn dir die Pizza nicht schmeckt?«

»Das wäre eine Überlegung wert. Aber nein, ich hatte eigentlich daran gedacht, die Flasche damit zu öffnen. Im Kino funktioniert das super.«

»Lass es mich erst mal damit probieren«, schlug er vor und klappte ein Taschenmesser auseinander, das er immer bei sich trug.

Während er den Wein entkorkte und einschenkte, öffnete Merit die Pizzaschachteln. »Das duftet himmlisch.«

»Ich wusste nicht, was du lieber magst. Diese hier ist vegetarisch mit Spinat und …«, er sog den Duft durch die Nase ein, »einer Menge Knoblauch, fürchte ich. Die andere ist mit Salami, Schinken, Peperoni, Pilzen, Oliven und extra viel Käse.«

Als sie sagte, dass sie beide gern probieren wollte, schnitt er die Pizzen in handliche Stücke und prostete ihr mit dem Plastikbecher zu. »Na dann: Willkommen in Island!«

Merit lobte den Wein und nahm sich ein Stück Spinatpizza. »Köstlich! Ich liebe Mitternachtspicknicks. Auch wenn sie für die Figur absolut tödlich sind«, fügte sie kauend hinzu. »Entschuldige, aber ich habe einen Bärenhunger.«

An ihrer Figur hätte es selbst dann nichts auszusetzen gegeben, wenn sie etwas mehr als nur ein paar Pfunde zusätzlich auf den Hüften gehabt hätte. Frauen mit Rundungen an den richtigen Stellen gefielen ihm. Bohnenstangen wie Merit waren deshalb nicht sein Typ, und das war auch gut so. Denn vorerst, das hatte er am Nachmittag beschlossen, würde er sich nun wirklich von allen weiblichen Wesen fernhalten. Die Affäre mit Sunny hatte bewiesen, dass es einfach nicht sein sollte.

Dennoch interessierte es ihn, was Merit in Island tat, schließlich plante sie, wenn er sie recht verstanden hatte, so lange hierzubleiben, bis Ísrún aus Kanada zurückkehrte, und das würde nicht vor dem Ende des Sommers sein.

Während des Essens fragte er deshalb: »Was hat dich hierher verschlagen?« Als sie nicht sofort antwortete, sagte er: »Als wir uns auf der Fähre getroffen haben, dachte ich, du würdest eine Rundreise machen, Wasserfälle ansehen und in der Blauen Lagune baden wie die meisten anderen Leute an Bord.«

»Eigentlich nicht, obwohl baden in einer Lagune cool klingt. Um ehrlich zu sein …« Sie sah ihn einen Augenblick forschend an, als überlegte sie, ob sie ihm trauen konnte. Ihre Lider flatterten, und er bemerkte dabei ihre ungewöhnlich langen Wimpern. »Mein Freund … wir haben uns getrennt. Ich wollte einfach nur weg. Etwas Neues anfangen. Alles anders machen«, sagte sie leise und fuhr nach einer Weile fort: »In Berlin habe ich keine bezahlbare Unterkunft gefunden, aber diese hier war zufällig frei.« Sie schob sich schnell ein Stück Pizza in den Mund.

»Ausgerechnet in Reykjavík? Die Mieten sind seit der Krise extrem gestiegen.«

Bevor sie antwortete, tupfte sie sich die Lippen mit der Serviette ab und griff nach ihrem Weinbecher. »Echt? Ich war noch nie in Island, aber von Reykjavík schwärmen so viele Leute, das wollte ich mir sowieso mal ansehen. Also bin ich hergezogen.«

»Im Ernst?«

Offenkundig hatte er es mit einer Träumerin zu tun. Kristján wusste nicht, ob er sie für ihren Leichtsinn verachten oder für ihren Mut bewundern sollte. Um Zeit zu gewinnen, bot er ihr mehr Wein an. Merit lehnte mit einer Geste ab, aber er schenkte sich selbst nach. »In ein fremdes Land auszuwandern, weil es zu Hause nicht läuft, ist selten eine gute Idee. Warum bist du nicht irgendwohin gegangen, wo du wenigstens die Sprache beherrschst?«, hörte er sich sagen und verstummte sofort wieder. Abgesehen davon, dass sein Isländisch inzwischen passabel war, hatte er selbst genau das getan. Allerdings verdiente er mit seinem Job auch gutes Geld. Bei ihr sah es nicht danach aus.

»Was meinst du mit auswandern?« Merit lachte. »Ich bin doch nur umgezogen, das hätte ich früher oder später auf jeden Fall gemacht.« Nun blickte sie ihn finster an. »Berlin ist zu klein für Ferdinand und mich. Isst du das noch?« Sie griff nach dem letzten Stück Spinatpizza. »Ich brauchte eine neue Wohnung, und zwar schnell. Ísrúns Angebot war super, also bin ich hierhergefahren. In Bordeaux oder Bristol hätte ich mir auch einen neuen Job suchen müssen. Genauso wie in Berlin übrigens. Mein Chef ist ein Vollpfosten.« Der Ton, mit dem sie das ihm unbekannte Wort aussprach, ließ vermuten, dass es nichts Freundliches bedeutete. Obwohl er sich in ihrer Einstellung wiedererkannte, sagte er: »Stell dir das mal nicht so einfach vor.«

»Ach was. Was glaubst du, warum ich hier mitten in der Nacht die Wände für den Cousin meiner Isländisch-Lehrerin bemale?« Sie starrte eine Weile ins Leere. »In einem anderen Land neu anzufangen ist für mich normal. Mein ganzes Leben habe ich das schon getan.«

Als er sich erkundigte, was sie damit meinte, erzählte sie ihm von ihren Eltern. Von der Mutter, die im diplomatischen Dienst tätig gewesen und deshalb häufig umgezogen war, was ihre älteren Schwestern und sie nicht immer lustig gefunden hatten. »Neue Freunde, neue Schule, alle paar Jahre ein neues Land. Wir Expat-Kinder sind heute alle digitale Nomaden.«

Nicht anders war es Kristján in früheren Jahren ergangen. Sein Vater hatte für die NATO gearbeitet, bis er im letzten Jahr an einem Herzinfarkt gestorben war, bevor sie sich hatten versöhnen können. Doch das waren Dinge, die man nicht mit einer Fremden besprach, deshalb nickte er nur und ließ es damit bewenden. Sie musste selbst wissen, was sie tat. »Kann ich dir mit etwas helfen?«, fragte er stattdessen.

Merit versuchte, ein Gähnen zu unterdrücken. »Für heute mache ich Schluss. Ich muss schnell noch die Pinsel und das andere Zeugs auswaschen.« Sie lächelte müde. »Wir haben ja nur über mich gesprochen. Beim nächsten Mal darf ich dich ausfragen, okay?«

»Einverstanden.« Die Aussicht auf ein weiteres Abendessen freute ihn unerwartet. »Wir könnten kochen«, schlug er vor.

»Lieber essen gehen«, sagte sie schnell. »Die Küche ist nicht mein Revier. Im Haus riecht es immer noch ein bisschen nach Rauch. Tut mir leid.«

Obwohl er sich heute Morgen geärgert hatte, machte Kristján eine beschwichtigende Geste und räumte Pizzakartons und Becher zusammen. Als er Merit danach zusah, wie sie ihr Werkzeug reinigte, stellte er fest, dass sie, anders als in Ísrúns Küche, sorgfältig damit umging.

Gemeinsames Kochen fiel also aus, und er war heilfroh darüber. Den Vorschlag hätte er ohnehin am liebsten zurückgenommen, kaum dass er ausgesprochen war, weil so eine Verabredung doch verdächtig nach einem Date klang. Ihn interessierte selbstverständlich, mit wem er die kommenden Monate unter einem Dach wohnte. Mehr aber wollte er nicht von diesem unkonventionellen Mädchen.

Dass seine innere Stimme herzlich über diesen beispiellosen Akt der Selbsttäuschung lachte, überhörte Kristján.

9.

Als Merit nach diesem überraschend netten Ausklang des Tages im Bett lag, dachte sie noch lange nach. Bemerkenswerten Männern war sie heute begegnet.

Mit Kristján hatte sie sich gut unterhalten, aber so richtig schlau war sie nicht aus ihm geworden. Sein Gang, die Art, wie er sich durch den Raum bewegte und dabei alles im Blick zu haben schien, wirkte nicht nur selbstbewusst, sondern auf eine beunruhigende Weise kriegerisch. Besonders nett hatte sie ihn heute Morgen auch nicht gefunden, aber im Nachhinein verstand sie natürlich, dass er ziemlich erschrocken gewesen sein musste, jemanden im Haus vorzufinden, und dann noch in dieser unmöglichen Situation.

Und dann dieser Einur. Ákis Freund hatte angerufen, nachdem sie die verqualmte Küche aufgeräumt und mit einem Duftspray ausgesprüht hatte, um ihr zu sagen, dass er ihre Bestellung jetzt sofort oder in der kommenden Woche liefern könnte.

»Nächste Woche ist viel zu spät! Da brauchen wir Mobiliar und Waren, wenn Áki rechtzeitig eröffnen will«, hatte sie ihm erklärt. »Ich komme!«

Also hatte sich Merit eine Mütze über die frisch gewaschenen Haare gestülpt und war zum Café gerast, um dort anderthalb Stunden über die unterschiedlichen Auslegungen des Zeitbegriffs nachzudenken. Dabei war sie zu dem Schluss gekommen, dass es in den wenigsten Ländern üblich war, zu vereinbarten Terminen pünktlich zu erscheinen, und sie sich womöglich in einem aufhielt, für das diese Großzügigkeit ganz besonders galt. In der Sprachschule hatte sie unfreiwillig ein Gespräch angehört, in dem sich ein Schüler darüber beklagt hatte, und auch die Mitreisenden auf der Fähre hatten viele Beispiele dafür gefunden. Nun denn, so war es eben. Ihr kam das eigentlich entgegen, umso mehr, als auch sie es selten schaffte, Verabredungen auf den Glockenschlag genau einzuhalten, sosehr sie sich auch bemühen mochte.

Über eine Stunde warten zu müssen war allerdings selbst für sie eine beachtliche Geduldsprobe. Als er endlich auftauchte, bewies der seebärige Einur jedoch ein herzliches Wesen und wirkte obendrein so ernsthaft geknickt, dass sie den bissigen Kommentar hinunterschluckte, der ihr auf der Zunge lag, und ihm stattdessen half, Malerwerkzeug und Farbeimer hineinzutragen. Zum Schluss versprach er, sich zu melden, sobald die Möbel einträfen, und versicherte ihr, Tische und Stühle befänden sich auf dem Seeweg.

»Die Theke hoffentlich auch«, sagte Merit und zeigte auf die Linien auf dem Boden, die die Stelle markierten, wo das gute Stück einmal stehen sollte.

»Die ist seit dreißig Jahren in Island.« Einur lachte dröhnend, als hätte er einen Scherz gemacht. »Wir müssen sie nur in Thórshövn ab- und hier wieder aufbauen.«

»Bevor der Fußboden verlegt wird.« Beim Wort Fußboden glaubte sie, ein leichtes Flackern in seinen Augen zu sehen. Doch sie konnte sich irren.

Mit einer dunklen Stimme, die laut genug war, um ein Wikingerschiff zu befehligen, sagte er: »Natürlich«, und legte ihr dabei eine große Pranke auf die Schulter. »Bist du sicher, dass du bis dahin alles gemalert hast?«

»Aber klar, und ich fange gleich damit an.« An ihr sollte es nicht liegen.

Zuerst mussten die Wände ganz normal gestrichen werden. Die Entwürfe würde sie erst später umsetzen, bis dahin wollte sie auch einen Einrichtungsplan erstellt haben. Besser wäre es natürlich gewesen, die Räume wären schon fertig möbliert. Blickachsen und Proportionen hätten sich dann einfacher planen lassen.

»Das kriege ich schon hin«, sagte sie in den leeren Raum hinein und lauschte dem Hall ihrer Worte nach, bevor sie die Musik aufdrehte und mit dem Abkleben der Tür- und Fensterrahmen begann.

Zu diesem Zeitpunkt hatte sie es längst bereut, diese blöde Nachricht an ihren Mitbewohner geschrieben zu haben. Nach dem unglücklichen Wiedersehen auf dem Balkon und in der Küche hätte er die Nase voll von ihr haben müssen und bestimmt keine Lust, sich als Pizzabote zu betätigen. Aber er war gekommen, und sie hatten das zukünftige Kaffi Berlin erst nach Mitternacht verlassen.

Jetzt fragte sich Merit, wie es ihm gelungen sein mochte, alles Mögliche über sie zu erfahren, ohne viel von sich preiszugeben. Von der Trennung hätte sie ihm wirklich nicht als Erstes erzählen müssen. Aber nun war es eben passiert. Davon, dass solche ersten Gespräche zwischen zwei Leuten, besonders wenn sie zukünftig unter einem Dach wohnten, dem gegenseitigen Kennenlernen dienten, hatte er augenscheinlich noch nichts gehört. Jedenfalls hatte er wenig von sich erzählt.

Die Entdeckung, einen Mitbewohner zu haben, hatte Merit anfangs ziemlich aus der Bahn geworfen. Sie hatte sich darauf gefreut, eine Wohnung für sich zu haben, ohne die Schwestern oder Ferdinand. Schon beim Gedanken an den elenden Kerl kamen ihr immer noch die Tränen.

Überhaupt Berlin. Ein bisschen komisch fühlte es sich schon an, der Stadt so überstürzt den Rücken gekehrt zu haben, als befände sie sich auf der Flucht vor Ferdinand. Aber der räumliche Abstand würde ihr helfen, über die Enttäuschung hinwegzukommen, davon war sie überzeugt, und das Malen ebenfalls. Sie nahm sich vor, den Aufenthalt wie ein Stipendium zu sehen, mit genügend Zeit, sich mit ihrer künstlerischen Arbeit zu beschäftigen, Neues auszuprobieren und sich darüber klar zu werden, was sie in Zukunft wirklich tun wollte. Und, klar, sie würde arbeiten müssen, um ausreichend Geld zu haben, denn Lebensmittel und vermutlich auch alles andere in Island waren wahnsinnig teuer.

Merit erinnerte sich an das Freundinnentreffen am Abend vor ihrer Abreise aus Berlin. Sie hatte von der Trennung erzählt und dass sie sich eine Auszeit nehmen würde. Wohin die sie führte, hatte sie allerdings für sich behalten. Womöglich wären einige ihrer Bekannten auf die Idee gekommen, ihr nachzureisen, um in Reykjavík billig zu wohnen und abzufeiern. Auf diese Art von Gesellschaft konnte sie vorläufig gut verzichten.

Die Freundinnen äußerten sich angemessen schlecht über Ferdinand, den sie sowieso schon immer für einen langweiligen Spießer gehalten hatten, und rieten, sich schnell mit einem neuen Mann zu trösten. Sie machten auch gleich Vorschläge, die Merit entrüstet ablehnte. »Vorerst habe ich keine Lust auf etwas Verbindliches.«

Carla, die Inspizientin in dem Theater war, für das Merit manchmal arbeitete, seufzte: »Glaub mir, je länger du dir Zeit lässt, desto weniger Männer ohne einen ernsthaften Defekt sind auf dem Markt. Mein größter Fehler war, mich in einen geschiedenen Mann zu verlieben. Steffen hat sämtliche Altlasten in die Beziehung mitgebracht. Und damit meine ich nicht die Kinder, die sind eigentlich ganz okay.«

»Und warum hat es danach mit Martin nicht geklappt?«

»Der kam mit meinen Arbeitszeiten nicht klar. Außerdem war er von Mutti verwöhnt. Mit so einem hast du auch keinen Spaß, das kann ich dir sagen.«

Zu dem Thema konnte Merit ebenfalls einiges beitragen. Am Ende des Abends hatte jede ihre Erfahrungen geteilt, sogar die Kellnerin, und Merit sagte: »Das klingt, als hätten alle Männer eine Macke.«

»Da ist was dran.« Carla nahm einen Schluck von ihrem Cocktail und schüttelte sich. »Morgen habe ich einen Riesenkater. Inzwischen denke ich, der Mensch ist nicht zur Ehe geeignet. Am besten, du suchst dir einen fürs Bett, einen zum Reden und einen, um die Ikea-Regale zusammenzuschrauben. Wenn die biologische Uhr richtig laut zu ticken beginnt, lässt du dir eben ein Kind machen.«

»Falls es bis dahin bessere Bedingungen für Alleinerziehende gibt«, hatte Barbara eingeworfen und auf die Uhr geblickt. »Stellt euch das mal nicht so einfach vor.«

»Mädels, ich habe hier ein akut gebrochenes Herz und soll mich sofort nach was Neuem umsehen? Ich bin doch nicht verrückt.«

Die Freundinnen hatten damals gelacht.

Aber Merit wurde auch heute noch das Gefühl nicht los, dass sie in ihren Augen genau das war, weil sie *nicht* sofort nach Ersatz Ausschau halten wollte. Trotzdem stand für sie fest: Nur um nicht allein zu sein, würde sie sich gewiss nicht mit irgendeinem Menschen zusammentun, den sie nicht liebte. Regale, dachte sie, kann ich auch selbst zusammenschrauben. Vorerst hatte sie die Nase voll von Beziehungen und wollte Zeit für sich, bevor sie wieder jemanden in ihr Leben ließ, was doch immer bedeutete, auf Freiheiten zu verzichten.

Es war schon merkwürdig. Ihre Eltern, dachte Merit, hatten sich geliebt. Die drei Töchter hätten unterschiedlicher nicht sein können, aber an die große Liebe schien keine von ihnen zu glauben. Leonie hielt diese Vorstellung für eine Falle des Schicksals, der man geschickt aus dem Weg gehen musste. Katrine fand, man müsse sich zusammenraufen und ein gemeinsames Ziel verfolgen, um glücklich zu werden. Sie selbst war nicht besser. Obwohl sein Verrat und die Trennung Merit furchtbar verletzten und der Schmerz bestimmt nicht über Nacht verschwinden würde, war Ferdinand nicht der Mann ihres Lebens. Sie hatte sich in ihn verliebt, nachdem sie lange gut befreundet gewesen waren, und Katrine hielt das für eine solide Basis, weil es sich bei ihr ähnlich verhielt. Inzwischen wusste Merit jedoch, dass sie ihn nie als den Einen, als ihren Seelengefährten empfunden hatte, mit dem sie hatte alt werden wollen. Ferdinand war im Grunde immer nur das Nächstbeste zu *Mr. Right* gewesen, und er hatte das ganz sicher gespürt und sie letztlich deshalb verlassen. Merit war noch nicht bereit, ihm zu vergeben, aber sie wusste, dass sie es eines Tages tun würde. Am Scheitern einer Beziehung waren eben mindestens zwei Menschen beteiligt. In ihrem Fall vielleicht auch drei, denn Ferdinands Mutter hatte nach Merits Auszug garantiert vor Freude auf dem Tisch getanzt.

Rasch verdrängte sie das unerfreuliche Bild in ihrem Kopf und sah auf ihr Smartphone. Zwei Uhr. An Schlaf war nicht zu denken. Schnell tippte sie eine kurze Nachricht an Ísrún. *Köttur gewöhnt sich langsam an mich, der andere Streuner war bisher nicht hier*, schrieb sie zum Schluss.

Eine Minute später kam eine Antwort: *Der taucht schon noch auf, keine Sorge.*

Weil sie bei dieser Helligkeit immer munterer wurde, checkte sie auch noch ihre Mails. Die meisten waren Spam, doch es war auch eine Einladung zu einer Geburtstagsparty darunter. Im ersten Augenblick sagte ihr der Absender nichts, dann aber erinnerte sie sich. Der Typ wolle mit einem Dutzend besonderer Freunde, stand da, auf einem Spreekahn feiern. Freunde? Sie kannten sich kaum. Außerdem hielt Merit Abstand, nachdem er sie auf einem Fest ziemlich unangenehm angemacht hatte. Dass er sich nun ausführlich nach ihrem Befinden erkundigte und sie zu seiner Party einlud, konnte nur eins bedeuten: Die Nachricht von ihrem Auszug bei Ferdinand hatte die Runde gemacht.

Die nächste Mail bestätigte die Vermutung. Eine Kollegin aus der Werbeagentur erkundigte sich, wie es ihr nach der Trennung ginge. Der Chef sei total sauer gewesen, als er hatte feststellen müssen, dass sie wegen der Überstunden nicht mal den Vertrag gebrochen hatte, sondern sogar noch Geld bekommen sollte. *Wo steckst du denn?*

Merit antwortete: *Alles prima. Ich nehme eine Auszeit von Berlin – auf einer einsamen Insel.*

Komplett gelogen war das nicht, aber sie kannte diese Ex-Kollegin. Sie war nicht nett, sondern neugierig, und würde alles weitertratschen, was man ihr anvertraute. Insel stimmte, und Einsamkeit kannte sie ebenfalls seit Langem. Es gab Augenblicke, in denen herrschte unvermittelt eine beängstigende Leere in ihr. Wie ein Vakuum, das ihr das Herz zusammendrückte. Dieses bedrohliche Nichts zu füllen fehlte ihr häufig die Kraft, und dann zog sie sich zurück, um zu malen oder, falls das nicht ging, lange Spaziergänge zu machen. Früher war sie einfach im Bett liegen geblieben. Wenn es ganz schlimm wurde, tat sie das auch heute noch. Die bedrückende Dunkelheit kam zuweilen buchstäblich aus heiterem Himmel. Besonders nach einem glücklichen Moment hatte Merit große Angst davor. Die Finsternis in ihrer Seele schien sie dann verschlingen zu wollen und von der Welt abzuschirmen, bis niemand sie mehr erreichte. Obwohl sie in den letzten Jahren recht gut gelernt hatte, damit umzugehen, auch mithilfe von Medikamenten, blieb der Schatten immer in Sichtweite. Er war ein Teil von ihr geworden, den sie zu akzeptieren gelernt hatte. Wie ein hässlicher Höllenhund, um den man sich kümmerte, damit er sich nicht ausgehungert auf einen stürzen konnte, obwohl man sich nichts mehr wünschte, als von seiner Gesellschaft befreit zu werden.

Als beschwerlich, aber weniger lähmend erwies sich, was sie bei den zahllosen Ortswechseln erlebt hatte, die zu ihrer Biografie gehörten. Traurigkeit gehörte auch da zum Abschied von einer gewohnten Umgebung, doch was Neuanfänge betraf, wusste sie sich zu helfen: Leute treffen, rausgehen, das Leben umarmen – wenn es auch im Laufe der Jahre schwieriger geworden war, neue Freundschaften zu entwickeln und alte zu pflegen. Als Kind hatte sie Kontakt geknüpft, ohne darüber nachzudenken. Je erwachsener sie aber wurde, desto engmaschiger und undurchlässiger erschienen ihr die sozialen Netze. Sie hatte einige gute Bekannte, echte Freundinnen waren jedoch nicht darunter.

Die meisten ihrer ehemaligen Mitschülerinnen hatten das Studium abgeschlossen, bauten an ihrer Karriere und sprachen immer öfter über Kinder oder den richtigen Zeitpunkt, welche zu bekommen. Einmal war sie sogar als Trauzeugin nach Rom gereist. An die Stunden, die sie während der letzten drei Jahre in unvorteilhaften Brautjungfernkleidern verbracht hatte, mochte Merit gar nicht denken.

Zugegeben, ihre Berliner Clique aus Theater- und Medienleuten verhielt sich überwiegend anders. Nestbau wurde, so die einhellige Meinung, frühestens mit vierzig ein Thema, und bis dahin gab es gewissermaßen den gesellschaftlichen Auftrag, das Leben in all seinen Facetten zu genießen.

Ihre Schwestern, denen es ja nicht anders ergangen war, hatten Zeit gebraucht, um den Unterschied zwischen Befindlichkeiten und einer Depression zu erkennen. Leonie war es viel schneller gelungen als Katrine, die insgeheim wahrscheinlich immer noch dachte, dass frische Luft und gesundes Essen die beste Medizin gegen Seelenleid waren. Merit hatte längst aufgegeben, ihr zu widersprechen, denn zumindest schadete beides nicht, und Katrine war eine großartige Köchin.

Gerade wollte sie sich ausloggen, als die Mail eines ihrer Mitstudenten reinkam. Sie hatte ihn um Kiez-Fotos gebeten, die während eines gemeinsamen Studienprojekts entstanden waren. Sie trafen sich nur noch selten, aber er enttäuschte sie nicht.

Tom war inzwischen ein bekannter Fotograf im Bereich Stadtarchitektur und verdiente längst richtig gut Geld, während sie trotz brillantem Abschluss immer noch nicht wusste, wohin ihr künstlerischer Weg führen sollte. Vielleicht hätte sie damals das Angebot annehmen sollen, die Meisterklasse zu besuchen. Doch in dem Jahr hatte Ferdinand diesen wichtigen Job in Berlin bekommen, und sie war mit ihm gegangen. Berlin! Wer wollte schon in Düsseldorf studieren, wenn er in der aufregendsten Stadt Europas leben durfte? So hatte sie zumindest damals gedacht.

Was hast du damit vor?, wollte Tom nun in der E-Mail wissen, und sie schrieb zurück, dass sie plante, die Bilder an eine Wand zu projizieren und verfremdet darauf zu übertragen.

Du willst Malerei und Fotografie kombinieren? Klingt spannend. Schick mir was, okay?

So hatte sie die Sache bisher nicht gesehen. Merit musste

lächeln. Das Projekt versprach spannender zu werden, als sie bisher gedacht hatte.

10.

Die Sonne schien, und Merit inspizierte Ísrúns Fahrrad, das unter der Treppe zu Kristjáns Wohnung stand. Im März hatte irgendein Idiot ihr eigenes Bike in der Kulturbrauerei geklaut, wo sie gelegentlich bei der Vorbereitung von Firmenevents half, und sie war seither nicht gefahren. Jetzt hatte sie große Lust dazu. In Reykjavík gab es zwar einige leichte Steigungen zu bezwingen, aber die frische Luft auf dem Weg zur Sprachschule würde ihr guttun.

Bereits an der ersten Straßenecke bereute sie es allerdings, keine Handschuhe angezogen zu haben. Das warme, sommerliche Licht täuschte. Wie winzige Nadeln aus Eis fühlten sich im Gesicht und auf den Händen die Böen an, die vom Meer hinauf durch die Straßen stoben.

Wenig später, im gut geheizten Foyer der Sprachschule, schmerzten ihre Finger, als sich das Blut darin erwärmte. Ungeschickt zog sie den Reißverschluss ihrer steifen Polarjacke auf und befreite sich daraus.

Hæ! Hvað segir þú. »Hi! Wie geht es dir?«, begrüßte Guðrún sie.

Allt fínt. »Danke, gut.« Merit betrachtete ihre Lehrerin, die sich heute für ganz viel Blau entschieden hatte. »Wenn der Himmel das Meer küsst...« Sie zeigte auf die farbigen Haargummis. »Die passen perfekt zu deinen Augen.«

Herzlich erwiderte sie auch die fröhliche Begrüßung ihrer Mitschülerinnen und folgte ihnen ins Klassenzimmer, wo der Unterricht bald ihre gesamte Konzentration erforderte. So nett ihre Lehrerin auch sein mochte, die Isländerin war unerbittlich und gab keine Ruhe, bevor nicht alle die korrekte Aussprache der neu gelernten Vokabeln und Sätze beherrschten.

Zwei Stunden später saßen sie um einen Tisch im Café gegenüber der Schule und tranken heiße Schokolade – alle außer Guðrún, die sich einen Eiskaffee bestellt hatte.

»Dir ist wohl heiß?«

Martha schmunzelte. »Zu Hause in New Orleans war es gestern eine Temperatur von achtundneunzig, da würdest du bestimmt nur noch nachts vor die Tür gehen.«

»Wie viel ist das in Grad Celsius?« Guðrún setzte ihr Lehrerinnengesicht auf.

»Über dreißig«, sagte Martha nach kurzem Überlegen zufrieden, die Aufgabe gelöst zu haben. Sie legte sich ihren roséfarbenen Schal um, der wunderbar zu der dunklen Haut passte.

»Puh! Das ist heiß«, sagte Lieke, eine Holländerin, die schon recht gut Isländisch sprach. »Wenn es mir in Amsterdam zu warm wird, kann ich gar nicht genug Eiscreme essen. In den letzten Jahren sind die Temperaturen bei uns ziemlich gestiegen, findet ihr nicht auch?«

Merit nickte. »Kommt mir auch so vor. Mein Schmelzpunkt liegt bei vierundzwanzig Grad, und den erreiche ich neuerdings immer öfter auch in Deutschland.«

»Vierundzwanzig Grad?« Guðrún lachte. »Darauf kannst du hier lange warten. Das ist, glaube ich, die höchste Temperatur, die jemals außerhalb eines Labors in Island gemessen wurde.«

»Ich bin für einen internationalen Klimaaustausch!«, sagte Merit und winkte die Kellnerin herbei. Als die Frau an den Tisch trat, begann sie, ohne nachzudenken, auf Englisch mit ihr zu sprechen. Zufällig fiel ihr Blick dabei auf Guðrún, die unauffällig den Kopf schüttelte. Dann war der Ausflug ins Café also offenbar eine verlängerte Unterrichtsstunde. »Entschuldigen Sie. Ich möchte gern …« Nervös suchte sie nach den passenden Worten. »*Mig langar að fá …*« Damit verließen sie ihre Sprachkenntnisse, und Merit zeigte hilflos auf ihre leere Tasse.

»Heiße Schokolade mit Sahne, kommt sofort. Sie haben übrigens eine hübsche nordisländische Aussprache.« Die Kellnerin zwinkerte ihr zu, bevor sie davonging, um ihre Bestellung zuzubereiten.

Guðrún freute sich. »Man sagt, bei uns im Norden wird das klarste Isländisch gesprochen.« Dann erzählte sie vom Hof ihrer Eltern, der nur eine gute halbe Stunde von Akureyri entfernt lag, einer Stadt im Norden der Insel, die, wie sie stolz anmerkte, sich sogar eine Universität leistete. »Meine Großmutter stammt aus Deutschland. Sie hat sich erst in die Islandpferde und dann in Opa verliebt. Deshalb spreche ich auch ein wenig Deutsch«, fügte sie erklärend für Merit hinzu. »Wahrscheinlich hat Gunnar es erwähnt. Das tut er immer, wenn sich deutsche Sprachschüler anmelden.«

Das Gespräch wandte sich anderen Themen zu, und Merit erfuhr, dass Amy und Martha in einem Souterrain lebten, wo sie sich Bad und eine winzige Kochnische mit drei weiteren Saisonarbeitern teilten. Amy zeigte Fotos von den Zimmern auf ihrem Handy, in die gerade einmal ein schmales Bett und der Schrank passten. Die Fenster weit oben, fast unter der Decke, hatten immerhin bunte Gardinen, aber zum Essen mussten sie sich aufs Bett setzen, und den Tisch ersetzte ihr Koffer, über den Amy ein Tuch gelegt hatte. »Inzwischen habe ich mich dran gewöhnt. Wir schlafen da eigentlich auch nur«, sagte sie und steckte das Handy wieder ein. »Für das Geld hätte ich mir die Unterkunft schon ein bisschen komfortabler vorgestellt. Die Zimmer sind okay, aber eine richtige Küche zu haben wäre schon schön.«

Jede zahlte etwa die gleiche Miete wie Merit, und sie erkannte, welch großes Glück es war, in Ísrúns zauberhaftem Haus wohnen zu dürfen. Nun verstand sie auch, warum Kristján so ungläubig geschaut hatte, als sie die hohen Mieten in Berlin erwähnt hatte. Die waren ein Witz gegen Reykjavíker Mieten, die beinahe schon mit denen in New York konkurrieren konnten.

Auf dem Nachhauseweg dachte sie darüber nach, was ihre Sprachlehrerin über das Island jenseits der Hauptstadt erzählt hatte. Von einsamen Landschaften hatte Guðrún gesprochen, vom Leben mit der Natur und zotteligen Pferden. Obwohl Merit als Mädchen eine Pferdenärrin gewesen war, wusste sie nichts über die einheimischen Tiere, die laut Guðrún einen selbstbewussten, aber freundlichen Charakter besaßen.

Man könne unmöglich in Island leben und sich nicht für die abwechslungsreiche Natur begeistern, hatte Lieke ihr erklärt. Als Merit an ihre Anreise dachte, gab sie der sympathischen Holländerin recht. Obwohl ihr die geradezu religiös anmutende Verehrung Islands einiger Mitreisender auf der Fähre übertrieben vorgekommen war, hatte auch sie sich dem Zauber der Landschaft nicht entziehen können.

Sobald es möglich war, das nahm Merit sich nun fest vor, wollte sie einen Reitausflug machen und die zahllosen Sehenswürdigkeiten des Landes besuchen.

Es war kurz vor Mitternacht, als Merit einige Tage später ihre Malersachen zusammenräumte und den Projektor abbaute, den Guðrún zwei Abende zuvor, begleitet von Lieke mit einem Picknickkorb, vorbeigebracht hatte. Er gehörte der Schule, würde dort übers Wochenende aber nicht vermisst werden, hatte sie ihr versichert.

Während sie das Verlängerungskabel aufrollte, dachte Merit über die Hilfsbereitschaft der beiden nach und über den beeindruckenden Gleichklang, den sie ausstrahlten. Dabei ließ sie den Blick über das Wandbild gleiten, an dem sie in den letzten Tagen, wenn man einmal von den Sprachstunden absah, nahezu ohne Pause gearbeitet hatte.

Die Technik war ihr aus der Bühnenmalerei vertraut. Nachdem sie ein geeignetes Foto aus ihrer Sammlung auf die grundierte Rückwand des Cafés projiziert hatte, skizzierte Merit die Konturen und malte sie anschließend aus. Das klang einfacher, als es wirklich war, denn es galt Licht und Farbschattierungen zu beachten, aber dieses Bild konnte sie, ohne selbstgefällig zu sein, als ihr bisher bestes bezeichnen. Nachdem die entsprechende Beleuchtung installiert wäre, musste jeder, der das Café betrat, glauben, er blickte aus weit geöffneten Flügeltüren auf einen typischen Berliner Boulevard mit Restaurants, Läden und einem breiten, von Laternen und Bäumen gesäumten Trottoir.

Zufrieden lächelnd, schloss sie die Ladentür ab und fuhr nach Hause.

Weniger erfreulich waren die anderen Vorbereitungen verlaufen. In einer Woche sollte das Kaffi Berlin eröffnet werden, aber die Möbellieferung befand sich zusammen mit Geschirr und Besteck immer noch auf hoher See.

»Das klappt doch nie!«

»Du schaffst das. Guðrún hat mir erzählt, wie toll du alles im Griff hast.« Áki, den sie endlich vor einem Gig in Stockholm erreichte, nahm ihre Hiobsbotschaft gelassen auf.

Aber Merit hatte überhaupt nichts *im Griff.* Nach dem vergeblichen Versuch, eine Speisekarte mit originellen Angeboten zu entwickeln, die sie mit einiger Übung vielleicht hätte zubereiten können, musste sich Merit eingestehen, dass dazu mehr als Back- und Kochkünste erforderlich waren. Besser, sie gestand ihm ihre Unfähigkeit, bevor es zu spät war. Noch hätte er genug Zeit, jemanden einzustellen, der sich auf sowas verstand. Natürlich würde es bedeuten, den Job zu verlieren. Wäre ja nicht das erste Mal.

»Áki, ich muss dir noch was sagen …« Ein schrilles Pfeifen aus dem Telefon unterbrach sie. »Was ist denn bei dir los?«

»Rückkopplung. Wir bauen gerade auf. Warte mal … Ben, nicht das Kabel!«, rief er und fuhr dann fort: »Du bist echt ein Engel, dass du dich um alles kümmerst!«

Ehe sie antworten konnte, hatte er aufgelegt.

»Ich weiß wirklich nicht, warum ich mir das antue«, erklärte sie nach diesem Telefonat dem roten Kater und füllte seinen Napf. Die andere Katze war noch immer nicht aufgetaucht, und sie hätte längst mit Kristján darüber sprechen sollen, ebenso wie über den Gestank nach faulen Eiern, der aus den Wasserhähnen kam. Doch wie jedes Mal, wenn sie in den letzten Tagen spät aus dem Café gekommen war, hing eine Stille im Haus, die von seiner Abwesenheit kündete. Sein Wagen stand nicht in der Straße. Entweder er hatte merkwürdige Arbeitszeiten, oder er schlief woanders. Tagsüber aber kam er durchaus nach Hause – und putzte. Auch heute sah die Küche aus, als hätte noch nie jemand darin gekocht, und Merit verspürte kurz den Drang, Brotkrümel auf den Boden zu streuen oder zumindest ein bisschen Kirschsaft beim Einschenken zu verschütten. Ganz gleich, wie katastrophal ihre Kochexperimente verliefen, wenn sie nachts aus dem *Berlin* kam, waren alle Spuren beseitigt und sogar der Mülleimer geleert. Sie meinte, den Vorwurf regelrecht riechen zu können. Ganz unmissverständlich war seine Botschaft, die besagte, wie wenig ihm ihre hausfraulichen Qualitäten gefielen. Als hätte sie nichts anderes zu tun, als jeden Tag Geschirr zu spülen und die Küche blitzblank zu wienern.

Genau die gleiche Methode hatte damals Katrine angewandt, um *das Küken* zu mehr Gemeinschaftssinn im *Dreischwesternhaushalt* anzuhalten, und sie hatte auch nicht mit Hinweisen auf ihre anspruchsvolle Tätigkeit im Hotel gespart, die sie schon, ohne ihren schlampigen Schwestern alles hinterhertragen zu müssen, bis zur Erschöpfung forderte.

Wahrscheinlich machte Kristján irgendeinen höchst wichtigen Job und wollte ihr durch sein Putzen unter die Nase reiben, wie er sich für ihre häusliche Gemeinschaft aufopferte. Es funktionierte: Merit wusch ihr Glas aus und stellte es zurück in den Schrank.

Der Mann war ein Pedant. So gesehen hätte es ihr gefallen müssen, dass sie ihm nach dem Pizzapicknick nur einmal an der Haustür begegnet war. Aber nein, er geisterte auffallend häufig durch ihre Gedanken, und sogar in ihren Träumen tauchte er gelegentlich auf. Für einen kurzen Augenblick war sie ernsthaft versucht, ihn anzurufen und an die Verabredung zum Essen zu erinnern. Aber das kam natürlich nicht infrage. Wahrscheinlich hatte er neulich nur zugestimmt, um höflich zu sein.

Ákis Anruf am nächsten Tag erreichte sie kurz vor Unterrichtsbeginn. Er erklärte ihr, dass sich die Möbel nicht unter der Ladung des sehnsüchtig erwarteten Frachters befunden hatten. »Aber Einur hat von einem Restaurant erzählt, das umgebaut werden soll. Der neue Besitzer sucht nach Käufern für die gesamte Ausstattung.«

»Das ist ja super!« Merit war erleichtert. »Wann kannst du dir die Sachen ansehen?«

»Tut mir leid, die haben es eilig, alles loszuwerden.« Bevor sie widersprechen konnte, fuhr er fort: »Der Wirt hat Fotos gemailt. Sieht alles super aus. Aber bevor ich mein Geld dafür ausgebe, wäre es mir einfach lieber, wenn sich das jemand noch mal vor Ort anschaut.«

Merit überlegte nicht lange – das war ein willkommener Anlass, endlich mehr vom Land zu sehen und ein paar

Fotos zu machen. »Okay, das kann ich machen. Wo ist denn dieses Restaurant?«

Der Laden befand sich in einem Kaff namens Laugarvatn. Bei gutem Wetter sei es in etwa einer Stunde zu erreichen, erklärte Áki, bedankte sich überschwänglich und legte auf.

Wieder hatte Merit es versäumt, ihre Schwindelei zu gestehen. Sie segelte direkt in eine Katastrophe, schob den Gedanken aber schnell beiseite, um sich auf den Sprachunterricht zu konzentrieren.

11.

Es war inzwischen Anfang Juni, doch letzte Woche hatte es im Norden noch einmal heftig geschneit. In Reykjavík regnete es. Kleine, eisige Tropfen, die so gar nicht zum Sommer passten. Die Vorhersage für den Nachmittag versprach allerdings Sonnenschein.

Schnee um diese Zeit sei nicht ungewöhnlich, erklärte Guðrún zum Abschied, und dass man in Island immer die Website mit Wetter- und Straßenzustandsbericht vor einer Fahrt aufs Land konsultieren sollte. »Es kann ja auch mal ein Vulkan ausbrechen«, sagte sie mit ernster Miene. »Genießt euren Ausflug, schlafen könnt ihr im Winter!«

»Mach uns keine Angst!«, sagte Lieke leichthin, lachte und winkte ihrer Freundin, bis sie am Ende der Straße ganz winzig geworden war. Dann sagte sie mit düsterer Stimme auf Deutsch zu Merit: »Manchmal lösen sich auch Teile vom Gletscher, und die Straßen sind unter Schlamm und Eis vergraben, oder es entstehen Risse nach einem Erdbeben.«

»Das klingt unheimlich.« Merit bekam ein schlechtes Gewissen, weil sie sich kaum Gedanken darüber gemacht hatte, was es bedeutete, auf einer vulkanischen Insel zu leben.

»Du solltest dir die Veður-App runterladen, die Wettervorhersage ist sehr zuverlässig, und man bekommt eine Nachricht bei Sturm- und Unwetterwarnungen«, sagte Lieke und tippte auf ihr Handy. »Aber keine Sorge, ich habe nachgesehen, alles gut.«

»Wenn ich dich nicht hätte!«

Áki bürdete ihr eine ganz schön große Verantwortung auf, und Merit war erleichtert, dass Lieke sie begleiten wollte. Mit einer Fachfrau an ihrer Seite war sie bestens gerüstet. Guðrúns Freundin würde bis Laugarvatn mitkommen und dort einen Bekannten treffen, mit dem sie nachmittags weiter nach Osten fahren wollte.

»Wie läuft es denn sonst so mit dem Café, soll das nicht nächste Woche öffnen?«, erkundigte sich Lieke, als sie Reykjavík hinter sich gelassen hatten.

»Mit den Malerarbeiten bin ich so weit durch, Licht haben wir inzwischen auch, und Einur baut heute möglicherweise die Theke ein.«

»Möglicherweise? Das ist typisch.«

»Allerdings.« Merit zögerte einen Augenblick, erzählte dann aber doch von den Schwierigkeiten. »Abgesehen davon, dass wir weder Möbel noch Geschirr haben, was sich ja heute hoffentlich ändern wird, bin ich das größte Problem.«

»Wie das?«

»Na ja, Áki hat mich als Ersatz für eine Konditorin angeheuert. Er möchte Torten und typische Spezialitäten aus Berlin anbieten.«

»Gute Idee!«

»Mag sein, aber ich kann nicht mal ein Ei kochen.«

»Oh! Warum engagiert er dich dann dafür?«

»Weil ich einen Job brauchte und gesagt habe …« Merit verstummte, denn der Kreisel, in den sie nun einbog, verlangte ihre gesamte Konzentration.

»… dass du kochen kannst«, vervollständigte Lieke den Satz.

»Genau. Meine Schwester kocht und backt großartig. Bei ihr sieht es ganz einfach aus. Da dachte ich, so schwer kann es nicht sein.«

»Ist es leider doch. Aber weißt du was? Ich könnte dir helfen, wenn du willst.«

»Wirklich?«

»Klar, das ist mein Beruf«, sagte Lieke und erzählte von ihrer Ausbildung zur Köchin und wo sie schon tätig gewesen war.

»Sogar eine Sterneküche? Aber warum arbeitest du jetzt am Empfang?«

»Das frage ich mich allmählich auch. Man sagt ja immer, in Küchen herrscht ein rauer Ton, aber der Empfangschef muss wohl in einem anderen Leben auch mal Koch gewesen sein. Ich kann eine Menge einstecken, aber er wird sogar vor Gästen laut.«

»Das geht ja gar nicht.« Merit dachte an ihren Ex-Chef in der Agentur, der auch versuchte, Kunden zu beeindrucken, indem er seine Mitarbeiter vor allen Leuten bloßstellte.

»Peinlich. Aber er hat was mit der Direktorin laufen, und deshalb sagt sie nichts. Wahrscheinlich wäre er selbst lieber Direktor und lässt uns das spüren. Trotzdem ist es kein schlechter Job: so gut wie keine Überstunden und mehr Geld. Die Miete von Guðrúns Apartment ist zur Saison – wie sagt man auf Deutsch – sie ist gewachsen.«

»Gestiegen. Entschuldige, da ist er wieder, der deutsche Zeigefinger.« Sie lachten beide.

»Überhaupt nicht, ich habe ja gefragt. Durch das Isländischlernen wird mein Deutsch nicht unbedingt besser.« Lieke zeigte nach links: »Lass uns da mal anhalten.«

Inzwischen war die Sonne herausgekommen, und gemeinsam bewunderten sie den Ausblick in die Ebene und auf die Berge, an deren Hängen Dampfsäulen aufstiegen.

»Vorhin sind wir am Kraftwerk Nesjavellir vorbeigekommen, aber hier kann man auch deutlich sehen, wie heiß es direkt unter der Oberfläche ist«, erklärte Lieke. »Die Isländer sind schlau, sie nutzen die Erdwärme und sparen Energiekosten.«

Merit zog die Nase kraus. »Es stinkt wie in unserem Bad.«

»Das ist der Schwefel. Das warme Wasser riecht immer ein bisschen danach, aber man gewöhnt sich dran.«

Da war sie sich nicht so sicher, aber dankbar für die Information. Wie peinlich, wenn sie Kristján deswegen angesprochen hätte. Gut, dass sie sich bei ihm nicht über ein Phänomen beschwert hatte, von dem bestimmt jeder Tourist wusste.

Später bogen sie von der Ringstraße nach Norden ab und fuhren in Richtung Hveragerði über eine Hochebene mit bizarren Lavafeldern, die stellenweise an einen Mondausflug denken ließen. Unterwegs wechselte die Landschaft immer wieder. Zahllose Berge natürlich, aber zwischendurch auch Birken, grüne Wiesen und Lupinenfelder, die bereits an einigen Stellen zarte Flieder- und Violettöne zeigten.

Weiter vorn in einer Senke tauchte eine große Schafherde auf. Die Tiere grasten beidseitig der Straße. Merit nahm den Fuß vom Gas. Solche Situationen kannte sie aus Schottland, wo die Schafe oft auf der Straße lagerten und sich nur sehr widerwillig aufscheuchen ließen oder einem sogar spontan vors Auto sprangen, gerade wenn Lämmer dabei waren wie hier.

Hinter ihnen hupte es, und sie wurden von einem Wagen mit Berliner Kennzeichen überholt, der in halsbrecherischem Tempo vorbeischoss. Die Beifahrerin zeigte ihnen einen Vogel, das war gerade noch zu erkennen, dann verschwanden sie in der aufgewirbelten Sandwolke.

»Sind die wahnsinnig?« Vor Schreck verriss Merit das Lenkrad und hatte nun alle Mühe, den schweren Wagen auf der abschüssigen Strecke in den Griff zu bekommen.

»Wow! Das war krass«, sagte Lieke, als sie kurz darauf im Schritttempo an den Schafen vorbeifuhren, die von der ganzen Aufregung natürlich nichts mitbekommen hatten. Sie ließ ihr Fenster aufgleiten und atmete tief durch. »Gut, dass dein Superschlitten uns nicht in die Landschaft gekippt hat.«

»Du glaubst doch nicht, dass der mir gehört?«

»Ach so.« Lieke lachte. »Eine unfreiwillige Leihgabe deines Ex?«

Merit, deren Herz allmählich wieder im normalen Rhythmus schlug, fiel in ihr Lachen ein. Die Fröhlichkeit ihrer Begleiterin tat so gut.

»Guck mal, Islandpferde mit Fohlen. Sind die süß!« Lieke war ganz aus dem Häuschen. »Wenn du im September noch da bist, musst du unbedingt zum Pferdeabtrieb mitkommen.«

»Würde ich gern, aber da ist Ísrún sicher zurück, und ich bin ja nur für den Kater da.«

»Aber du hast doch ein eigenes Zimmer, oder nicht? Dann kannst du bestimmt auch länger bleiben.«

»Mal sehen, aber die Pferde interessieren mich schon. Ich bin früher ein bisschen geritten.«

»Echt? Dann musst du mal am Wochenende zu Guðrúns Familie mitkommen. Reiten ist zwar nicht so meine Sache, ich habe ein bisschen Angst vor Pferden, aber diese sind ganz lieb, und draußen in der Natur ist es herrlich mit ihnen. Die Formen und Farben in Island erinnern mich immer an eine magische Welt. So, als würden Elfen und Trolle nicht in irgendwelchen Erdhügeln leben, sondern hier direkt unter uns.«

»Von Elfen weiß ich nichts«, sagte Merit, »aber Trolle leben definitiv im Internet.«

»Das ist allerdings wahr.«

Ihr Gespräch drehte sich bald um andere Dinge, bis Lieke sagte: »Wir sind gleich da.«

»Eine Minute zu früh«, stellte Merit erfreut fest.

»Ja«, war alles, was Lieke dazu zu sagen hatte, als sie auf dem verwaisten Parkplatz anhielten, der zum Restaurant gehörte. Sie nahm ihr Smartphone aus der Tasche und las vor, was im Reiseführer über den Ort stand. »Nördlich des Sees soll man gut wandern und reiten können, da hinten gibt es eine kleine Siedlung, wahrscheinlich Ferienhäuser. Die Isländer verbringen hier gern ihre freien Tage, weil man fischen und segeln kann. Eine Handvoll Hotels und Pensionen, Supermarkt und Tankstelle – da hast du deinen durchschnittlichen isländischen Ort.«

»Nicht zu vergessen der Durchgangsverkehr.« Merit zeigte auf zwei Reisebusse und einen Jeep mit riesigen Reifen, die an ihnen vorbei die Straße entlangrauschten. »Wo wollen die hin?« Sie stieg aus, und Lieke folgte ihr.

»Zum Tal der Greifvögel, Haukadalur. Dort gibt es den Geysir Strokkur, und dahinter ist gleich der Gullfoss. Den Wasserfall solltest du dir nicht entgehen lassen, er ist fantastisch. Für mich wird das leider zu eng, Mike kommt so gegen drei hier durch.«

Mike war ein Kollege von Lieke, einer der netten, wie sie sagte, der sie hier treffen und weiter zu gemeinsamen Freunden mitnehmen wollte, die abends einen besonderen Geburtstag feierten.

»Keiner da.« Merit probierte vergebens, die Tür zum Lokal zu öffnen. Die Scheiben hatte jemand mit Papierbögen verklebt. Man sah nichts.

»Wir könnten einen Zettel an die Tür machen und ins Thermalbad gehen«, schlug Lieke vor. »Es soll sehr schön sein. Hast du die Badesachen eingepackt, wie ich gesagt habe?«

»Jetzt? Wir sind doch verabredet.« Merit sah auf die Uhr, es war zehn nach elf. Der Verwalter konnte jeden Moment kommen.

Dreißig Minuten später rief sie Áki an, der tatsächlich mal zu erreichen war, und bat ihn um Unterstützung.

»Eine halbe Stunde sagst du? Das ist kein Grund zur Panik. Aber reg dich nicht auf, ich rufe ihn an.« Áki war ebenfalls dafür, dass sie so lange das Thermalbad genießen sollten. »Es ist toll. Wer weiß, wie lange das Wetter hält«, sagte er und legte auf.

In den Umkleideräumen galten strikte Regeln, die zur allgemeinen Verständlichkeit auf großen Tafeln mit den entsprechenden Zeichnungen auch in Englisch nachzulesen waren. Lieke zeigte ihr, wo sie die Schuhe ausziehen und abstellen konnte. Danach gingen sie auf Socken zu den Umkleidekabinen und standen wenig später in einem Duschraum, wo man Handtuch und Badesachen vor dem Duschen komfortabel in eine der weißen Röhren stecken konnte, die hier als Ablage dienten.

Alles war neu und sah sehr gepflegt aus. Sich in so einer Gemeinschaftsdusche nackt neben Fremden am ganzen Körper gründlich zu reinigen, fand Merit trotzdem gewöhnungsbedürftig. Andererseits war es einzusehen, dass niemand gemeinsam mit verschwitzten, ungewaschenen Leuten in den *heitir pottar* sitzen wollte, was übersetzt »Heißer Topf« oder einfach nur Hot Pot hieß.

Als sie anschließend in übliche Badekleidung verpackt im warmen Quellwasser entspannten und dabei auf den in der Sonne glitzernden See und die weiß behüteten Berge sahen, war eine neue Leidenschaft in ihr geboren. Sie löcherte Lieke, um zu erfahren, wo es in Reykjavík vergleichbare Orte gab.

Ein junges Paar aus Brüssel gesellte sich zu ihnen und erzählte begeistert von ihrer Fahrt durchs Hochland. Merit hörte interessiert zu, stellte Fragen über den Zustand der Straßen und ließ sich schließlich die Route beschreiben.

»Du fährst von hier in Richtung Geysir. Hinter der Brücke über den Skillandsá-Fluss geht links die F337 ab, sie ist seit zwei Wochen freigegeben. Wenn du dieser Piste folgst, hast du von oben einen tollen Blick über das Tal mit den beiden Seen.« Sie erläuterten, dass die Pisten nur mit Vierradantrieb befahren werden durften und gaben ihr den Tipp, an der Tankstelle nach einer Karte zu fragen. »Das Navi funktioniert zwar fast flächendeckend, aber allein auf die Technik würden wir uns in einer einsamen Gegend lieber nicht verlassen.«

Aufgeweicht, aber mit dem wohligen Gefühl, etwas Besonderes erlebt zu haben, gingen sie später ins Bistro des Schwimmbads, um dort die angepriesene Suppenspezialität zu probieren. Es wäre der perfekte Ausflug, vorausgesetzt, der Verwalter meldete sich endlich. »Was, wenn der überhaupt nicht mehr auftaucht?«, fragte Merit nervös.

»Entspann dich, der wird schon irgendwann kommen. Das Land ist weit, die Wege auch.«

»... und die Uhren gehen nach dem Mond. Ich verstehe. Aber wenn wir die Möbel nicht kriegen, haben wir echt ein Problem. Die Gäste können ja schlecht auf Paletten sitzen und aus Pappbechern trinken.«

Lieke kicherte. »Glaub mir, das wäre nicht das erste Mal bei einer Eröffnungsparty.«

Merit sah dennoch auf ihr Handy und gerade, als sie überlegte, ob sie Áki noch mal anrufen sollte, kam die Kellnerin an ihren Tisch. »Sind Sie die beiden Frauen aus Reykjavík?« Als sie bejahten, sagte sie: »Jona ist jetzt drüben im Restaurant und schließt ihnen auf.«

Jona, stellte sich heraus, war die Frau des Verwalters. Ihr Mann hätte nicht kommen können, am Gullfoss sei etwas passiert, und er gehörte zum Rettungsteam.

»Kein Problem«, sagte Merit erleichtert. »Wir wollen ja auch nur gucken, das Geschäftliche regelt Áki telefonisch.«

Die Frau setzte sich auf einen Tisch, ließ die Beine baumeln und sagte: »Dann sehen Sie sich ruhig um.«

Merit folgte Lieke, die schon mit Stift und Block bereitstand und sich Notizen machte.

»Und da heißt es immer, die Deutschen wären so organisiert. Ich habe überhaupt nicht dran gedacht, etwas zu schreiben mitzunehmen.«

»Ich bin furchtbar vergesslich.« Lieke blinzelte ihr zu. »Was meinst du, kann man die Stühle und Tische nehmen? Sie sind einfach, aber sehen nicht schlecht aus.«

»Haben wir eine andere Wahl? Nein, sie sind eigentlich sogar ziemlich genau das, was ich mir vorgestellt habe.« Erfreut zählte Merit die Möbel. »Wir nehmen alle und das Geschirr dort drüben auch.«

Nach einer halben Stunde hatten sie eine Liste erstellt, von der Merit mit dem Handy Fotos machte, die sie an Áki mailte. Den Zettel gab sie Jona, damit auch sie wusste, an welchen Dingen sie interessiert waren.

Auf dem gemeinsamen Weg zum Parkplatz bedankte sich Merit und fragte Jona: »Wie lange ist man von hier bis zum Gullfoss-Wasserfall unterwegs?«

»Heute würde ich da nicht hinfahren. Ich weiß nicht, was passiert ist, aber es muss etwas Schlimmes sein. Das gesamte *ICE-SAR* scheint auf den Beinen zu sein.« Sie zeigte nach oben, wo zwei Hubschrauber Richtung Osten flogen, und verabschiedete sich.

Lieke erklärte ihr, die Search-and-Rescue-Teams, kurz SAR genannt, setzten sich in Island aus Küstenwache, Bergrettung und anderen Freiwilligen zusammen. »Tut mir leid, dass der Abstecher zum Gullfoss ins Wasser fällt.«

»Kein Problem, den sehe ich mir eben ein andermal an. Ich probiere den Tipp der Belgier aus und fahre ein Stück weit in die Berge.«

»Dein Ex-Freund wird sich freuen.«

»Wieso?«

»Na ja, mit einem Leihwagen darf man auf solchen Routen nicht fahren, weil keine Versicherung für die Lackschäden aufkommt.«

»Wirklich? Gut zu wissen. Der Wagen sieht sowieso viel zu neu aus.«

Liekes Kollege, der am Auto auf sie gewartet hatte, lachte. »Unterschätze niemals die Rachsucht einer Frau.«

»Allerdings«, sagte Merit. »Feiert schön. Wir sehen uns übermorgen in der Schule.«

12.

An der Tankstelle wusste auch niemand, was geschehen war, aber sie bekam neben einer Karte einige Tipps für das Fahren auf Geröllpisten mit auf den Weg, und es dauerte nicht lange, bis der Fluss auftauchte und dahinter, wie beschrieben, ein Weg ins Gebirge abzweigte.

Als die asphaltierte Straße endete, stellte sie das Rädchen in der Mittelkonsole auf *Offroad* und gab Gas. »Das wollte ich immer schon ausprobieren«, sagte sie laut. Merit fühlte sich wild und mutig. Einen Geysir zusammen mit mehreren Busladungen Touristen bestaunen, das konnte sie immer noch machen. Aber hier wartete ein Abenteuer, das spürte sie ganz genau.

Bereits nach der ersten Kurve stieg die Piste, die sich tief eingegraben hatte, zwischen niedrigem, windgeformtem Buschwerk steil an. Merit widerstand der Versuchung, Schwung zu nehmen, und verließ sich auf die Technik. Mit der Zeit entwickelte sie ein Gefühl für den Wagen, der sie zuverlässig durch die karger werdende Landschaft weiter hinauf und durch jedes Schlagloch brachte, das sie nicht rechtzeitig sah oder das nicht zu umfahren war. Nicht ein einziges Fahrzeug kam ihr entgegen. Die Fahrspur war manchmal so schwarz, als bestünde sie aus Asche. Rechts und links der Piste lag Geröll, das Grün wurde seltener.

Nach etwa vier Kilometern hatte sie ihr Ziel erreicht. Eine Ausweichspur lud geradewegs dazu ein, an dieser Stelle anzuhalten.

Die Luft war so klar, dass sie weit ins Tal hineinblicken konnte. Der Fluss, den sie vorhin überquert hatte, wand sich mit seinen zahlreichen Verästelungen und marmorierte die Landschaft bis zum ersten der beiden silbern in der Sonne glitzernden Seen. Hellgrüne Ufer standen im Kontrast zu dem Wasser in Blau- und Fliedertönen. Einzelne Berge ragten im Hintergrund aus der Ebene empor, ein langgestreckter Bergrücken lag wie ein träges Tier in der Sonne, über ihm zogen flache Wolken gemächlich ostwärts. Unten in Laugarvatn war der Frühling schon spürbar gewesen, hier oben lag an einigen Stellen frisch gefallener Schnee in den Senken und ließ das Land wie eisgetupft aussehen.

Begeistert fotografierte sie die Landschaft um sich herum, bis der Wind ihre Finger so kalt werden ließ, dass sie die Kamera kaum noch halten konnte. Ermutigt vom problemlosen Aufstieg, entschied sie sich, noch ein Stück weiterzufahren und lief zum Auto, um sich darin aufzuwärmen. Das Wetter war ansonsten gut und die Prognose für den Nachmittag, hatte ihr die Tankwartin gesagt, sei es auch. Ab hier ging es weniger steil bergauf, und sosehr sie Liekes Gesellschaft schätzte, genoss sie es nun, ohne Begleitung unterwegs zu sein. *Allein auf dieser Welt* war in dieser grandiosen Landschaft kein Grund, traurig zu sein, sondern ein Versprechen. Und ganz allein war sie nicht, denn in der Ferne bewegte sich etwas, das sich bei genauerem Hinsehen als eine Pferdeherde herausstellte.

Abgelenkt davon, achtete sie für einen kurzen Augenblick nicht auf die Fahrbahn, und ausgerechnet da tauchte unvermittelt ein Auto vor ihr auf. Merit bremste, und sie beide kamen Stoßstange an Stoßstange zum Stehen.

Nichts war passiert. Also weiter. Der andere Fahrer setzte zurück und ließ sie passieren. Vor ihr erstreckten sich nun roter Sand, in dem der Wagen gelegentlich schlingerte, und Geröll. An der rechten Seite lag etwas, das an eine tote Holzente erinnerte, aber doch sehr wahrscheinlich eine Markierung war, für Zeiten, in denen diese Strecke verschneit und weitaus gefährlicher sein würde. Am Horizont leuchteten Gletscherfelder.

Die nächste Herausforderung war laut Karte ein Berg namens Rauðafell. Was immer das bedeuten mochte – Merit konnte sich nicht konzentrieren, denn sie musste mal. Um nicht überrascht zu werden, wählte sie einen Platz dafür, von dem aus sie rundherum freie Sicht hatte. Anschließend kehrte ihr Blick für die Schönheit der rauen Natur zurück, und Merit holte ihre Kamera. Von der Anhöhe dort drüben hätte sie sicher eine noch viel bessere Aussicht.

Doch die Piste mit dem Auto zu verlassen war verboten, weil man in dieser langsam wachsenden Vegetation die Spuren noch jahrelang sehen würde. Das hatte ihr die Frau an der Tankstelle eingeschärft. Merit wollte in dieser großartigen Landschaft ganz bestimmt nichts beschädigen und machte sich deshalb zu Fuß auf den Weg. Oben angekommen, gratulierte sie sich zu dieser Entscheidung. Eine Ruhe erfasste sie, die ihr in den vergangenen Wochen abhandengekommen war, und sie nahm sich vor, in Zukunft häufiger aus Reykjavík hinauszufahren, um mehr von Island zu sehen.

Ihr Vater hatte oft gesagt, nichts könne die Seele besser heilen als die Sinne. Früher hatte sie nie verstanden, was er damit gemeint haben könnte, doch hier an diesem besonderen Ort spürte sie es mit jeder Faser ihres Körpers: Die Luft war so klar und frisch, dass sie beim Atmen förmlich über die Zunge perlte, und der kühle Wind erfrischte ihre vom schnellen Aufstieg erhitzten Wangen, vom Schwefelgeruch der heißen Quellen keine Spur. Dafür grandiose Farbtöne, wie Merit sie noch nie in dieser Intensität in der Natur gesehen hatte. Von hier oben sah man erstaunliche Bergkegel, die wirkten, als hätte ein Riese ihnen mit dickem Pinsel ein kostbares Kleid aus Licht und Farben gemalt. Der Berg dort drüben beispielsweise: Im Westen von frühlingshaftem Grün überzogen, leuchtete er auf der anderen Seite so gelb wie ein Rapsfeld in der Sonne. In der Ferne erhoben sich rostrote und schwarze Anhöhen, die nach Kratern aussahen. Wann, fragte sie sich, mochten sie wohl entstanden sein?

Das menschliche Auge ließ sich in diesem Gelände ebenso wie in Wüsten oder auf dem Meer leicht täuschen. Für den Weg hier herauf hatte Merit länger gebraucht als gedacht, und so war bereits mehr als eine Stunde vergangen, bevor sie den Abstieg begann. Unterwegs war sie immer mehr fasziniert von der Struktur der Landschaft und von ihrem detailreichen Facettenreichtum. Auf dem Rückweg fotografierte sie deshalb Geröll und Moose mit einem speziellen Makro-Objektiv. Was oberflächlich grau und abweisend wirkte, besaß bei genauerem Hinsehen eine beeindruckende Vielfalt und war voller Leben. Die Künstlerin in ihr erwachte, und sie vergaß, begeistert vom Zauber der kleinen Dinge, alles andere.

Dabei passierte es. Ein lockerer Stein unter ihrem Fuß rollte weg, sie verlor das Gleichgewicht und landete höchst unelegant auf ihrem Hinterteil, das sofort gehörig wehtat. Bestimmt brachte ihr das einen gigantischen Bluterguss ein. Gegen den Schmerz, den sie in ihrem linken Knöchel verspürte, als sie aufzustehen versuchte, war das allerdings ein Witz. Merit konnte nicht auftreten. Binnen Minuten fühlte sie ihren Fuß anschwellen und musste die Schnürsenkel lockern, um Schlimmeres zu vermeiden.

Zurück war es nicht mehr weit. Der Wagen stand nur ungefähr vierhundert Meter entfernt, doch nachdem sie eine Viertelstunde später halb humpelnd, halb auf dem Po bergab rutschend bestenfalls zwanzig davon zurückgelegt hatte, wurde ihr bewusst: Sie war in ernsten Schwierigkeiten.

Immerhin hatte sie das Handy in der Hosentasche, und es funktionierte sogar, was vermutlich der isländischen Telefonkarte zu verdanken war, die ihr Guðrún empfohlen hatte. Ihre Freundin allerdings war nicht zu erreichen. Merit hinterließ ihr eine Nachricht und schämte sich anschließend für die Panik in ihrer Stimme, aber unbegründet war ihre Sorge sicherlich nicht. Die Sonne war inzwischen hinter Wolken verschwunden, und es wurde eisig kalt. Eine Nacht bei Minustemperaturen würde sie trotz Polarjacke nicht überstehen.

Guðrún nahm an irgendeiner Schulung teil, und es stand in den Sternen, wann sie ihre Mailbox abhörte. Während der Schulstunden hatte sie sich jedenfalls ein striktes

Handyverbot auferlegt. Áki, der sich in der Gegend auszukennen schien, spielte auf einem Festival in Finnland. Von der Bühne aus würde er ihr kaum helfen können. Blieb als Einziger ausgerechnet Kristján übrig.

Merit zögerte, aber ihr fiel keine andere Möglichkeit ein. Es war schon spät. Was, wenn heute niemand mehr die Piste entlangführe? Selbst wenn, wäre es nicht sicher, dass diejenigen ihre Notlage erkennen würden. Der Schmerz erschwerte das Denken zwar, aber zwang sie schließlich zu einer Entscheidung. Kurz entschlossen wählte sie seine Nummer und widerstand der Versuchung aufzulegen, als er auf Isländisch dazu aufforderte, eine Nachricht zu hinterlassen. So viel Erfolg zeigte der Sprachunterricht bereits, dass sie die darauffolgende englischsprachige Ansage zur Übersetzung nicht benötigte.

»Hallo«, sagte sie und riss sich zusammen, damit ihre Stimme nicht allzu jämmerlich klang. »Ich sitze irgendwo auf der 337 oberhalb von Laugarvatn fest. Blöderweise habe ich mir den Fuß verdreht. Hättest du eine Idee, wie ich hier wegkomme?«

Wie peinlich! Merit versuchte, noch ein paar Meter zu hoppeln, aber der Schmerz hatte sich inzwischen voll entfaltet, und ihr wurde übel, sobald sie den Fuß bewegte. Entnervt setze sie sich auf den Boden und zog ihren linken Stiefel aus. Danach konnte sie praktisch dabei zusehen, wie der Fuß immer weiter anschwoll.

Den Klingelton ihres Handys hatte sie längst ändern wollen, doch als der Song *Dangerous* ertönte, war es das schönste Geräusch, das sie sich in dem Augenblick vorstellen konnte. »Kristján?«

»Wo bist du?« Seine dunkle Stimme klang angestrengt, und sofort fühlte sie sich in der Defensive.

»Auf der F337, eine gute Stunde von Laugarvatn.« Doch dann fiel ihr etwas ein. »Warte, ich kann dir die Koordinaten geben.« Sie rief eine App auf, die sie für die Überfahrt mit der Fähre geladen hatte. Aus reiner Neugier, wo im Atlantik sie sich gerade befanden. Damit fand sie tatsächlich nach kurzer Suche ihre exakte Position.

»Rühr dich nicht von der Stelle.« Im Hintergrund waren neben wahnsinnigem Lärm Menschen zu hören, die aufgeregt durcheinanderriefen. Wo zur Hölle hatte ihn ihr Anruf erwischt, und wie wollte er ihr helfen? Bevor sie fragen konnte, ertönte das Freizeichen. Aufgelegt. Hoffentlich würde er nicht den weiten Weg aus Reykjavík bis hierher fahren. Besser wäre, er würde den Rettungsdienst alarmieren. »Oh nein!« Sie schlug sich mit der flachen Hand vor den Kopf. Darauf, 112 zu wählen, hätte sie auch selbst kommen können. Sogar wenn er zufällig jemanden in Laugarvatn kennen sollte, bräuchte der bestimmt eine Stunde für den Weg aufs Hochplateau. Besser, sie richtete sich auf eine lange Wartezeit ein. Immerhin war noch Zeit, bis es dunkel wurde.

Auf keinen Fall aber wollte sie hier hilflos sitzen, bis ein Ritter in schimmernder Rüstung auftauchte, um sie zu retten. Zugegeben, das war ein bisschen ungerecht, schließlich hatte sie ihn um Hilfe gebeten. Der Schmerz und diese ärgerliche Situation ließen sie offenbar hysterisch werden. Dennoch konnte sie nicht untätig bleiben, bis Rettung nahte. Entschlossen stemmte sie sich wieder hoch und versuchte weiter, in Richtung Auto voranzukommen.

Vielleicht zehn Minuten später näherte sich ein bedrohlich klingendes Grollen, und Merit dachte im ersten Augenblick an ein Erdbeben. Das hätte ihr gerade noch gefehlt. In Japan hatte sie mal eins erlebt, und das war mit Abstand die unheimlichste Erfahrung, die sie mit den Naturgewalten gemacht hatte.

Das rollende Schwanken und Beben des Bodens aber blieb aus. Stattdessen sah sie überrascht einen Helikopter wie aus dem Nichts aus der Senke aufsteigen, der sich elegant zur Seite legte und danach in einem Bogen auf sie zuflog. Der Mann war verrückt, dass er ihr einen Rettungshubschrauber schicken musste. Sie lag doch nicht im Sterben! Merit, die ohnehin schon Kopfschmerzen hatte, presste sich die Hände auf die Ohren und beobachtete, wie der Hubschrauber zur Landung ansetzte, bis sie ihre Augen schließen musste, weil die Rotorblätter einen Sandsturm entfachten.

Erst als der Wind sich legte und der Lärm verstummt war, wagte sie aufzusehen. Kristján. Er kam im Laufschritt auf sie zu, mit einem Erste-Hilfe-Koffer in der Hand. »Wo tut es weh?«, rief er und sah sie grimmig an.

Wortlos zeigte sie auf den linken Fuß.

Obwohl ihn eine Aura umgab, die sie als Missbilligung interpretierte, untersuchte er das Gelenk erstaunlich fachkundig und behutsam. »Nichts gebrochen. Ich mache dir jetzt einen Verband und fliege dich in die Krankenstation von Laugarvatn.«

»Ich fliege nicht.«

»Was?«

Sie fühlte sich zu schwach, um ihm ihre Gründe zu erläutern, zu schwach, um zu streiten. »Mach einen Verband drum und gib mir eine Schmerztablette – bitte. Mit der Automatik brauche ich den Fuß nicht, um nach Reykjavík zurückzufahren.«

»Bist du irre?«

»Du hast doch Wichtigeres zu tun.« Damit wagte sie einen Schuss ins Blaue, aber wie viele Helikopter konnten schon in dieser Ecke Islands auf einmal unterwegs sein? Er gehörte bestimmt zu diesem *Search-and-Rescue*-Team, von dem Lieke erzählt hatte, und sie hielt ihn hier mit einem verstauchten Fuß womöglich davon ab, Leben zu retten. Kein Wunder, dass er finster drauf war.

Kristján murmelte etwas, das sie nicht verstand, und hob sie auf die Arme. Himmel, das hätte eine romantische Situation sein können. Ihr Ritter aber trug keine schimmernde Rüstung. Stattdessen war er ebenso dunkel gewandet wie seine Stimmung und ließ sie viel zu schnell auf den Sitz ihres SUV plumpsen.

»Du hast recht, wir sind auf der Suche nach einem Touristen, der in den Wasserfall gestürzt ist.«

»Wie furchtbar. Bitte, ich will dich nicht aufhalten, von hier aus komme ich heil nach Hause«, sagte sie mit mehr Zuversicht, als sie fühlte, und nahm mit einem großen Schluck Wasser eine der Tabletten, die er ihr gab. Die anderen beiden steckte sie ein. »Wirklich. Der Wagen hat Automatik, ich kann den Fuß einfach abstellen. Siehst du?«

Kristjáns Funkgerät knarrte, und sein Blick wanderte hinüber zum Helikopter. »Meinetwegen, aber wenn dir übel wird oder so, fährst du nicht weiter und rufst mich an. Verstanden?«

Um einen folgsamen Gesichtsausdruck bemüht, versuchte Merit ein Lächeln. »Natürlich. Ich bin doch nicht lebensmüde.«

»Schick mir bitte eine Nachricht, wenn du heil zu Hause angekommen bist«, sagte er freundlicher und lief dann zurück zum Heli, aus dem über Funk dringlich klingende Stimmen herüberwehten.

Merit ließ den Motor an und wendete vorsichtig, damit er sah, dass sie zurechtkam.

Wenig später stieg der Heli wieder auf. Wie ein Schutzengel schwebte er noch eine Weile über ihr, um dann abzuschwenken und in den Wolken zu verschwinden, die jetzt über dem Tal hingen.

Später hätte Merit nicht mehr sagen können, wie sie es bis in ihre Wohnung in Reykjavík geschafft hatte. Es gelang ihr, den Wagen einigermaßen gerade zu parken und bis zur Haustür zu humpeln. Der Schmerz war erträglich, aber der Boden unter ihr fühlte sich an wie Watte, und das gleiche Zeug hatte sich in ihrem Kopf ausgebreitet. Das lag bestimmt an dem Schmerzmittel, das Kristján ihr mitgegeben und das sie auf der Rückfahrt komplett geschluckt hatte.

Den zweiten Schuh auszuziehen kostete sie alle verbliebene Kraft. Danach ließ sich Merit so, wie sie war, aufs Bett fallen und schlief binnen weniger Sekunden ein.

13.

Als Guðrún von dem Unfall erfuhr, entschied sie kurzerhand, die Praxisübung in Merits Küche abzuhalten.

Am Tisch, an den Stühlen und sogar an der Kuckucksuhr klebten Zettel, auf die sie deren isländische Bezeichnung geschrieben hatte. Jede Sprachschülerin wurde von ihr durch den Raum geschickt und musste die Dinge benennen. Merit verständlicherweise nicht. Sie lag auf dem Sofa, ein Kissen im Rücken und den Kater auf dem Schoß, der es abgelehnt hatte, einen Klebezettel in seinem Fell zu dulden. Den Namen kannten ohnehin alle aus Ísrúns Kolumnen, die auch auf Englisch erschienen.

»Erstaunlich, wie zutraulich er auf einmal ist«, sagte Merit. »Bisher hat er sich nur zu den Mahlzeiten gezeigt.«

»Genau so hat es Ísrún geschrieben. Der Köttur ist immer zur Stelle, wenn es jemandem in seiner Familie schlecht geht.« Amy streckte ihre Hand aus, um ihn zu streicheln, aber er zog unwillig den Kopf ein. »Siehst du, dich hat er schon in seine Familie adoptiert.«

»Pass auf, dass er dich nicht beißt«, sagte Lieke und wandte sich dann an Merit: »Jetzt erzähl mal. Was genau ist passiert?« Natürlich wollten ihre Mitschülerinnen alles haarklein über den Unfall erfahren und ganz besonders darüber, wie Kristján sie gerettet hatte.

»Er war dein Schutzengel.« Martha seufzte.

Amy kicherte. »So romantisch! Läuft da was?«

Merit lief rot an. »Nein.« Sie zeigte auf ihren bandagierten Fuß, auf dem ein Eisbeutel lag. »Ich bin sicher, er hasst mich dafür.«

Guðrún und Lieke blieben noch, nachdem die beiden Amerikanerinnen sich verabschiedet hatten.

»Warum bist du eigentlich nicht mit ihm zurückgeflogen? Es war doch ziemlich leichtsinnig, in dem Zustand Auto zu fahren.« Die Freundinnen sahen sie erwartungsvoll an.

»Ich habe Flugangst. Nicht nur so ein bisschen, es ist wirklich extrem.« Merit sah auf ihre Finger, die tief in Kötturs Fell vergraben waren. Sie lockerte den Griff und fügte mit leiser Stimme hinzu: »Ich bin als Kind mit einem Flugzeug abgestürzt.«

»Wie furchtbar!«, sagten Guðrún und Lieke wie aus einem Munde. Das Mitgefühl in den freundlichen Gesichtern tat ihr gut. Das Beste aber war, dass sie keine weiteren Fragen stellten.

»Hör mal!« Lieke lächelte sie an. »Wir haben doch in Laugarvatn darüber gesprochen, wie die Speisekarte von Ákis Café aussehen könnte. Du bist ja jetzt aus dem Verkehr gezogen. Was hältst du davon, wenn ich das vorübergehend in die Hand nehme?«

»Das würdest du tun?« Merit war gerührt. »Aber es ist furchtbar viel Arbeit.«

»Ach, das ist keine große Sache. Diese gefüllten Pfannkuchen kann man machen, habe ich mir überlegt. Die heißen doch Berliner?«

»Überall, außer in Berlin.«

»Passt doch bestens. Currywurst mögen die Isländer auf jeden Fall auch.« Sie hatte sich offenbar kundig gemacht. »Áki will bestimmt keinen Gourmettempel eröffnen, oder was meinst du, Guðrún?«

»Ach, was. Der will nur einen Unterschied machen zu den anderen Läden im Hafenviertel. Da ist ja schon mal seine Band. Die ist richtig gut.«

»Genau«, fiel Lieke ein. »In Berlin gibt es bestimmt nicht nur eine Besonderheit. Die Stadt ist international. Wir könnten einfach einen Mix aus orientalischer und europäischer Küche anbieten. Oder noch besser: Wir verkaufen so Sachen wie Kimchi im Gwangju-Stil, frittierte Schokoriegel und natürlich ein Jackfruit Curry. Das ist cool, und wir machen es unkompliziert, ähnlich wie Streetfood.«

»Das ist eine super Idee! Dann macht es auch nichts, wenn die Teller bunt zusammengewürfelt sind.«

»Im Gegenteil. *Diversity* wird unser Motto.«

Es dauerte nicht lange, bis sie eine hübsche Speisekarte zusammengestellt hatten, die sich Lieke gleich in ihr Smartphone diktierte. »Das muss natürlich noch alles kalkuliert werden, und bei den Rezepten sollten wir auf regionale Produkte achten, damit es nicht zu teuer wird.«

»Du bist der Wahnsinn! Wenn ich das gewusst hätte, wäre mir einiges erspart geblieben.«

Merit erzählte von ihrem Missgeschick mit dem Teig beim ersten Backversuch und von Kristján, der die gemeinsame Küche nach jedem weiteren Experiment wieder in einen jungfräulichen Zustand versetzte.

Lieke bekam vor Lachen einen Schluckauf und sagte

zwischen zwei Hicksern: »Ein Kerl, der aufräumt und putzt? Das klingt doch nach Traummann. Stimmt denn der Rest auch?«

Wärme stieg in Merits Wangen, und sicher hätte sie irgendetwas Peinliches gesagt, wenn der *Traummann* nicht in diesem Augenblick die Küche betreten hätte.

»Du hast Besuch.« Er sah müde aus, aber rang sich ein Lächeln ab. »Hallo, ich bin Kristján, Merits Roommate.«

Guðrún stellte sich ebenfalls vor.

»Du lernst Isländisch?« Erstaunt sah er Merit an.

»Wenn du in Rom bist, tu es den Römern gleich«, entgegnete Merit und warf ihren Freundinnen einen Hilfe suchenden Blick zu. Warum tat er so verwundert? War es denn nicht ganz selbstverständlich, wenigstens ein paar Sätze in der Sprache seines Gastlandes zu lernen?

Lieke grinste von einem Ohr zum anderen und musterte ihn unverhohlen, bevor sie aufstand, um das Geschirr zusammenzuräumen. »*Hæ!* Ich bin Lieke, Merits Ersatzspielerin im Kaffi Berlin. Wir sind fertig mit unserer Besprechung. Möchtest du auch einen Kaffee?«

»Das wäre schön, danke«, sagte er und ließ sich auf den Stuhl neben Merit sinken. »Was sagt der Arzt?«

Ihre Schwestern hätten gluckenhafter nicht sein können.

Am Abend nach dem Unfall war er spät und ebenfalls äußerst erschöpft nach Hause gekommen. Die Retter hatten den vermissten Mann nicht gefunden, aber ein Auto, das auf ihn zugelassen war. Die Polizei ermittelte, es sah nicht gut aus.

Trotz seiner Müdigkeit hatte er darauf bestanden, Merits

Fuß noch einmal zu untersuchen. In der Küche, nicht in ihrem Schlafzimmer. Das hatte sie zuvor mithilfe eines Besens als Krückenersatz verlassen, um mit viel Kaffee die betäubende Wirkung des Schmerzmittels zu lindern, von dem sie auf der Rückfahrt zu viele genommen hatte.

Nun sah Kristján sie fragend an.

»Es ist wirklich nichts gebrochen«, sagte Merit. »Das Außenband scheint stark überdehnt zu sein. Ganz genau konnte die Ärztin es nicht sehen. Ich soll mich schonen und den Fuß kühlen. Das wusste ich auch schon vorher.« Weil er es ihr gesagt hatte. Diese Info und das Röntgen hatten sie im Heilsugæslustöð, dem Gesundheitszentrum, wohin Guðrún sie gefahren hatte, vier Stunden Wartezeit mit anderen Touristen und über hundert Euro gekostet. Wobei das genau genommen auf Ferdinands Kosten gegangen war. Die Kreditkarte funktionierte immer noch.

»Milch, Zucker?«, fragte Lieke und blinzelte Guðrún zu, während sie den Becher vor Kristján abstellte.

»Danke, schwarz.«

»Wir müssen dann auch mal los. Bis zur Eröffnung ist noch viel zu tun.«

Der Termin war verschoben, aber trotzdem würde es äußerst knapp werden. Áki hatte ihr versichert, sie bräuchte sich keine Sorgen zu machen. »*Þetta reddast.* Es wird schon schiefgehen«, war sein Lieblingsspruch.

Kristján begleitete die beiden zur Tür. Nach seiner Rückkehr trank er einen Schluck und hustete. »Stark!«

»Allerdings.« Merit hob ihre Tasse, um zu signalisieren, dass sie dieses Gebräu ebenfalls trank.

»Also, dann lass mich mal sehen.«

»Was qualifiziert dich eigentlich als Krankenpfleger?« Die Worte waren gesagt, und es half nichts, dass Merit sie im gleichen Moment gern zurückgenommen hätte.

»Meine Ausbildung«, sagte er schroff und löste behutsam, um ihr nicht wehzutun, die Pflaster, mit denen das Ende des Stützverbands festgeklebt war. Nicht gerade eine erotische Handlung, aber seine Berührungen jagten ihr einen wohligen Schauer über den Körper. Merit schluckte und lehnte sich zurück, um unter halb geschlossenen Lidern zu beobachten, wie er sorgsam die Bandagen abnahm. Sie seufzte.

»Alles in Ordnung?« Kristján sah auf und verharrte in der Bewegung. In seinem Blick lag eine Wärme, die sie nicht erwartet hätte. Verlegen sah Merit zur Seite, und der magische Augenblick war vorüber.

Unter dem Verband kam ein gewaltiger Bluterguss zum Vorschein, den er mit irgendetwas Kühlendem bestrich und frisch einpackte.

»Danke«, sagte sie am Ende der Prozedur und meinte das aus ganzem Herzen. »Weiß man inzwischen, ob es ein Unfall war?«

»Die Polizei nimmt es an. Heute ist eine Touristin am schwarzen Strand ertrunken, weil sie die Dünung unterschätzt hat. Während wir nach dem Vermissten suchten, hat es ganz in der Nähe einen Autounfall gegeben. Deutsche Touristen sind in eine Gruppe Pferde gerast. Totalschaden, die Beifahrerin schwer verletzt, und eine Stute musste eingeschläfert werden.«

Merit dachte an den Wagen, der sie so waghalsig überholt hatte. Gut möglich, dass es die Berliner getroffen hatte.

»Letztes Jahr haben Touris wild gezeltet und dabei Unmengen von Moos ausgerissen, um ihr Zelt windfest zu machen. Es dauert Jahrzehnte, bis das nachwächst, wenn überhaupt. Immer wieder bringen sie sich und andere leichtfertig in Gefahr.«

»Du bist kein Freund des Tourismus, oder? Aber du lebst doch von diesen Leuten.«

»Ich fliege sie übers Land, und wenn wir irgendwo runtergehen, dann nur an Orten, die das verkraften können. Würden mehr Besucher die Insel von oben betrachten, verstünden sie, wie schützenswert die Natur hier ist. Stattdessen fahren sie querfeldein …«

»Ich aber nicht!«

»Nein, du nicht.« Er leerte seine Tasse, stand auf und stellte sie in den Geschirrspüler. »Kann ich noch etwas für dich tun?«

»Ich komme klar.« Merit zeigte auf die Krücken, die Guðrún ihr mitgebracht hatte. »Gute Nacht, Kristján. Und … danke für alles.«

»Schon gut«, sagte er mit einem müden Lächeln. Gleich darauf hörte sie seine Schritte auf der Treppe.

Die Zeit bis zur Eröffnung wurde Merit trotz ihres Handicaps nicht lang. Kristján erwies sich als ein ebenso guter Koch wie Krankenpfleger.

»Was wolltest du eigentlich im Hochland?«, fragte er, als sie ein paar Tage später gemeinsam am Tisch saßen und aßen.

Merit hatte ihren Fuß auf einem Stuhl hochgelegt. »Mir die Landschaft angucken«, sagte sie, »und Fotos machen.

Willst du mal sehen?« Sie griff nach ihrem Tablet. Nun war die Gelegenheit, ihm zu zeigen, dass sie eine Künstlerin und nicht nur ein dummes Huhn war, das sich selbst in Schwierigkeiten brachte. Warum es ihr so viel bedeutete, ihn das wissen zu lassen, hätte sie in diesem Augenblick auch nicht sagen können.

»Tolle Aufnahmen«, sagt Kristján, als er alle angesehen hatte. »Was für eine Kamera verwendest du?«

Schnell kamen sie ins Fachsimpeln, und es stellte sich heraus, dass auch er fotografierte. Aufnahmen zeigte er nicht, doch was er zu ihren Arbeiten sagte, zeugte von Sachkunde.

Kristján war ein kontrollierter Mann, gradlinig und schnörkellos in seiner Kommunikation, was häufig schroff auf sie wirkte. Aber es gab Momente, in denen war sich Merit sicher, dass er eine andere, zugänglichere Seite besaß. Die Art, wie er über eigene Fehler lachen konnte, sprach beispielsweise dafür, oder wie behutsam er ihren Fuß untersucht hatte. Ganz zu schweigen davon, dass er in Laugarvatn zu ihrer Rettung geeilt war und nie wieder ein Wort darüber verloren hatte, als wäre so etwas selbstverständlich. Was es nicht war und darüber hinaus garantiert gegen irgendwelche Bestimmungen verstieß, denn Hubschrauberflüge kosteten eine Menge Sprit und Geld.

Über das gemeinsame Interesse an der Fotografie kamen sie sich näher, und Merit verbuchte es als einen persönlichen Erfolg, dass er begann, sich ihr gegenüber zu öffnen. Das Knistern ist immer noch da, dachte sie, aber es hält sich zugunsten einer freundschaftlichen Kameradschaft im Hintergrund.

Vielleicht konnten sie Freunde werden. Gespräche wie mit ihm hatten Merit – das wurde ihr nun bewusst – eine lange Zeit gefehlt. Deshalb freute sie sich besonders, als er einwilligte, sie zur Eröffnung des Kaffi Berlin zu begleiten. Sie wusste nicht, was sie erwartete und wie die Leute auf ihre Gestaltung der Räume reagieren würden. Umso besser war es, jemanden an der Seite zu haben, dessen Geschmack man vertraute.

Doch nicht nur aus diesem Grund hatte sie sich am Tag zuvor einen professionellen Haarschnitt geleistet und heute mit ihrem Styling besondere Mühe gegeben. Der Hipster-Anteil war hoch in dieser Stadt, da wollte sie nicht in Jeans und Turnschuhen auftauchen. Außerdem würde sie am Eröffnungsabend eine Botschafterin Berlins sein, hatte Áki angekündigt und keine Widerrede geduldet. Schließlich seien Gestaltung und Inneneinrichtung größtenteils ihr Werk. Das stimmte beides, denn das Lichtdesign stammte ebenfalls von ihr, und sie hatte die Anordnung der Tische sowie die Dekoration zuerst per Skype und in den letzten drei Tagen auch inmitten des Chaos wie eine Bühnenbildnerin überwacht. Sie hoffte, dass ihr Konzept aufgegangen war und Reykjavík um eine attraktive Location reicher sein würde.

Mit leichter Verspätung humpelte sie nun an Kristjáns Seite auf das unscheinbare Gebäude im alten Hafen zu, inständig hoffend, dass sie nicht gleich im Hafenbecken landen würden, denn der dichte Nebel gab den vollständigen Blick auf das hell erleuchtete Café erst wenige Meter vorher frei.

Merit fand, dass so ein Wetter keine gute Voraussetzung

war, um Partyvolk in diese gottverlassene Gegend zu locken. Sie sprach es nicht aus, aber am liebsten wäre sie wieder umgekehrt. Was, wenn niemand kam?

14.

Durch die beschlagenen Scheiben war nichts zu erkennen, doch ihnen wehte warme Luft und Stimmengewirr entgegen, als sie die Tür öffneten. Eine Gruppe von Leuten drängte sich mit Gläsern in den Händen an ihnen vorbei und strebte der Raucherecke zu. Einer rief ihnen mit deutlich texanischem Akzent zu: »Genialer Club. Solltet ihr euch nicht entgehen lassen.«

Dieser Meinung waren auch andere. Der Laden brummte, wie ihr Áki nach einer enthusiastischen Seebärenumarmung ins Ohr brüllte, um die Musik zu übertönen. Er wechselte ein paar herzliche Worte mit Kristján und nahm sie zu einer Begrüßungstour ins Schlepptau.

Zwanzig Minuten später war Merit davon überzeugt, dass alle Isländer miteinander verwandt sein mussten oder sich zumindest kannten. Der überaus charmante Jón stellte sich als ehemaliger Bürgermeister heraus, seine Frau Jóhanna war Guðrúns Schwippschwägerin, Björks Masseurin, Yogalehrerin und beste Freundin der weltberühmten Sängerin. Jóhanna sprach an der Bar mit dem bärtigen Mann, der Merit an ihrem ersten Tag den Weg zur Sprachschule erklärt hatte. Er konnte sich offenbar noch an sie erinnern und winkte ihr zu.

»Du kennst Tommy?«, fragte Áki erstaunt.

»Wie man es nimmt. Wir sind uns neulich begegnet.«

»Das ist wieder typisch für ihn, er tut die hübschesten Mädchen auf und behält es für sich.« Begeistert fügte Áki hinzu: »Er ist einer der besten Bassisten aus UK, die ich kenne.« Bevor er einer Gruppe junger Frauen mit ausgebreiteten Armen entgegenstrebte, sagte er über die Schulter etwas, das klang wie: »Macht es euch nett.« Als Gastgeber war der Musiker offenkundig ganz in seinem Element.

Kristján besorgte einen ruhiger gelegenen Sitzplatz, und eine hinreißend schöne Frau, die sich als Ákis Schwester vorstellte, brachte bald darauf Getränke, während ihr Bruder zum Mikrofon griff.

Nach ein paar Rückkopplungen hatte er die Aufmerksamkeit seiner Gäste und hielt eine kurze Begrüßungsrede. Merit war gerade dabei, die Zitrone aus dem Tonic zu fischen, als ihr Name fiel.

»Ohne die Unterstützung einer waschechten Berlinerin wäre das alles nicht möglich gewesen«, sagte Áki und zeigte in ihre Richtung. »Merit hat einfach so dieses Wandbild gemalt und nebenher die Inneneinrichtung übernommen, während ich noch mit der Band auf Tour war. Außerdem war sie immer pünktlich.«

Hier lachte das Publikum.

»Aber keine Sorge, sie ist ein ganz normaler Mensch aus Fleisch und Blut. Nachdem ich nämlich ihre Kochkünste am eigenen Leib erfahren habe, bin ich dankbar, dass an ihrer Stelle nun Lieke aus Amsterdam die Küche leitet.«

Das war zwar eine sehr eigenwillige Interpretation der Ereignisse, aber die Gäste applaudierten Merit und Lieke. Áki kündigte zum Schluss den Auftritt seiner Band zur *magischen Stunde null* an und gab das Mikro an eine DJane weiter.

»Er meint es nicht böse«, sagte Guðrún. »Mich zieht er auch ständig mit den deutschen Genen auf, die ich von Oma bekommen habe.«

»Keine Sorge, diese Witze kenne ich schon mein ganzes Leben«, erwiderte Merit amüsiert. »Wenn sich das Debakel mit dem Berliner Flughafen erst mal herumgesprochen hat, kriegen wir ganz andere Sachen zu hören, fürchte ich.«

Guðrún stellte Merit all ihren Freunden und Bekannten, die im Laufe des Abends auftauchten, als Berliner Künstlerin vor. Auch Kristján kannte einige der Gäste, und als sie sich irgendwann nach ihm umsah, war er im Gespräch mit einem älteren Mann im Anzug und einer Brünetten, die auf unglaublich hohen Stilettos balancierte. Beide wirkten fehl am Platz unter den lässig gekleideten, meist jungen Partygästen.

»Kennst du die Leute?«, fragte sie Guðrún.

»Nicht wirklich. Er soll ein Unternehmer aus den USA sein, ein großes Tier in der Tourismusbranche. Seine Frau Sunny führt die hiesige Niederlassung des Unternehmens am Reykjavík City Airport. Sie war letztes Jahr in der Sprachschule, hat den Kurs aber nie zu Ende gemacht, soweit ich weiß.«

Lieke gesellte sich zu ihnen und wechselte ein paar Worte mit ihrer Freundin. Merit sah noch mal zu Kristján hinüber. In diesem Augenblick legte die Amerikanerin ihre Hand auf seinen Hintern, als gehörte er zu ihr, während sie ihren Mann, der das nicht sehen konnte, strahlend anlächelte.

Guðrún hustete. »Die ist ja krass drauf.«

Das fand Merit auch, behielt ihre Meinung aber für sich. Als Kristján jedoch wenig später zum Tisch zurückkehrte, entschuldigte sie sich und humpelte zur Toilette.

Er hatte eine Geliebte. Das erklärte seine gelegentliche nächtliche Abwesenheit. Sie setzte sich auf den geschlossenen Klodeckel und dachte darüber nach, warum ihr diese Entdeckung so missfiel. Ich bin scharf auf ihn, gestand sie sich schließlich ein. Nicht als Partner, dafür lag die Trennung von Ferdinand noch nicht lange genug zurück. Sie begehrte ihn als Mann und wollte wissen, ob er im Bett tatsächlich so war, wie es ihr die erotischen Träume der letzten Nächte verhießen. Auf Konkurrenz war sie nicht vorbereitet, schon gar nicht auf solche.

Weil sie nicht ewig fortbleiben konnte, verließ Merit die Kabine, ging zum Waschbecken und ließ sich kaltes Wasser über die Handgelenke laufen. »Du solltest lieber darüber nachdenken, wovon du deine nächste Miete bezahlen willst!«, sagte sie zu ihrem Spiegelbild zwischen zusammengebissenen Zähnen. Mit dem verletzten Fuß waren ihre Chancen, schnell einen Job zu finden, weiter gesunken.

Die Tür schwang auf, und zwei junge Frauen kamen herein. »Dieser Áki ist so süß!«, sagte die eine auf Englisch.

»Ist er. Aber hast du den Typen gesehen, mit dem die Malerin …?«

Als sie Merit bemerkten, stießen sie sich gegenseitig an und verschwanden kichernd in den Kabinen.

Sie schüttelte den Kopf. Offenbar war die Konkurrenz größer als gedacht. »Aber ich habe Heimvorteil«, sagte sie leise und drehte den Wasserhahn ab.

In dem schmalen Gang, der ins Café zurückführte, lehnte sie sich gegen die Wand, um sich zu sortieren, bevor sie ihm möglichst unvoreingenommen begegnete. Hier war es kühl und weniger laut als im Café, und sie bereute es, die Krücken zu Hause gelassen zu haben. Der Fuß tat ihr weh, ihre Stimmung befand sich auf einem sensationellen Tiefpunkt.

»Hi, du musst Merit sein«, sagte in dem Moment eine helle Stimme mit unverkennbarem Südstaateneinschlag. »Schön, dich hier zu treffen, ich bin Sundance, Kristjáns Freundin.«

Ganz kurz war sie versucht vorzugeben, kein Englisch zu verstehen, doch dann rang sich Merit ein Lächeln ab, während sie die Frau musterte. Aus der Nähe betrachtet, wirkte der goldene Teint weniger frisch, die Figur dafür großzügiger proportioniert. Das elegante Kostüm hatte sie sicher nicht von der Stange gekauft, und allein der Ring an ihrem Finger hätte Merit bestimmt mindestens ein Jahr auf Island finanziert.

»Wie nett«, sagte sie und straffte sich. Es war immer eine Freude, auf Konkurrentinnen herabsehen zu können, und trotz der flachen Schuhe, die sie trug, überragte sie diese aufgeputzte Unternehmergattin. »Er hat von dir erzählt.« Das war glatt gelogen, aber zuzugeben, dass sie nicht von der Liaison wusste, hielt sie nicht für klug.

Sundance, oder Sunny, wie Guðrún sie genannt hatte, blinzelte kurz. Augenscheinlich hatte sie nicht mit dieser Reaktion gerechnet und überdachte ihre Strategie. Ihr Gesichtsausdruck ließ alle Freundlichkeit vermissen. »Von dir hat er noch nie gesprochen, und es ist in deinem Interesse, wenn das auch so bleibt«, sagte sie scharf, aber es war ihr anzusehen, dass sie log. »Kristján gehört mir.«

Merit verkniff sich eine Antwort. Genau genommen gab es keinen Grund für ein solches Verhalten. Ganz abgesehen davon, dass es einen ungemein schlechten Stil bewies. Außer … Sie schmunzelte unwillkürlich. Außer Kristján hätte das Interesse an seiner Bettgefährtin verloren. Anders war diese Kriegserklärung aus heiterem Himmel nicht zu erklären. »Besuch uns doch mal«, sagte Merit deshalb zuckersüß, als hätte sie die idiotische Drohung nicht verstanden. »Ist der ältere Herr da dein Mann? Ich glaube, er sucht nach dir.« Ohne eine Antwort abzuwarten, schritt sie so gesammelt wie möglich zurück an ihren Tisch.

Kristján stand nun an der Bar und unterhielt sich mit einem sportlichen Typen, vielleicht einem Kollegen. Er lächelte ihr zu, der Gesprächspartner folgte seinem Blick, musterte sie und nickte freundlich, bevor die Männer das Gespräch wieder aufnahmen.

Guðrún dagegen sah sie besorgt an. »Bist du einem Troll begegnet?«, fragte sie leise.

Merit steckte sich eine Schmerztablette in den Mund und spülte mit Limonade nach. »Kann man so sagen.« In wenigen Worten erzählte sie von der seltsamen Begegnung. »So was ist mir auch noch nicht passiert.«

»Das klingt aber ganz schön nach Verzweiflung«, sagte Guðrún. »Besser, du erzählst Kristján davon.«

»Warum? Ich will ja nichts von ihm.«

»Natürlich nicht«, sagte Guðrún und zwinkerte ihr zu. »Sieh mal, da kommt Áki«. Er gesellte sich zu ihnen und war eindeutig in Flirtlaune. Merit spielte mit.

»Du machst mich ganz schön heiß«, sagte er und zog sie näher an sich. »Ich könnte dir meine Lieblingsbank am Hafenbecken zeigen, wenn du willst.«

»Ein andermal vielleicht«, sagte sie und drehte sich aus der Umarmung. »Jetzt musst du auftreten, es ist gleich Mitternacht.«

Er gab ihr einen Kuss auf die Wange. »Bis nachher, mein *Liebchen.*« Woher die Leute bloß immer dieses antiquierte deutsche Vokabular nahmen?

Der hintere Clubraum, in dem sich die Bühne befand, war zum Bersten gefüllt. Die Musik gefiel Merit, dass Áki sie auf die Bühne zog und ihr ein Lied widmete, fand sie nicht so witzig, zumal es der Hit seiner Band war und das halbe Publikum mitsang.

»Ich möchte nach Hause«, sagte sie anschließend zu Kristján, der das Geschehen aus der Ferne beobachtet hatte.

Er nickte und begleitete sie am begeisterten Partyvolk vorbei bis vor die Tür. Der Nebel hatte sich verzogen, stattdessen trieb ein böiger Wind beinahe waagerecht eisige Regentropfen vor sich her.

»Warte hier«, sagte er. »Ich hole das Auto.«

Merit beneidete ihn nicht, als er über eine Pfütze sprang und wahrscheinlich bis auf die Haut durchnässt war, noch bevor er den Wagen erreicht hatte. Doch die Galanterie half wenig. Als sie in den Rover kletterte, wurde ihr Rücken im Nu ebenfalls nass. Die Scheiben beschlugen, der Fuß tat weh, und sie war dankbar für den kurzen Heimweg.

Obwohl Merit versucht hatte, sich nichts anmerken zu lassen, hob Kristján sie, ohne zu fragen, auf die Arme und trug sie die wenigen Stufen hinauf bis unters Vordach an die Haustür.

»Warum hast du nicht gesagt, dass du Schmerzen hast?« Besorgt sah er sie an.

Hätte Merit gewusst, wie gut es sich anfühlen würde, in seinen Armen zu liegen, hätte sie den Schmerz garantiert erwähnt, aber das konnte sie ihm vermutlich so direkt nicht sagen, also schwieg sie. Um aufzuschließen, musste er sie bedauerlicherweise loslassen, was ihr das Gefühl plötzlicher Leere gab. Merit schwankte, hielt sich an seinem Ärmel fest und – sie konnte sich nicht erklären, was der Auslöser war – küsste ihn.

Wie nicht anders zu erwarten, reagierte er überrascht, fasste sich aber erstaunlich schnell, legte seine warmen Hände um ihr regennasses Gesicht und erwiderte den unentschlossenen Kuss mit einer unerwarteten Zärtlichkeit.

Seine Lippen fühlten sich herrlich an. Zuerst küsste er sie sanft auf den Mund, folgte dann ihrer Kinnlinie bis zum Hals und fand diese eine Stelle zwischen Ohr und Nacken, an der schon die kleinste Berührung dafür sorgte, dass ihr Herz flatterte wie ein aufgeregter Kolibri.

Kristjáns Hände glitten über ihren Körper, als hießen sie Merit nach einer unendlichen Odyssee zu Hause willkommen. Sie schwelgte in ihrem wachsenden Begehren und brauchte nicht lange, bis er sich ihr öffnete und zuließ, dass sie seinen Mund eroberte.

»Ja!« Das war es, was sie wollte. Ihn spüren, schmecken, seinen Duft einatmen.

Doch auf einmal übernahm er so überraschend die Führung, dass sie unwillkürlich aufstöhnte. Er löste sich von ihr und quittierte ihre Verwirrung mit einem zufriedenen Lachen, während er ihr tief in die Augen sah.

»Was ..?« Weiter kam sie nicht, denn er zog sie an sich und verschloss ihr den Mund mit seinen Lippen. Hitze stieg in ihr auf, als er sie nun ganz anders küsste. Hingebungsvoll und berauscht ließ sie zu, dass er sie mit der Rücksichtslosigkeit eines plündernden Wikingers eroberte. Das Glück kam in Wellen. Sie hätte schreien mögen, singen, tanzen …

So plötzlich war es vorbei, dass Merit glaubte, allen Halt zu verlieren. Enttäuscht protestierte sie mit einem jämmerlichen Laut, als er sie von sich schob und die Haustür öffnete. »Keine gute Idee«, sagte er nur leise und gab ihr einen Kuss auf die Stirn. »Schlaf schön!«

Bevor ihr eine angemessene Antwort einfiel, lief er die Treppe hinauf. Nicht mal die Schuhe hatte er ausgezogen.

Verwirrt legte sich Merit zwei Finger auf die Lippen und sah ihm nach. Kristján, das hätte sie jederzeit unter Eid geschworen, konnte küssen wie kein Zweiter.

15.

Tags drauf war Merit mittags mit Guðrún, Áki und ein paar Freunden verabredet, um im Wasser eines natürlichen Hot Pot zu entspannen. Guðrún hatte auch Kristján eingeladen – sicher nicht ohne Hintergedanken. Die Freundinnen schienen zu glauben, dass eine Liebelei genau das richtige Heilmittel für eine verlassene Frau wäre.

Gestern Abend noch hätte Merit jede Wette abgeschlossen, dass er einen Grund finden würde, um nicht mitzukommen. Aber sie hatte sich in ihm getäuscht. Wenn er etwas zusagte, hielt er es auch ein.

Während der gemeinsamen Fahrt erwähnten sie den Kuss mit keiner Silbe. Allerdings wahrte er Abstand zu ihr, als würde eine versehentliche Berührung Chaos auslösen. Ein Zustand, das wusste sie inzwischen, den er überhaupt nicht schätzte. Sie dagegen hätte nichts einzuwenden gehabt gegen das aufgewühlte Beben in ihrem Körper.

Der Ausflug war kein angemessener Ersatz für sensationelle Küsse, dennoch übertraf er ihre kühnsten Erwartungen. Der Hot Pot befand sich etwa eine halbe Stunde nördlich von Reykjavík auf privatem Gelände direkt am Meer. An diesem trüben und windigen Sonntagmittag waren sie die Einzigen, die von dem ein paar hundert Meter entfernten Parkplatz auf dem schmalen Pfad zur Küste gingen.

Rund gemauert, wurde der Hot Pot von heißen Quellen gespeist, und wer darin baden wollte, musste zuvor Meerwasser hineinpumpen, um nicht gekocht zu werden.

»Das machen die Männer«, erklärte ihr Guðrún, die gleichzeitig mit ihnen angekommen war. Beim Näherkommen sahen sie, wie Ákis Musikerkollegen die Aufgabe mit heiterem Ernst erfüllten. Hier draußen gab es keine Möglichkeit, sich vor dem Baden zu duschen, aber da alle direkt von zu Hause kamen, hielt das offenbar niemand für ein Problem. Merit war froh, denn sie hätte sich ungern im eiskalten Atlantik gewaschen. Einen Badeanzug trug sie bereits unter Jeans, T-Shirt und einer regenfesten Jacke, die den Wind abhielt. Deshalb tat sie es den Männern gleich, zog sich eilig aus, humpelte so schnell sie konnte zum Pool und tauchte wenig später erleichtert ins dampfend warme Wasser ein. Die anderen Frauen zogen sich in einer kleinen Hütte um, wo man neben Müllbeuteln und einer Kasse, in die jeder Besucher tausendfünfhundert Kronen zahlte, sogar eine umweltfreundliche Bio-Toilette fand.

Kristján saß ihr direkt gegenüber und unterhielt sich mit einem von Ákis Freunden, der ebenfalls einen Pilotenschein besaß. Da jeder von ihnen mehr oder weniger bis zum Hals im Wasser steckte, gab es kaum etwas zu sehen, und es interessierte sich niemand für die körperlichen Eigenheiten der Mitbadenden. Hier spielte eindeutig die Entspannung nach einer gelungenen Partynacht die Hauptrolle und selbstverständlich die grandiose Natur, wie so oft in Island. Dennoch war Merit die Narbe an Kristjáns Schulter nicht entgangen. Sie sah aus, als hätte jemand versucht, ihn aufzuspießen. Daran, dass auf ihn geschossen worden sein könnte, wollte sie lieber nicht denken. Merit fragte sich, welche Geheimnisse er noch mit sich herumtragen mochte.

Guðrún wollte etwas ganz anderes wissen und wisperte ihr ins Ohr: »Und? Ist noch was zwischen euch gelaufen?«

Merit wog vage den Kopf hin und her und sagte ebenso leise: »Wir haben uns geküsst, aber dann hat er kalte Füße bekommen und ist abgehauen.«

»Das hätte ich nicht gedacht, verrückt. Dabei sahst du zum Anbeißen aus, ich hätte dich auf jeden Fall weitergeküsst.«

Lieke hatte die letzten Worte gehört und drohte ihr mit dem Finger. »Nicht, solange ich ein Wörtchen mitzureden habe.«

Sie lachten, und Áki fragte: »Was habt ihr wieder miteinander zu tuscheln?«

»Wir reden über dich.« Guðrún streckte ihm die Zunge raus.

Bald drehten sich die Gespräche um die gestrige Eröffnungsparty, und alle waren sich einig, dass sie ein voller Erfolg gewesen war. Merit bekam Komplimente für ihr Wandbild, und Lieke wurde fürs Buffet gelobt, das sie zusammen mit zwei ehemaligen Kollegen aus der Hotelküche zu einem kulinarischen Ereignis hatte werden lassen. Heute und morgen blieb das Kaffi Berlin geschlossen, bevor es am Dienstag seinen regulären Betrieb aufnahm. Dann würde sich herausstellen, ob ihr Konzept aufging.

Wieder zu Hause, ging Merit unter die Dusche, um das Salzwasser abzuspülen. Der Geruch von Schwefel blieb ihr auch hier erhalten, aber sie hatte sich davon überzeugen lassen, dass isländisches Wasser der Haut keinen Schaden zufügte. Wie mit einer geheimen Routine ließ sie auch jetzt ihre Hände über den Bauch gleiten. Merit wurde es nicht leid, darüber zu staunen, wie wenig sie dabei fühlte. Die Fingerspitzen sandten Impressionen einer unebenen Oberfläche ins Bewusstsein. Andersherum spürte sie bei diesen zarten Berührungen nichts. Selbst im schmeichelnden Licht in der Duschkabine war es nicht zu übersehen: Ihr Körper war weder so glatt noch intakt, wie man es bei einer Frau ihres Alters erwartete. Ferdinand hatte davon gewusst, lange bevor sie zusammengekommen waren. Von den Flirts vor der Zeit mit ihm hatten die meisten geendet, bevor ein Kleidungsstück gefallen war. Vielleicht war es Glück, aber kein Mann hatte Merit jemals deshalb zurückgewiesen.

Seltsam, dass sie sich Gedanken machte, wie Kristján darauf reagieren würde. Schließlich war auch er nicht ohne Makel, und seine Narben, die sie verstohlen betrachtet hatte, zeugten von schweren Verletzungen, die weniger nach Unfall als nach einer Gewalttat aussahen. Besonders die an der Schulter. Dass er einer dieser Typen war, die sich unwiderstehlich fanden, an das Aussehen einer Frau aber viel höhere Maßstäbe anlegten, wollte sie nicht glauben. Abgesehen davon, dass die Affäre mit der Amerikanerin ihr oberflächlich und egoistisch erschien, hielt sie ihn nicht für einen Hohlkopf.

Doch ganz gleich, wie er möglicherweise reagierte, sie musste sich ihren Dämonen stellen, wenn sie in Zukunft ein freies Leben führen wollte. Entschlossen drehte sie die Wasserhähne zu, frottierte sich die Haare und zog ein Hemd an, das knapp ihren Po bedeckte. Auf dem Weg in ihr Zimmer humpelte Merit in die Küche, um sich etwas zu trinken zu holen.

Sie hatte Kristján nicht kommen hören und erschrak beim Klang seiner grimmig klingenden Stimme. »Warum läufst du halb nackt durch die Wohnung?«

»Was meinst du damit? Vorhin hatte ich noch weniger an.«

»Das ist nicht das Gleiche.«

»Du bist unlogisch«, stellte sie überrascht fest und nahm einen großen Schluck aus der Wasserflasche, was ihn noch mehr zu verdrießen schien. Sie war sicher, dass er sie begehrte. Der Kuss hatte viel verraten, und ihr ging er schließlich auch nicht mehr aus dem Kopf, was allerdings kein Wunder war, denn Kristján besaß genau die Mischung aus rauer Oberfläche und weichem Kern, die viele Frauen zum Dahinschmelzen brachte.

»Ich bin total logisch«, sagte er. »Der Kuss hat nichts zu be…«

»Du hast eine Freundin«, unterbrach sie ihn. Natürlich war der Kuss nicht bedeutungslos. Stritt er das ab, belog er sich selbst. Nicht, dass sie ineinander verliebt waren, das bestimmt nicht. Es war etwas viel Primitiveres. Sie wollte ihn, und das am liebsten jetzt und hier in der Küche.

Himmel, er sah aber auch zum Niederknien aus, wie er sich mit der Hand durchs Haar fuhr und nun mehr verlegen als grimmig dreinblickte. »Du hast mit Sunny gesprochen.«

»Sie mit mir«, sagte Merit und fügte provozierend hinzu:

»Sie behauptet, du gehörst ihr. Habt ihr da so ein SM-Ding laufen?«

Kristján stöhnte. »Das hat sie nicht wirklich gesagt, oder?«

»Oh doch und ich möchte fast wetten, ihr Mann hat es auch gehört. Der ältere Typ im Anzug, das ist doch ihr Mann?«

»Ja, und der wichtigste Auftraggeber meines Chefs.«

»Oha.« Diese Konstellation zusammen mit Guðrúns Infos schrie ja geradezu nach Schwierigkeiten. Und er glaubte, komplett rational zu sein? Wer ließ sich denn sehenden Auges auf so eine Affäre ein? Da hätte er auch gleich mit der Frau seines Chefs ins Bett steigen können.

»Hör zu, mir ist es egal, ob du mit ihr geschlafen hast oder nicht.« Die Lüge ging ihr glatt über die Zunge, weil Merit sie in den letzten Stunden unzählige Male gedacht hatte, um sich selbst zu überzeugen. »Wir sind beide erwachsen, und ganz offensichtlich haben wir beide Lust auf Sex. Willst du mich jetzt küssen oder nicht? Ich bekomme langsam kalte Füße …« Sie musste lachen, wegen der Doppeldeutigkeit. So eine klare Ansage hatte sie noch nie gemacht. Eigentlich hielt sie sich eher für schüchtern, umso mehr, wenn sie richtig verliebt war. Welchen Beweis brauchte sie also noch, dass es ihr nicht um große Gefühle, sondern um pure Erotik ging? Ihr Herz war vollkommen sicher.

»Du bist ein seltsames Mädchen.« Als hätte er eine Entscheidung getroffen, stieß er sich vom Türrahmen ab, an dem er die ganze Zeit mit verschränkten Armen gelehnt hatte, und kam auf sie zu. »Keine Sorge, von Frauen habe ich vorläufig die Nase voll.« Während er das sagte, zog er sie an sich.

Zwischen zwei aufregenden Küssen murmelte Merit noch: »Du bist total unlogisch«, bevor sie alles um sich herum vergaß.

»Und du bist das überraschendste, wunderbarste Geschöpf, das mir jemals begegnet ist«, sagte er kaum hörbar, und sein Atem streifte ihren Hals. Er nahm sich Zeit dafür, ihre Lippen genüsslich zu verkosten, bevor er unmissverständlich mehr verlangte.

Sie öffnete sich ihm bereitwillig, erlaubte es seiner Zunge auf eine Weise in sie einzudringen, die intimer nicht hätte sein können. Was hat er nur an sich, dass sie jede seiner Berührungen mehr erregte als alles, was sie bisher erlebt hatte? Merit bog sich ihm entgegen und wurde dafür mit Küssen belohnt, die einer geheimnisvollen Spur über ihren Hals hinab zum Dekolletee folgten.

Voller Begehren sah er zu ihr auf, als bitte er sie um Erlaubnis weiterzumachen. Was für eine Frage. Merit wollte, dass er sie nahm. Jetzt, hier, gleich auf dem Tisch.

»Oh Feenmädchen. Ist es das, was du dir wünschst? Eine schnelle Nummer?« Er schob ihr das Shirt von den Schultern und küsste sie, als es zu Boden geglitten war. Der Hauch seines Atems sandte kleine lustvolle Schauer über ihre glühende Haut. Gleich darauf spürte sie seine Zähne darüberkratzen. Zuerst zärtlich, dann grober. Der leise Schmerz war köstlicher als alles, was sie bisher gespürt hatte. Merit forderte mehr davon, und er beugte sich bereitwillig ihrem Willen, bis er sie unerwartet freigab und verlangte: »Jetzt du!«

Benommen von der lustvollen Hingabe, knöpfte sie ihm mit fliegenden Fingern das Hemd auf, inhalierte tief, um den Duft von weitem Himmel und purem Mann, seinen ureigenen Geruch, in sich aufzunehmen, trunken von dem Wunsch, mehr folgen zu lassen. Während sie ihm das Hemd über die Schultern hinabstreifte, legte sie ihm ihre Wange an die Brust und lauschte dem Rhythmus seines Herzens, strich mit flachen Händen über seine Arme, bis es schneller schlug, und drehte schließlich den Kopf, um ihre Lippen auf die glatte Haut zu drücken. Dafür wurde sie mit einem lustvollen Laut belohnt, der sein Echo in ihrer eigenen Kehle fand. Merit lächelte zufrieden und ließ beide Hände unter den Bund seiner Jeans gleiten. Während ihr Mund eine Spur hinab über den flachen Bauch küsste, ging sie langsam in die Knie und öffnete schließlich die obersten Knöpfe.

Sanft umfasste Kristján ihre Handgelenke, zog sie auf die Beine und trat einen Schritt zurück.

Die Furcht vor der Zurückweisung ließ ihr den Atem stocken.

Doch er enttäuschte sie nicht. Andächtig betrachtete er sie, als könne er sich nicht sattsehen, nicht genug bekommen von ihrem Zauber. »Du bist so schön!« Endlich bewegte er sich, zog sie näher an sich heran, bis sie von einer neuen Welle der Lust erfasst wurde. Merit seufzte, und schneller als ein Wimpernschlag fand sie sich auf dem Tisch wieder. Voller Ungeduld schob Kristján ihre Schenkel auseinander. Unmissverständlicher hätte er nicht deutlich machen können, wie sehr er sie begehrte. Es war erregend, ihn so zu sehen. Erwartungsvoll bog sie sich wie eine gespannte Feder zurück, wohl wissend, dass sie ihre Brüste auf diese Weise zum Verkosten feilbot.

»So ist es richtig«, raunte er und fuhr mit einer Handfläche in kreisenden Bewegungen über die harten Knospen. Die andere Hand ließ er dabei prüfend über ihren Körper hinabgleiten, bis er sein Ziel erreicht hatte. Zwischen ihren Beinen hielt er inne, ein zufriedenes Lächeln umspielte seine Mundwinkel.

Aus der schnellen Nummer auf dem Küchentisch wurde ein schwindelerregender Nachmittag. Dieser Kerl konnte nicht nur exzellent küssen, dachte Merit verzückt, als sie viel später wieder allein in ihrem Bett lag. Er hatte ihre Narben behandelt, als gehörten sie einer mächtigen Kriegerin. Was für ein Mann!

Kristján war fort. Hätte er nicht einen Anruf erhalten, würde er sie vermutlich immer noch nach allen Regeln der Kunst zum nächsten Orgasmus treiben. Ihr Herz begann schon wieder schneller zu schlagen, und während sie sich kurzerhand selbst Erleichterung verschaffte, dachte sie über neue Möglichkeiten nach, wie sie sich gegenseitig um den Verstand bringen könnten. Denn das war es, was sie hier taten: der pure Wahnsinn. »Aber so gut«, seufzte sie und drehte sich auf die Seite.

16.

»Ich muss total verrückt geworden sein!«

Der Rettungsassistent, mit dem er heute flog, sah ihn prüfend an. »Du siehst erschöpft aus, aber auch irgendwie … Lass mich raten: Du hattest extrem guten Sex?«

Sofort musste Kristján wieder an sie denken.

»Bingo! Dein Grinsen verrät dich, mein Freund. Was auch immer du getan haben magst, ich will das auch.«

»Bist du nicht verheiratet?« Eine rhetorische Frage, denn Kristján war sogar zur Hochzeit des Briten und seiner isländischen Frau eingeladen gewesen.

»Immer noch glücklich. Aber du schienst mir in letzter Zeit alles andere als das zu sein.«

»Frauen«, sagte Kristján düster, als wäre das eine Wort Erklärung genug.

»Ich dachte, die Sache mit Sunny ist Geschichte, nachdem ihr Mann ganz klar sein Territorium abgesteckt hat. Sind die beiden etwa doch nicht zusammengekommen?«

»Er behauptet es zumindest.«

»Frauen wie die werden zu Hyänen, wenn sie Konkurrenz wittern.«

Da war Kristján ganz seiner Meinung, aber so schwierig es in letzter Zeit mit Sunny gewesen war – schlecht über sie reden würde er nicht.

»Und wer ist nun die Neue?«, fragte der Rettungsassistent weiter. »Lass mich raten, die niedliche Malerin, mit der du zusammenwohnst, stimmt's?«

»Woher weißt du das?«

»Das fragst du noch? Sie ist *das* Thema in der Expat-Gemeinde. Bring sie doch zum Mittsommer-Stammtisch mit, damit die Leute ihre Neugier befriedigen können.«

Kristján war selbst erst einmal zu einem dieser monatlichen Treffen gegangen, bei dem Zuwanderer jeglicher Nationalität Kontakte knüpfen und sich gegenseitig unterstützen konnten. Er schätzte solche Geselligkeiten nicht, die zweifellos hilfreich, aber auch eine riesige Tratschbörse waren. Dass Merit sich dort wohlfühlen würde, bezweifelte er. Sie war viel zu unkonventionell für diese Leute, und das würde man ihr auch zu verstehen geben.

»Ich sag es ihr.«

»Ach, komm. Willst du das Mädchen vor der Welt verstecken? Sie muss doch Leute kennenlernen, wenn sie im Ausland zurechtkommen will.«

Er hatte den Eindruck, dass Merit sehr gut zurechtkam. Andererseits, was wusste er schon? Bisher hatte er sich ja weitgehend von ihr ferngehalten. Was nicht ganz allein seine Schuld gewesen war. Durch den Ausfall von gleich zwei Piloten hatte er viele Sonderschichten fliegen müssen und war damit bis ans Limit des Erlaubten gegangen. Dazu kamen der Bereitschaftsdienst und solche Rettungseinsätze wie neulich am Gullfoss. Deshalb hatte er noch mehr Zeit am Flughafen Isavia verbringen müssen als sonst üblich. Das war nun hoffentlich vorbei, nächste Woche sollten neue Kollegen anfangen.

»Ich werde Merit fragen, und bevor du mich weiter löcherst, wir sind nicht liiert oder so was. Sie wohnt bei meiner Vermieterin, die über den Sommer in Kanada zu tun hat, und passt auf deren Katze auf. Sonst ist da nichts.«

Der Engländer war höflich genug, das Thema an dieser Stelle fallenzulassen.

Dieses Mal gab es keine verrückten Touristen aufzuspüren, sondern nur einen Dialysepatienten zur Behandlung zu fliegen. Solche Einsätze waren ihm am liebsten. Morgen musste er wieder Rundflüge machen, einen davon mit Sundance. Und darauf freute er sich keineswegs. Was hatte sie sich nur dabei gedacht, vor den Augen ihres Mannes so schamlos mit ihm zu flirten und dann auch noch Merit anzusprechen? *Kristján gehört mir.* Der Spruch passte zu ihr. Er war ein kompletter Idiot, sich mit ihr eingelassen zu haben. Und nun beging er den gleichen Fehler schon wieder? Ihm war wirklich nicht zu helfen.

Das Elfenmädchen lag auf dem Küchensofa. Ein warmes Gefühl flutete seinen Körper, und er wusste nicht, was Zuneigung und was davon Begehren war. Wie hätte er auch ahnen können, dass in ihr so eine leidenschaftliche Frau schlummerte? Nun, er kannte die Antwort. Irgendetwas in ihm hatte es die ganze Zeit gewusst. Anders waren die eindeutigen Fantasien wohl kaum zu erklären, die ihn geplagt hatten, seit er ihr zum ersten Mal begegnet war.

Ísrún hatte gelacht, als er sie anrief und zur Rede stellen wollte. »Sie machte den nettesten Eindruck von allen, die sich um das Zimmer beworben haben. Du warst in letzter Zeit kaum zu Hause, und irgendjemand muss sich um

Köttur kümmern. Ach komm, Kristján, es ist doch nur für einen kurzen Sommer.«

Der verflixte Kater thronte auf der Lehne und blinzelte ihn feindselig an. Die Hände unter dem blassen Gesicht gefaltet, schlief Merit und sah unglaublich jung aus. Ihre hellen Haare schimmerten neuerdings rosa, ein Style, an den er sich noch gewöhnen musste.

Kristján hatte in den letzten Tagen gelernt, wie er sie zum Orgasmus bringen konnte, aber sonst wusste er nur wenig über diese Frau. Wie alt sie war oder woher die Narben auf ihrem Körper stammten, hatte er nicht gefragt. Es war keineswegs so, dass es ihn nicht interessierte. Alles an ihr war ihm wichtig. Zu wichtig für eine oberflächliche Bettgeschichte. Aber sie wollte es sicher nicht anders, versuchte er sich einzureden. Und doch ahnte er, dass es seine Furcht vor zu viel Nähe war, die ihn wie einen Dreckskerl aussehen ließ, der nichts als Vögeln im Kopf hatte.

Beim ersten Mal, in der Küche, hatte er es gerade eben noch geschafft, ihr den winzigen Slip auszuziehen, bevor sie blind vor Leidenschaft lustvoll übereinander hergefallen waren. Davor hatte es einen kurzen Augenblick der Anspannung gegeben, als sie sein Innehalten bemerkte. Doch Kristján war der Anblick Verwundeter nicht fremd, und sie trug die Spuren ihrer Vergangenheit wie eine Amazone. Nun, vielleicht nicht mit dem Stolz wie eine Kriegerin, aber mit großer Würde und einer erstaunlichen Selbstverständlichkeit, als wäre sie mit sich und allem im Reinen, was ihr widerfahren war. Eine Haltung, um die er selbst vergeblich rang: anzunehmen, was das Schicksal ihm angetan hatte.

Neulich im Pool hatte er sich gewundert, warum sie

einen hochgeschlossenen Badeanzug den üblichen Bikinis vorzog. Jetzt wusste er es. Bestimmt mochte sie ebenso wenig darauf angesprochen werden wie er, dabei wirkten seine Verletzungen vergleichsweise harmlos. Also hatte er nicht gefragt. Der Tag würde kommen, an dem sie von selbst darüber sprechen wollte. Für eine Frau, deren Attraktivität in der Öffentlichkeit häufig mit einem makellosen Äußeren gleichgesetzt wurde, bedeuteten solche Wundmale bestimmt noch etwas anderes als für Männer. Die meisten Kameraden jedenfalls hatten eine dramatische Geschichte zu jeder Narbe auf ihrem Körper parat, als würde ein wie auch immer erworbener Makel sie adeln, ganz gleich, ob sie als Kind vom Fahrrad gefallen oder im Kampf um Leben und Tod verwundet worden waren.

Er dachte daran, wie Merit die unschön verheilte Schusswunde an seiner Schulter geküsst und ihn verschwörerisch angesehen hatte, als seien sie Verbündete. Wahrscheinlich war das der Moment gewesen, in dem er ihrem Charme komplett erlegen war. Sie verband tatsächlich etwas, das tiefer ging als die offensichtliche Erotik. In ihr, das ahnte Kristján, konnte er sich verlieren, seine eiserne Kontrolle loslassen, sich hingeben, so wie sie es tat. Der Gedanke war verführerisch und beängstigend zugleich. Er wusste nicht, welche Dämonen in ihm lauerten, aber sie waren da. Und in letzter Zeit so dicht unter der Oberfläche wie lange nicht mehr. Doch das war nichts, worüber er nachdenken wollte. Grübeleien führten zu nichts. Was geschehen war, war geschehen. Die Vergangenheit konnte niemand ändern, die Zukunft aber zumindest beeinflussen.

Er dachte an Morten. Der Freund hatte nach zwei,

drei Bier gern behauptet, Kristján wäre der Bettpfosten-Typ, also einer, der für jede Frau, die er flachlegte, eine Kerbe ins Bett schnitzte, während er selbst eine Narbe für jeden Gegner trüge, den er im Kampf ausgeschaltet hatte. Der Krieg machte so etwas mit Männern – und noch viel Schlimmeres. Seine Gedanken wanderten in gefährliches Terrain. Kristján presste die Lippen aufeinander, als ein leises Seufzen ihn zurück in die Gegenwart holte.

Wie vertrauensvoll sie dort schlief. Beneidenswert. Ein Teil von ihm war ständig auf der Hut, immer bereit zu kämpfen, sein oder das Leben anderer zu verteidigen. Vollkommene Entspannung oder Hingabe, das gäbe es für ihn nie wieder, und er wollte es auch gar nicht. Ein solcher Kontrollverlust würde ihm das Gefühl geben, ausgeliefert zu sein. Eine unerträgliche Vorstellung.

Sie dagegen wirkte unschuldig, was, wie er inzwischen wusste, nicht ganz zutraf. Jedenfalls in erotischer Hinsicht. Was ihr an Erfahrung fehlte, machte sie mit Kreativität allemal wett.

Er schämte sich nicht zuzugeben, dass Sundance seinen Horizont in Sachen Sex deutlich erweitert hatte. Mit ihren expliziten Vorlieben war Merits frische und ungekünstelte Leidenschaft nicht zu vergleichen. Kristján gefiel beides.

Sunny war immer für eine Überraschung gut gewesen. Eine raffinierte Geliebte, die allerdings keine Sekunde gezögert hatte, in die Arme ihres Mannes zurückzukehren, nachdem ihr endgültig klar geworden war, dass er ihr nicht bieten konnte und wollte, was sie neben gutem Sex für essenziell im Leben hielt: Luxus und gesellschaftliche Anerkennung. Dass sie ihre Ambitionen für Kristján aufgeben wollte, hatte er ihr trotz tränenreicher Beteuerungen keine Sekunde lang geglaubt. Verliebt mochte sie gewesen sein, und es tat ihm leid, sie verletzt zu haben, aber wie sie ihm auf der Einweihungsparty unter den Augen ihres Mannes eindeutige Avancen gemacht hatte, fand er nicht nur peinlich, sondern schlichtweg abstoßend.

Merit war anders. Sie wirkte überhaupt nicht berechnend, eher ein wenig scheu, dann wieder frech und unglaublich lebensbejahend. Unter der Oberfläche verbarg sich eine empfindsame Seele. Das hatte er schon bei der ersten Begegnung auf der Fähre geahnt. Er hätte schwören können: Für eine Affäre ohne emotionale Bindung war sie nicht geschaffen. Das war ja offenbar nicht einmal der selbstsüchtigen Sundance gelungen, Kristján aber durchaus.

Plötzlich schämte er sich, auf den Deal eingegangen zu sein. Auch wenn es Merits Vorschlag gewesen war – er hätte nach der unangenehmen Erfahrung mit Sunny ablehnen müssen. In seinem Herzen war kein Platz für Liebe, und sie hatte es verdient, geliebt, auf Händen getragen zu werden.

»Du weißt ja nicht, worauf du dich eingelassen hast, Elfenmädchen.«

Wäre er so rechtschaffen, wie er sich gern sah, dachte Kristján, würde er sich irgendwo ein anderes Zimmer suchen und die Sache beenden, bevor es zu spät war. Aber wer passte dann auf sie auf? Wer verhinderte, dass sie sich mit jemandem wie diesem Áki einließ, der die Frauen mit einem charmanten Lächeln reihenweise um den Finger wickelte? Wie dreist der Musiker Merit auf der Party angemacht hatte, war ihm nicht entgangen, und auch nicht ihre Reaktion darauf. Nein, er wollte hierbleiben. Die Sache durchziehen, bis Ísrúns Reise beendet war und die zartbesaitete Elfe, die sie ihm vor die Nase gesetzt hatte, unbeschädigt in ihr Land zurückkehren konnte.

Eine lange Zeit. Er sah zum Fenster. Draußen wurde es überhaupt nicht mehr dunkel; bald war Mittsommer. Die endlosen Tage zerrten nach einer Weile ebenso an den Nerven wie die Wintermonate, in denen die Nächte sogar hier im Süden Islands unendlich schienen und man nach der Uhr, nicht aber nach der Natur lebte. Der vergangene Winter in Spanien hatte ihm die Augen geöffnet. Die Gene des norwegischen Vaters waren gleichermaßen präsent wie die der mediterranen Mutter.

Schließlich beendete der Kater mit einem Sprung vom erhöhten Wachposten auf der Sofalehne Kristjáns kritische Selbstinspektion und spazierte zum Wassernapf.

Auf dem Tisch vor Merit herrschte ein Durcheinander aus Stiften, einzelnen Bögen Papier, auf denen Skizzen zu sehen waren, und farbig angelegte Entwürfe. An die Wand gelehnt stand eine Zeichenmappe, und obwohl es nicht in Ordnung war, in ihren Sachen zu stöbern, konnte er der Versuchung nicht widerstehen. Kristján ließ sich im Schneidersitz auf dem gestrichenen Holzfußboden nieder, öffnete die Mappe – und vergaß innerhalb weniger Sekunden die Welt um sich herum. Ihre gekonnte Wandmalerei im Kaffi Berlin hatte ihn beeindruckt, aber was er hier sah, war das Werk einer hochtalentierten Künstlerin.

Sie schlief noch immer, als er aufstand und leise die Küche verließ, ohne sich etwas zu kochen, wie er es eigentlich vorgehabt hatte.

17.

»Wer mit Ungeheuern kämpft, mag zusehen, dass er nicht dabei zum Ungeheuer wird. Und wenn du lange in einen Abgrund blickst, blickt der Abgrund auch in dich hinein«, hatte Nietzsche in seinem Buch *Jenseits von Gut und Böse* behauptet. Der zweite Satz zierte ihren rechten Oberarm wie ein Blütenkranz und verdeckte damit nicht nur eine Narbe, sondern gehörte zu ihrer mühevoll erarbeiteten Philosophie. Sie hatte in den Abgrund hineingesehen, tat es noch heute, und was sie dort in ungezählten Nächten erblickte, bestimmte ihr Leben.

Aus einem unerfreulichen Traum zu erwachen war ein Teil von Merits Alltag. Nie zuvor indes hatte sie dabei in die leuchtend grünen Augen des Teufels gesehen.

Dieser jedoch war vergleichsweise harmlos und hieß Köttur. Der Kater starrte sie einige Sekunden lang regungslos an, bevor er von ihrem Bauch heruntersprang. Offenbar litt er Hunger. Jedenfalls klang sein Maunzen nach großer Not.

»Du sollst nicht darben, mein Freund.« Merit stand auf, um den Napf aufzufüllen, wusch die Wasserschüssel aus und stellte beides auf die Matte an der Balkontür. Diese routinierten Handgriffe halfen ihr dabei, Erinnerungen abzustreifen, die wie ein zu schwerer Mantel um ihre

Schultern hingen, und in den lichten Tag zurückzukehren. So gut ihr die hellen Nächte gefielen, ihr Schlafrhythmus war heillos durcheinandergeraten, und sie nickte zu den unmöglichsten Tageszeiten einfach ein.

Der Kater hatte sich neuerdings zu ihrem Beschützer erklärt und leistete ihr Gesellschaft, wenn sie sich in die Küche setzte. Meist lag er dann zusammengerollt auf seinem Lieblingsplatz oder schnurrend auf ihrem Schoß. Doch sobald Kristján auftauchte, beobachtete er ihn wie einen Konkurrenten, dem nicht zu trauen war. Sie ahnte, dass Köttur ihm damit auf die Nerven ging, obwohl er nichts sagte. Die beiden Männer im Haus duldeten sich gegenseitig, und wahrscheinlich war Kristján froh, dass die zweite Katze sich bisher nicht gezeigt hatte. Merit aber nahm ihren Auftrag ernst und machte sich Gedanken um das Tier.

Kurzentschlossen schrieb sie in einer Mail an Ísrún, dass ihr Haus den Sturm vom Wochenende gut überstanden hatte, Köttur sich wie ein Pascha aufführte und ihr oft stundenlang nicht mehr von der Seite wich. *Ich mache mir Sorgen, wo die andere Katze abgeblieben ist, obwohl Kristján meint, die Katzen in Reykjavík wären Überlebenskünstler. Er wohnt übrigens jetzt wieder hier und ist außerordentlich hilfsbereit, wenn auch manchmal ein bisschen pedantisch.*

Die Antwort kam postwendend mit einem großen Smiley und einem einzigen Satz: *Schön, dass der andere Streuner zurückgekommen ist.*

Merit lachte laut auf. Ísrún hatte also die ganze Zeit Kristján gemeint? Die Frau besaß einen sehr speziellen Humor.

Um ihren solcherart diskreditierten, aber immerhin ordnungsliebenden Mitbewohner nicht zu verärgern, raffte sie die Zeichnungen und Stifte zusammen und trug alles in ihr Schlafzimmer, wo natürlich prompt die Mappe aufging und die Blätter durch den Raum segelten. Beim Aufsammeln fiel ihr ein Büchlein mit dem Titel »*Warum Elfen doch keine spitzen Ohren haben*« in die Hände, das unter den Nachttisch gerutscht war. Die Autorin war niemand anderes als ihre Gastgeberin Ísrún Bryndísardóttir.

Manche Leute sagten, die Menschen hier am Nordmeer glaubten schon lange nicht mehr an magische Wesen, die das Leben ihrer Vorfahren beeinflusst hatten. Guðrún aber war überzeugt davon, die letzten Elfen der Welt hätten in Island Zuflucht gesucht und man müsse ihnen Respekt zollen. Ísrún begegnete dem Thema mit Humor, diesen Schluss ließ zumindest der Titel des Buches zu.

Merit legte es auf ihren Nachttisch, um später darin zu lesen. Jetzt war keine Zeit dafür, denn beinahe hätte sie einen wichtigen Termin verschlafen: Sie war mit ihren Freundinnen verabredet, um gemeinsam zum *Secret Solstice Festival* zu gehen, wo Ákis Band auftrat und später *The Prodigy*. Nun verkündete der Kuckuck, dass nur noch eine Viertelstunde blieb, bis die Mädels sie mit dem Taxi abholten, was wegen ihres Fußes das Beste war, um zum Laugardalur-Park zu gelangen, der auf der anderen Seite der Stadt lag.

Der Wetterbericht klang günstig, deshalb ließ sie die Regenjacke zu Hause, aber ein Tuch und eine Jacke gegen den Wind mitzunehmen war immer eine gute Sache. Merit entschied sich für ein kurzes Kleid, es war schließlich Sommer. Dazu zog sie die festivalerprobten Schnürstiefel an, in denen der lädierte Fuß genügend Halt bekam, und eine blickdichte, bunt gemusterte Strumpfhose, denn anders als ihre Freundinnen konnte sie sich nicht an die kühlen Temperaturen gewöhnen und hatte keine Lust darauf, mit einem kalten Po durch die Gegend zu laufen. Sie schaffte es noch, ein bisschen Make-up aufzulegen und die Haare kunstvoll zu verstrubbeln, wie es ihr der Friseur gezeigt hatte, da läutete es schon an der Tür.

»Hallo Grunge Princess«, begrüßte Guðrún sie. »Toll siehst du aus.«

Das Kompliment konnte Merit zurückgeben. Die Isländerin trug Blau in allen Schattierungen und dazu rote und weiße Bänder im Haar, denn es war der 17. Juni, Tag der Republikgründung und ein viel größerer Feiertag, als es Mittsommer in der kommenden Woche sein würde.

Lieke hingegen sah eigentlich wie immer aus. Sie trug am liebsten Schwarz und wich auch heute nicht von ihrem Farbkonzept ab. »Wo ist der Mann?«, fragte sie.

Kristjáns Auto stand vor der Tür, sein Fahrrad hing am Haken unter der Treppe, eigentlich hätte er zu Hause sein müssen, aber Merit hatte in der Eile überhaupt nicht daran gedacht, nach ihm zu sehen. »Keine Ahnung«, sagte sie und nahm sich vor, ihm in einem unbeobachteten Moment von Laugardalur eine Nachricht zu schicken. Die Unverbindlichkeit ihrer *Beziehung* machte es ihr in solchen Situationen nicht leicht, das Richtige zu tun.

Die Festivalbesucher glichen denen, die sie aus Deutschland oder anderen Ländern kannte. Es herrschte eine entspannte Stimmung und ein ziemliches musikalisches Durcheinander, denn alle fünf Bühnen wurden im Augenblick bespielt. Áki hatte ihnen einen Backstage-Pass besorgt, deshalb nutzten sie die Gelegenheit, sich im für die Musiker abgesperrten Bereich umzusehen. Das Buffet war abwechslungsreich, wie Lieke erfreut anmerkte, Getränke gab es reichlich. Weil sie immer noch Schmerzmittel einnehmen musste, verzichtete Merit darauf, sich ein Bier zu nehmen, und griff stattdessen nach stillem Wasser. Die Mädels zeigten sich weniger zurückhaltend. Bei den hiesigen Preisen für Alkoholisches war man für jeden kostenlosen Drink dankbar.

Nachdem sie Áki begrüßt und sich gestärkt hatten, machten Guðrún und ihre Freundin eine Tour über das Gelände, während sich Merit auf einen Baumstamm setzte und das Handy herausholte, um Kristján zu schreiben.

»Hallo Elfenmädchen.«

Sie fuhr herum – und da stand er. Hüfttiefe Jeans, Fliegerjacke, ein Bandshirt, das bessere Tage gesehen hatte, und in der Hand ein Bier. Fast hätte sie ihren Mitbewohner nicht erkannt.

»Hæ!«, sagte sie deshalb nur und klopfte neben sich auf den Baumstamm. »Ich wollte dir gerade eine Nachricht schicken.« Zum Beweis zeigt sie ihm das Smartphone. »Schön, dass du heute frei hast.«

»Demnächst wird es besser«, sagte er und setzte sich. »Wir bekommen neue Kollegen. Einer davon kennt die Rundflüge schon, der kann gleich voll einsteigen. Der andere stammt allerdings aus Kanada und muss erst angelernt werden.«

»Was dein Job ist.«

»Woher weißt du das?« Kristján prostete ihr zu. »So wird es wohl kommen.« Ein wenig unvermittelt sagte er: »Ich soll dich fragen, ob du zum Mittsommer-Treffen der Expats kommen möchtest.«

»Du sollst mich fragen?« Sie lachte. »Leiden die Damen vom Country Club an nervenaufreibender Neugier?«

»Scheint so«, sagte er, und sein Lächeln verzauberte Merit. »Ich hatte vergessen, dass du dich damit ja bestens auskennst.«

»Da können sie lange warten. Ich bin nicht die Richtige für Häkeldeckchen, Golf und Tombola.«

»So sind sie dort nicht, glaube ich.« Er lachte. »Wie gemein.«

»Stimmt, aber was kann ich tun? Ich habe einfach einen schlechten Charakter.«

»Hast du nicht.« Er legte ihr den Arm um die Taille. »Wie geht's dem Fuß?«

»Ganz okay. Kannst du mir einen Gefallen tun?«

»Jeden«, sagte er und sah dabei aus, als meinte er es ernst.

»Sag ihnen nicht meinen Namen, okay?«

Dass er es versprach und nicht fragte, warum, rechnete sie ihm hoch an. Fournier war zwar der Mädchenname ihrer Mutter, aber wenn es der Zufall wollte, würde sich jemand aus dem diplomatischen Dienst, der traditionell enge Kontakte zur Expatriate Community pflegte, an ihre Familie erinnern, und das wollte Merit vermeiden. »Wie kommt es, dass sie einen Einheimischen vorschicken?«

»Meinst du mich damit?« Fragend hob er eine Augenbraue, etwas, das Merit nie gelang, während ihre Mittelschwester eine Meisterin dieses ultracoolen Mienenspiels war. »Ich bin in Norwegen geboren«, sagte er.

Bevor sie die Enthüllung kommentieren konnte, vibrierte ihr Handy. Guðrún fragte, wo sie blieb. »Áki spielt schon auf Bühne drei. Kommst du?«

Wenig später hatten sie sich gefunden, und Merit zog Guðrún beiseite: »Kristján ist gar kein Isländer, hast du das gewusst?«

»Na klar, er spricht unsere Sprache ausgezeichnet, aber hat einen lustigen Akzent.« Mit einem Knuff in ihre Flanke fügte sie hinzu: »Sei froh. Isländische Männer taugen nicht zum zuverlässigen Gefährten. Wir haben hier eine erstaunliche Anzahl alleinerziehender Mütter, deren Kids von unterschiedlichen Vätern stammen.« Sie wollte sich schon wieder zur Bühne wenden, da fiel ihr etwas ein. »Apropos unzuverlässig«, Guðrún zog eine zerknitterte Visitenkarte aus der Hosentasche, »die soll ich dir von Áki geben, er hat es nach der Eröffnungsparty vergessen.«

Merit nickte und entschuldigte sich wenig später durch Handzeichen. Langes Stehen fiel ihr noch schwer, und sie wollte sich weiter hinten auf die Wiese setzen. Dort versuchte sie zu entziffern, was auf der Karte notiert war, die offensichtlich jemandem vom Reykjavík-Theater gehörte.

Bitte rufen Sie mich an.

Einer Eingebung folgend, tippte sie die Nummer in ihr Smartphone. Schon beim zweiten Klingeln meldete sich ein Mann und sagte etwas, das wie *Nationaltheater* klang.

Sie nannte ihren Namen und versuchte auf Isländisch zu erklären, warum sie anrief.

»Wir können Englisch sprechen«, sagte er. »Höre ich richtig, dass Sie beim Secret Solstice sind? An welcher Bühne?«

Merit beschrieb ihm, wo sie sich befand, und wenig später kam ein Mann mittleren Alters auf sie zu.

»Hallo«, sagte er und stellte sich als künstlerischer Leiter des Theaters vor. »Schön, dass Sie sich gemeldet haben.« Und dann erzählte er, wie gut ihm ihr Wandgemälde gefiel, und fragte schließlich, ob sie Lust hätte, das Bühnenbild für eine neue Inszenierung zu entwerfen.

»Bühnenbildnerin bin ich nicht. Ich habe freie Kunst studiert«, sagte sie ehrlicherweise, zählte aber auch auf, welche Jobs sie für die Berliner Bühnen gemacht hatte.

»Fantastisch! Können Sie am Montag in mein Büro kommen?«

»Wenn ich bei Ihnen eine Kennitala bekomme, gern. Ich kriege ja nicht einmal eine Dauerkarte fürs Schwimmbad ohne diese verflixte Nummer.«

»Natürlich, Sie erhalten einen Vertrag für das Projekt. Bei uns hat alles seine Ordnung.« Er lächelte und verabschiedete sich. »Bis Montag also, ich freue mich.«

»Wer war das?«, fragte Kristján, der herangeschlendert kam, und setzte sich zu ihr. Als sie ihm von dem Angebot erzählte, nahm er sie spontan in den Arm. »Das freut mich sehr für dich. Obwohl ich diesem Áki gern den Hals umdrehen würde. Erst hält er sein Versprechen nicht, dich anzumelden. Und dann versaut er dir durch seine Schlampigkeit beinahe noch diese Chance.«

»Es ist ja noch mal gut gegangen«, sagte sie und lehnte sich zufrieden an seine Schulter.

The Prodigy gaben ihre letzte Zugabe, und selbst im hinteren Drittel, wo sie standen, wurde noch getanzt. Dass die Lichteffekte der Bühnenshow in der Mitternachtssonne nicht so eindrucksvoll waren, wie sie hätten sein können, störte niemanden. Der Himmel machte seine eigene Lightshow, und die Wolken türmten sich zu grandiosen Kulissen auf.

Merit freute sich auf das Treffen am Theater. Wo sie in Berlin für alles hatte hart kämpfen müssen, schien sich in Island immer eine Chance aufzutun, wenn sie gebraucht wurde. »Magisch«, murmelte sie und meinte damit auch Kristján, der ein Taxi heranwinkte, das sie zu einem Club auf der Laugarvengur bringen sollte, der Partymeile der Stadt.

»Was meinst du?«, fragte er und hielt ihr die Tür auf, damit sie einsteigen konnte.

Sie machte eine alles umfassende Geste. »Das alles hier. Es ist ein Traum. Sag mal, glaubst du an Elfen?«

»Selbstverständlich«, sagte er vollkommen ernsthaft, »ich sitze neben einer.«

Im Rückspiegel des Taxis sah sie die Fahrerin nicken und ihr zuzwinkern. »Haben Sie etwas dagegen, wenn wir die beiden da mitnehmen?«, fragte die Frau, als zwei weiß gekleidete Gestalten mit pastelligen Haaren und einer Menge Glitzersteinen im Gesicht an die Scheibe klopften.

Sie hatten natürlich nichts dagegen, und so fuhren sie zu viert los. Die beiden stammten aus Akureyri, und – wie sollte es auch anders sein – eins der Mädchen arbeitete auf einem Pferdehof unweit von Guðrúns Familie. »Aber ja, ihr müsst unbedingt einmal in den Norden kommen.«

Sie erklärte, dass man hier nicht von Ponys sprach. »Es gibt nur das Wort *Hestur*, und das ist eben ein Pferd. Islandpferde sind die besten der Welt.«

Solcherart weitergebildet, entdeckten Kristján und Merit ihre gemeinsame Leidenschaft für indisches Essen, das sie in dem kleinen Imbiss kauften, der, wie Kristján wusste, ihren nationalbewussten Nachbarn mit der *Islandtür* gehörte. Um ihr Curry zu essen, setzten sie sich auf eine Bank mitten ins Gewühl der feierlustigen Isländer. Es hatte heute noch nicht einmal geregnet, und der Tag fühlte sich fast schon wie Sommer an. Das galt es auszukosten.

»Woher kommt ihr?«, fragte jemand, als er das Gemisch aus Deutsch und Englisch hörte, das sie miteinander sprachen, wenn sie unter sich waren.

»Berlin«, sagte Merit und wurde gefragt, ob die Stadt wirklich so spannend wäre, wie sich alle erzählten. »Man muss es erleben«, sagte sie. »Von Island kann man auch viel berichten, aber wer noch nie hier war, hat keine Vorstellung davon, wie fantastisch das Land ist.«

»Absolut meine Meinung«, sagte eine junge Frau und erzählte, dass sie in Budapest studiert hatte. Dort hätte sie eine große Wohnung gehabt und wäre durch ganz Europa gereist. Hier musste sie drei Jobs machen, um zwei Zimmer für sich und ihre kleine Tochter bezahlen zu können. »Aber das ist egal«, sagte sie. »Island hast du im Herzen, du kommst immer zurück.«

Gemeinsam zogen sie durch die Bars, trafen ihre Freundinnen und verloren sie wieder aus den Augen, lernten neue Leute kennen, Merit tauschte Telefonnummern. Irgendwann frühstückten sie Pancakes und cremigen Cappuccino in einem Café mit dem lustigen Namen *C is for Cookie!* Und kehrten erst nach Hause zurück, als die Sonnenstrahlen ihre Gesichter wärmten. Sie duschten, schliefen miteinander und verbrachten den halben Sonntag im Bett, rafften sich am Nachmittag aber doch auf, um im Pool am Meer, den Merit ins Herz geschlossen hatte, zu chillen und sich auf die neue Woche vorzubereiten. Dass sie diesmal mit Touristen im Wasser saßen, machte ihnen nichts aus. Man redete über dies und das, diskutierte Wanderrouten und bestaunte die grandiose Landschaft rundherum. Sie konnte sich nicht erinnern, wann sie mit Ferdinand jemals ein vergleichbares Wochenende, abwechslungsreich und gleichzeitig entspannt, verbracht hatte.

Die Ungarin hatte recht, Island trug man im Herzen – und etwas anderes hatte sich ebenfalls darin eingenistet. Doch darüber wollte Merit noch nicht nachdenken.

18.

Vor Aufregung bekam Merit Bauchschmerzen, als sie das Gebäude des Nationaltheaters betrat. Es wirkte wie eine Trutzburg, nicht besonders einladend. Doch kaum hatte sie sich am Bühneneingang angemeldet, wurde sie vom künstlerischen Direktor herzlich begrüßt, der sich ihr noch einmal vorstellte und die Arbeiten im Kaffi Berlin lobte.

»Wir planen für die nächste Saison ein Schauspiel, für das Kostüme und Set neu entworfen werden sollen. Ich will ehrlich sein, natürlich hatten wir bereits einen Designer, der beides machen sollte. Doch er ist kurzfristig abgesprungen, und wir sind in Schwierigkeiten. Die Kostüme wird nun unsere Gewandmeisterin Arna Jóhansdótir machen. Auf diese Chance wartet sie schon lange und hat es sich verdient. Aber ohne Kulissen wird es ein bisschen schwierig.« Er lachte verlegen. »Sie würden mit Arna zusammenarbeiten und hätten natürlich alle Unterstützung im Haus und in den Werkstätten, die sie brauchen. Das Problem ist, wir benötigen die fertigen Entwürfe schon in vier Wochen. Sie müssten also sofort anfangen.«

»Das ist kein Problem«, sagte Merit und versuchte, ihre Aufregung zu verbergen. Es gab nichts zu überlegen. Das war eine Riesenchance und im Augenblick der perfekte Job für sie. Selbst wenn die Bezahlung nicht so toll wäre.

Dann würde sie halt nebenher noch etwas anderes machen müssen. Es wäre nicht das erste Mal. »Vier Wochen ist nicht viel Zeit«, sagte sie dennoch, um zu signalisieren, dass sich dieser Umstand auf ihr Honorar auswirken sollte. »Einverstanden, ich liefere Ihnen die Entwürfe.«

»Dann ist es abgemacht«, er reichte ihr die Hand. »Kommen Sie, ich begleite Sie ins Betriebsbüro, meine Mitarbeiterin wird Ihnen einen Vertrag geben. Lesen Sie ihn gut durch, und wenn für Sie alles in Ordnung ist, können wir die Sozialversicherungsnummer gleich beantragen.«

Es gefiel Merit, dass er ihren Wunsch nach einer Kennitala nicht vergessen hatte.

Sie gingen durch lange Flure, bis er eine Tür öffnete. »Hier ist es. Arna ist morgen wieder im Haus. Es wäre natürlich schön, wenn Sie beide sich so schnell wie möglich träfen.«

Damit überließ er sie der Sekretärin, die ihre Personalien aufnahm und den versprochenen Vertrag ausdruckte.

»Hach, Berlin!«, sagte die rotblonde Frau ein ums andere Mal. »Ich habe so gute Erinnerungen an die Stadt, und das Café ist Ihnen wirklich gut gelungen.«

Merit bedankte sich und versprach, sich schnellstmöglich zu melden und, wenn alles zu ihrer Zufriedenheit war, mit der Gewandmeisterin zu einem ersten Gespräch zu treffen.

Wieder im Auto, gab sie einen Freudenschrei von sich, der zwei Passanten veranlasste, die Straßenseite zu wechseln. Merit winkte ihnen fröhlich zu. Ein dermaßen unkonventionelles Vorstellungsgespräch hatte sie noch nie erlebt. Nicht mal ihre Mappe hatte er sehen wollen, und obendrein war das Honorar anständig. Viel mehr, als man ihr in Berlin jemals geboten hatte. Aber natürlich waren die Lebenshaltungskosten in Reykjavík auch schwindelerregend hoch. Sparsam würde sie weiterhin sein müssen.

Kristján, dem sie gern davon erzählt hätte, war schon fort, aber der Kater hörte sich ihre Geschichte wohlwollend an, während er auf frisches Wasser wartete.

Was nach dem Projekt käme, stand in den Sternen, und einen Job wie diesen hatte sie auch noch nie komplett allein gemacht, wenn man von ein paar Entwürfen für ein kleines Offtheater absah. Das Nationaltheater von Island war eine ganz andere Nummer und Grund genug, Herzrasen zu haben. *Þetta reddast*, sagte sie zu Köttur, der sich auf dem Sofa zusammengerollt hatte. Es wird schon schiefgehen.

Am folgenden Tag fuhr sie mit dem unterschriebenen Vertrag zum Theater, lernte die zurückhaltende Arna kennen, die mindestens ebenso viel Respekt vor der neuen Aufgabe hatte wie sie selbst, und am Abend, als Kristján in die Küche kam, empfing ihn ein mittleres kreatives Chaos.

Obwohl er sich für Merit freute, sah sie ihm an, dass ihn die Aussicht darauf, dass seine Ordnung für Wochen nachhaltig gestört sein würde, nicht glücklich machte. Aber der Küchentisch war der einzige Platz, an dem sie arbeiten konnte. In Ísrúns Räumen zu zeichnen kam nicht infrage. Und das nicht nur, weil sie deren Schreibtisch erst einmal hätte leer räumen müssen. Man drang einfach nicht auf diese Weise in die Privatsphäre eines fremden Menschen ein.

»Ich brauche ein Atelier.«

Kristján sah sie lange regungslos an, bis Merit dachte,

er hätte sie überhaupt nicht gehört, dann sagte er: »Ich habe eine Idee. Ein Freund von mir hat genau das, was du brauchst, und das Beste ist, er geht demnächst für den Rest des Jahres in die Provence. Ich rufe ihn an.«

»Wie cool!«

Merit war wie elektrisiert und versuchte zu verstehen, was die beiden Männer am Telefon besprachen, doch dafür reichten ihre Sprachkenntnisse noch längst nicht aus. Genau genommen verstand sie dieses Mal kein einziges Wort und fand das ziemlich frustrierend. Inzwischen war ihr bewusst geworden, wie schwer Isländisch zu lernen war. Besonders weil fast alle, mit denen sie zu tun hatte, recht gut Englisch sprachen.

Arna war eine der wenigen Ausnahmen. Während Kristján telefonierte, dachte sie an ihr erstes Treffen mit der Gewandmeisterin des Theaters. Merit hatte das Gefühl, dass sie mit ihr nicht warm werden würde, obwohl sie sich alle Mühe gegeben und alles an spärlichen Isländischkenntnissen aufgeboten hatte, was zur besseren Verständigung hätte beitragen können. Beim Hinausgehen meinte Merit gehört zu haben, wie Arna *verdammte Ausländer* gezischt hatte, und war sehr betroffen davon. Freundinnen würden sie beide ganz sicher nicht werden.

»Wir haben Glück. David ist noch im Land«, sagte Kristján und legte das Smartphone zur Seite. »Er ist etwas speziell, aber sehr nett, wenn man ihn erst einmal besser kennt. Sein Atelier im Marshall House hat er nicht untervermietet, weil er es nicht schätzt, wenn Fremde in seinen Sachen herumwühlen. Aber, und das ist die gute Nachricht, er will dich morgen kennenlernen und danach entscheiden.«

»Glück würde ich das nicht gerade nennen.« Zweifelnd sah Merit ihn an.

»Du musst ihn einfach nur verzaubern, Elfenmädchen«, sagte Kristján.

»Na klar, daran habe ich gar nicht gedacht.«

»*Þetta reddast.* Komm, wir gehen essen. Was meinst du? Dein Vertrag muss gefeiert werden, und hier«, er machte eine bezeichnende Geste über die verstreut liegenden Entwürfe, »geht das nicht.«

Sie fuhren mit dem Auto nach Grandi, weil der Regen wieder einmal waagerecht durch die Straßen peitschte, und Kristján zeigte ihr, wo sie seinen Freund morgen treffen sollte.

Das Marshall House war ein großer Klotz am Ende der Straße, mit Fenstern, in denen sich der graue Himmel spiegelte, und einem schicken Restaurant im Erdgeschoss. Eigentlich hatten sie geplant, ins Kaffi Berlin zu gehen, doch nun schlug Kristján vor, hier einzukehren. »Wir können ja nachher noch einen Drink im Café nehmen«, sagte er und fügte hinzu: »Ich lade dich ein, wenn du einverstanden bist. Der Koch ist großartig.«

Damit hatte er recht. Das schlichte, aber hochwertig mit warmen Hölzern eingerichtete Lokal und die lang gestreckte Bar gefielen ihr sofort. Für einen Dienstag war erstaunlich viel los, und so gut gegessen hatte sie auch lange nicht mehr.

Wenn eine reine Sexbeziehung so aussah, dachte Merit, bevor sie an diesem Abend allein einschlief, dann hatte sie im letzten Jahr mit Ferdinand noch viel weniger als das gehabt.

Den Sprachunterricht musste sie am nächsten Tag früher verlassen, um rechtzeitig im Marshall House zu sein.

In der Galerie, in der sie sich zuerst nach dem Atelier von Kristjáns Freund David erkundigte, konnte ihr die junge Mitarbeiterin nicht weiterhelfen, und es dauerte eine Viertelstunde, bis Merit es endlich gefunden hatte. Die Tür stand offen, der Künstler war jedoch nicht da. Neugierig ging sie hinein und blieb in der Mitte stehen. »Unglaublich!« Der Raum war lichtdurchflutet und auf einer Seite fast vollständig verglast. Durch die deckenhohen Fenster überblickte man den Hafen, im Hintergrund die Harpa, Reykjavíks Konzerthaus, dessen gläserne Schuppenhaut sich heute im vibrierenden Blau des Himmels präsentierte.

Und »unglaublich« sagte sie danach noch einmal, als sie die großflächigen Kunstwerke betrachtete. Die Gemälde waren von einer bizarren Wildheit. Wirbelnde Emotionen, die ihre Betrachterin, sollte sie mutig genug sein, sich darauf einzulassen, absorbierten, brandmarkten und schließlich als eine andere für den Augenblick unendlich verletzlicher in die Welt entließen.

Merit kannte diese Handschrift.

Sie gehörte dem Künstler David Johansson, der an ihrer Uni in Düsseldorf eine Gastprofessur innegehabt hatte.

Am liebsten wäre sie davongelaufen. Was, wenn er sie nach ihren Arbeiten fragte, danach, was sie in den letzten Jahren getan hatte? Doch dafür war es zu spät. Hinter sich hörte sie die Tür ins Schloss fallen. Mit bangem Herzen drehte sie sich um – und sah in die hellen, wachen Augen, denen schon damals nichts entgangen war. Wilde Hoffnung keimte in ihr auf, als er sie einen Augenblick lang irritiert anblinzelte.

Vielleicht erkennt er mich ja nicht wieder.

»Merit Fournier?« Auf seinem Gesicht breitete sich ein Lächeln aus, und er stellte die beiden Kaffeebecher beiseite, um sie in die Arme zu schließen. »Kristjáns Mitbewohnerin, das bist du?«, rief er auf Englisch. »*Bloody hell*, beinahe hätte ich dem Treffen nicht zugestimmt.« Er bot ihr den einzigen Stuhl an, zog eine Kiste heran und setzte sich zu ihr an den großen Arbeitstisch mitten im Raum. »Kaffee?«, sagt er und schob ihr einen der Becher rüber. »Bist du also diesen … Spießer, wie hieß er noch gleich …? Bist du den endlich losgeworden?«

»Ferdinand ist kein …« Merit verstummte, als ihr bewusst wurde, was sie da tat. Es gab keinen Grund mehr, Ferdinand zu verteidigen. »Er ist mich losgeworden, um präzise zu sein.«

Sie war überrascht, dass David sich überhaupt erinnerte. Er hatte sich damals sehr für sie eingesetzt, und es war ihm zu verdanken, dass sie in die Meisterklasse aufgenommen werden sollte. Das aber hatte sie erst viel später erfahren, als er schon längst wieder zurück nach Island gegangen war. Ganz offensichtlich hatte ihn ihre Absage damals verletzt oder zumindest verärgert.

Merit überlegte, was sie als Entschuldigung vorbringen könnte, als er sagte: »Von mir erwarte kein Wort des Bedauerns.«

Sie sagte nichts. Kristján hatte David als speziell bezeichnet, und das war nicht übertrieben. Einige Studentinnen hatten Angst vor ihm gehabt, ein Kommilitone war sogar ins Fach Kunstpädagogik gewechselt, weil er nichts mehr mit ihm zu tun haben wollte. David war fordernd, launisch und brutal ehrlich, nicht nur, wenn es um die Kunst ging. Merit hatte diese Seite des Künstlers nicht allzu oft zu spüren bekommen. Als sie ihm jedoch damals eröffnet hatte, dass sie mit Ferdinand nach Berlin gehen würde, statt die Meisterklasse zu besuchen, hatte er sie angebrüllt, als undankbar bezeichnet und sie zum Teufel gewünscht.

Nun sah David sie forschend an. »Sag, wie ist es dir ergangen, und was hat dich nach Island geführt?«

Sie erzählte ihm vom Streuner Köttur, den sie hütete, und von ihrem neuen Job beim hiesigen Theater, für den sie mehr Platz und ein Atelier brauchte.

David stand auf, ging zum Fenster und verschränkte die Hände hinter dem Rücken. »Komm her!«, forderte er sie auf, und als Merit neben ihm stand, sagte er: »Sieh dir diese Farben an. Das Licht ist einzigartig.«

»Es ändert sich pausenlos.«

David schwieg eine Weile, dann sagte er: »Du malst also hübsche Bildchen an Kneipenwände und entwirfst Bühnenbilder.«

»Ich muss von irgendwas leben.«

»Dann handele mit Aktien oder überfalle eine Bank, aber verrate doch nicht dein Talent!« Er griff ihren Arm und drehte sie zu sich. »Merit, du kannst mein Atelier nutzen. Ich überlasse es dir mietfrei, aber ich verlange von dir, dass du wieder malst. Mach meinetwegen diesen Theaterjob. Aber dann gehst du raus, ins Hochland, ans Meer. Sieh dir Island an, aber lass dich nicht von der grandiosen Landschaft blenden. Erfasse das Ganze, aber begreife das Kleine, das Goldige wie auch die Essenz der Dinge und mache sie zu etwas, an dem alle Welt sich freuen kann.«

Merit fühlte sich wie in einem gewaltigen Sturm. Davids Energie riss sie beinahe von den Füßen, und in diesem Augenblick hätte sie ihm alles versprochen, wären nicht die unterdrückten Tränen gewesen, die ihr das Sprechen schwer machten.

»Mitte August findet unten in der Galerie eine Ausstellung statt. Einige meiner Bilder sind dabei. Ich sorge dafür, dass sie deine ebenfalls aufnehmen. Ich weiß, welches Talent du hast. Lass dir nicht einfallen, mich zu enttäuschen!«

»Nein«, sagte sie und wäre am liebsten davongerannt. Vor Angst, genau das zu tun. Wie sollte sie diesen genialen Künstler nicht enttäuschen?

Als wüsste David, was in ihr vorging, sagte er: »Ich will ganz ehrlich und direkt zu dir sein, denn das hast du verdient. Untersteh dich, wieder wegzulaufen. Du bist kein kleines Mädchen mehr. Stell dich deinen Dämonen und reite sie, wenn es nicht anders geht.«

»Ja«, sagte sie und nahm ehrfurchtsvoll den Schlüssel entgegen, den er ihr am ausgestreckten Arm hinhielt wie die Leckerei für ein Haustier.

So schnell dieser Gefühlsausbruch gekommen war, so schnell wirkte der Künstler auf einmal geschäftsmäßig. »So, und jetzt habe ich zu tun, ich fliege morgen.« Er gab ihr eine Karte mit seiner Telefonnummer. »Wenn du Schwierigkeiten hast, ruf an, okay?«

Merit versprach es, bedankte sich und floh beinahe aus dem Atelier.

»Schläfst du mit ihm?«

Sie erstarrte an der Tür. »Das geht zu weit, David.« Langsam drehte sie sich um.

»Aha«, er lachte selbstzufrieden. »Sag Kristján, ich nehme ihn beim Wort.«

»Das muss ich nicht verstehen, oder?«

»Nein. Sag es ihm nur.«

Sie wandte sich zum Gehen.

»Eins noch …«

»Ja?«, fragte sie über die Schulter.

»Pass ein bisschen auf ihn auf, okay? Kristján ist ein wertvoller Freund, aber er weiß manchmal nicht, was gut für ihn ist.«

19.

»Welchen Wochentag haben wir heute?«

Die letzten Tage waren rasend schnell vergangen, sodass Merit nicht einmal mehr das aktuelle Datum kannte.

»Freitag«, sagte Lieke. »Endlich.«

»Wieso endlich? Am Wochenende habt ihr doch am besten zu tun, oder nicht?«

»Stimmt schon, aber es ist mein erstes freies, seit ich hier arbeite, und ich freue mich wie verrückt darauf. Wir fahren zu Guðrúns Familie. Der Wetterbericht ist super. Neunzehn Grad und Sonne, die Isländer werden verrücktspielen.«

»Klingt gut. Geht ihr reiten?« Über Islandpferde wusste Merit wenig, nur, dass sie neben Schritt, Trab und Galopp noch zwei weitere Gangarten beherrschten. Das klang interessant. Damals in Spanien war sie viel geritten, hatte sogar zusammen mit den Schwestern ein eigenes Pferd, einen Andalusier, gehabt. Aber an diese Zeit wollte sie nicht denken. Nie wieder.

»Komm doch mit.« Lieke ahnte nichts von ihren finsteren Erinnerungen und klang aufgeregt. »Ich verspreche dir, du wirst es lieben. In Island leben, ohne wenigstens einmal auf einem Islandpferd gesessen zu haben, wäre eine Sünde.«

»Mhm«, sagte Merit und steckte sich eine Gabel voll Fusilli mit Tomatensoße in den Mund. Sie war so hungrig, dass sie mit dem Essen nicht länger warten konnte. »Köstlich! Ich müsste eigentlich arbeiten.«

»Du hast doch gesagt, du hättest vier Wochen Zeit für die Entwürfe.«

»Schon, aber kommenden Mittwoch treffe ich mich mit den Theaterleuten. Drück mir die Daumen, dass ihnen meine Ideen gefallen.«

»Hast du denn Zweifel?«, fragte Lieke, die sich im Café kurz zu ihr gesetzt hatte.

»Immer.« Merit wischte sich mit der Serviette den Mund ab und trank einen Schluck Wasser.

»Ach, mach dir keine Gedanken. Du weißt doch: *þetta reddast.*«

»Selbstzweifel gehören zum Job, fürchte ich. Aber du hast recht, ich sollte zuversichtlicher sein. Es ist nur so, ich sitze da in diesem Atelier mit grandiosen Bildern und einem herrlichen Blick auf die Stadt, und mich juckt es in den Fingern, endlich wieder zu malen. Dieses Gefühl hatte ich schon lange nicht mehr.«

»Erst die Arbeit, dann das Vergnügen. Kann lästig sein, das kenne ich nur zu gut.« Lieke lächelte verschwörerisch. »Apropos Vergnügen, wie läuft es mit dem Traummann?«

Nach ziemlich hartem Sex, bei dem sie fast vom Bett gefallen war, hatte sie Kristján nicht mehr gesehen. Das war vier Tage her.

Merit mochte, wenn es zwischendurch auch mal rauer zuging, und das wusste er, aber dieses Mal war es anders gewesen. Eine unnahbare Aura hatte ihn umgeben. Sie hatte das Gefühl gehabt, ihn nicht erreichen zu können. Die Art, wie er sie behandelt hatte, schien nicht ihr zu gelten, sondern einem unsichtbaren Feind. Sie war zu verwirrt gewesen, um überlegt zu reagieren, und hatte Zeit gebraucht, das Erlebte einzuordnen. Käme so was allerdings noch mal vor, würde sie ihn zur Rede zu stellen. Wie ein Objekt ließ sich Merit von niemandem behandeln.

»Regen im Paradies?«, fragt Lieke, die sie aufmerksam beobachtete.

»Wie es manchmal eben ist. Am Flughafen läuft es nicht rund, trotz der neuen Kollegen«, sagte sie ausweichend. In der Öffentlichkeit verhielt sich Kristján liebenswürdig und ihr zugewandt, als wären sie tatsächlich ein Paar. Die Freundinnen hatten keine Ahnung von ihrem Arrangement, und dabei sollte es auch bleiben.

»Dann soll er sich damit rumschlagen, und du nimmst dir eine Auszeit. Guðrún muss Dienstagvormittag schon wieder in der Schule sein, das ist kurz genug. Komm, gib dir einen Ruck. Du bist seit Mai hier, und was hast du bis jetzt von diesem fantastischen Land gesehen?«

Viel zu wenig, das stimmte. Und hatte nicht auch David gesagt, sie solle hinaus in die Natur gehen, um sich inspirieren zu lassen? Merit dachte an ihren Ausflug nach Laugarvatn, der so unrühmlich geendet hatte.

Sie seufzte. »Also gut. Wann geht es los?«

Um fünf Uhr morgens verließen sie die Stadt. Die drei nahmen Merits Auto, Guðrún hatte angeboten zu fahren. Die Freundinnen saßen vorn, Merit streckte sich auf der Rückbank aus.

Nach der Rückkehr aus dem Atelier war es zu spät gewesen, um noch mit Kristján zu sprechen. Deshalb hatte sie ihm eine Nachricht geschrieben, dass sie übers Wochenende fort sein würde, obwohl das genau genommen nicht notwendig war. Jeder lebte wie stillschweigend verabredet sein eigenes Leben. Sie waren sich keine Rechenschaft schuldig. Aber für Köttur trug sie die Verantwortung, und jemand musste sich während ihrer Abwesenheit um den Kater kümmerte.

Als Merit nach etwa einer Stunde mit leicht verdrehtem Genick aufwachte, fuhren sie gerade auf einen Rastplatz.

»Lasst uns einen Kaffee trinken«, schlug Guðrún vor. »Tanken müssen wir auch.«

Mit einem Becher in der Hand sah sie zum Gletscher am Horizont. Das Meer schien hier wilder zu sein als in Reykjavík, jedenfalls war es laut, und außer ihm und dem Kreischen der Möwen war kaum etwas zu hören. Über ihr spannte sich der klare Himmel ohne eine Spur von Hubschraubern oder Flugzeugen. Es kam ihr vor, als könnte sie freier atmen und die Welt wäre größer und weiter, als sie es sich jemals vorgestellt hatte. Solche Gefühle an einer Tankstelle im Nirgendwo – das konnte man wahrscheinlich nur in Island erleben.

Guðrún stellte sich neben sie und erzählte von *Den Sieben*, die für sieben Hotdogs standen, die man auf der etwa viereinhalbstündigen Fahrt von Reykjavík nach Akureyri – oder umgekehrt – essen musste, um *dazu*zugehören. Obwohl sie versicherte, dass die Würstchen lecker seien, verzichtete Merit dankend auf die Herausforderung und aß lieber eine von Liekes Zimtschnecken.

Nach der kurzen Pause übernahm Merit das Steuer, und ihre Freundin erzählte von ihrem Zuhause. »Den Hof haben meine Vorfahren gegründet. Mein Urgroßvater war das jüngste von sechs Kindern und hätte normalerweise seinen Traum von einer eigenen Pferdezucht nicht erfüllen können, aber eine Tante vermachte ihm das Tal. Damals stand nicht mal eine Hütte dort, obwohl dort schon frühe Siedler gelebt haben sollen. Gemeinsam mit seiner Frau hat er die Zucht aufgebaut, Großvater hat sie weiterentwickelt und damit begonnen, Pferde nach Europa zu exportieren. Dabei hat er Oma kennengelernt und mit ihr zusammen den Hof zu dem gemacht, was er heute ist. Meine Mutter hat ihn ihr halbes Leben lang bewirtschaftet, und vor zwei Jahren hat meine Schwester übernommen.«

»Dann ist das ein reiner Frauenhaushalt?«, fragte Merit.

»So halb, Solveig ist verheiratet. Ihr Mann arbeitet in der Computerbranche und ist viel unterwegs. Dafür verdient er aber auch nicht schlecht, sodass wir gut durch die Finanzkrise gekommen sind. Mit Schafen kann man inzwischen leider kein Geld mehr verdienen, aber seitdem es mit dem Tourismus gut läuft, bieten wir Reittouren an und vermieten drei Cottages, die wir nacheinander gebaut haben.«

»Und du hast kein Interesse am Hof?«

»Ich liebe mein Zuhause, aber mein Lebensstil … die Leute auf dem Land sind konservativ. Da bin ich in Reykjavík besser aufgehoben.« Sie lachte verlegen. »Versteh mich nicht falsch, meine Familie ist okay, aber sie haben es leichter, wenn nicht über mich getratscht wird.«

In Varmahlíð verließen sie die Ringstraße, Guðrún übernahm wieder das Steuer, und nach zwanzig Minuten hatten sie ihr Ziel erreicht. Ein großes Farmhaus, Stallungen, etwas abseits die Cottages und viele Pferde erwarteten sie.

Guðrúns Schwester Solveig wartete bereits mit einem späten Frühstück. Es gab Pönnukökur, dünne Pfannkuchen mit Rhabarberkompott, und reichlich Kaffee. Den Rest der Familie würden sie heute nicht kennenlernen, denn die waren schon am frühen Morgen nach Akureyri aufgebrochen. Anschließend gingen sie zu den Pferden. Guðrún besaß ihr eigenes, und Lieke bekam ein lammfrommes Tier, das sie immer ritt. Merit aber musste erst einmal unter Beweis stellen, dass sie reiten konnte.

»Die Tiere liegen mir sehr am Herzen«, sagte Solveig. »Deshalb soll jedes einen Reiter bekommen, der auch mit ihm umgehen kann. Islandpferde sind etwas ganz Besonderes.«

Damit, geprüft zu werden, hatte Merit kein Problem. Schon eher mit den ungewohnt langen Steigbügeln. Als Guðrún zu ihr in die Reitbahn kam, beobachtete sie die Freundin ganz genau. Sie wirkte mit dem langmähnigen Fuchs wie verwachsen. Die Beine ungewöhnlich weit vorgestreckt saß sie tief im Sattel, die Zügel hielt sie locker in einer Hand.

Merit bemühte sich, den Sitz und die unbekannte Reitweise zu imitieren, ließ ihren Braunen antraben und wechselte dann in den Galopp. So drehte sie eine Runde, ritt zwei Volten und verlagerte ihr Gewicht, um erneut anzutraben, da passierte etwas, das sie zuerst nicht einschätzen konnte, bis es ihr ein unerwartetes Vergnügen bereitete. Die Hufe des Pferdes trommelten im Rhythmus einer Nähmaschine auf dem Sandboden, sie flogen geradezu in einem bemerkenswert hohen Tempo voran, aber Merit saß von alldem scheinbar unberührt ruhig im Sattel.

Kurz vor dem Holzzaun parierte sie durch und fragte eine Spur außer Atem: »Was war das?«

»Tölt. Hast du das noch nie gemacht? Alle Achtung«, sagte Solveig und wandte sich an Guðrún. »Schwesterchen, was meinst du, soll sie Ljósálfur nehmen? Er braucht dringend Bewegung.«

»Du wirst Ljósálfur lieben, Merit. Er ist ein Engel.«

»Ein gefallener«, rief ihre Schwester, die schon auf dem Weg zur Sattelkammer war.

»Ich bin bei dir. Du wirst sehen, er ist ein tolles Pferd, wenn man ihn richtig behandelt. Was er nicht mag, ist eine harte Hand, und die hast du nicht, das kann jeder sehen, der etwas von Pferden versteht.«

Die Schwestern sattelten den Hengst, einen herrlichen Lichtfalben, während Merit ihren Braunen von allem Leder befreite und ihm ein dünnes Halfter anlegte. Er sollte ihr Zweitpferd sein.

Bald darauf waren sie mit fünf Begleittieren unterwegs zu einem nahe gelegenen Berg, und weil die Luft außergewöhnlich klar war, hatten sie einen fantastischen Blick auf den Gletscher. Ihr Ziel, sagte Guðrún, sei eine neu gebaute Schutzhütte, die oberhalb der Schlucht eines Gletscherflusses läge.

Sie passierten moosbewachsene Wasserfall-Kaskaden, felsige Quellflüsse und eine abwechslungsreiche Natur mit kargen Stein- und Sandfeldern, bizarren Lavalandschaften und sanften Heidegebieten.

Als sie am Abend die Hütte erreichten, fühlte sich Merit

wie ein anderer Mensch. Die Stille, nur gelegentlich unterbrochen von Erklärungen der Freundin, der Hufschlag ihrer Pferde und das knarrende Sattelzeug schafften es, ihr die Seele von Grund auf zu erhellen. Ebenfalls beteiligt an diesem Wunder war Ljósálfur, dessen Energie sie bei jedem Schritt spürte und der sich dennoch fast brav wie das sprichwörtliche Lamm über die schmalen Pfade lenken ließ, die hier zahllose Reiter vor ihnen geschaffen hatten.

Ihre Unterkunft stellte sich als erstaunlich komfortabel heraus und war sogar mit einer Küche ausgestattet.

Lieke, die während des Ritts kaum etwas gesagt hatte, übernahm nun die Führung, wies sie an, die Satteltaschen zu leeren und die Leckereien, die sie für den Ausritt vorbereitet hatte, in die Hütte zu tragen.

Trocken gerieben und bestens versorgt, gingen die Pferde in einem großzügig eingezäunten Stück Land ihrer Wege, während die drei Freundinnen Steaks auf den Gasgrill legten und sich bald darauf zum Essen setzten. Nicht einmal die allgegenwärtigen Mücken vermiesten ihnen hier auf der kargen Hochebene das einzigartige Naturerlebnis.

»Laufen die nicht weg?«, fragte Merit zwischen zwei Happen.

»Sie wissen, dass es morgen Hafer gibt, und der Zaun ist besser, als er aussieht.« Guðrún reichte ihr geröstetes Knoblauchbrot. »Wusstet ihr, dass Elfen und einige Menschen ursprünglich ein und derselben Familie entstammen?«

Davon hatte Merit noch nie gehört, und falls Lieke es gewusst haben sollte, sagte sie es nicht.

»Es trug sich zu am Anfang der Zeit...«, begann Guðrún ihre Geschichte.

Als die Götter den Menschen noch wohlgesinnt waren, reisten sie durch die Welt, um ihre Völker zu besuchen und zu erfahren, ob es ihnen an etwas mangelte. In einem Ort, dessen Tal es schon lange nicht mehr gibt, hatte die Seherin Freyjas hohe Gäste angekündigt, und die Bewohner waren in heller Aufregung. Zäune wurden repariert, das Vieh gestriegelt, alle Häuser gelüftet und gründlich ausgekehrt. Nur in einer Familie lief es nicht gut. Der Vater war im Winter beim Eisfischen umgekommen, und die Mutter musste allein fünf Sprösslinge versorgen, ihre Schwiegermutter war gebrechlich und keine große Hilfe. Sie bemühte sich aber redlich, und die Kinder halfen beim Putzen und Aufräumen.

Nachdem sie zu guter Letzt den Gemüsegarten in Ordnung gebracht und die Stube gekehrt, den Kleinsten die Hälse gewaschen, ihnen saubere Sachen angezogen und sich selbst eine frische Schürze umgebunden hatte, setzte sie sich kurz zum Verschnaufen auf die Bank vor dem Haus, die ihr der Mann im letzten Sommer gezimmert hatte.

Erschöpft schloss sie einen Augenblick die Augen, als das Unglück geschah: Ihre Jüngste war auf den Zaun geklettert, um nach Freya Ausschau zu halten, verlor das Gleichgewicht und stürzte in die Schweinesuhle. Wer diese Tiere kennt, weiß, dass man sie nicht unterschätzen darf. Das Mädchen schrie, als die Sau auf sie zukam, und es war nur dem beherzten Eingreifen ihrer großen Schwester zu verdanken, dass nichts Schlimmeres passierte.

Aber ach, wie sahen die beiden nun aus! Von oben bis unten mit Schlamm bespritzt, die Gesichter schmutzig und schwarze Ränder unter den Nägeln. Die Frau schlug die Hände über dem Kopf zusammen und lief zum Brunnen, um frisches Wasser zu holen, als die Hörner erklangen, die das Nahen der Göttin ankündigten.

»Warum hast du nicht achtgegeben?«, rief ihre Schwiegermutter, schnappte sich die erschrockenen Mädchen und sperrte sie in den Stall.

Bevor sie dagegen protestieren konnte, erschien Freya. »Du hast einen schweren Verlust erlitten«, sagte sie, und die Mutter war starr vor Angst. »Wie viele Kinder hast du zu versorgen?«

»Drei«, mischte sich die Schwiegermutter ein. »Sieh her, zwei prächtige Jungs und ein holdes Mädchen.«

»Tatsächlich?« Freya sah die arme Mutter durchdringend an, doch die wagte nicht zu widersprechen und die Schwestern in ihren schmutzigen Kleidern vorzuzeigen. Deshalb nickte sie nur, obwohl das Klopfen der beiden aus dem Stall deutlich zu hören war.

»Wie ihr wollt«, sagte die Göttin. »Wen ich nicht sehe, den soll auch sonst niemand sehen. All die vor mir Verborgenen sollen auch in Zukunft als *Huldufólk*, als verborgenes Volk, leben. Doch weil sie reinen Herzens sind, sollen sie Macht über die Menschen bekommen und unter ihren Kindern die schönsten auswählen dürfen, um mit ihnen zu leben.«

Mit diesen Worten stieg sie in ihren von Waldkatzen gezogenen Wagen und kehrte nie wieder in das vergessene Tal zurück.

Als die Mutter sich von dem Schreck erholt hatte und im Stall nachsah, waren ihre Töchter verschwunden. Von ihnen hörte man nie wieder etwas. Sie sollten in Elfenhügeln ein neues Zuhause gefunden haben, erzählten sich die Leute. Die dritte Schwester Erla habe die beiden Mädchen besucht, um sie mit Essen und Kleidern zu versorgen, aber niemals habe sie darüber gesprochen.

Seit diesem Tag sind es nur kleine Kinder und die Nachkommen der mitfühlenden Erla, denen es vergönnt ist, das Huldufólk zu sehen.

»Eine unheimliche Geschichte«, sagte Merit. »Kennst du noch mehr?«

Guðrún war eine wunderbare Geschichtenerzählerin, und Merit dachte eingekuschelt in ihren Schlafsack noch lange über die vergangenen Wochen nach, die zu den abwechslungsreichsten gehörten, die sie in den letzten Jahren erlebt hatte.

Wann immer die kleine Gruppe am folgenden Tag anhielt, fotografierte Merit, denn unterwegs kam sie nicht dazu, die Kamera zu benutzen. Das Gelände war anspruchsvoll, und der Hengst erlaubte ihr nicht eine Sekunde lang, sich träumend durch die Landschaft tragen zu lassen. Beim Reiten war sie aber sowieso immer sehr konzentriert. Der Mensch trug Verantwortung für die Kreatur, die er zu seinem Vergnügen oder Nutzen hielt. Im Idealfall waren sie ein Team, zu dem Merit mit dem energiegeladenen Ljósálfur werden konnte, würden sie häufiger gemeinsam etwas unternehmen. Die Aussicht darauf, wieder mit einem Pferd arbeiten zu dürfen, fand sie auf eine ganz neue Weise beglückend. Merit wurde bewusst, wie sehr ihr der Umgang mit diesen sanftmütigen Tieren gefehlt hatte, deren therapeutische Wirkung auf Menschen nicht zu unterschätzen war. Deshalb nahm sie sich vor, bald wieder mit den Freundinnen auf den Hof von Guðrúns Familie zu fahren – vielleicht würde Kristján sie begleiten, dachte sie und malte sich aus, wie es sein würde, an seiner Seite durchs Hochland zu reiten.

Ljósálfur schnaubte und erinnerte sie daran, dass es ein Hier und Jetzt gab, in dem sie sich jeden Augenblick ganz auf das konzentrieren musste, was sie tat. Über Geröll oder durch Furten zu reiten bedeutete hellwach zu sein und für beide mitzudenken. Obwohl, das stellte sie erfreut fest, Islandpferde außerordentlich selbständige und obendrein trittsichere Tiere waren.

Nach dem Mittagspicknick auf einer Blumenwiese am Fluss nutzte sie erneut die Gelegenheit, alles, was sie umgab, in Bildern festzuhalten: Die grandiose Landschaft, aber auch die Farbschattierungen der Lupinen, die zarten Blüten kleiner Pflanzen und die vielfältigen Moose und Flechten. Selbst unscheinbar wirkende Steine wurden zum Fotoobjekt, was Lieke zu dem Kommentar veranlasste, sie wolle wohl eine Inventur machen.

Besonders weit daneben lag ihre Freundin damit nicht, denn nach der Begegnung mit David hatte sie lange nachgedacht, ob es einen Grund gab, dass ihre Wege sich erneut kreuzten. Er war zwar Isländer, aber überall auf der Welt zu Hause, und so klein war dieses Land nun auch wieder nicht, dass sie fest damit hätte rechnen können, ihm hier in Island zu begegnen. Sie hätte gern mit Kristján darüber gesprochen, der offenbar gut mit David befreundet war. Aber es hatte noch nicht mal eine Gelegenheit gegeben, ihm den seltsamen Gruß auszurichten.

Dem Goldigen sollte sie mehr Beachtung schenken, hatte David gesagt, und Merit konnte anfangs nichts damit anfangen, bis sie sich daran erinnerte, wie ihre Mutter in ihrer Kindheit reagiert hatte, wenn die kleine Merit ihr etwas selbst Gebasteltes, eine Muschel vom Strand oder auch mal einen vertrockneten Käfer geschenkt hatte. *Goldig* hatte sie diese von Herzen kommenden Aufmerksamkeiten genannt und sich mehr darüber gefreut als über einen teuren Blumenstrauß oder Pralinen von Gästen, die in ihrem Haus ein und aus gingen. Das Goldige waren also wertlose Gaben, die den Empfänger zu nichts verpflichteten, sondern einfach nur freuen sollten. *C'est le geste, qui compte,* hatte ihre *Maman* erklärt. Das Zeichen der Zuneigung zählte hier, nicht der Wert eines Gegenstands. Auf die Natur übertragen hieß es für sie, den Details besondere Aufmerksamkeit zu schenken, sie groß zu machen, dem Gesamtbild ebenbürtig. Etwas, das nur der Kunst gelingen konnte.

Als ihr dies bewusst wurde, fieberte sie noch mehr darauf, endlich den Auftrag fürs Theater abzuschließen und mit dem Malen zu beginnen.

Während der Rückfahrt am Montagvormittag tat ihr alles weh. Es freute sie, dass man das Reiten offenbar nicht verlernte und ihre Liebe zu Pferden neu aufgeflammt war, aber sie hätte gern darauf verzichtet herauszufinden, welche Muskeln ihres Körpers trotz Yoga und gelegentlichem Joggen verkümmert waren.

Eine entspannende Stunde in heißem Wasser wäre jetzt genau das Richtige. Nachdem sie die Freundinnen vor ihrem Apartmenthaus in Reykjavík abgesetzt hatte, fuhr sie nach Hause in die Ránargata, um ihre Badesachen zu holen. In Zukunft, so nahm sie sich vor, würde sie immer eine gepackte Tasche im Auto haben, um sich unnötige Wege wie diesen zu ersparen.

Eilig lief sie zum Haus, der Wind wehte ganz gewaltig durch die Straße. Es wäre besser, ins nahegelegene Vesturbæjarlaug-Bad zu gehen, als noch mal raus an die Küste zu fahren wie ursprünglich geplant.

Ein kurzer Augenblick der Unachtsamkeit reichte, und eine Böe riss ihr die Haustür aus der Hand. Der laute Knall ließ sie zusammenfahren. Kristján, der die Treppe herunterkam, nahm die letzten Stufen wie im Flug.

Ihr Puls beschleunigte sich bei seinem Anblick, und ihr wurde bewusst, wie sehr sie ihn vermisst hatte. Merit verzichtete darauf, die Schuhe auszuziehen, ließ ihre Tasche fallen und lief ihm entgegen.

»Alles in Ordnung?« Seine Stimme klang merkwürdig gepresst, aber dem schenkte sie in diesem Moment keine Beachtung. Merit wollte ihn küssen und noch eine ganze Menge mehr mit ihm tun.

Kristján schien es ebenso zu gehen. Er küsste sie wie ein Mann, der lange keine Frau in den Armen gehalten hatte, drängte sie an die Wand, drückte ein Knie zwischen ihre Schenkel und riss die Bluse auf, um ihre Brüste zu umfassen. Seine Leidenschaft war erregend, aber die Art, wie er von ihr Besitz ergriff, verunsicherte sie.

»Nicht so hart«, sagte Merit, als er von ihr abließ.

Eine Hand an ihrer Kehle, die andere zwischen ihren Beinen, hörte er sie nicht.

»Kristján, du tust mir weh.« Merit versuchte, ihn wegzuschieben, aber das war nicht so leicht, wie sie glaubte. Nun bekam sie wirklich Angst. Was war bloß in ihn gefahren? »Hör auf!« Sie versetzte ihm einen kräftigen Stoß, und endlich begriff er, wich zurück und landete hart auf einer Treppenstufe.

»Hast du getrunken?«, fragte sie, weil ihr kein anderer Grund für solche Rücksichtslosigkeit einfiel.

»Nein, ich dachte …« Er schlug die Hände vors Gesicht. »Es tut mir leid. Es tut mir so leid.«

20.

Er befand sich auf dem Weg in die Küche, als der Schuss durchs Haus peitschte. Merit stand im Flur, und sein einziger Gedanke galt ihr. War sie verletzt?

Er scannte jeden Winkel im Raum: sein Körper in Alarmbereitschaft, die Muskeln aufs Höchste angespannt, wie immer in solchen Situationen. Sie waren hier nicht sicher, mussten sich bis in die Deckung durchschlagen. Sein Leben hing davon ab und das aller anderen auch. Blut rauschte in seinen Ohren. Er hörte und sah nichts. Der Albtraum begann.

Du tust mir weh.

Es war so laut. Die Schüsse, die Explosionen. Er durfte die Kontrolle nicht verlieren, musste die Situation beherrschen, wenn er seine Leute retten wollte.

Ihre Stimme weit entfernt und leise. Aber irgendetwas war falsch. Warum war sie überhaupt hier, mitten im Krieg, und nicht zu Hause? Weitermachen, Augen zu und durch.

Hör auf!

Der Stoß tat nicht weh, doch zwang er ihn aufzuwachen. Kristján blickte in ihr Gesicht, auf den geschwollenen Mund. Hatte er diese Panik in ihrem Blick zu verantworten? Hastig versuchte er, Abstand zwischen Merit und sich zu bringen, und landete rücklings auf der Treppe.

»Kristján, sieh mich an!«

Sie war noch da. Nahe genug neben ihm, dass er die Wärme ihres Körpers spürte und das weiche Timbre in ihrer Stimme, die äußerst besorgt klang.

Langsam ließ er die Hände sinken und wandte sich ihr zu. »Das…«, fing er an und wusste dann nicht weiter.

»Hast du diese Schübe öfter?«, fragte Merit, als wüsste sie ganz genau, wovon sie sprach.

Wie gern hätte er ihr sein Herz ausgeschüttet, aber es ging nicht. Die Vergangenheit war tief in ihm eingeschlossen, und nichts davon würde je wieder an die Oberfläche gelangen. Das hatte er sich geschworen.

Ihr Arm um seine Schultern tat gut und ihre zärtliche Berührung auch. »Hast du geschlafen?«, fragte sie.

Kristján schüttelte den Kopf. Er hatte sich freigenommen, weil er seit Tagen kaum noch schlief und derartig übermüdet auf keinen Fall fliegen wollte. Davon ahnte sein Chef natürlich nichts, wohl aber wusste er, dass Kristján in den letzten Wochen die zulässige Flugdienstzeit mehr als einmal überschritten hatte. Das konnte Ärger geben, deshalb hatte er zähneknirschend die Arbeitspläne umgestellt.

Ihre zarten Finger schlossen sich um seine Hand, und sie zog ihn auf die Beine. »Dann wird es Zeit, das nachzuholen«, sagte sie bestimmt, und er ließ sich in ihr Zimmer führen, wo sie ihn auszog und wie eine fürsorgliche Schwester ins Bett steckte.

Danach verschwand sie, um ihm, wie sie sagte, einen Kräutertee zu machen. Er hasste das Zeug. In Ísrúns Küchenschrank befanden sich Teemischungen für jede Lebenslage, und ihm schwante Übles. Doch er fühlte sich zu schwach, um mehr als leise zu protestieren, als sie bald darauf mit einem Becher in der Hand zurückkehrte.

»Er muss noch ziehen«, sagte sie und zog den schwarzen Verdunklungsvorhang zu, den sie neulich aufgehängt hatte.

Im so entstandenen Zwielicht sah er ihr zu, wie sie Bluse und Jeans gegen etwas Bequemeres tauschte und sich neben ihm aufs Bett setzte.

Den Tee trank er mit Todesverachtung und wirklich nur ihr zuliebe. Helfen würde das eklige Zeug sowieso nicht, das hatte es noch nie.

Kristján schämte sich. Er hatte Merit unverzeihlich grob behandelt und mochte gar nicht dran denken, was geschehen wäre, hätte sie ihn nicht fortgestoßen. Warum sie sich nicht vor ihm fürchtete, verstand er nicht. Statt ihn mindestens vor die Tür zu setzen, kochte sie Tee und machte selbst auch keine Anstalten, das Haus zu verlassen.

Um den Anschein von Normalität beizubehalten, die sie offenbar mit ihrem Verhalten erzeugen wollte, fragte er Merit nach dem Reitausflug und hörte ihr zu, wie sie von der Landschaft schwärmte und den Pferden, an die sie augenscheinlich wie viele Besucher Islands ihr Herz verloren hatte.

Ihre Stimme wurde zum Anker in seiner Dunkelheit und vertrieb mit sanftem Nachdruck jeden Dämon, der versuchte, sich aus einem Hinterhalt an ihn heranzupirschen.

21.

Nach einer durchwachten Nacht gab es nichts Besseres, um Merits Lebensgeister zu wecken, als den köstlichen Duft von Toast und frisch aufgebrühtem Kaffee. Sie goss noch einmal kochendes Wasser in den Porzellanfilter und belud ein Tablett mit Frühstücksutensilien, um es wenig später vorsichtig in ihr Schlafzimmer zu balancieren.

In den vergangenen Stunden hatte sie einen ganzen Roman komplett durchgelesen, mit einer Freundin gechattet, die voriges Jahr nach Australien gezogen war, und dabei ohne Unterlass über Kristjáns Schlaf gewacht. Nun war sie hundemüde, aber auch ziemlich hungrig, und er würde es genauso sein, denn er lag seit sechzehn Stunden in ihrem Bett. Ein paar Mal musste sie ihn aus einem Albtraum zurückholen, friedlich hatte er nicht geschlafen, aber äußerst tief, was dem Tee zu verdanken war. Das Rezept dazu hatte sie mit vierzehn Jahren von ihrer Mutter bekommen, deren Vorfahren mütterlicherseits von den Abenaki, einem indigenen Volk Kanadas, abstammten – als hätte *Maman* damals geahnt, wie wichtig die heilenden Kräuter eines Tages für ihre jüngste Tochter sein würden. Merit trug stets ein Gläschen mit der Kräutermischung bei sich – wohin auch immer sie reiste.

Zufrieden lächelnd, stellte sie das Tablett ab und betrachtete den ruhig atmenden Mann in ihrem Bett. Gestern hatte er ihr einen furchtbaren Schrecken eingejagt, war einen Moment lang offensichtlich nicht mehr Herr seiner Sinne gewesen. Dieser Ausraster war nicht der erste, den sie bei einem Menschen miterlebt hatte, und der Gedanke, mit so jemandem die Wohnung zu teilen, beunruhigte Merit durchaus. Schlimmer aber fand sie, dass er unter einem ganz offensichtlich furchtbaren Trauma zu leiden hatte.

Nach den Therapien hatte Merit ihr Leben, zumindest was das betraf, recht gut im Griff. Doch die Frage stellte sich ihr: Würde sie schon ausreichend Kraft besitzen, um jemand anderem zu helfen? Ob sie das überhaupt versuchen wollte, hing davon ab, wie sich die Dinge weiterentwickelten. Auf jeden Fall hatte es Kristján verdient, angehört zu werden. Wobei das größte Problem vermutlich sein würde, ihn zum Reden zu bringen.

»Frühstück«, sagte sie leise und beobachtete, wie die Lider mit den dichten Wimpern flatterten und er sie auf einmal aus diesen sonderbaren Augen ansah, deren Farbe sich je nach Lichteinfall und Stimmung zu verändern schien. Heute aber waren sie einfach nur blau.

»Guten Morgen«, antwortete er mit kratziger Stimme, räusperte sich und setzte sich auf. »Bin ich im Himmel?«

»Könnte man sagen. Du liegst in meinem Bett.«

»Wie spät ist es?«

»Zehn. Zehn Uhr morgens«, fügte sie hinzu.

Kristján ließ sich rücklings in die Kissen fallen und rieb sich mit einer Hand die Augen. »Der Tee! Hast du mich sediert?«, fragte er, ohne sie anzusehen.

»Du warst todmüde und musstest dich ausschlafen. Komm schon, iss einen Pancake mit Rhabarberkompott, und dir geht es gleich besser.«

Als sie eine Viertelstunde später Kaffee nachschenkte, sagte Merit: »Wir müssen darüber reden, was gestern geschehen ist.«

Er wich ihrem Blick aus und griff nach seiner Tasse, als würde sie ihm Halt geben können. »Es tut mir leid, Merit. Ich weiß, es war unentschuldbar, sich dir so aufzudrängen.«

Als er nicht weitersprach, sagte sie: »Weißt du, gegen ein bisschen rauen Sex habe ich gar nichts, und ich muss das auch vorher nicht immer alles haarklein ausdiskutieren, aber was mir Angst gemacht hat – und das ist nicht nur so eine Redensart –, war der Kontrollverlust eines Mannes, den ich als total kontrolliert kennengelernt habe.« Sie trank einen Schluck von ihrem Kaffee und überlegte, was sie als Nächstes sagen sollte und vor allem, wie. »Irgendetwas belastet dich. Du schläfst keine Nacht durch, aber hast einen wahnsinnig verantwortungsvollen Job.«

»Ja«, bestätigte er schließlich das Offensichtliche. Was blieb ihm auch anderes übrig?

Merit nahm es dennoch als positives Zeichen. »Hast du schon mal über professionelle Hilfe nachgedacht?«

»Nein!« Er stellte die Tasse beiseite. »Merit, nicht jeder, der ein paar Nächte nicht schläft, muss gleich zum Seelenklempner.«

»Du hast das Problem also noch nicht lange. Hat es was mit mir zu tun?« Die Frage war dumm, aber sie konnte nicht anders.

»Natürlich nicht. Wie kommst du darauf?« Es war ihm anzusehen, wie absurd er diesen Gedanken fand, das beruhigte sie ein wenig.

»Also gut, du willst nicht mit mir darüber reden.« Noch nicht. »Das respektiere ich. Aber vielleicht solltest du mit David sprechen. Er scheint ein guter Freund zu sein.« Und obwohl es nicht der beste Augenblick war, fügte sie hinzu: »Er hat gesagt, ich soll dir ausrichten, er nähme dich beim Wort.«

Kristján fuhr sich mit der Hand durch die Haare, die daraufhin in alle Richtungen abstanden. »Das habe ich befürchtet.« Dabei sah er sie merkwürdig an. »Aber es ist ein fairer Deal.« Dann warf er einen Blick auf seine Armbanduhr und machte Anstalten aufzustehen. »Ich muss zur Arbeit.«

»Nein, musst du nicht.«

»Warum?«

»Weil ich dort angerufen und gesagt habe, du hättest dir einen Wirbel eingeklemmt und dir wäre schwindelig.«

»Das ist nicht dein Ernst.« Kristján ließ sich zurück aufs Bett sinken.

»Selbstverständlich ist es das. Glaubst du, nach dem Scheiß kannst du einfach so weitermachen wie bisher? Dein Chef wünscht dir übrigens gute Besserung.«

»Wahrscheinlicher ist, dass er mich zum Teufel wünscht«, sagte er düster, als er nun wirklich aufstand.

Später fuhr sie Kristján ins nächstgelegene Heilsugæslustöð, weil er für den Schwindel ein ärztliches Attest brauchte, und wartete dann in dem Gesundheitszentrum lange drei Stunden, bis alle Untersuchungen überstanden waren.

»Der Arzt meint, mir fehlt nichts außer ein paar freien Tagen. Er hat mich bis Freitag krankgeschrieben.«

»Siehst du, ich hatte recht«, sagte Merit, die eingewickelt in ihre Lieblingsstrickjacke, die nach jeder Wäsche größer wurde und inzwischen einer deutlich stärker gebauten Frau gepasst hätte, immer wieder eingenickt war.

»Merit, ich… Du hast recht. Ich bin dir eine Erklärung schuldig«, sagte er auf dem Weg zum Parkplatz. »Glaubst du mir, wenn ich sage, dass so etwas nie wieder passieren wird?« Das Nein lag ihr schon auf der Zunge, aber sie beherrschte sich und sagte stattdessen: »Das Leben ist voller Überraschungen. Jetzt brauche ich einen Zombie-Kaffee, weil ich morgen meine Entwürfe für das Theaterstück präsentieren muss und noch nichts vorbereitet habe.«

»Ich dachte, du wärst schon fertig.« Kristján wirkte erleichtert über den Themenwechsel und stieg ins Auto.

»Irgendwie ja, aber so eine Präsentation muss auch ein bisschen was hermachen. Ich möchte die Entwürfe so schnell wie möglich absegnen lassen, damit ich endlich mit dem Malen beginnen kann. David meint, dass ich Mitte August etwas zu der Ausstellung im Marshall House beitragen könnte.«

»Dann sitzen wir ja im selben Boot.«

»Ach, hat das mit seiner kryptischen Nachricht zu tun? Malst du auch?«

Er lachte. »Nein, aber ich habe den Fehler gemacht, ihm einige der Fotos zu zeigen, die ich letztes Jahr hier und im Winter in Spanien geknipst habe, und nun redet er sich ein, die Öffentlichkeit hätte ein Recht darauf, sie zu sehen.«

Merit sagte ihm nicht, dass ihr ehemaliger Professor Fotografen für Seelendiebe hielt, die aus lauter Angst vor dem Leben eine alles verzerrende Linse zwischen sich und die Welt hielten. Die Aufnahmen mussten außergewöhnlich sein, wenn er sie in seiner Ausstellung zeigen wollte.

»Darf ich sie vorher sehen?«

Der Mann neben ihr seufzte, was ein wenig übertrieben klang. »Wenn du darauf bestehst. Wir fahren übrigens in die falsche Richtung.«

»Keinesfalls. Ich brauche Farben, und die kaufen wir jetzt.«

Eine Stunde später verließen sie das Geschäft mit großen Tüten voller Pinsel, Spachtel, Binder, Pigmenten und Farbtuben, die er auf ihren Rücksitz stellte. »Ich dachte schon, du würdest den ganzen Laden ausräumen.«

»So viel ist es doch gar nicht. Für das, was ich vorhabe, brauche ich sicher noch viel mehr.«

David hatte ihr im Atelier ein paar Anweisungen wie *don't let anyone touch my paintings* hinterlassen und die Adresse des Künstlergeschäfts, in dem sie soeben auf Kredit eingekauft hatte. Das sei so üblich, hatte der Inhaber ihr erklärt, der herbeigerufen worden war, als sie ihren Namen genannt hatte. »Sie können jeweils am Monatsende bequem per Überweisung zahlen.«

»Sei froh, dass mein Rücken völlig in Ordnung ist«, sagte Kristján, als sie ihn vor dem Marshall House bat, die Materialien aus dem Kofferraum hinauf ins Atelier zu tragen, die sie aus dem Norden mitgebracht hatte.

Zum dritten Mal oben angekommen, fragte er: »Wofür brauchst du das Zeug?«

Vor ihnen stapelten sich alte, ungehobelte Bretter, Schwemmholz in allen Formen und Größen und zahllose Schraubgläser, die ihr Solveig geliehen hatte, um das unterschiedlich farbige Gestein mitzunehmen, das sie auf dem Ritt gesammelt hatte.

»Das weiß ich selbst noch nicht so genau«, schwindelte sie, obwohl sie vor ihrem geistigen Auge die Bilder bereits vor sich sah. Aber das war ja immer so. In Gedanken wirkte jede Idee grandios und leichtfüßig wie eine afrikanische Gazelle. Sobald es um die Umsetzung ging, fühlte man sich deutlich näher einem schwerfälligen Nashorn verwandt.

Als er schließlich alles abgeladen hatte, trat Kristján – wie vermutlich jeder bei seinem ersten Besuch – an die hohen Fenster und bewunderte den Ausblick. »Großartig«, sagte er schließlich.

»Du warst noch nie hier?«

»Nein, das Marshall House hat erst im Frühjahr geöffnet.« Er sah sich im Atelier um und lächelte, während er auf eine unscheinbare Tür zuging. »Da drüben steht Davids Lieblingssofa. Ich wette, die meiste Zeit hat er hier gewohnt.« Er öffnete die Tür und damit ein geheimes Kabinett, mit Toilette und einem Waschbecken, dem man ansah, dass hier ein Maler arbeitete. Das schlichte Regal war leer und sauber abgewischt. Vermutlich hatte David darin ein paar persönliche Dinge aufbewahrt.

Während Merit ihre Präsentation vorbereitete, lag Kristján auf dem Sofa und las etwas augenscheinlich Erbauliches. Wann immer sie zu ihm hinübersah, um sich zu vergewissern, dass alles in Ordnung war, wirkte seine Miene entspannt.

Schließlich gab es an den eingescannten Zeichnungen und ihrem 3D-Entwurf nichts mehr zu verbessern. Draußen regnete es, und die Straßenbeleuchtung glitzerte mit der Harpa um die Wette, da klopfte es.

Kristján stand auf und ließ einen jungen Mann herein, der mehrere Tüten und einen orientalischen Duft mitbrachte. Sie hatte nicht einmal mitbekommen, wie er bestellt hatte. Schnell machte sie Platz auf dem großen Tisch.

Kristján riss die Tüten auf und verteilte Teller und Besteck. »Geschirr aus Gras. Komische Farbe, soll aber ökologisch wertvoll sein«, sagte er. »Ich hoffe, es löst sich nicht gleich auf.«

Das tat es nicht. Nach dem Essen wurde sie so müde, dass sich ihre Augen wie von selbst schlossen, während er noch von den Köstlichkeiten schwärmte und über Rezepte spekulierte. Sie mochte die Begeisterung, die in seinen Worten mitschwang.

Er war ein leidenschaftlicher Mann, und sie fragte sich, warum er sich im Alltag als distanzierter Beobachter gab. In seiner Vergangenheit musste es gute Gründe gegeben haben, um die Rolle eines disziplinierten Einzelgängers dermaßen überzeugend zu spielen, dass sie ihm zur zweiten Natur geworden war. Merit begriff, dass sie das Rätsel nicht ohne seine Kooperation lösen konnte, und sie würde eine Menge Geduld aufbringen müssen, um sein Vertrauen zu gewinnen. Zweifellos eine Herausforderung, der sie sich am besten stellte wie allen anderen im Leben auch: einfach auf sich zukommen lassen und sich keine allzu großen Sorgen machen, was sie am nächsten Tag erwartete. »Das Schicksal kümmert sich nicht um unsere Pläne«, hatte ihr Vater manchmal gesagt. »Genieße das Leben heute, morgen kann es schon vorbei sein.« Ach, Papa! Um nicht von der Erinnerung überwältigt zu werden, schloss sie die Augen und versenkte sich in eine ihrer Meditationsübungen, bis ein friedliches Nichts in ihrer Seele den Raum für kreative Überraschungen öffnete wie eine frisch gespannte Leinwand. Heute allerdings schlief sie auf halbem Wege ein.

Sie erwachte kurz, als er sie zum Sofa trug, und hörte das Rascheln der Tüten, die er zweifellos ordentlich zusammenfaltete. Es war leichtsinnig und unlogisch, aber sie fühlte sich trotz der gestrigen Ereignisse in seiner Gegenwart sicher. Merit kannte den Tod, er trug viele Gesichter. Kristjáns war nicht darunter. Mit einem Lächeln auf den Lippen überließ sie sich dem dringend notwendigen Schlaf.

22.

Die gewonnene freie Woche nutzte Kristján zu einem Ausflug ins Hochland, um zu wandern. Diese Tour habe er sich schon lange vorgenommen, erzählte er ihr beim Abschied, aber aus Zeitgründen nie umgesetzt. Ob sie mitkommen wollte, hatte er nicht gefragt. Doch das fand Merit in Ordnung, denn sie hatte im Atelier viel vor, und sie ahnte, dass er die Zeit für sich selbst brauchte, um zu verstehen, was mit ihm nicht stimmte. Und vielleicht, so hoffte sie, würde die Einkehr in sich selbst, die nirgends vortrefflicher gelang als in der freien Natur, ihm die Einsicht bringen, dass es keine Schande war, sich professionelle Hilfe zu suchen.

So vergingen die Tage wie im Flug.

Merit malte nun jede freie Minute, die sie nicht in der Sprachschule oder im Theater verbrachte, wo ihr erstes selbst entworfenes Bühnenbild allmählich Formen annahm. Hier und da gab es während der Umsetzung etwas zu besprechen, ansonsten war ihr Auftraggeber zufrieden. Mit der Werkstattleiterin und deren Team kam sie bestens zurecht. Das war ihr das Wichtigste. Mochten Intendanten auch große Macht haben – wenn die Backstage-Crew sich querstellte, konnte man nichts erreichen. Nach einer kurzen Experimentierphase wusste Merit aber, wie ihre Entwürfe zu realisieren und die Leute in den Werkstätten zu motivieren waren. Nur Arna Jóhansdóttir ging ihr weiter aus dem Weg. Das war schade, aber nicht zu ändern. Manchmal gab es das eben, dass man sich nicht sympathisch war, und vielleicht hatte die Frau auf einen anderen gehofft, der das Bühnenbild zu ihren Entwürfen schaffen würde. Soweit es Merit beurteilen konnte, würden die Kostüme jedoch bestens in ihre Kulissen passen, und das war ihr wichtiger als sich Gedanken über eine ausländerfeindliche Gewandmeisterin zu machen. Solche Leute gab es überall auf der Welt.

Im Atelier zimmerte sie die aus dem Norden mitgebrachten Bretter zu großflächigen Tableaus zusammen, die sie anstelle von Leinwand nutzen würde. Aufgereiht und unbearbeitet lehnten drei davon bereits an der Wand, denn zunächst wollte sie an einem besonderen Bild arbeiten. Die Idee dazu war ihr zufällig gekommen, als sie im Hafen hinter dem Kaffi Berlin ein angerostetes Blech entdeckte, das wohl ursprünglich einmal als Verkleidung eines Schuppens gedient hatte. Weil es nicht in ihren Kofferraum passte, hatte ihr Áki geholfen, den Schrott, wie er es nannte, mit dem Tourbus ins Marshall House zu bringen.

Davids Bilder standen sorgfältig mit Tüchern verhängt in einer Ecke. Aus seiner Zeit in Düsseldorf wusste sie, dass er es hasste, wenn jemand uneingeladen ins Atelier kam und sah oder womöglich kommentierte, was allein ihm gehörte, bevor er es den *Kritikern zum Fraß vorwarf*, wie er sagte. Sie machte es nicht anders, aus denselben Gründen. Darüber hinaus wollte sich Merit keinesfalls von seinem kraftvollen und dominanten Stil, den sie liebte, beeinflussen lassen. Auch wenn Guðrún und die anderen allmählich nervten, weil sie sich dauernd erkundigten, ob sie gut vorankäme. Als würde sie an einem Rennen teilnehmen. Noch nie hatte sie unter so einem Zeitdruck für eine Ausstellung gearbeitet – dafür lief es ganz gut.

Das von Kristján zur Schau gestellte milde Desinteresse aber tat ihr weh. Dabei war er der Einzige, dem sie ihre Arbeiten gern gezeigt hätte. Noch viel mehr wünschte sie sich, er würde mit ihr wie versprochen über den beunruhigenden Anfall reden.

An schönen Tagen traf sie sich mit Guðrún nach deren Feierabend auf der kleinen Terrasse vom Kaffi Berlin, um schnell etwas zu essen. Lieke war in der Küche beschäftigt und Áki nirgends zu sehen.

»Seid ihr noch zusammen?«

Merit verschluckte sich an ihrem Wasser, und das gab ihr Gelegenheit, über die Antwort nachzudenken.

Guðrún klopfte ihr den Rücken und schob eine Packung Tempos rüber. »Man sieht euch überhaupt nicht mehr. Bei dir kann ich das ja verstehen, du hast sicher viel zu tun, um bis zur Ausstellung fertig zu sein, aber Kristján …?« Sie ließ den Rest des Satzes in der Luft hängen.

»Er arbeitet«, sagte Merit und zeigte übers Wasser in Richtung der Berge, wo ein Helikopter im großen Bogen wie ein seltsames Insekt unter den Wolken entlangschwebte. »Ich bin kaum zu Hause, aber manchmal fliegt einer von ihnen ziemlich nahe an meinem Atelierfenster vorbei, und ich stelle mir vor, es ist Kristján, der seinen Gästen die Harpa von oben zeigt.«

»Das klingt irgendwie traurig. Bist du denn nicht verliebt?«

»Doch natürlich. Schrecklich verliebt sogar.« Merits Puls beschleunigte sich. Sie war mehr als verliebt – sie war verrückt nach ihm.

»Aber du weißt nicht, wie es um sein Herz steht, stimmt's? Typisch Mann!«

Obwohl Guðrún nicht alles wusste, hatte sie die Situation gut erkannt. Nur dass es kein Gender-Ding war, sondern wohl eher etwas mit Kristjáns Vergangenheit zu tun hatte. Das jedenfalls war ihre Vermutung. »Eigentlich dachte ich immer, dass man weiß, ob man zusammengehört oder nicht. Ich meine, aus dem Alter sind wir doch lange raus, dass man jemanden fragt: Willst du mit mir gehen?«

»Findest du?« Guðrún kicherte. »Aber das war doch immer süß mit den Zettelchen zum Ankreuzen, die dir meistens die falschen Jungs zugeschoben haben.«

»Stimmt. Vielleicht sollte ich Kristján auch einen schreiben.« Nun musste Merit ebenfalls lächeln. »Wenn wir zusammen sind, ist es toll. Nur sehen wir uns eben zurzeit wirklich selten.« Sie legte die Fingerspitzen auf ihre Lippen. »Viel zu selten …«

Immerhin tauschten sie ab und zu kurze Nachrichten aus. Wenn das Smartphone eine Mitteilung von ihm meldete, empfand sie innige Freude und unterbrach sofort ihre Arbeit. Er sandte ihr manchmal Handyfotos von unterwegs, und Merit legte schnelle Zeichnungen auf den Küchentisch, brachte eine Blüte mit, die sie auf dem Weg vom Atelier gepflückt hatte, oder ein Blatt. Immer nur etwas Kleines, Unverbindliches. Ganz nach dem Vorbild ihrer Mutter und ihrer geliebten Goldigkeiten. Mehr, das spürte sie, konnte sie im Augenblick nicht tun, und so übte sich Merit in einer Tugend, die nicht weiter von ihrem Naturell entfernt sein konnte als Mars von der Venus: Geduld.

Meistens mochte sie beim Malen keine Ablenkung. Es gab jedoch Phasen, in denen Musik sie beflügelte. Heute war einer dieser Tage. Nass, kalt, mit einem Hang zur Melancholie war er wie geschaffen für eine Reihe ärgerlicher Missgeschicke. Mittags war der Filter in Davids Kaffeemaschine eingeknickt, und die braune Brühe hatte sich gefährlich nahe an seinen Bildern über den Boden ergossen. Jedes einzelne hatte sie danach mit zitternden Händen auf Schäden geprüft. Dann war das Kobaltblau alle, dabei hätte sie schwören können, noch am Vortag eine Tube in der Kiste gesehen zu haben, in der sie ihre neuen Farben aufbewahrte. Auf dem Weg zum Künstlerladen geriet sie in einen Stau und steckte eine halbe Stunde zwischen zwei Reisebussen fest. Wieder zurück, war Merit derart nervös und fahrig, dass sie beim Einparken beinahe eine hochglanzpolierte Limousine touchierte.

Um an einem solchen Tag runterzukommen, half keine Meditation, sondern ein harter Beat. Der Sound musste jede Zelle ihres Körpers wie das Fell einer Trommel zum Schwingen bringen, sie durchdringen, und vor allem musste er seelenbetäubend laut sein. Um niemanden zu stören, setzte sie sich Kopfhörer auf, die David dagelassen hatte, und loggte sich in ihr Handy mit einer schier unendlichen Playlist ein, die sie kürzlich mit einer Reihe von Songs aus der erstaunlich vielfältigen Musikszene Islands ergänzt hatte.

Es dauerte nicht lange, bis sie sich im elfenhaften Sound der Künstlerin Sóley auflöste, der wie für sie und ihre Stimmung wie geschaffen war. Das Malen ging ihr nun wieder besser von der Hand. Gerade suchte sie nach einem passenden Palettenmesser, als unerwartet jemand in ihrem Blickfeld erschien. Vor Schreck wischte sie eins der Einmachgläser mit ihrer Gesteinssammlung vom Tisch.

»Wer, zum Teufel …? Kristján!«

»Ich habe seit Stunden versucht, dich zu erreichen. Du bist nicht drangegangen.«

Merit zeigte auf ihre Kopfhörer, sie hatte Mühe, in die reale Welt zurückzukehren.

»Du zitterst. Darf ich?« Kristján wartete ihr Nicken ab, bevor er sie umarmte.

Wie gut sich das anfühlte! Seine abgetragene Jacke mit dem typischen Islandmuster kratzte an ihrer Wange, die Wolle roch ein bisschen nach Schaf und ganz viel nach ihm. Es war ein kalter Tag, und er brachte den Wind vom Meer mit, die heißen Quellen und eine Wildheit, die sie nicht einzuordnen wusste.

»Was willst du?«

Sofort ließ er sie los und trat einen Schritt zurück.

»So habe ich das nicht gemeint.« Merit fuhr sich mit den Fingern durch die Haare. »Ist etwas passiert?« Hoffentlich nicht, es fühlte sich gut an, ihn wiederzusehen. Dafür durfte es einfach keinen schlimmen Anlass geben.

»Du warst seit zwei Tagen nicht mehr zu Hause. Ich dachte, du hättest vielleicht Hunger.«

Erleichtert ließ sich Merit auf den Stuhl fallen. Hatte er sich etwa Sorgen gemacht? Sie wollte das lächerlich finden, aber ihr Herz war anderer Meinung und ihr Verstand verwirrt. Essen. Essen war wichtig, aber sie konnte sich nicht erinnern, wann sie zuletzt etwas anderes als Porridge gegessen hatte, das sie sich im Bad mit heißem Wasser anrührte. Vielleicht gestern im Kaffi Berlin? Oder vorgestern?

»Du hast recht«, sagte sie und sah auf. »Ich sterbe vor Hunger.« Genau so fühlte es sich auf einmal an. Haltsuchend wollte sie nach ihm greifen, doch Kristján stand nicht neben ihr, sondern regungslos vor dem ersten ihrer Holzbilder, das sie vergessen hatte abzudecken, wie sie es sonst tat. Seine Mimik zu beobachten verunsicherte Merit mit jeder Sekunde mehr: Verwunderung mündete in ein Lächeln, das sein Gesicht erhellte, um es gleich wieder zu verdunkeln.

»*That's freakin' fantastic.*« Er wandte sich zu ihr um. »Es vibriert vor Energie, ich sehe eine einzigartige Symbiose zwischen dieser Insel und – dir. Wie ist dir das nur in so kurzer Zeit gelungen?« Nachdem er sich zweimal geräuspert hatte, fuhr Kristján fort: »David hat nicht übertrieben. Du bist eine außergewöhnliche Künstlerin.«

»Ihr habt über mich gesprochen?«

»Über die Ausstellung. Er will, dass du aus meinen Fotos die passenden aussuchst.« Kristján zeigte ein schräges Grinsen. »Offenbar traut er dir mehr Kunstverstand zu als mir. Zu Recht.«

»Solche Entscheidungen treffen sich leichter von außen. Wir sind zu sehr mit unserer Arbeit verbunden, um den notwendigen Abstand zu haben. Zuallererst ist der Kunstmarkt ein knallhartes Geschäft. Zwischen Galeristen und Publikumsgeschmack hat sich schon so manch ein Künstler selbst verloren.« Sie plapperte irgendwas, aus Verlegenheit und weil ihr zweifelndes Herz nicht glaubte, dass es jemanden gab, der ihre Arbeiten als das erkannte, was sie waren: als einen kostbaren Teil ihrer selbst, den sie mit jedem Betrachter teilte, der es wollte.

»David scheint beide Klaviaturen virtuos zu bespielen.«

»Er gehört zu den Besten.«

Als sie im Lift hinunterfuhren, küsste Kristján sie. »Ich habe dich vermisst.«

Merit sagte nichts.

Das Restaurant hatte sich nach einem geschäftigen Abend geleert. Der Kellner bückte sich, um eine Gabel aufzuheben. »Suchen Sie sich einen Tisch aus, meine Kollegin kommt sofort zu Ihnen«, sagte er.

Es war kurz vor zehn, aber die freundliche Serviererin versicherte, dass sie außer dem Steak alles bringen konnte, was auf der Karte mit den Tagesangeboten stand.

Sie aßen gedünsteten Heilbutt, der hervorragend schmeckte, und tranken dazu einen kühlen Riesling, der hier eine Besonderheit war.

»Ich muss für ein paar Tage nach Oslo«, sagte Kristján und zeichnete mit dem Daumen eine Spur in die feinen Perlen, die am Weinglas hafteten.

»Heimaturlaub?«

»Ein Flug- und Sicherheitstraining.«

»Und deine Familie besuchst du nicht?«

»Doch, meine Großmutter.« Seine Stimme hatte bei diesen drei Worten eine Wärme angenommen, die sie selten besaß – ganz anders als beim Nachsatz. »Mein Vater ist letztes Jahr gestorben.«

»Das tut mir leid.«

»Mir nicht.« Er leerte sein Glas. »Kommst du mit nach Hause?«

Die Art, wie er das sagte, ließ eine Saite in ihr schwingen, die sie lange nicht mehr gehört hatte. Zu Hause.

Sie schüttelte die melancholische Stimmung ab, bevor sie sich festsetzen konnte. »Kommt drauf an, wie sehr du es willst.« Sie zwinkerte ihm zu.

»Du hast ja keine Ahnung.«

Nach einer viel zu kurzen gemeinsamen Nacht ließ sie ihn widerstrebend gehen. Als die Haustür zufiel, drehte sich Merit auf die Seite, dachte eine Weile über ihre sonderbare Beziehung nach und schlief noch einmal ein. Die letzten Wochen hatten ihr viel abverlangt.

Das Klingeln unterbrach einen Traum, in dem Kristján eine zentrale Rolle spielte. Sie drückte sich ihr Kissen auf die Ohren und versuchte, die Erinnerung an seine Nähe zurückzuholen, aber das unangenehme Geräusch drang dennoch zu ihr durch.

Warum war der Kater nicht dazu abgerichtet, die Tür zu öffnen? Ins Bad kam er doch auch zu den unmöglichsten Gelegenheiten. Schließlich wickelte sie ein Handtuch um die rettungslos verstrubbelten Haare, zog sich den Morgenmantel an und lief zur Tür, um den Terror zu beenden. Wenn der ungebetene Besucher glaubte, sie käme gerade aus der Dusche, ließ er sich bestimmt schneller abwimmeln.

»Hi, Baby.«

»Ferdinand.«

Ohne nachzudenken, warf Merit die Tür zu, rannte in ihr Zimmer – nur um direkt wieder kehrtzumachen.

Das konnte doch nur ein böser Traum sein. Ferdinand? Was wollte er hier?

»Mach auf!« Innen klang seine Stimme gedämpft, aber sicherlich rief er laut genug, um die Aufmerksamkeit der gesamten Ránargata auf ihr Haus zu ziehen. Eine Szene vor Ísrúns Haustür brauchte kein Mensch.

Das Auto! Natürlich, er wollte seinen Besitz zurück. Das sah ihm ähnlich. Sie nahm den Autoschlüssel vom Haken, öffnete die Tür einen Spalt breit und warf ihn hinaus. »Hier. Tut mir leid.«

Doch dieses Mal war er vorbereitet, fing den Schlüssel und stellte einen Fuß in die Tür. »Der Tuareg interessiert mich nicht. Lass mich rein, Merit.«

Überrascht trat sie einen Schritt zurück. Seit wann war ihm sein Besitz nicht mehr wichtig?

In der – dank Kristján blitzsauberen – Küche sah er sich um, wedelte mit dem Taschentuch über die Sitzfläche des Stuhls, den sie ihm vom Tisch abgerückt hatte, und setzte sich. »Seit wann bist du so ordentlich?«

»Armleuchter.« Merit drehte ihm den Rücken zu und füllte den Wasserkessel. Für Ferdinand würde sie maximal Instantkaffee brühen. Milch und Zucker stellte sie dann aber doch für ihn auf den Tisch. Alte Gewohnheiten starben eben langsam. »Wie hast du mich gefunden?« Sie schob ihm die hässliche Tasse mit dem gebrochenen Henkel rüber, mit der sie sonst nur Kötturs Trockenfutter portionierte. Eine kleine Gemeinheit gemessen an dem, was er ihr angetan hatte.

»Kreditkarte«, sagte er und verzog das Gesicht. »Der Kaffee ist widerlich.«

»Ja.«

Er stellte die Tasse beiseite und schenkte ihr dieses Lächeln, mit dem er sie immer rumgekriegt hatte. Ferdinand war ein außergewöhnlich schöner Mann, und das wusste er auch.

»Hör zu, Merit. Ich habe einen Fehler gemacht, aber deshalb kannst du doch nicht so einfach über Nacht mit meinem Auto an den Nordpol verschwinden. Hast du eigentlich eine Ahnung, was für Sorgen ich mir gemacht habe?«

»Um dein Auto?«

»Sei nicht kindisch. Um dich natürlich.«

Das Gespräch wurde unterbrochen. Köttur legte einen bemerkenswerten Auftritt hin. Er sprang wie aus dem Nichts auf den Tisch. Dort machte er einen Buckel, starrte Ferdinand sekundenlang an und warf mit einem Pfotenschlag den Kaffeebecher um. Während Ferdinand aufsprang, verließ der Kater die Küche. Er hatte seinen Standpunkt deutlich gemacht.

»Das macht er sonst nie.« Lachend drückte Merit dem ungebetenen Gast eine Rolle Küchenpapier in die Hand. »Weißt du, es ist komplett idiotisch, einen SUV in Berlin zu fahren. Aber natürlich, der Wagen gehört dir. Nimm ihn und werde glücklich mit deiner effizienten Assistentin, aber lass mich in Ruhe.«

»Ach, Merit. Ich mache mir große Gedanken um dich. Deine Schwestern übrigens auch.«

»Katrine bestimmt nicht. Die regt sich nur auf, wenn ich nicht adrett gekleidet zu ihrem Geburtstag erscheine.«

»Aber Katrine *hatte* letzte Woche Geburtstag. Ich war dort. Sie ist krank vor Sorge.«

»Shit.« Merit hatte zwischendurch immer wieder das Gefühl gehabt, etwas Wichtiges vergessen zu haben. Katrines Geburtstag. Das war nicht nett von ihr. Es erklärte aber keineswegs Ferdinands Anwesenheit in ihrer Küche. Schließlich wusste Leonie, wo sie sich aufhielt, und wollte das alles schon längst aufgeklärt haben.

»Was ist mit Leo?«

»Sie war auch nicht da. Irgendein Businesstermin. Wahrscheinlich vorgeschoben, wie immer bei ihr.«

Das war typisch. Bei Ferdinand gab es ständig super wichtige Geschäftstermine, denen sich seine Mitmenschen zu unterwerfen hatten. Das galt für Familienfeiern wie für einen Handwerkerbesuch. Dass ihre Schwester mindestens ebenso eingespannt war, hielt er offenbar für ausgeschlossen.

Lust, das Thema auszudiskutieren, hatte sie nicht. Es würde sowieso nichts bringen. »Okay, ich kläre das mit Katrine. Dann hast du ja jetzt deine Nachricht überbracht und kannst gehen.«

»Ich komme direkt vom Flughafen. Hast du gewusst, dass der fünfzig Kilometer entfernt liegt?«

»Ich habe die Fähre genommen.«

»Natürlich«, sagte er. »Ich habe Hunger. Gibt es auf dieser feindseligen Insel irgendwo etwas zu essen?«

Merit wollte ihn auf keinen Fall bewirten, obwohl es Ferdinand recht geschehen wäre, an ihre Kochkünste erinnert zu werden. »Meinetwegen, wir gehen essen und reden über alles. Ich mache mich nur frisch. Bleib hier und rühr nichts an, okay?«

»Klar.« Er strahlte. Offensichtlich glaubte Ferdinand, einen Punktsieg errungen zu haben.

Nach einer eiligen Dusche zog Merit ein Kleid an, das sie letzte Woche auf dem *Kolaportið*-Flohmarkt gekauft hatte, überdeckte ihre Augenringe mit einem leichten Make-up und zog die Stiefeletten an, mit denen sie Ferdinand um zwei Zentimeter überragte.

Die Küche war leer. Ihr schwante bereits Übles, da hörte sie schon seine Stimme aus Kristjáns Etage. »Wer wohnt denn hier?« Sie rannte die Treppe hinauf und erwischte Ferdinand, wie er eine Grafik betrachtete, die über dem Schreibtisch hing.

Merit war noch nie in der Dachwohnung gewesen und blieb ebenfalls vor dem Bild stehen, das sich bei genauerem Hinsehen als großformatige Fotografie herausstellte. Hätte sie nichts von seinem Beruf gewusst, sie hätte sich gefragt, wie Kristján auf die Idee gekommen war, solche Luftaufnahmen zu machen.

Die Farben und Strukturen der Landschaft wirkten wie ein abstraktes Gemälde. Zu wissen, dass die Natur diese vollkommene Schönheit hervorbrachte, machte sie als Betrachterin demütig. Und noch etwas traf Merit an einer empfindlichen Stelle in ihrem Innersten. Auf eine unverkennbare Art erzählten seine Bilder dieselbe Geschichte wie ihre eigenen. Kein Wunder, dass er gestern so berührt von ihren Arbeiten gewesen war. Sie fühlte genau das Gleiche und hätte es ihm gern sofort gesagt.

Stattdessen ergriff sie Ferdinand am Ärmel und schob ihn zur Treppe. »Du bist unmöglich. Die Zimmer gehören dem Freund meiner Vermieterin.«

»Aber die Tür stand offen.«

Was das zu bedeuten hatte, darüber würde sie später nachdenken. Kristján schloss immer ab.

»Trotzdem«, sagte sie. »Außerdem ziehen sich Gäste hier in Island die Schuhe aus, bevor sie durchs Haus latschen.«

Wobei das nun auch egal war, denn sie wollte ihn so schnell wie möglich hier raushaben.

»Deine Haare!« Ferdinand blieb auf der Haustürschwelle wie angewurzelt stehen. »Um Gottes willen, was ist damit passiert?«

»Abgeschnitten«, sagte sie und sprang ins Auto. »Steig ein.«

Auf der Fahrt zum Kaffi Berlin konnte er gar nicht aufhören, über die verlorene Haarpracht zu jammern. »Du siehst aus wie ein Kobold«, sagte er vorwurfsvoll.

»Dann passe ich ja hierher. Da sind wir. Benimm dich, der Laden gehört Freunden.«

»Also, wirklich. Du bist unmöglich!«

Draußen zerzauste der Wind ihr Haar, und Ferdinand fluchte. »Ist hier immer so ein Sturm?«, rief er.

»Ja, sicher«, schrie Merit zurück. »Die häufigsten Autoschäden sind vom Wind abgerissene Türen. Aber keine Sorge, das Wetter ändert sich ständig.« Wie zum Beweis brachte die nächste Böe einen Regenschauer mit sich.

Im Café wurden sie von Lieke empfangen, die Ferdinand neugierig musterte. Áki hinter der Bar winkte ihr zu.

»Ich bin gleich zurück« Sie drückte Ferdinand eine Speisekarte in die Hand, bevor sie die Freundin regelrecht in die Küche zerrte.

»Wer ist das denn?«, fragten Lieke und Áki, der ihnen gefolgt war, wie aus einem Munde.

»Mein Ex. Er will das Auto zurück, sein Geld …«

»… und dich«, vervollständigte Áki ihre Aufzählung. »Ich kenne diesen Blick. Der will dich zurück.«

»Unsinn. Er hat jetzt eine Karrierefrau.«

»Ja, eben. Damit kommt so einer wie der nicht klar.«

»Seit wann bist du Paartherapeut?«, fragte Merit spitz, obwohl an Ákis Einschätzung etwas dran sein konnte. Ferdinand war vermutlich wirklich kein Mann, der zu erfolgreiche Frauen neben sich gut ertragen konnte. Dies konnte sehr gut der Grund sein, weshalb er nahezu jeden ihrer Versuche boykottiert hatte, sich als Künstlerin zu finden und damit auch ein gesundes Selbstbewusstsein zu entwickeln. Er wünschte sich ein dekoratives Beiwerk, auf das er stolz sein konnte wie auf ein edles Rennpferd. Eine gleichberechtigte Partnerin passte weniger gut in sein Weltbild. Leonie hatte das immer behauptet, während Katrine nicht müde wurde, seine Vorzüge als Versorger zu betonen. Merit wollte aber von niemandem versorgt werden.

»Wie werde ich ihn wieder los?«

»Ganz einfach, stell ihm Kristján vor.«

»Prima Idee«, sagte Lieke. »Könnte nur sein, dass der den armen Tropf fertigmacht.«

»Kristján ist in Oslo.« Merits Blick fiel auf Áki. »Du musst ihm sagen, dass wir zusammen sind.«

»Damit dein Lover mich abmurkst? Nein danke.«

Lieke kicherte. »Komm, sei kein Feigling. Das wird lustig.«

»Bitte!« Merit blickte zur Küchentür. Ferdinand bekam es fertig, ihr nachzugehen.

»Meinetwegen«, sagte Áki schließlich. »Aber jetzt muss ich weg. Bring ihn heute Abend mit zum Konzert von *Gus-Gus.*«

»Þetta reddast«, rief Merit ihm nach und setzte sich, immer noch erheitert von seiner offensichtlichen Ehrfurcht vor Kristján, zu ihrem Ex an den Tisch.

»Du sprichst ihre Sprache?«

»Ich lerne Isländisch, ja.«

Während des Essens gelang ihnen eine einigermaßen zivilisierte Unterhaltung. Er klagte über die Sommerbaustellen in der Hauptstadt, Merit erzählte von ihren Ausflügen in die Natur und von Wetterkapriolen. Der vollendete Small Talk.

»Hast du einen Platz auf der Fähre gebucht?«, fragte sie schließlich.

Ferdinand blinzelte, was er immer tat, wenn er etwas nicht verstand.

»Na, wenn du das Auto mit zurücknehmen willst, wird es wohl nicht neben dir im Flieger sitzen. Wir sind hier auf einer Insel.«

»Es geht mir doch nicht um den Wagen. Den kannst du behalten, wenn du willst. Ich habe mir Sorgen gemacht, weil du ohne ein Wort verschwunden bist.«

»Du wolltest, dass ich verschwinde. Du hast mir nicht mal vierzehn Tage Zeit gegeben, um eine neue Wohnung zu finden. In Berlin!« Die Leute sahen zu ihnen herüber, und Merit dämpfte ihre Stimme. »Leonie weiß, wo ich jetzt wohne, und sie wollte es Katrine sagen. Keine Ahnung, warum das nicht geklappt hat.«

»Ich habe einen Fehler gemacht. Aber das ist doch kein

Grund, Hals über Kopf zu türmen. Ausgerechnet hierher.« Er sah sich um. Kopfschüttelnd fasste er nach ihrer Hand, als wäre er ein väterlicher Freund, der das kleine Mädchen vor einer Dummheit bewahren will, und sagte mit warmer Stimme: »Komm nach Hause, Merit.«

Die unterschiedlichsten Gedanken schossen ihr durch den Kopf. Vorrangig aber hätte sie ihn gern geohrfeigt für seine Überheblichkeit. Glaubte er wirklich, nur ein paar freundliche Worte reichten aus, damit sie zu ihm zurückkehrte? Sie empfand Freude über das Scheitern seiner neuen Beziehung. Aber auch ein warmes Gefühl und Zuneigung. Es war gut zu wissen, dass er sich noch um sie sorgte und den weiten Weg auf sich genommen hatte, um … Ja, was eigentlich? Um sich zu entschuldigen, sie zurückzugewinnen? Der traurige Blick, mit dem er den Kopf hängen ließ, als schämte er sich für seine Untreue, machte ihr das Denken schwer.

Womöglich wäre sie schwach geworden, wie etliche Male zuvor. Doch da brummte ihr Smartphone, und auf dem Display erschien eine Nachricht. Schnell deckte sie die Hand darüber. Kristján. Er hatte versprochen, sich aus Oslo zu melden.

Damit war der Augenblick der Orientierungslosigkeit vorüber. Merit hatte Pläne, und darin gab es keinen Platz für Ferdinand. »Mein Zuhause ist hier. Jedenfalls für diesen Sommer.« Sie legte die Kreditkarte auf den Tisch. »Ich zahle dir alles zurück, spätestens zum Jahresende. Vergiss mich, Ferdinand. Wir haben nie zusammengepasst.«

»Du bist aufgeregt. Das verstehe ich.« Er sah auf die Uhr. »In einer halben Stunde habe ich eine Telefonkonferenz.

Würdest du mich bitte zum Hotel bringen? Wir können später weiterreden.«

Sie nahm die Karte wieder an sich, bezahlte und fuhr mit ihm in die Innenstadt, wo sie ihn vor einem der luxuriösen Hotels absetzte, die über ein eigenes Spa verfügten. Er liebte es, sich abends massieren zu lassen.

»Hast du eine Badehose dabei?«

»Ja, natürlich. Wieso?«

»Ich hole dich um fünf ab und zeige dir, warum Reykjavík *rauchende Bucht* heißt.«

Ferdinand kann ruhig sehen, was er verloren hat, dachte sie und fuhr zur Laugavegur, um sich auf seine Kosten den hinreißenden Badeanzug zu kaufen, auf den sie schon eine Weile ein Auge geworfen hatte. Nie hätte sie gedacht, dass ihr ansprechende Badekleidung in Sichtweite des Arktischen Ozeans jemals so wichtig sein könnte.

23.

Als sie mit einer Viertelstunde Verspätung das Hotel erreichte, stand Ferdinand wie erwartet bereits vor der Tür.

»Du bist zu spät«, begrüßte er sie.

»Das nimmt man hier nicht so eng. Außer am Flughafen. Wann geht dein Flieger zurück?«

»Übermorgen früh.«

»Dann hast du ja morgen noch Zeit für eine Bustour über den Golden Circle.«

»Nur über meine Leiche«, entgegnete er und überprüfte den Sitz seines Sicherheitsgurts.

Es wäre ihr wie Verrat vorgekommen, mit ihm zum Naturpool an die Küste zu fahren, den sie mit ihren Freunden so gern besuchte. Also entschied sich Merit für das Bad *Vesturbæjarlaug*, in das sie ging, wenn keine Zeit war, um rauszufahren. Außerdem war es am wenigsten touristisch, und die Studenten der nahegelegenen Uni sorgten für eine chillige Atmosphäre.

In der Umkleidekabine versuchte sie noch einmal vergeblich, Kristján zu erreichen. Bestimmt saß er in einer Schulung und hatte sein Handy ausgeschaltet. Deshalb hinterließ Merit ihm eine Nachricht, in der sie von der Heimsuchung durch Ferdinand berichtete. Sie hätte das nicht tun müssen, aber es fühlte sich richtig an, und außerdem konnte sie jede moralische Unterstützung gebrauchen, um sich nicht wieder von Ferdinand um den Finger wickeln zu lassen, der sich immerhin die Mühe gemacht hatte, nach Island zu kommen, um sie zu sprechen.

Während sie sich wusch, überlegte Merit, wie er eigentlich ihre Adresse herausgefunden hatte. Dass die Kreditkartenabrechnung auf Reykjavík hinwies, war klar. Davon konnte er aber nicht wissen, in welcher Straße sie wohnte. Sie zermarterte sich das Hirn – und dann fiel es ihr ein: Auf dem Smartphone war eine Ortungsfunktion aktiviert, was praktisch war, weil sie es gelegentlich verlegte. Außerdem befanden sich, wie bei den meisten Menschen, eine Menge privater Informationen darauf. Für den Fall, dass es gestohlen würde, konnten sie notfalls aus der Ferne gelöscht werden. Zu finden war der Standort des Handys über ihr Laptop, aber auch mit seinem Computer. Daran hatte sie nicht mehr gedacht. So ein Mist! Merit nahm sich vor, nachher alle wichtigen Passwörter zu ändern.

»Wo bleibst du denn?« Ferdinand saß bereits im Wasser und sah ihr entgegen.

Sein Gesichtsausdruck verriet, wie gut ihm der Anblick gefiel. Ihren Körper hatte er immer angebetet, trotz der *Beschädigungen*, wie er die Narben nannte. Doch davon war jetzt nichts zu sehen, dem raffinierten Schnitt des Badeanzugs sei Dank, der erstaunlicherweise ihre Taille noch schmaler erschienen ließ und die Brüste vorteilhaft betonte.

Auf diese gönnte sie Ferdinand einen langen Blick, bevor sie sich mit Abstand neben ihn setzte und seine Verlegenheit genoss. Offensichtlich erregte ihn ihr Anblick, jedenfalls schloss sie das aus seiner wenig entspannten Körperhaltung.

»Du hättest mir sagen müssen, dass die Leute hier total nackt duschen«, wisperte er und wies mit dem Kinn auf einen bärtigen Mann. »Der Wikinger da hätte mich beinahe verprügelt, weil ich meine Badehose anbehalten habe.«

»Es hängen überall Schilder.« Merit gab sich keine Mühe, ihr Schmunzeln zu verbergen. »Ist es nicht herrlich? Ich komme gern her, es ist ja fast bei uns – bei mir um die Ecke.«

Noch jemand anderes schien dieses eher kleinere Bad zu mögen, denn wenig später erblickte sie Sundance, Kristjáns ehemalige Geliebte, auf dem Weg in die Sauna. Und sie war nicht allein. Der Mann an ihrer Seite wirkte um einiges jünger.

Die soll mir noch mal blöd kommen, dachte Merit und ließ sich tief ins Wasser sinken, um nicht erkannt zu werden. Auf eine zweite Begegnung mit der Zicke hatte sie keine Lust.

Wieder aufgetaucht, sah sie sich einem Mann gegenüber, der ihr vage bekannt vorkam.

»Hallo«, sagte er. »Bist du nicht Merit?«

»Stimmt.« Woher kannte sie den bloß?

»Ich bin Jón. Wir sind uns bei der Eröffnung von Ákis Kaffi Berlin begegnet. Du arbeitest auch fürs Nationaltheater, habe ich gehört?«

»Ich habe ein Bühnenbild für die neue Spielzeit entworfen, das stimmt. Aber damit bin ich fast durch.«

»Was machst du jetzt?«

»Ich sitze im Atelier eines Bekannten und versuche, Emotionen auf Leinwände zu bannen.«

»Ach, du bist Malerin? Das ist ja toll. Ich mache Musik, aber einen Pinsel kann ich höchstens zum Rasieren richtig einsetzen.«

Merit stimmte in sein Lachen ein.

»Sie ist eine sehr gute Malerin.« Natürlich musste sich Ferdinand einmischen.

»Besuch aus Berlin«, sagte sie rasch, bevor er sich womöglich als ihr Freund vorstellte. »Ein alter Bekannter, der heute Morgen etwas unerwartet vor meiner Tür stand.«

»Und jetzt zeigst du ihm die entspannte Seite Islands. Sehr schön.« Jón schmunzelte. »Vergiss die Elfen nicht.«

»Auf keinen Fall.« Merit zwinkerte ihm zu, und weil sie sich gerade so mutig fühlte, sagte sie: »Mitte August gibt es eine Ausstellung im Marshall House mit verschiedenen Künstlern. Ich würde mich freuen, wenn du auch kommst.«

Er legte den Kopf leicht schräg. »Du meinst die Ausstellung *David Johansson & Friends*? Alle Achtung, wer zu seinem Zirkel gehört, hat es geschafft. Ich komme gern und bin sehr gespannt auf deine Arbeiten.«

Er verabschiedete sich und ließ Merit etwas benommen zurück. Von *geschafft haben* konnte keine Rede sein. Sie musste unbedingt weiterarbeiten. Stattdessen verplemperte sie hier ihre Zeit mit Ferdinand.

»Wer war das?«

»Ein Freund von Áki. Du hast ja gehört, er ist Musiker. Und Politiker, glaube ich.«

»Du scheinst hier schon bekannt zu sein. Die Stadt ist natürlich auch sehr klein.«

»Und sehr international.« Merit paddelte zum Beckenrand. »Wir sehen uns um zehn im Berlin.«

»Willst du mich hier einfach sitzen lassen?«

»Lass dir an der Kasse einen Stadtplan geben. Bis zum Hotel läufst du nicht mal eine Stunde, Reykjavík ist total klein.«

Ein bisschen schuftig kam sie sich schon vor, dass sie ihn einfach im Bad sitzengelassen hatte. Aber verdient hatte er es.

»Der Idiot hat nichts begriffen«, sagte sie und kraulte Köttur den Bauch. Wenn Ferdinand mit ihr angeben konnte, dann tat er das mit stolzgeschwellter Brust, aber sobald sie unter sich waren, lachte er sie für ihre Sehnsüchte aus. *Träumerin* war eine der netteren Bezeichnungen, die er ihr im Laufe ihrer Beziehung an den Kopf geworfen hatte.

»Reykjavík ist klein. Na und?« Tränen brannten in ihren Augen. »Er hat mich noch nie ernst genommen.«

Doch dann gab sie sich einen Ruck und rief Guðrún an, um ihr von der Plage zu erzählen, die über sie gekommen war.

Die Freundin wusste längst Bescheid. »Ich bringe Amy und Martha mit. Das wird ein Spaß. Sollen wir dich abholen?«

Um halb zehn stiegen sie zu viert aus Guðrúns Auto. Jede hatte sich für den Abend *aufgebrezelt*, wie Lieke es nennen würde, und jemand pfiff hinter ihnen her, als sie gemeinsam zum Kaffi Berlin gingen.

»Das hat garantiert dir gegolten«, sagte Guðrún. »Du

siehst höllisch sexy aus. Bist du sicher, dass das so eine gute Idee ist? Wenn Áki sich etwas in den Kopf gesetzt hat, dann kann er sehr hartnäckig sein, und ich fürchte, er wird sich heute noch mehr in dich verlieben.«

»Findest du mich unfair?«

»Ach was. Der kann mal eine Abfuhr verkraften, und außerdem weiß er ja, dass es nur ein Spiel ist.«

Das Café war brechend voll, und sie suchten eine Weile, bis sie Áki fanden. Der musterte Merit unverhohlen und schüttelte schließlich den Kopf. »Willst du mich wahnsinnig machen?«

»Nicht dich. Meinen Ex.« Sie musste mit ihrem Mund ganz nah an sein Ohr, um das Stimmengewirr und die Musik zu übertönen.

»Dann fang gleich mal damit an und küss mich. Er kommt direkt auf uns zu.« Áki grinste sie auffordernd an, legte ihr eine Hand auf den Hintern, während er sie in einen etwas ruhigeren Teil des Cafés zog. Der Bart war bei diesem Vorhaben ungewohnt, und auf den Mund küssen wollte Merit ihn nicht.

Ferdinands Miene verriet ihr jedoch, dass er genug gesehen hatte.

»Das ist Áki, ihm gehört der Laden hier. Von Ferdinand habe ich dir ja schon erzählt«, stellte sie die beiden Männer gegenseitig vor.

»Allerdings.« Ákis Tonfall ließ keinen Zweifel, dass es nichts Gutes war, was er über seinen vermeintlichen Vorgänger erfahren hatte. »Was willst du in Reykjavík?«

Ferdinand ignorierte die Frage. »Merit, das ist nicht dein Ernst.«

Sie sah ihm an, dass er wütend war. Gut so. Er hätte sich die Reise wirklich sparen können, wenn er das Auto nicht wieder mit zurücknehmen wollte. Und auch nicht konnte. Von Guðrún wusste sie inzwischen, dass es während der Saison so gut wie nie freie Plätze auf der Fähre gab, geschweige denn eine Kabine. Selbst im Mai hatte sie Glück gehabt, sofort eine Passage zu bekommen.

Einfach geschlagen geben wollte sich Ferdinand offenbar auch nicht. Er griff nach ihrer Hand, um sie von Áki wegzuziehen, doch Merit, der das Ganze nach der kurzen Zeit bereits zu viel wurde, drehte sich um und floh in den Konzertraum, wo die erste Band spielte. Neben der Bühne führte eine Tür ins Freie, und das war es, was sie jetzt brauchte: den Notausgang.

Draußen benetzte Sprühnebel ihr Gesicht. Windböen zerrten ihr an den Haaren, und in ihrem Inneren breitete sich eine schwerelose Eiswolke aus.

Obwohl die Temperatur stark gesunken war und sie keine Jacke trug, setzte sich Merit auf die Bank am Kai und starrte aufs Wasser. Hinter sich hörte sie, wie sich die Tür quietschend öffnete, und wappnete sich für das unvermeidliche Streitgespräch mit Ferdinand.

Jemand legte ihr eine Lederjacke um die Schultern und setzte sich neben sie. »Er ist weg. Ist nicht so gelaufen, wie du dachtest, oder?«, sagte Áki und bot ihr eine Zigarette an.

Sie rauchte normalerweise nicht, zog aber trotzdem mit zitternden Fingern eine aus der Packung und ließ sich Feuer geben. »Was hat er sich bloß dabei gedacht, mir nachzureisen?«

»Wie lange wart ihr zusammen?«

»Vier Jahre. Wir kennen uns aber viel länger. Seit dem Tod meiner Eltern war er immer irgendwie da.« Sie spürte die Tränen auf ihrem Gesicht erst, als er ihr ein zerfleddert aussehendes Papiertaschentuch gab. Nun musste Merit erst recht heulen. Alle waren so nett zu ihr.

»Ich schätze, er kommt nicht damit zurecht, dass du endlich auf eigenen Beinen stehen willst.«

»Bestimmt hält er mich für undankbar. Aber das bin ich nicht. Ich habe immer versucht, so zu sein, wie er mich haben wollte. Ich dachte, wenn er glücklich ist, dann werde ich das auch irgendwann. Wahrscheinlich hätte ich das noch lange so weitergemacht, wenn er nicht darauf gedrängt hätte, dass wir heiraten, und Kinder wollte er auch.«

»Oha. Dann wundert es mich nicht, dass er es noch mal versucht hat und hergekommen ist.«

»Aber Ferdinand hat mich rausgeschmissen, weil er eine andere Frau gefunden hat. Ich verstehe das nicht.«

»Ich glaube, er hat nicht damit gerechnet, dass du wirklich gehst, und als du weg warst, hat er erst gemerkt, wie sehr du ihm fehlst.« Er zog an seiner Zigarette. »Bist du sicher, dass du nichts mehr für ihn empfindest?«

»Ich weiß es nicht«, sagte sie. »Aber hier bin ich glücklich wie sehr lange nicht mehr. Ich bin von euch so herzlich aufgenommen worden, deine Cousine ist eine tolle Frau und Lieke auch. Endlich kann ich malen, und Kristján … okay, das ist komplizierter«, brach sie ab und schnippte gedankenlos ihre halb gerauchte Zigarette ins Wasser. »Weißt du, in Berlin hatte ich eigentlich keine richtigen Freunde. Das war nicht nur Ferdinands Schuld«, sagte sie schnell.

»Ich hatte Probleme. Ich meine, so richtige. Mit Therapien.« Sie blickte auf ihr linkes Handgelenk, auf dem feine Linien zu sehen waren. Narben aus der Zeit, in der ihr alles egal gewesen war, als sie lieber sterben wollte, statt noch länger zu leiden. »Ferdinand ist kein schlechter Mensch, aber er steht unter der Fuchtel seiner Mutter. Diese Frau bestimmt immer noch sein Leben, und er kann sich nicht vorstellen, was es heißt, Künstlerin zu sein. Er hat das Malen immer für ein Hobby gehalten, aber ich weiß, dass es mein Leben ist. Verstehst du das?«

Áki nickte. Natürlich verstand ein Musiker wie er, was sie meinte.

»Ferdinand würde weitermachen wie immer. Er kann gar nicht anders, glaube ich. Aber ich fühle mich zum ersten Mal wirklich wie ich selbst.« Sie sah ihn an und lächelte. »Danke. Du bist ein echter Freund.«

»Kein Thema.« Áki zog sie an sich. »Dafür sind Freunde doch da. Und wenn du irgendwann die Nase voll haben solltest von diesem *Es-ist-kompliziert*-Kristján, dann sag Bescheid. Komm, lass uns was trinken. Es ist saukalt hier draußen.«

Arm in Arm umrundeten sie das Gebäude. Vor dem Haupteingang stand eine Gruppe von Leuten. Unter ihnen Sunny.

»Seht euch das Flittchen an. Am Nachmittag sitzt sie mit einem Kerl im Whirlpool, und abends lässt sie sich von einem anderen backstage vögeln.«

»Halt den Mund!«, sagte Áki böse. Doch Merit zog ihn weiter.

Offenbar enttäuscht, dass Merit sich auf keinen Streit einlassen wollte, keifte Sunny ihr hinterher: »Miststück.«

An der Bar lehnte sich Merit an den Tresen. »Ich könnte gut einen Schluck von deinem Selbstgebrannten gebrauchen.«

Áki legte einen Finger auf ihre Lippen und zwinkerte ihr zu, bevor er hinter der Theke abtauchte und gleich darauf mit zwei randvoll gefüllten Gläsern wieder hervorkam. »Skál!«

Der Schnaps floss feuriger Lava gleich bis in ihren Magen hinunter und breitete sich darin aus wie ein Flächenbrand. Merits Zunge fühlte sich merkwürdig pelzig an, wahrscheinlich würde sie nie mehr etwas schmecken. Aber so war das eben, wenn man Abschied nahm. Es tat höllisch weh.

Lust zu feiern hatte sie nicht mehr. Statt nach Hause ging sie die fünfhundert Meter bis ins Atelier. Dort zog sie sich trockene Sachen an, setzte die Kopfhörer auf und malte zum Sound isländischer Landschaften bis in den Vormittag hinein.

Der Seelenschmerz war nicht geringer geworden, als die Sonne zaghaft durch die Wolken schien, aber er hatte sich zu etwas Neuem gewandelt. Zu einer Energie, die ihre Schaffenskraft wie nie zuvor irgendetwas anderes befeuerte.

24.

Nächte wie diese, in denen sie bis zur körperlichen und emotionalen Erschöpfung malte, versetzten Merit in einen transzendenten Zustand. Sie empfand sich in solchen Phasen viel mehr als Instrument denn als Künstlerin. Wenn sie davon erzählte, klang es für die meisten Menschen, als spräche eine Süchtige über ihren Drogenrausch. Deshalb redete sie selten darüber. David hatte seine Studentin verstanden und ihr geraten, dieses herrliche, abgehobene Schweben zwischen den Welten für sich zu behalten und als ein Geschenk zu genießen, das mit ihrer Gabe einherging.

Das tat sie bis heute, und um bei sich zu bleiben, behielt sie auf ihrem Heimweg in die Ránargata die Kopfhörer auf. Ohne Musik, nur um die Welt fernzuhalten. Daran, im Kaffi Berlin einzukehren, dachte sie überhaupt nicht.

Eine Viertelstunde später sah sich Merit jedoch mit einem hungrigen Köttur konfrontiert, dessen vorwurfsvolles Maunzen sie wenn nicht in die Realität, so doch zumindest aus ihrem Schwebezustand auf den Boden ihrer Küche zurückbrachte. Sie frühstückten gemeinsam, wobei der Kater fertig war, bevor sie überhaupt Kaffeewasser aufgesetzt hatte. Entgegen seiner sonstigen Gewohnheit verschwand er aber nicht in den Garten, sondern beobachtete sie von der Lehne des Küchensofas aus.

Ohne nachzudenken, checkte sie ihre Nachrichten und ärgerte sich sofort darüber, denn gleich die erste hatte einen Videoanhang und stammte von Ferdinand. Sekundenlang schwebte ihr Finger über dem Löschen-Symbol, doch dann siegte die Vernunft. Wenn sie nicht länger unter dieser ungeklärten Situation leiden wollte, musste sie bereinigt werden, und dazu gehörte auch anzuhören, was er zu sagen hatte.

Es stellte sich heraus, dass das eine Menge war, und einiges davon klang anders als erwartet. Er entschuldigte sich für sein Verhalten ihr gegenüber, besonders in den letzten Monaten, und verlor kein Wort über den gestrigen Abend. »Du kannst das Auto behalten. Du hast recht, für mich ist es nutzlos.«

Er habe sich entschieden, einen Job in den USA anzunehmen – der Hauptgrund dafür, dass er einfach so in Reykjavík aufgetaucht war. Er wollte ihr anbieten, ihn zu begleiten, weil er dachte, New York wäre immer ihr großer Traum gewesen. »Aber vielleicht war es in Wirklichkeit mein Traum«, sagte er. Ebenso, wie damals nach Berlin zu ziehen. »Es wäre besser gewesen, du hättest diese Meisterklasse besucht und wärst in Düsseldorf geblieben. Der Professor war ehrlich überzeugt von dir.« Verlegen sah er für einen kurzen Augenblick zu Boden. »Ich war eifersüchtig. Auf dein Talent. Darauf, dass man dir scheinbar alles zu Füßen gelegt hat, wofür ich hart arbeiten musste.«

Fassungslos sah sie auf den Bildschirm. Sie war froh, nicht antworten zu müssen.

Ferdinand sprach weiter, er erzählte von einem erhellenden Gespräch mit ihrer Freundin Guðrún. »Du hast deinen Weg gefunden. Geh ihn dieses Mal, ich bitte dich.«

»Das werde ich. Du hast ja keine Ahnung, wie mir das Malen gefehlt hat«, sagte sie leise. »Eifersüchtig? Ich fasse es nicht.«

»Ich habe meinen Flug umgebucht, und wenn du das liest, bin ich schon fort.« Zum Schluss sagte er: »Wahrscheinlich waren wir beide zu jung, um hoffen zu dürfen, dass unsere Beziehung ewig hält. Ich werde von der Zeit mit dir für immer die glücklichen Momente in meinem Herzen bewahren. Bitte vergib mir und – so trivial das auch klingen mag – lass uns in Kontakt bleiben und eines Tages wieder die Freunde werden, die wir früher einmal gewesen sind.«

Merit weinte noch, nachdem sie geduscht, alle Zimmer durchgewischt und die Balkonmöbel fertig gestrichen hatte. Da war es allerdings nur noch ein trauriger Schluckauf: Er schmerzte in der Brust, und sie konnte den Impuls nicht kontrollieren.

Ihr Handy klingelte.

»Ja?« Von ihrer Stimme war ein Fauchen übrig geblieben.

»Merit, bist du das?« Ihre Schwester klang ungewohnt leise, sehr weit weg.

»Leonie!« Sofort bildete sich wieder ein Kloß in ihrem Hals. »Schön, von dir zu hören, Mittelschwesterherz.« Sie bemühte sich um einen leichten Tonfall. »Alles okay mit dir?«

»Natürlich!«

Merit konnte direkt sehen, wie Leonie die Schultern straffte, und musste lächeln. An ihrer Schwester war eine Generalin verloren gegangen. Sie hatte das Zeug dazu, in irgendein Königshaus einzuheiraten. Stattdessen war sie wie ihre Mutter im diplomatischen Dienst gelandet, was auf gewisse Weise vergleichbar sein dürfte.

»Ferdinand war hier.«

»Oh, wirklich? Das tut mir leid. Ich hatte so viel zu tun und konnte Katrine nie richtig erreichen.«

»Zu ihrem Geburtstag warst du auch nicht da.«

»Und du hast ihr nicht einmal gratuliert.«

»Touché.«

Sie lachten beide.

»Leo, sag mal, kannst du mir etwas Geld leihen? Ich habe seine Kreditkarte schamlos belastet, und nun hat er mir sogar den Tuareg hiergelassen. Ich jobbe, aber wirklich viel bringt das nicht, und Island ist teuer.« Sie holte tief Luft. »Aber ich male wieder. David hat mir sein Atelier überlassen.«

»*Der* David, dein früherer Prof?«

»Jep.«

»Ist er auch da? Dann komme ich. Er ist ziemlich hot.«

»Nein, ist er nicht, und es wäre auch keine gute Idee, glaube ich.«

»Das war ein Scherz, mein Häschen.« Leonie lachte.

Ohne weiter darauf einzugehen, sagte sie: »Er hat mir angeboten, mit ihm und ein paar anderen Leuten Mitte August hier in Reykjavík auszustellen. Wenn du dann kommen könntest …« Sie holte tief Luft, bevor sie weitersprach. »Es würde mir viel bedeuten.«

»Schick mir die Daten. Ich werde sehen, was geht. Die Welt spielt gerade verrückt, weißt du.«

Das tat die Welt, solange sie denken konnte. Leos Worte bedeuteten ein nett verpacktes Nein, aber Merit sagte trotzdem: »Klar, mache ich.«

Nach diesem Telefonat sah sie auch die anderen Nachrichten an. Eine Freundin fragte an, ob sie während des Airwaves-Musikfestivals bei ihr wohnen könne. Das fand zwar erst im Winter statt, aber es schien sich herumgesprochen zu haben, wohin Merit verschwunden war.

Eine Nachricht kam von Kristján: *Oslo ist schön um diese Jahreszeit. Die Sonne verwöhnt uns. Ich wünschte, du wärst hier.*

Merit textete zurück *Das würde mir gefallen* und schrieb gleich noch eine zweite Nachricht: *Ich habe die ganze Nacht gemalt und liege jetzt im Bett. Dein Platz ist leider besetzt…* Sie hängte ein Foto des Katers an, der sich auf Kristjáns Kopfkissen eingerichtet hatte. Das Tier lag seltsam verdreht auf dem Rücken und hatte ein Vorderbein in die Luft gestreckt, als wollte es gleich die Internationale anstimmen. Köttur spielte sich neuerdings als ihr Bewacher auf, was Kristján manchmal ziemlich nervte. *Männer!*, dachte sie belustigt und erinnerte sich, dass sie eigentlich Ferdinands Abreise hatte erwähnen wollen. Egal, das würde sie eben morgen tun.

25.

Die Wucht, mit der die unterschiedlichsten Gefühle über ihn hereinbrachen, überraschte ihn. Der einzige Ferdinand, den er kannte, war ein kleiner Russe mit Schnauzbart, und der saß in einem mittelmäßigen Roman.

Merits Ferdinand hatte sie nicht verdient, und vielleicht hatte er deshalb in seiner Vorstellung die Gestalt des traurigen Buchhelden angenommen. Kristjáns Pech war, dass er vor seiner Reise den wahren Ferdinand gesehen hatte, der irgendwo auf einem Foto herumstand, als sie über Berlin und Merits Lieblingsplätze dort gesprochen und sie ihm Bilder gezeigt hatte. Sie hatte schnell weitergewischt, aber nicht schnell genug für ihn, um jetzt nicht eifersüchtig zu sein auf diesen Lackaffen, der wahrscheinlich in dieser Minute bei ihr hockte und sie mit wer weiß was für Versprechungen zurück nach Deutschland locken wollte. Natürlich hätte der Kerl das auch getan, hätte er nicht in Oslo festgesessen. Deshalb war er nach Reykjavík gekommen, das stand fest. Kristján hätte es ganz genauso gemacht.

Andererseits war es gut, weit weg zu sein. Merit würde ihm direkt ins Herz sehen und dabei auf diese unverwechselbare Weise lächeln, von der er nie wusste, ob sie sich über das Leben freute oder sich lustig machte.

So war das also mit der Eifersucht. Der Plan, eine nette

unkomplizierte Affäre einzugehen, war gescheitert. Eigentlich, dachte er, war das von Anfang an eine idiotische Idee gewesen, und jetzt fühlte er etwas für Merit, das ihn komplett aus der Bahn warf.

Da war nicht nur der ziemlich archaische Unwille, eine Beute zu teilen. Damit hätte er fertigwerden können. Es war schlimmer: Die Vorstellung, Merit zu verlieren, weckte Erinnerungen an einen tiefen Schmerz, den zu kontrollieren ihn immer noch viel Kraft kostete. Nach Brigits Verrat überhaupt jemals wieder so intensiv fühlen zu können hätte er nicht für möglich gehalten.

Merits Leidenschaft, ihre Hingabe – und damit meinte er nicht nur den grandiosen Sex, aber auch – berührten ihn auf eine ganz besondere Weise, die zu beschreiben ihm die Worte fehlten. Aber eben das wollte er herausfinden. Es durfte nicht vorbei sein. Sie hatte ihm diesen Sommer versprochen, und er verlangte vom Schicksal nur, dass es so lange dauerte zwischen ihnen. Na ja, genau genommen hatte sie gar nichts versprochen, doch das tat im Augenblick nichts zur Sache.

Was ihm an hässlichen Gedanken durch den Kopf ging, zeigte, wie nahe er dran war, die Kontrolle zu verlieren. Am liebsten hätte er das Seminar sofort abgebrochen, um zurückzufliegen und dem Idioten klarzumachen, dass er sein Glück verspielt hatte und die Finger von ihr lassen sollte. Er ballte die Faust.

Vertrau ihr, sie weiß, was sie tut. Auf keinen Fall durfte er sich auf so plumpe Art in ihre Angelegenheiten einmischen. Bestimmt nicht aus der Ferne und noch viel weniger, nachdem er Brigit begegnet war, die in der Verwaltung des Pflegeheims arbeitete, in dem seine Großmutter lebte. Wäre es nach ihm gegangen, hätte er sie irgendwo anders untergebracht; das Heim war nicht einmal besonders luxuriös, und er hatte genug geerbt, um für ein besseres zu bezahlen. Aber die Großmutter fühlte sich dort wohl und wollte nichts davon wissen. Über ihren Kopf hinweg zu entscheiden, das brachte er nicht fertig.

Natürlich hätte es der Teufel selbst nicht besser einrichten können. Die Pflegeleitung hatte ihn um ein Gespräch gebeten, und auf dem Weg dorthin war er Brigit über den Weg gelaufen. Ihre selbstgerechte Verachtung traf ihn noch immer bis ins Mark.

Während der Schulung mussten die Handys ausgeschaltet bleiben, was ihm entgegenkam, denn es half, sich auf den Stoff zu konzentrieren und alle überflüssigen Gedanken in Schach zu halten. Als er die Nachrichten am Morgen nach dem Nachtflug-Training checkte, tat dies seiner inneren Balance jedoch nicht besonders gut.

Sundance hatte geschrieben: *Wenn der Kater aus dem Haus ist, tanzt sein Mäuschen auf dem Tisch* und Fotos geschickt. Zuerst eine unscharfe Aufnahme von Merit und einigen Leuten im Whirlpool. Einen der beiden Männer kannte er, ein Politiker, neben ihm seine Frau. Der andere sei Merits Lover.

Das war selbstverständlich Unsinn. Es gab keine Veranlassung für sie, sich dem Nächstbesten an den Hals zu werfen. Die letzte gemeinsame Nacht war fantastisch gewesen, an ihrem Liebesleben gab es nichts auszusetzen. Bei dem Schönling handelte es sich eindeutig um Ferdinand.

Natürlich war es kindisch von Sunny, ihm das Foto zu

schicken, aber vielleicht meinte sie es auf eine verquere Art gut. Immerhin stellte sich die Frage, warum Merit mit ihrem Ex ausgerechnet in ein Schwimmbad ging, Reykjavík hatte eine Menge andere Vergnügungen zu bieten, die es nicht erforderlich machten, sich auszuziehen.

Sie wird ihre Gründe gehabt haben, sagte sich Kristján, um Besonnenheit bemüht. Immerhin gehörte die Badekultur der Isländer zu den touristischen Attraktionen des Landes.

Das zweite Foto brachte sein Blut allerdings augenblicklich noch mehr in Wallung. Es zeigte sie und Áki, wie beide Arm in Arm hinter dem Kaffi Berlin hervorspazierten. Was hatte sie da zu suchen?

Áki war scharf auf Merit, daraus machte er keinen Hehl. Er hielt flirten für einen grandiosen Sport. Was lag für so einen Typen näher, als Kristjáns Abwesenheit auszunutzen und sich an sie heranzumachen?

Aufgewühlt nutzte er die Zeit bis zur folgenden Schulungseinheit, um sein Lauftraining zu absolvieren. Sich körperlich auszupowern half ihm, sein emotionales Gleichgewicht wiederzufinden. Das Laufen hatte er in den letzten Wochen vernachlässigt, was sich beim Wandern schon durch fehlende Kondition bemerkbar gemacht hatte. Anschließend fühlte er sich tatsächlich besser und hatte seine Gefühlswelt wieder im Griff.

Das nächste Mal ergab sich am Nachmittag die Gelegenheit aufs Handy zu sehen, das ihm dabei fast aus der Hand gefallen wäre.

»Schlechte Nachrichten?«, fragte ein Kollege und blickte ihn neugierig an.

Im Gegenteil. Merit kündigte gute Nachrichten an und dokumentierte ihre Freude darüber mit einem Selfie. Im Prinzip nichts Aufregendes, wäre sie dabei nicht vollkommen nackt gewesen bis auf ein paar flauschige Katzenohren zwischen den blonden Haaren. Leider hatte er wegen der Unterbrechung durch den Kameraden das Foto nicht genauer betrachten können, und nun war es verschwunden. Verflixtes Snapchat. Doch die nächste Message wartete schon: ein Video. Eilig suchte sich Kristján eine ruhige Ecke und klickte es an. Für das, was er nun zu sehen bekam, war der Rückzugsort allerdings nicht privat genug. Er musste lachen. Das süße Luder verstand es wirklich, einen Mann verrückt zu machen. Obendrein befand sich ihr Ex bereits auf der Rückreise. Bessere Nachrichten konnte er sich gar nicht wünschen. Gut gelaunt, absolvierte er die restliche Schulung.

Für den Abend vor dem Rückflug hatte sich Kristján mit seinem ehemaligen Trainer verabredet, der ihn im Rahmen seiner militärischen Ausbildung viele Jahre in *Modern Arnis* unterrichtet hatte, einem Kampfsport, den in Europa nur wenige Menschen so meisterlich beherrschten wie Trygve. Von dem inzwischen pensionierten Angehörigen einer geheimen Eliteeinheit hatte er gelernt, dass die meisten Gegenstände des Alltags zu brauchbaren Waffen umfunktioniert werden konnten und wie man sich selbst ohne sie effizient verteidigte. Bei so einem Training war es mehr als angebracht, ausgeglichen anzutreten, aber Kristján fühlte sich nun wieder gut.

Das Gym, in dem die Gruppe seit einiger Zeit trainierte,

befand sich in der Nähe des Bahnhofs. Die Gegend wirkte heruntergekommener, als er sie in Erinnerung hatte. Unübersehbar waren hier Drogenhandel und Prostitution zu Hause. Die Passanten gingen ihrer Wege, doch es waren einige zwielichtige Typen darunter, und Kristján bemühte sich um Unauffälligkeit, wappnete sich dennoch gegen einen eventuellen Angriff. Er wusste um seine militärisch wirkende Ausstrahlung und dass sich manche Menschen davon provoziert fühlten, doch niemand kam ihm zu nahe.

Als er den Sportklub in einem stillgelegten Fabrikgebäude betrat, schlug ihm der typische Geruch eines Gyms entgegen, in dem überwiegend Männer trainierten. Es roch nach Schweiß, Testosteron und einer Menge Frust. Ansonsten machte alles einen sauberen Eindruck, und Kristjáns Anspannung ließ etwas nach. An der Rezeption erkundigte er sich bei einem älteren Mann, ob Trygve da wäre.

»Die Kampfsportler sind donnerstags hier.«

»Ich bin mit ihm verabredet.«

»Ach so. Dann wärmen Sie sich schon mal auf. Er kommt bestimmt gleich.« Der Mann senkte die Stimme. »Halten Sie sich von den Jungs dort drüben fern.«

Die damit gemeinte Gruppe junger Männer registrierte Kristján zwar – Situationen zu beobachten und blitzschnell zu analysieren, war ihm zur zweiten Natur geworden –, aber er schätzte sie nicht als Bedrohung ein. Es war eindeutig, dass sie lieber herumstanden und redeten, als zu trainieren. Nicht sein Problem.

Bis einer von ihnen zu ihm kam. »Hey, du musst noch zahlen.«

Da er an der Rezeption eine Gebühr für den Abend entrichtet hatte, beendete er seine einarmige Liegestütze, bevor er antwortete. »Habe ich.«

Der Typ lachte. »Nicht bei mir. Wer bist du, Komiker?«

Kristján federte hoch und stand nun Auge in Auge mit dem Jungen, der ihm, er konnte es kaum glauben, Schutzgeld abnehmen wollte. War der Typ irre?

Offensichtlich, denn er hielt ein Butterflymesser in der Hand und spielte damit. Geübt und unmissverständlich.

Es kam ohne Vorwarnung und wie ein Erdbeben über ihn. Kristján sah buchstäblich rot.

Panzer röhrten, Schnellfeuergewehrsalven produzierten einen infernalischen Lärm, in der Ferne gellten Schmerzensschreie. Den ersten Angreifer hatte er schnell entwaffnet, aber nun näherten sich weitere. Mit routinierten Handgriffen schaltete er einen nach dem anderen aus. Dabei musste er nicht nachdenken, jede der tausendfach trainierten Bewegungen hatte sich tief in seine DNA eingebrannt. Die Gegner zogen sich zurück, nur der Messerstecher nicht. Er griff erneut an, stieß kehlige Laute aus, Beschimpfungen, die sich Kristján nie wieder würde gefallen lassen.

Bisher hatte er sich die Meute nur vom Hals halten wollen, nun ging es um alles. Der Mann stürzte zu Boden, die Waffe glitt ihm aus den Händen, die er zur Abwehr erhoben hatte. Er jammerte und bat darum, verschont zu werden. Doch Kristján wusste, dass man dem Feind nicht trauen durfte. *Auge um Auge.* Er versetzte ihm einen Faustschlag, sämtliche Gegenwehr erlahmte. Bereit, dem Gegner endgültig die Lichter auszuschalten, fand er sich unvermittelt in der Realität wieder: Was tat er hier?

»Schluss!« Jemand packte ihn im selben Augenblick am Arm und zerrte ihn von seinem Opfer fort. Er kannte die Stimme und wusste: sich zu widersetzen wäre sinnlos.

Das Nächste, was er sah, war Trygve. Der große Mann saß vor ihm, in der Hand ein zusammengefaltetes Handtuch, darauf frische Blutspuren. »Wie geht es dir?«

»Ich bin okay, was ist passiert?«

»Das fragst du mich? Als ich ankam, sah es aus, als wolltest du jemanden umbringen.«

Nein! Kristján versuchte, sich zu erinnern, was dieses Mal der Auslöser für den Blackout gewesen sein konnte. »Das Messer. Er hat mit einem Balisong herumgespielt.«

»Damit hat er dich bedroht?« Trygve lachte ungläubig.

»Er wollte so was wie ein zweites Eintrittsgeld von mir.« Kristján spürte Panik in sich aufsteigen. Was, wenn er den Jungen ernsthaft verletzt hatte?

»Der wird wieder, aber so kenne ich dich überhaupt nicht. Kristján, was ist los mit dir?«

»Wenn ich das wüsste.«

»Als ich dich damals gefragt habe, ob du zu unserer Truppe kommen willst, hast du abgelehnt. War das der Grund?«

»Nein, ich wollte all das hinter mir lassen. Ich liebe das Fliegen, in die Armee zu gehen war nie meine Entscheidung.«

Trygve nickte, als hätte er diese Antwort erwartet, und stellte gezielt Fragen zu seinem jetzigen Leben, bis Kristján erzählte, dass es nicht der erste Zwischenfall dieser Art war.

»Du hast deine Freundin angegriffen? Mein Gott, Junge, du brauchst Hilfe, und zwar schnell.«

»Werde ich verrückt?« Die Sorge quälte ihn seit Langem, denn die wiederkehrenden Albträume entwickelten sich immer häufiger zu wahnartigen Visionen, die nun offenbar auch in die Realität einzudringen versuchten.

»Verrückt? Nein, Unsinn. Das ist PTBS, eine ausgewachsene Posttraumatische Belastungsstörung. Viele Veteranen leiden darunter.«

»Afghanistan und die Sache mit … Morten«, er musste schlucken, bevor er weitersprechen konnte, »das alles ist fast drei Jahre her. Warum jetzt?«

»Keine Ahnung, aber eine zeitliche Verzögerung kommt vor. Du sagst, du hast Stress und das Mädchen … Offensichtlich hat sich etwas in deinem Leben geändert. Ich bin kein Psychologe.« Er schwieg für einen Augenblick. »Pass auf, ich gebe dir die Adresse von jemandem in Reykjavík. Er kennt sich mit so was aus. Hör zu, Kristján, wenn du dich nicht behandeln lässt, dann wirst du nicht mehr fliegen. Ist das klar?«

Trygve war immer wie ein Vater für ihn gewesen – viel mehr als sein eigener, der bis zum Tod vor gut einem Jahr nicht mit ihm sprechen wollte, nachdem er den Dienst bei der Norwegischen Luftwaffe, vorzeitig quittiert hatte.

»Einverstanden. Ich rufe ihn an. Werde ich Probleme bekommen wegen des Jungen im Gym?«

»Darum kümmere ich mich. Lass dich hier eine Weile nicht blicken. Er gehört zu einem einflussreichen Clan. Die haben zwar keine Ahnung, wer du bist, aber glaube mir, es ist besser, wenn es dabei bleibt.«

»Und du?«

»Ich habe der kleinen Ratte das Leben gerettet. Was denkst du?« Er lachte. »Komm, ich fahre dich zum Hotel. Trainieren können wir ein andermal, für mich sahst du fit genug aus.« Trygve klopfte ihm auf die Schulter. »Du kriegst das in den Griff.«

Im Flugzeug hatte er eine Sitzreihe für sich. Kristján lehnte sich zurück und dachte über die Ereignisse der letzten Tage nach. Ob er zum Psychologen gehen wollte oder nicht, war nicht mehr die Frage. Was blieb ihm anderes übrig, als sich Hilfe zu suchen? Trygve hatte deutlich gemacht, dass er ein Auge auf ihn haben würde und dafür sorgen wollte, dass Kristján nicht mehr fliegen dürfte. Das war kein leeres Versprechen, denn er verfügte über ein eng geknüpftes Netz aus Verbindungen bis hoch in die Führungsebene der NATO. Daher wohl auch der Kontakt in Reykjavík zu diesem Psychologen. Die Zuversicht des Freundes machte ihm allerdings auch Mut.

Nachdem er diesen Punkt für sich geklärt hatte, dachte er über Merit nach. Sunny hatte behauptet, sie hätte sich an einem Tag mit zwei verschiedenen Männern eingelassen. Das war, wenn er genauer darüber nachdachte, vollkommen absurd. Sie war viel zu versunken in ihre Malerei, als dass sie in seiner kurzen Abwesenheit die erstbeste Gelegenheit nutzen würde, mit anderen Sex zu haben. Sie war überhaupt nicht der Typ dafür.

Sundance dagegen hatte schon früher gezeigt, dass sie die Gene einer streunenden Katze besaß. Kristján hatte im letzten Jahr schnell begriffen, dass sie nicht nur mit ihm, sondern auch mit anderen schlief. Gefallen hatte es ihm nicht. Im Grunde war ihre Abmachung aber darauf hinausgelaufen, und sein Herz hatte sie damit wahrlich nicht gebrochen. Er nahm sich das gleiche Recht heraus. Nicht in Reykjavík, da wäre er sich schäbig vorgekommen, aber während des winterlichen Spanienaufenthalts hatte er ein nettes Angebot nicht ausgeschlagen. Vorsichtig genug, sich keine Infektion oder Schlimmeres einzufangen, war er immer.

Bei dem Gedanken an das frivole kleine Video, das Merit ihm geschickt hatte, zog er sich die Jacke unauffällig über den Schoß. Sie mochte leidenschaftlich und unbekümmert sein, ein Luder war sie deshalb nicht. Und sie war loyal. Wie sie nach seinem unverzeihlichen Kontrollverlust überhaupt keine Angst gezeigt und ihn liebevoll aufgefangen hatte, würde er ihr nie vergessen. Nein, Sundance irrte sich, Merit war weder mit diesem Ferdinand noch mit Áki ins Bett gestiegen.

Zufrieden mit dem Ergebnis der Überlegungen, nutzte er den restlichen Flug, um zu schlafen. Heute hatte er noch frei, aber morgen musste er wieder Touristen über Vulkane fliegen oder aus brenzligen Situationen retten, in die sie sich leichtsinnig selbst hineinmanövrierten.

26.

Kristján sollte um elf Uhr in *Keflavík*, Islands internationalem Flughafen, landen, und Merit hatte überlegt, ihn abzuholen, als ihr einfiel, dass er mit dem Auto dorthin gefahren war.

Eigentlich war ihr das ganz recht, denn David wollte am Wochenende kommen, um drei Arbeiten für die Ausstellung auszuwählen, und sie war noch längst nicht bereit, ihm etwas zu zeigen.

Ihr ehemaliger Professor hatte bei dem Angebot, beim Galeristen ein Wort für sie einzulegen, nicht die ganze Wahrheit gesagt. Die Ankündigung der Vernissage, die inzwischen überall in der Stadt auslag, klang ein wenig anders. *David Johansson & Friends* sollte nicht nur eine Retrospektive seiner eigenen Werke sein, sondern auch von David handverlesene Künstlerinnen und Künstler präsentieren, die durch diese Unterstützung zweifellos beste Chancen hatten, von der Kunstwelt mit besonderer Aufmerksamkeit wahrgenommen zu werden.

Schon beim Gedanken daran, ihre Arbeiten Davids gnadenloser Beurteilung auszusetzen, musste sich Merit vor Nervosität fast übergeben. Es ging ihr nicht gut, und sie sehnte sich nach Kristjáns Rückkehr. Was er über ihre Bilder gesagt hatte, ließ sie hoffen, in ihm eine verwandte

Seele gefunden zu haben, und seine Fotografien bestätigten sie darin. Er würde sie verstehen.

Endlich hörte sie das Knarren der Haustür.

»*Hæ!*« Plötzlich schüchtern geworden, blieb sie auf halbem Weg stehen.

»Auch *Hæ*«, sagte er, stellte die Reisetasche ab und zog sich die Schuhe aus. Eine leidenschaftliche Begrüßung sah anders aus. War sie mit ihrer erotischen Videonachricht zu weit gegangen?

»Du hast …«, begannen sie beide gleichzeitig, und er breitete die Arme aus.

Da vergaß sie alle Zurückhaltung, lief zu ihm und sprang in seine Umarmung. »Du hast mir so gefehlt.«

Sie ihm auch, daran ließen seine Küsse keinen Zweifel.

»Au!« Kristján zuckte zusammen und setzte sie vorsichtig ab.

Erst jetzt sah Merit, dass sich hinter der Sonnenbrille, die sie ihm abzusetzen versucht hatte, ein frisches, blaues Auge verbarg. »Was hast du denn gemacht?«

»Ich? Das war der andere.«

Sie kannte diesen störrischen Blick inzwischen. Es war nichts aus ihm herauszukriegen. Aber irgendwann würde er ihr sagen, was passiert war.

»Wie war deine Woche?«

»Anstrengend. Aber das würde ich dir lieber ein andermal erzählen. Es sind die Bilder. Ich weiß nicht mehr, ob sie gut sind oder der allerletzte Schrott.«

»Das Gefühl kenne ich. Mit den Fotografien geht es mir genauso. Ich weiß immer noch nicht, warum David findet, ich sollte sie ausstellen.«

»Ich schon.« Merit war noch einmal in seiner Etage gewesen. Dort hingen zwei weitere Bilder, die ihr noch besser gefielen als das, was Ferdinand entdeckt hatte. »Du hast vergessen abzuschließen, und ich habe ein Geräusch gehört. Ehrlich gesagt, hatte ich Angst, es wäre jemand eingebrochen …« Bevor sie sich in Lügen verstrickte, hielt sie den Mund.

Er reagierte anders, als sie gedacht hatte. »Nicht vergessen, es gibt keinen Grund abzuschließen, oder?« Unsicherheit lag in seinem Blick. »Vielleicht wollte mein Unterbewusstsein aber auch, dass du die Bilder siehst, ohne dass ich dabei bin.«

»Guck mich nicht so an. David hat völlig recht, die Aufnahmen sind großartig. Wenn Island von oben so aussieht, wenn die Natur solche Kunstwerke schafft, dann können wir Maler einpacken. Es ist atemberaubend.«

»Die Wirklichkeit ist noch viel überwältigender. Manchmal haben wir einen freien Platz im Heli …«

Wie sollte sie ihm erklären, dass sie nicht flog? Nie wieder.

»Mal sehen«, sie rieb sich über den Nasenrücken, »lenk nicht ab, wir reden über deine Fotografien. Du hast eindeutig einen außergewöhnlichen Blick fürs richtige Motiv.«

»Danke«, sagte er. »Dann hilfst du mir, die passenden Fotos auszusuchen?«

»Die drei sind toll.«

»Na ja, es gibt noch ein paar andere. Von denen habe ich aber nur kleine Abzüge. Größere für die Ausstellung müssten in einem Speziallabor gemacht werden.«

»Stimmt. In Hamburg kenne ich eins, das arbeitet erstklassig. Wir können auch David fragen, er wird wissen, welches Labor das beste dafür ist. Er kommt übrigens am Wochenende und will sehen, wie weit ich bin.« Ihr Herz machte einen Hopser, aber nicht auf die gute Art. Es setzte aus, bis ihr fast die Luft wegblieb. Dann, als hätte es gemerkt, dass dies ein tödlicher Fehler war, galoppierte es los, wie um die vergessenen Schläge wieder aufzuholen.

»Merit, was ist mit dir?«

»Alles gut. Ich muss mich nur kurz hinsetzen«, schwindelte sie. »In meinem Zimmer ist ein rotes Täschchen, könntest du mir das holen, bitte?«

Er begleitete sie in die Küche, rückte ihr einen Stuhl zurecht und lief los, um den Medikamentenbeutel zu suchen.

Während Kristján ein Glas mit Wasser füllte, kramte sie ihre Notfalltabletten hervor. »Gleich wird es besser«, sagte sie und bemühte sich zu lächeln.

»Was hast du?«

»Nichts Dramatisches, mir ist nur ein bisschen schwindelig.«

»Kommt das öfter vor?«

»Es ist echt nicht schlimm. Bitte mach dir keine Gedanken. Die letzten Tage waren irre anstrengend. Mit Ferdinand und …«

»Áki?«

»Wie kommst du darauf? Ach, nein. Deine Ex hat es dir gesteckt?« Sie atmete tief durch. »Lass uns ein andermal darüber reden, ja? Mir steht jetzt nicht der Sinn danach, über dieses bösartige Weib nachzudenken. Entschuldige«, sagte sie schnell. Immerhin hatte er mit dem *Weib* geschlafen.

»Du hast recht. Mit beidem. Sie kann manchmal ziemlich giftig werden, und sie hat mir eine Nachricht geschickt.« Er strich ihr mit dem Zeigefinger sanft über die Wange. »Du siehst blass aus. Kann ich dir etwas Gutes tun?«

»Danke. Ich ruhe mich nur ein bisschen aus und fahre dann ins Atelier.«

»Wenn du arbeiten willst, komme ich mit. Keine Diskussion.«

Zum Diskutieren fehlte ihr ohnehin die Kraft, deshalb ließ sie es auch zu, dass Kristján bei ihr blieb, bis das Medikament wirkte und ihr Herzschlag sich normalisierte.

»Es geht wieder.«

Die Erleichterung war ihm deutlich anzusehen. »Solltest du nicht lieber an deine Gesundheit als ans Malen denken?« Er musterte sie prüfend und nickte schließlich, als hätte er erkannt, dass sie nicht davon abzubringen sein würde weiterzuarbeiten. »Ich komme mit.«

»Meinetwegen, aber vielleicht willst du dir nach der Reise etwas anderes anziehen? Der Anzug sieht toll aus, aber nicht bequem.«

»Gefällt er dir?« Kristján lächelte.

»An dir schon. Für die Malerwerkstatt ist er definitiv zu schade. Ich laufe nicht weg«, fügte sie hinzu.

Später im Atelier ließ sie ihm den Vortritt. Ihr war bang ums Herz, am liebsten wäre sie nun tatsächlich fortgelaufen.

Vier Gemälde standen an der Wand. Die Tücher, mit denen sie ihre Bilder für gewöhnlich abdeckte, lagen auf einem Haufen daneben. Ein fünftes, das größte auf dem Metalluntergrund, lag auf dem Maltisch in der Mitte der Werkstatt. Merit hatte es gestern fertiggestellt.

Als ihr bewusst wurde, dass sie an der Unterlippe kaute, ging sie zum Sofa, wo sie in einem Karton ihre ganz eigene Nervennahrung aufbewahrte. Der Vorrat war in den letzten Tagen stark zusammengeschrumpft. Hastig riss sie die Lakritztüte auf und steckte sich eine Handvoll der schwarzen Brocken in den Mund. Die Isländer machten köstliches Lakritz im Schokoladenmantel. Sofort ging es ihr besser.

»Das ist unglaublich«, sagte Kristján. »Was ich letzte Woche gesehen habe, hat mich beinahe umgehauen, aber das ist…« Mit einer Geste umfasste er alle Bilder. »Deine kraftvollen Pinselstriche, die Farben Islands, grandios. Wenn man genauer hinsieht, sind es unendlich viele Details, die sich zu einer Linie zusammenfügen. Kleine versteckte Botschaften, wie aus einer fremden Welt. Je weiter man sich entfernt, desto deutlicher wird, dass unter dem Firnis eine andere Dimension liegt, die sich nur im Gesamtbild offenbart.« Kristján drehte sich zu ihr um. »Merit, dir ist etwas Einzigartiges gelungen.«

»Du klingst wie ein Kunstkritiker.« Sie schluckte das zu einem Klumpen verschmolzene Lakritz hinunter und hustete. »Versteh mich nicht falsch«, sagte sie mit nun wieder klarer Stimme, »du hast genau beschrieben, was ich zeigen wollte. Danke!«

»Kritiker? Bestimmt nicht.« Er legte seine Flieger-Sonnenbrille aus der Hand und schloss sie in die Arme. »Ich habe nur gesagt, was mir beim Betrachten in den Sinn gekommen ist.«

»Wird es gut genug für David sein?«, fragte sie und offenbarte damit ihre Ängste.

»Selbstverständlich. Aber Merit, das ist doch überhaupt nicht wichtig. Du hast gesagt, das Malen würde dir alles bedeuten. Wenn das so ist, dann ist es ein großer Fehler, danach zu schielen, ob es jemand anderem gefällt. Vielleicht bin ich voreingenommen, aber ich meine sehen zu können, dass in jedem der Bilder ein Teil von dir, von deiner Seele und deinen Gefühlen lebt.«

»So fühlt es sich an. Und das macht mir Angst. Angst davor, mich vor Fremden so zu … entblößen, und auch Angst, mit jedem Bild ein Stück von mir selbst zu verlieren.«

Er fasste ihre Hände und zog sie an die Lippen. »Die Furcht, sich anderen zu öffnen, kann ich gut verstehen. Aber deine Seele verlierst du auf diese Weise nicht. Sie blüht auf, entfaltet sich und heilt, indem du ihr mit deiner Kunst eine Stimme schenkst.«

Merit war gerührt von der Ernsthaftigkeit, mit der er sprach. Bisher hatte sie ihn nicht als Mann der vielen Worte oder der Poesie kennengelernt. »Du sagst wunderbare Dinge.« Sie ließ sich aufs Sofa fallen, ohne seine Hand loszulassen.

Er setze sich zu ihr. »Verrat mich nicht, ich habe einen Ruf zu verlieren.«

»Oh, diese *Finsterer-Krieger-Nummer*?« Merit lachte und erwartete, dass er einstimmen würde, aber er sah sie ernst an.

»Krieg ist kein Spaß, Merit. Soldaten sind auch Menschen.«

»Natürlich. Ich wollte mich nicht lustig machen. Warst du bei der Armee, hast du da das Fliegen und alles gelernt?« Damit meinte sie seine Vorliebe für Ordnung und knappe Worte.

»Ja.« Kristján stand auf. »Ich habe Hunger. Soll ich dir etwas mitbringen?«

Das habe ich ja prima hingekriegt, dachte sie, als er fort war. Kaum öffnet er mir einen Spaltbreit die Tür, muss ich sie natürlich mit meinem blöden Spruch wieder zuknallen. Er war bei der Armee. Dass ich darauf nicht eher gekommen bin.

Merit hatte vor drei Jahren an einer Gruppentherapie teilgenommen und dort Lara, eine ehemalige Soldatin, kennengelernt, die während ihres Friedenseinsatzes im Ausland fürchterliche Erlebnisse gehabt hatte, die sie Nacht für Nacht einholten. Lara erzählte von Flashbacks, in denen sie die lebensbedrohliche Situation eines Kampfeinsatzes immer wieder in neuen Variationen erlebte und dabei komplett aus der Realität fiel. Mehrfach hatte sie ihren eigenen Mann angegriffen, der selbst Soldat war und sich zu wehren wusste. Zu ihren größten Befürchtungen gehörte, Unbeteiligte zu verletzen.

Obwohl Merit nach dem Absturz vor fast zehn Jahren immer noch von Ängsten und beklemmenden Empfindungen begleitet wurde, hatte sie viele Einzelheiten verdrängt und gelernt, mit den Folgen umzugehen, wenn die Erinnerung sie doch einmal wieder einholte. Das war harte Arbeit gewesen, und man konnte über Ferdinand sagen, was man wollte, aber er hatte die ganze Zeit zu ihr gehalten. Zumindest bis er geglaubt hatte, sie hätte ihr Trauma überwunden. Merit, die es leid war, als jemand mit Beschädigungen betrachtet zu werden, hatte ihn in dem Glauben gelassen. Irgendwann, dachte sie damals, muss ja auch mal gut sein damit. Ein Trugschluss. Narben blieben nicht nur auf ihrer Haut.

Kein Wunder, dass Kristján sie nie danach gefragt hatte. Sein Körper und, wie sie nun wusste, ebenso die Seele waren von einer Gewalt gezeichnet, über die er offensichtlich nicht sprechen wollte oder konnte. Das jedoch müsste er tun, wollte er ihre Geschichte erfahren. Also fragte er nicht und hoffte wahrscheinlich, sie würde dasselbe für ihn tun. Doch sie war überzeugt: Diese Dinge aus ihrem Miteinander auszuklammern mochte für eine Weile funktionieren, auf Dauer wäre es ein großer Fehler.

Wir sind schon ein verkorkstes Paar. Aber ein Paar waren sie. Merit lächelte. Die Phase der Unverbindlichkeit hatten sie hinter sich gelassen, und diese Erkenntnis wärmte ihr trotz allem das Herz.

Als sie Schritte im Flur hörte, ging sie ihm entgegen. »Sushi? Lecker! Hilfst du mir, das Blechmonster vom Tisch zu heben?«

Über den Bluterguss an seinem rechten Unterarm verlor sie kein Wort. Was auch immer in Oslo passiert sein mochte – heute würde sie ihn nicht mehr danach fragen.

27.

Am Tag vor der Vernissage ließ Merit es sich richtig gut gehen: eine entspannende Massage und zwei Stunden in den Händen der erfahrenen Kosmetikerin, die ihre Mitschülerin Amy empfohlen hatte. Danach ließ sie sich die Haare tönen und schneiden, bevor sie zum Geschäft einer isländischen Designerin ging, vor deren Schaufenster sie mehr als einmal mit sehnsüchtigen Augen gestanden hatte.

Leonie hatte ihr genügend Geld überwiesen, um eine Weile gut über die Runden zu kommen. Ihre Anlagestrategie, schrieb sie, sei bestens aufgegangen und dies der Gewinn. *Kauf dir was Schönes für deine Ausstellung. Die Fotos werden garantiert überall in der Kunstwelt zu sehen sein, da willst du doch nicht wie ein graues Mäuschen aussehen.*

Davon konnte keine Rede sein. Der gradlinig skandinavische Stil des Kleides offenbarte erst auf den zweiten Blick den gesamten Zauber. Understatement gehöre dazu, hatte ihr David erklärt, und darauf, sich selbst zu inszenieren, verstand sich ihr weltgewandter Professor ausgezeichnet.

Als sie das Kleid anprobierte, war die Designerin begeistert. Sie betrieb ihr Atelier im hinteren Teil des Ladens und war nach vorn gekommen, als sie hörte, wie Merit das Kleid beschrieb, nach dem sie suchte. »Ich hatte recht«, sagte sie und zupfte an einer Taillennaht. »Hier muss noch ein bisschen weggenommen werden.«

»Womit hattest du recht?«

Mit Stecknadeln im Mund war ihre Antwort nicht zu verstehen. Sie ging vor Merit auf die Knie und machte irgendetwas am Saum.

»Weißt du«, sagte Merit und betrachtete ihr Spiegelbild, »das Kleid ist mir schon vor einigen Wochen beim Vorbeigehen aufgefallen. Da wusste ich aber noch nicht, dass es eine Gelegenheit gibt, zu der ich es tragen kann. Als du es neulich aus dem Fenster genommen hast, war ich ziemlich sauer auf mich, weil ich es nicht wenigstens anprobiert hatte. Ich dachte, es wäre verkauft.«

»Das war es auch. Die Kundin hat es zurückgebracht, weil sie sich nicht richtig wohl darin gefühlt hat.«

»Wirklich?« Merit lachte. »Für mich fühlt es sich total nach *Lieblingsstück* an.«

»Perfekt. Wenn ich eine neue Kollektion mache, stelle ich mir immer Menschen vor, für die ich sie entwerfe. Dies war von Anfang an für dich.« Als sich ihre Blicke im Spiegel trafen, sagte sie: »Du wirst dich nicht erinnern, aber ich habe dich im Frühjahr mit Tommy vor dem Laden gesehen. Damals hattest du noch eine andere Frisur.«

»Der englische Bassist? Stimmt, das war am Tag nach meiner Ankunft. Ich habe ihn nach dem Weg gefragt. Er ist ein Freund von Áki und hängt viel im Kaffi Berlin ab.«

»Genau. Ich war bei der Eröffnung. Super Party.«

»Verrückt. Reykjavík ist doch gar nicht so klein, aber man trifft sich hier immer wieder.«

Kristján nannte sie manchmal scherzhaft *Elfenmädchen*,

und das hatte sie zu dem Look inspiriert. Im Übrigen passte das bestens zu ihren Arbeiten: die Welt, die sie umgab, durch die Augen eines ätherischen Wesens betrachtet. Die langen Nächte der letzten Wochen, der Schlafmangel, das hatte Spuren hinterlassen, sie war dünn geworden und ihre blasse Haut womöglich noch heller. Eine Elfe vielleicht, doch kein Mädchen. Dass sie eine Frau war und sich auch so fühlte, konnte niemand übersehen.

Eine kleine Änderung musste noch gemacht werden, aber die Designerin versprach, ihr das Kleid am nächsten Morgen zu schicken. Sie wollte zur Ausstellungseröffnung kommen und freute sich sehr, dass Merit ihren Entwurf tragen würde.

Zufrieden, alles erledigt zu haben, fuhr sie ins Marshall House, um sich zu vergewissern, dass ihre Bilder und Kristjáns Fotos in einem anderen Teil der Galerie richtig gehängt worden waren. Man konnte nicht vorsichtig genug sein. Sie hatte es schon erlebt, dass Gemälde kopfüber gehängt oder Skulpturen verkehrt herum aufgestellt worden waren.

Doch sie hätte sich keine Sorgen machen müssen. David war da und überwachte die letzten Vorbereitungen mit Argusaugen.

»Eine neue Frisur«, begrüßte er Merit und musterte sie amüsiert. »Ist alles okay?«

»Ich bin furchtbar aufgeregt«, sagte sie und rieb die Hände aneinander.

Die Bilder der anderen Künstlerinnen und Künstler hingen auch schon. An der Lichtinstallation im Nebenraum wurde noch gearbeitet, und gerade brachten die Helfer eine vogelähnliche Skulptur herein, begleitet vom Künstler, der wie ein Storch einherschritt, um aufzupassen, dass die beiden Männer, die sich mit dem sperrigen Kunstwerk abmühten, auch nichts abbrachen.

David sah eine Weile zu und schüttelte den Kopf, als der Storch mit den Armen fuchtelte. »Merkwürdiger Typ, aber ein begnadeter Bildhauer. Natürlich bist du nervös. Alles andere wäre blasiert.«

»Davon bin ich weit entfernt.«

»Ich weiß, meine Liebe.«

Sie verabschiedete sich. »Wir sehen uns morgen.«

Am nächsten Morgen lief es nicht rund. Köttur war nachts in eine Schlägerei geraten und saß wie ein Häufchen Elend auf dem Balkon. Der Tierarzt nähte eine Wunde am Hinterschenkel mit drei Stichen, und der kleine Kämpfer bekam einen Verband um den Schwanz, in den sich sein Gegner offenbar verbissen hatte, und einen weiteren um die linke Vorderpfote, an der er sofort herumkaute, was ihm eine steife Halskrause einbrachte.

»Er darf auf keinen Fall nach draußen«, mahnte der Doktor.

»Mit dem Ding passt er sowieso nicht durch die Katzentür.«

Kristján übersetzte, und der Mann lachte. »Sie glauben gar nicht, was die alles schaffen, wenn sie es nur wollen. Verriegeln Sie die Klappe lieber.«

»Können wir ihn heute Abend allein lassen?« Merit sah sich schon mit einem maunzenden Kater im Transportkorb durch die Ausstellung spazieren.

»Ja, sicher. Ich gebe Ihnen noch Tabletten mit. Gegen die Schmerzen und zur Beruhigung.«

Auf der Fahrt nach Hause klingelte Kristjáns Handy. An der Art, wie er das Gespräch führte, hörte Merit, dass es nichts Erfreuliches sein konnte.

Ihr Isländisch war immer noch nicht gut genug, um einer Konversation unter Einheimischen problemlos folgen zu können. Bisher reichte es für Einkäufe oder einfache Fragen, die ihr Gegenüber idealerweise sehr langsam und deutlich beantwortete. Sie hatte sich das Lernen leichter vorgestellt, aber im Alltag redete sie zu viel Englisch. Auch mit Isländern, die fast alle automatisch die Sprache wechselten, sobald sie merkten, dass Merit eine Ausländerin war. Kristján passierte das nie.

»Ich muss einspringen«, sagte er und steckte das Smartphone wieder ein. »Für den Nachmittag haben wir eine VIP-Anfrage reinbekommen.«

»Wissen die nicht, dass du heute eine Vernissage hast?«

»Doch, aber es ist zu viel Geld, als dass man darauf verzichten könnte. Die Konkurrenz ist stark.«

Merit parkte ihren Wagen und schaltete den Motor aus. Sie hatte einen Verdacht. »VIP-Flüge organisiert doch die Firma von Sunnys Mann, oder?«

»Ja«, sagte er grimmig.

»Bitch.«

»Vielleicht ist es Zufall …«

»Glaubst du das?«

Kristján verzog das Gesicht. »Wie auch immer, ich muss den Flug machen. Es kann knapp werden, aber ich komme auf jeden Fall so schnell wie möglich.«

»Versprochen?«

Er gab ihr einen Kuss, stieg aus und trug den Kater ins Haus, der schrie, als wollte man ihm an den Kragen.

Die Nachbarin sah aus ihrer blau-weiß-roten Tür. »Was hat Köttur?«

»Er ist in eine Rauferei geraten.« Merit kam eine Idee. »Wir müssen heute Abend zu einer Veranstaltung, könnten Sie zwischendurch nach ihm sehen?«

»Natürlich, natürlich!«

»Prima, dann bringe ich Ihnen nachher den Schlüssel vorbei.« Sie bedankte sich und folgte ihren beiden angeschlagenen Streunern ins Haus, wobei Kristjáns Prellungen inzwischen so gut wie verschwunden waren.

Die Veranstaltung sollte um sieben Uhr beginnen. Merit war bereits wie besprochen ins Marschall House gefahren und wartete im Atelier auf Kristján. Um sechs waren sie mit David in der Galerie verabredet, um vor der offiziellen Eröffnung Pressevertreter und Galeristen kennenzulernen.

Viertel nach sechs – sie hätte längst unten sein müssen – rief er endlich an. »Wir fliegen gleich zurück. Bitte sag David Bescheid. Ich komme, so schnell ich kann.«

»Okay. Hetz dich nicht, die Isländer fangen doch nie pünktlich an«, versuchte sie einen Scherz.

»Ich muss aufhören.«

Merit war stinksauer. Nicht auf Kristján, aber auf diese Sundance. Die Kuh hatte ihm den Sonderflug eingebrockt, davon war sie felsenfest überzeugt. Aus Rache, weil er auf ihre Spielchen nicht reagierte.

Es wäre schön gewesen, ihn an ihrer Seite zu haben.

Nun musste sie allein da durch. Sie warf einen letzten Blick in den Spiegel und rieb sich die Lippenstiftspuren vom Schneidezahn. Nach der Korrektur dieser unschönen Nachlässigkeit atmete sie zwei Mal durch und machte sich auf den Weg zur Galerie eine Etage tiefer.

Mit Mühe stemmte sie eine Eisentür auf, die die Ausstellungsräume vom hinteren Treppenhaus trennte, und wäre von dem schweren Ding beinahe wieder hinausgeschoben worden, weil ihr beim Anblick der vielen Besucher für einen kurzen Augenblick schwindelig wurde.

»Warte, ich helfe dir.« Einer der Studenten, die beim Aufbau geholfen hatten, kam herbei und hielt die Tür für sie auf. Heute trug er ein weißes Hemd und eine lange Servierschürze zur schwarzen Hose.

»Danke, Hlynur.«

»David hat schon nach dir gefragt.«

»Wo ist er?« Suchend sah sie sich um.

»Dort drüben, an der Bar. Soll ich ihn holen?«

»Oh ja, bitte. Ich fühle mich der Sache nicht so ganz gewachsen«, gestand sie mit einem Lächeln. »Und ein Wasser, wenn das ginge.«

»Keinen Prosecco? Der ist gut für den Kreislauf.«

»Du hast recht, ich werde mir Mut antrinken müssen, um den Abend zu überstehen. Es sind so viele Leute.«

»Das sind nur die wichtigsten aus der Kunstszene. Nachher wird es eng. Ein toller Erfolg«, sagte Hlynur und ging zur Bar, um David und ihr Getränk zu holen.

»Wo bleibt ihr denn?« David eilte herbei und sah sich suchend um.

»Kristján kommt später.«

»Was?«

»Seine Firma hat ihm einen Job reingedrückt. Er fliegt gerade zurück nach Reykjavík.«

»Okay, dann machen wir beide jetzt erst mal die Runde, bevor der Mob den Laden stürmt.« Er reichte ihr das Glas und bedankte sich bei dem Studenten. »Gute Idee.«

Merit nippte am Glas. »Oh, lecker.« Sie trank einen größeren Schluck. »Champagner muss man kippen, nicht nippen«, zitierte sie Leonie. Eine Einstellung, die ausnahmsweise alle drei Schwestern teilten.

David legte sich ihre Hand auf den Arm und raunte ihr zu: »Du siehst übrigens hinreißend aus. Genau die richtige Mischung von Bohème und kühler Zurückhaltung. Du ahnst nicht, wie wichtig Looks in diesem Geschäft sind.«

Eine halbe Stunde später hatte sie ein Dutzend Visitenkarten in der Handtasche, wusste, dass der Storch von gestern Helge hieß und aus Ísafjörður kam, hatte den Lichtkünstler kurz vorbeischwirren sehen und stand nun mit Lilja, die ebenfalls ihre Arbeiten ausstellte, auf einer geschwungenen Treppe und beobachtete, wie sich die Räume langsam mit immer mehr Besuchern füllten. Ihr brummte der Kopf vor lauter Namen ausnahmslos wichtiger Leute. Sogar ein Galerist aus Berlin war gekommen, der sich sehr für ihre Arbeiten interessierte.

Kristján war immer noch nicht da, aber im Publikum entdeckte sie bekannte Gesichter. »Komm«, sagte sie zu Lilja, die zwar isländische Wurzeln hatte, aber in Chicago lebte und hier erstaunlicherweise niemanden kannte. »Da drüben sind meine Freunde, ich stelle sie dir vor. Heute können wir jeden Verbündeten gebrauchen, den wir finden.«

Während Lilja mit Áki plauderte, sagte Lieke: »Deine Bilder und Kristjáns Fotografien habe ich mir schon angesehen. Einfach toll.«

Guðrún stimmte ihr zu. »Man erlebt sein eigenes Land noch einmal auf eine ganz neue Weise. Ich bin schon oft geflogen, aber so habe ich die Landschaft noch nie wahrgenommen. Und deine Sachen – es ist, als hättest du damit die alte Magie wiedererweckt. Bist du sicher, dass kein Elfenblut in deinen Adern fließt?« Sie grinste. »Aussehen tust du jedenfalls danach. Ein tolles Kleid.«

»Wenn Elfe, dann eine hungrige. Du bist dünn geworden«, stellte Lieke fest. »Ich werde dich nach der Schufterei in den letzten Wochen aufpäppeln müssen. Kristján sorgt offensichtlich nicht gut genug für dich. Wo ist er überhaupt?«

»Er kommt gleich«, sagte sie und warf einen Blick auf ihr Handy, doch es war keine Nachricht von ihm eingegangen. Dafür erschien ein Selfie von Sundance auf einem Gletscher. Im Hintergrund war Kristján deutlich zu erkennen. Kein Text, Absender unbekannt, aber man brauchte nicht allzu viel Fantasie, um zu wissen, von wem es kam. Wollte die Frau ihr etwa weismachen, dass sie den Nachmittag mit ihm im Hochland verbracht hatte? Merit drückte das Bild weg und zwang sich zu einem Lächeln.

David kam in Begleitung einer Frau, die er als Mitarbeiterin von *The Reykjavík Grapevine* vorstellte, einer englischsprachigen Zeitung. Sie wollte ein Interview mit Kristján und ihr machen, weil sie die einzigen von Davids Protegés waren, die in Reykjavík lebten. Sie verabredeten sich für später.

David warf ihr einen fragenden Blick zu, Merit zuckte mit den Schultern. »Es ist gleich halb acht, wir müssen anfangen«, sagte er und begleitete sie zusammen mit Lilja zu der kleinen Bühne, wo die anderen schon warteten.

Ein Vertreter des Mäzens, der eine Initiative wie das Marshall House erst möglich gemacht hatte, sagte einige Worte, danach hielt eine Abgeordnete auf Isländisch eine Rede, die offenbar gut ankam.

Nun trat David nach vorn, bedankte sich zweisprachig und begann damit, die Künstlerinnen und Künstler vorzustellen, denen er die Gelegenheit gegeben hatte, im Rahmen seiner Retrospektive ihre eigenen Arbeiten zu zeigen. Merit konnte immer noch nicht fassen, dass er sie hatte dabeihaben wollen und statt der geplanten drei nun alle fünf fertiggestellten Exponate präsentierte. »Die sind ruckzuck verkauft«, hatte er prophezeit. Sie wagte nicht, daran zu glauben. Für sehr viel wahrscheinlicher hielt sie es, dass sich einer der Verleger, die David ebenfalls eingeladen hatte, für Kristjáns Fotografien interessierte. Doch ohne seine Anwesenheit, das hatte sie inzwischen verstanden, würde es schwieriger für ihn werden, Käufer zu finden.

Jemand stupste sie an. »Du bist dran.«

Merit stieg wackelige Stufen hinauf, lächelte, beantwortete die Fragen, die David ihr stellte, und wusste die ganze Zeit nicht, was sie tat. Ihr Mentor schien jedoch zufrieden zu sein, und das Publikum lachte zwischendurch.

»*Last ,but not least* möchte ich Ihnen einen außergewöhnlichen Fotografen vorstellen«, hörte sie ihn sagen und folgte den Blicken der Leute.

Kristján betrat mit federnden Schritten die Bühne und

stellte sich auf eine Weise hinter sie, die jedem klarmachte, wie sie beide zueinander standen.

Sie drehte sich zu ihm um und sagte tonlos: »Da bist du ja!«

Zum Rasieren war offensichtlich keine Zeit mehr gewesen. Merit hatte geglaubt, er würde den Anzug anziehen. Stattdessen hatte er sich Davids Farbcode angepasst, der neben Schwarz und Anthrazit bestenfalls ein Grau erlaubte – eine gute Entscheidung, schloss sie aus den Blicken, die ihm einige Damen und Herren aus dem Publikum zuwarfen. Die Welle der Sympathie, die in diesem Augenblick Kristján galt und sie dennoch mit einschloss, fühlte sich eigenartig an. Es war schon erstaunlich, wie anders Menschen wirkten, wenn man sie von hier oben betrachtete.

David erklärte derweil Ausstellung und Buffet für eröffnet, und zu dritt verließen sie die Bühne.

»Das erklärst du mir später«, sagte er zu Kristján gewandt. »Ihr seid jetzt auf euch selbst gestellt. Macht das Beste draus. Interviews und sonstige Anfragen gehen über mein Büro, okay?« Als Merit nachfragen wollte, sagte er im Weggehen: »Ihr seid dem Zirkus nicht gewachsen. Sagt nichts Falsches.«

Die Redakteurin vom *Reykjavík Grapevine* tauchte auf und bat sie, ihr in einen ruhigen Raum zu folgen. Das Gespräch verlief angenehm, und am Ende hatten sie beide das Gefühl, diese Prüfung gut bestanden zu haben. David kam mit einem Kunstkritiker der *New York Times*, dem sie unter seiner strengen Aufsicht weitere Fragen beantworteten. Hier, wie auch später, hielten sie sich an die Empfehlung, ihre Exponate unkommentiert zu lassen. Die Leute würden daraus lesen, was immer ihrer Seelenlage entsprach, und genau dafür wäre ihre Kunst da, hatte er gesagt.

Kristján stand gerade für ein Selfie Modell, nach dem Motto *Künstler und ich vor Bild,* und Merit sah ihm aus einer ruhigen Ecke dabei zu, als ihr Handy klingelte.

»Wo bist du, Schwesterchen?«

»Leo?«

»Wer sonst? Ich stehe hier vor einem überdimensionalen Storch und möchte abgeholt werden.«

Merits Augen wurden groß. »Du bist in Reykjavík?«

»Ich bin sogar in der Galerie und wollte mir von deinem Prof die Bilder zeigen lassen, aber dann kam ein superwichtiger Galerist und, schwups, war er weg.«

»Rühr dich nicht vom Fleck, ich sehe dich schon.«

Gleich darauf fielen sie sich in die Arme.

»Du bist wirklich gekommen.«

»Ich hab es doch versprochen.«

»Das hast du«, Merit sah sie ungläubig an, »und dieses Mal bist du wirklich da. Ich freue mich so!«

Leonie bestand darauf, ihre Bilder anzusehen, bevor sie weitersprachen.

»Das ist zauberhaft. So kraftvoll und trotzdem wie du: zart, mystisch und geheimnisvoll.« Leonie, die ohne zu zögern ihre Gefühle auch öffentlich zeigen konnte, küsste Merit auf die Wange und sagte laut: »Damit hast du endlich zu dir selbst gefunden. Ich bin so stolz…« Unerwartet hielt sie inne, setzte ein strahlendes Lächeln auf und sah direkt an Merit vorbei.

Leonie war eigentlich immer auf der Jagd. Sobald sie

Beute erspäht hatte, war nichts mehr mit ihr anzufangen.

Noch bevor er eine Hand leicht auf ihren Rücken legte, wusste Merit, dass Kristján der Auserwählte war. So ein Pech, dachte sie amüsiert. Sorgen machte sie sich keine. Für Leo war alles nur ein Spiel, und ihren Schwestern würde sie niemals in die Quere kommen. Doch noch war sie im Jagdmodus, denn Merit hatte ihr verschwiegen, dass es einen neuen Mann in ihrem Leben gab, weil es schwierig gewesen wäre, die Besonderheiten der Beziehung zu erklären, und das hätte sie tun müssen. Da kannten die Schwestern kein Pardon: Sie hätte sie gnadenlos gelöchert.

»Stell mich sofort diesem unfassbar attraktiven Herrn vor!«

»Das ist Kristján.« Sie lehnte sich in seine Umarmung. »Und dies ist meine Mittelschwester Leonie. Die Löwin unter uns dreien.«

»Welch ein überaus passender Name«, sagte er und ließ seine Hand zärtlich über Merits Rücken gleiten. »Ich freue mich, dich kennenzulernen, Leonie.«

28.

Nach einem gemeinsamen Essen zogen sie durch die Clubs. David und Leonie gingen unterwegs allerdings bald verloren, und gegen zwei Uhr morgens wurde auch Merit müde. »Ich geh nach Hause«, rief sie Kristján über die Musik hinweg zu, der mit einem Piloten aus seiner Firma an der Bar stand. »Bleibst du noch?«

Er schüttelte den Kopf, verabschiedete sich und begleitete sie hinaus: »Ich bin eigentlich nur wegen dir geblieben.«

»Echt? Ich auch. Du hast dich so gut unterhalten.«

»Ja, aber doch nur, weil du …«

Sie blieben stehen, sahen sich an und lachten.

»Beim nächsten Mal«, sagte Merit, »sollten wir ein Zeichen ausmachen.«

»Unbedingt. Wie wäre es damit?« Er küsste sie, und Merit fing sofort Feuer. Sie knutschten wie die Teenager in einem Ladeneingang. Vorbeikommende Passanten machten freche Bemerkungen, auf der anderen Straßenseite applaudierte jemand. Die Nacht war noch jung hier auf dem Laugavegur, der Haupteinkaufs- und Partystraße der Stadt.

»Nach Hause?«, fragte Kristján zwischen zwei Küssen.

»Nach Hause«, sagte Merit und zog das Kleid wieder gerade. »Mein Auto steht hier gleich um die Ecke, aber fahren möchte ich nicht mehr.«

Kristján hatte nichts getrunken, also gab sie ihm die Schlüssel, und er brachte sie beide sicher nach Hause, wo Köttur in der Küche auf sie wartete. Der Kater saß vor der verschlossenen Katzenklappe und schien zu glauben, sie würden ihn in die Nacht hinauslassen. Auf Merits Erklärung zum Freiheitsentzug gab er nichts und rollte sich beleidigt auf dem Küchensofa zusammen. In ihrem Bett gab es heute keinen Platz für ihn.

Kristján liebte sie in dieser hellen Sommernacht auf eine so intensive, erfüllende Weise, dass Merit die Tränen kamen. Er küsste die salzigen Tropfen von ihrem Gesicht, und bald darauf schliefen sie Arm in Arm ein.

Als er ging, wachte sie auf, blieb aber ruhig liegen und sagte nichts. Eines Tages, schwor sie sich, werden wir gemeinsam den Tag begrüßen und über die Dämonen der Vergangenheit lachen.

Morgens trafen sie sich zufällig in der Küche, und weil er heute frei hatte, lud Merit ihn zum Mittagessen ein, zu dem sie mit ihrer Schwester verabredet war.

»Ihr zwei habt doch garantiert viel zu besprechen«, sagte er. »Da würde ich nur stören. Außerdem habe ich nachher noch einen Termin.«

Vielleicht hat er recht, dachte sie. Der Wetterbericht hatte für den Nachmittag Sonne versprochen, und sie wollte Leonie Reykjavík zeigen. Wenn die Schwestern zusammen unterwegs waren, verwandelte sich jede Stadtbesichtigung nach spätestens einer Stunde unweigerlich in eine Shoppingtour mit viel Gekicher und ewig langen Anproben.

Zunächst spazierten sie über die Aussichtsplattform der *Perlan*, Perle auf Isländisch, zu der sie mit Leonie gefahren war, um mit ihr gemeinsam den Blick über die Stadt zu genießen. Auf den Turm der Hallgrímskirkja zu steigen hatte Leo abgelehnt.

»Von hier wird Reykjavík mit Warmwasser versorgt. Im Winter beheizen die Isländer sogar ihre Straßen«, erklärte Merit. »Guck, da drüben wohne ich, und weiter hinten, im alten Hafen, hat die Vernissage stattgefunden. Da ist auch Davids Atelier.«

Anschließend fuhren sie in ein zentral gelegenes Restaurant, das für seine Fischspezialitäten bekannt war.

»Hast du dich gestern mit ihm verdrückt?«, fragte Merit, nachdem sie die Bestellung aufgegeben hatten.

»Was blieb mir übrig? Das Sahnestückchen des Abends hat mir ja meine eigene Schwester vor der Nase weggeschnappt. Das hat, nur mal so nebenbei, auch andere geärgert. Da war eine Amerikanerin mit einem unschönen Vokabular.«

»Tolle Haare, Ende dreißig, Typ Millionärsgattin, aber mehr so Big Beauty als modellig mager?«

»Stimmt genau. Kennst du sie?«

»Das war Sundance, sie war früher mit Kristján zusammen.«

»Echt? Ich hätte ihm einen besseren Geschmack zugetraut.«

»Das war wohl eher ein erotisches Arrangement. Sie ist verheiratet. Älter, aber reich.«

»Klingt vernünftig. Was ist schiefgegangen? Du?«

»Ich glaube nicht, das war schon vorher vorbei, sagt er. Sie sieht das anders und ist irre eifersüchtig.« Merit wollte gerade von der unschönen Begegnung vor dem Kaffi Berlin erzählen, da brummte ihr Handy. Wegen Köttur, nach dem die Nachbarin auch heute sah, zog sie es aus der Tasche.

Ein neues Foto, das dem Anschein nach vor wenigen Sekunden gemacht worden war. Dieses Mal zeigte es Sundance und Kristján vor dem Sólfar, einer berühmten Skulptur aus Edelstahl an der Küstenstraße. Sie himmelte ihn an. Er guckte ausdruckslos am Fotografen oder an der Fotografin vorbei. Wieder war der Absender unbekannt, wieder fehlte jeglicher Kommentar. »Jetzt spinnt sie total.«

»Gib mal her.« Leonie nahm ihr das Smartphone aus der Hand. »Allerliebst. Ja, das ist die Trulla von gestern Abend. Glaubst du, sie steht da jetzt gerade mit deinem Freund vor diesem Walfischgerippe?«

»Es ist kein Wal, sondern ein Sonnenschiff.«

Leonie sah sich das Bild genau an und sagte schließlich: »In dieser Größe ist das schwer zu sagen, aber wenn du mich fragst, wurde das Foto zu einer anderen Jahreszeit aufgenommen. Sieh dir die Schatten an. Die Sonne muss niedriger gestanden haben.«

»Wow! Bist du Geheimagentin oder so?«

Leonie zuckte mit den Schultern. »Rede mit ihm darüber. Ungewissheit kann eine furchtbare Waffe sein.« Nachdem die Vorspeise serviert war, sprach sie weiter. »Ich habe das schon mal gesagt, aber es schadet nicht, solche Dinge zu wiederholen. Ich finde, du hast dich verändert.

Zu deinem Vorteil«, kam sie Merit zuvor, die protestieren wollte. »Abgesehen von der tollen Frisur, meine ich. Gestern hast du ein souveränes Selbstverständnis ausgestrahlt, das mich ungeheuer beeindruckt hat. Das Malen tut dir gut und vielleicht auch der Mann.« Sie überlegte einen Augenblick. »Aus ihm werde ich nicht schlau. Seine Fotos zeigen etwas, das er im Alltag unter einer Menge Disziplin verborgen zu halten scheint.«

»Das stimmt hundertprozentig. Allmählich machst du mir Angst. Woher weißt du so viel über Menschen?«

»Ich komme rum«, sagte Leonie knapp. »Merit, ich bin nicht nur wegen deiner Vernissage nach Island gekommen.«

Zum ersten Mal fielen ihr die zarten Fältchen an Leos Augen auf. Waren die neu, oder hatte sie beim letzten Treffen nur nicht darauf geachtet? Leo wurde demnächst neunundzwanzig. Vielleicht gehörten die ersten Falten einfach dazu.

Sie griff nach Leonies Hand. »Und weshalb bist du wirklich gekommen, muss ich mir Sorgen machen?«

»Was? Nein, Unsinn! Mir geht es gut, ich brauche nur dringend ein paar Tage Urlaub.« Sie entzog sich Merits Berührung und legte die Handflächen aneinander. »Ich möchte, dass du dich mit Katrine versöhnst.«

Merit kannte diesen Tonfall, und die vertraute Geste ihrer Schwester stimmte sie wehmütig. In solchen Augenblicken schien Leo ihrer Mutter wie aus dem Gesicht geschnitten zu sein.

»Versöhnen?«, fragte sie leise. »Wir haben uns doch gar nicht gestritten.«

»Ihr habt seit über einem Jahr nicht mehr miteinander gesprochen.«

»Weil sie mir immer nur Vorwürfe macht, die Malerei als Hobby bezeichnet und mich mit irgendeinem Kerl verheiraten will. Hauptsache, er ist reich.«

Ihre Schwester hatte gerade einen Schluck trinken wollen und musste so lachen, dass sie sich verschluckte. Als sie sich beruhigt und ihre Tränen getrocknet hatte, sagte sie: »Kati ist eben unsere Glucke. Sie kann nicht anders. Was meinst du, was sie mir ständig für Vorträge über meinen Lebenswandel hält?«

Nun lachten sie gemeinsam.

»Katrine ist furchtbar prüde. Was soll passieren, wenn man aufpasst?«, sagte Merit. »Das machst du doch?«

»Jetzt fang du nicht auch noch an. Natürlich tue ich das, und so eine Schlampe, wie ihr zu glauben scheint, bin ich nun auch nicht.«

Erschrocken legte Merit das Besteck beiseite. »Das denke ich nicht von dir. Es gibt mit Kristján auch eine Vereinbarung: Sex ohne Verpflichtungen.«

»Die scheint mir aber nicht mehr zu bestehen, wenn du mich fragst.«

Merit lächelte. »Ich fürchte, ich bin ein bisschen verliebt in ihn.«

»Du fürchtest?«

Sie spießte mit der Gabel ein paar Bohnen auf. »Ich habe meine Vergangenheit, er hat definitiv auch eine. Er war beim Militär, und die Zeit dort ist, wie könnte es anders sein, nicht spurlos an ihm vorübergegangen.«

»Wenn du Hilfe brauchst…«

»… wende ich mich an dich. Schon klar.« Merit faltete die Serviette zusammen.

»Oder an Katrine. Sie lässt dich herzlich grüßen und drückt dir fest die Daumen, dass die Ausstellung ein Erfolg wird.«

»Das kann ich gebrauchen.« Merit wusste, dass Leo nicht lockerlassen würde, und versprach, sich bei ihrer Schwester in Hamburg zu melden. »Jetzt aber los, wir wollen doch noch zum *Kolaportið*-Flohmarkt. Wenn du dir genau ansiehst, was dort verkauft wird, bekommst du einen guten Einblick in die Seele der Isländer, sagt meine Sprachlehrerin Guðrún, und sie muss es wissen, sie ist ja Isländerin.«

Nachdem Merit am nächsten Morgen Leonie und auch David, der zu Leos großer Freude ebenfalls nach New York flog, am Flughafen verabschiedet hatte, fuhr sie zu ihrem Lieblingspool, um über die letzten Tage nachzudenken. So früh hatte sie ihn ganz für sich allein und blieb fast eine Stunde darin sitzen, obwohl der Wind ihr heftig um die Ohren pfiff.

Leo hatte ziemlich erschöpft ausgesehen, doch ein gemeinsamer Blick in den Spiegel hatte gezeigt, dass die anstrengenden Wochen auch an Merit nicht spurlos vorübergegangen waren. Zu wenig Schlaf, ein unregelmäßiges Leben, zu viel Sex. Obwohl, dachte sie, so heftig trieben es Kristján und sie auch wieder nicht. Er war oft ebenso müde wie sie und seit seiner Rückkehr aus Oslo an den wenigen freien Tagen häufig unterwegs.

Als ihr das leise Piepsen ihres Handys eine neue Nachricht ankündigte, mochte sie kaum nachsehen. Ein weiteres Foto von ihm und dem Biest, wie sie Sundance insgeheim inzwischen nannte, hätte ihr den Tag verdorben. Doch es war Kristján, der ihr schrieb, er hätte überraschend drei Tage freibekommen, um Überstunden abzubummeln, und ob sie mit ihm ins Hochland fahren wollte. Ein bisschen wandern, aber hauptsächlich entspannen. Der Wetterbericht wäre vielversprechend, schrieb er in einer zweiten Nachricht.

»Já, Yes, Oui«, tippte Merit ins Display. Ein gemeinsamer Ausflug in die Natur – das klang himmlisch.

29.

Guðrún versprach, sich um Köttur zu kümmern wie um ein eigenes Kind. Sie hatte einen Polarschlafsack für Merit mitgebracht und eine Menge guter Ratschläge.

Kristján versicherte ihr, er habe Plätze in der Hütte reserviert und plane weder querfeldein zu fahren noch Pferde oder Schafe durch die Landschaft zu jagen.

Guðrún entschuldigte sich: »Ich weiß, ihr macht so was nicht. Darauf hinzuweisen ist mir irgendwie zur zweiten Natur geworden, seit ich Reisegruppen begleite. Habt ihr gelesen, dass amerikanische Urlauber ein Lamm geschlachtet haben? Als Proviant!«

»Du liebe Güte«, sagte Merit, »wurden sie ausgewiesen?«

»Soweit ich weiß, sind sie mit einer Schadenersatzzahlung davongekommen. Es ist schon erstaunlich, wie uninformiert manche sind. Neulich habe ich Touristinnen gesehen, die mit Flipflops am Gullfoss rumkletterten.«

»Für die bin am Ende ich verantwortlich«, sagte Kristján ernst. »Du kannst dich darauf verlassen, wir machen nichts kaputt und hinterlassen alles, wie wir es vorgefunden haben. Wenn man von Merits Sammelleidenschaft einmal absieht.« Er zeigte auf die Tasche mit alten Marmeladengläsern, die sie auf dem Flohmarkt gekauft hatte, um darin neues Material für ihre Bilder zu sammeln.

»Zum Glück macht das nicht jeder, sonst wäre Island eines Tages besenrein«, sagte Guðrún, aber sie lächelte dabei. »Dann mal los. Nutzt das tolle Wetter, solange es sich hält.«

»Das machen wir.« Merit schnürte ihre Stiefel. »Fertig. Wir können los.«

Außer ein paar Ausflügen in die Umgebung, die sie meist zu mehreren unternommen hatten, war sie mit Kristján noch nie in der Natur unterwegs gewesen. Die Vorfreude verursachte ein Kribbeln im Bauch, fast wie Reisefieber, nur besser.

Sie fuhren durch die abwechslungsreiche Landschaft im Thermalgebiet, die sie von der Fahrt im Mai mit Lieke nach Laugarvatn kannte. Wie lange das schon zurücklag. Seit drei Monaten lebte sie inzwischen in Island, und ihre Aufenthaltserlaubnis wäre abgelaufen, hätte David nicht die Idee gehabt, sie vorübergehend als Assistentin einzustellen.

Ihre Tage in Island waren dennoch gezählt. Ísrún würde bald zurückkehren, und sie hatte noch nicht mit Kristján darüber gesprochen, wie es danach weitergehen sollte. Doch das musste warten, jetzt wollte sie nur die gemeinsame Tour genießen.

Sein Wagen war nicht mal bei bestem Willen komfortabel zu nennen. Er klapperte gehörig, und sobald sie schneller fuhren, beschränkte sich ihre Unterhaltung zwangsläufig auf zugeworfene Halbsätze. Aber es gab gute Gründe, die für den rustikalen *Defender* sprachen. Anstelle der Rückbank befand sich hinter ihren Sitzen eine erhöhte

Liegefläche, das Gepäck war darunter verstaut. Kristján fuhr häufig für ein, zwei Tage weg, und natürlich war es praktisch, sich zum Schlafen einfach ausstrecken zu können, statt auf engem Raum in einer Hütte oder in einem Zelt übernachten zu müssen.

»Man soll doch nicht abseits der Piste fahren«, sagte Merit und hielt sich fest, als sie unsanft über eine Bodenwelle holperten.

»Das hier *ist* die Piste.« Kristján sah kurz zu ihr rüber, bevor er der Fahrspur im Bogen um einen wild gezackten Felsen folgte, der mitten auf ihrem Weg lag.

Zehn Minuten später kletterte sein Wagen mit der Sicherheit eines Kettenfahrzeugs über eine zerklüftete Spur, und sie war froh, in diesem robusten Auto zu sitzen. Dann aber wieder wurden sie dermaßen durchgerüttelt, dass Merit sich wünschte, wenigstens einen festen Sport-BH angezogen zu haben. Unauffällig hielt sie sich an besonders holprigen Strecken den Busen fest. Zuletzt hatte sie eine vergleichbare Erfahrung auf einer Wellblechpiste durch die marokkanische Sahara und das Atlasgebirge gemacht.

Wie in Afrika bot die Landschaft auch hier reichlich Entschädigung für mangelnde Bequemlichkeit. Die karge Hochebene unter ihnen erinnerte an eine Mondlandschaft, in der Riesen nach Gutdünken kantige Felsbrocken verteilt hatten. Links glitzerte in der Ferne das Eis eines Gletschers, und rechts von ihnen erstrahlte ein Berg, dem man seine vulkanische Vergangenheit noch deutlich ansah, in einem so unglaublichen Gelb in der Sonne, dass sie anhielten. Während Kristján herumlief, um zu fotografieren, nutzte Merit die Gelegenheit, etwas von dem roten

Gestein und ein paar Flechten in eins der Gläschen zu füllen.

»Wie geht es von hier aus weiter?«, fragte sie, während sie fünf lange Staubfahnen beobachtete, die über die Ebene zogen und von einem Konvoi zeugten, dem sie früher oder später begegnen würden.

Kristján breitete auf der Motorhaube eine Karte aus, die praktischer als das Navi war, um sich einen Überblick zu verschaffen. »Siehst du, hier ist ein lang gestrecktes Tal. Ich dachte, wir nehmen es als Basiscamp und gehen am Nachmittag zu dem Wasserfall dort hinten.« Er tippte auf eine Markierung.

»Das klingt nach einem Plan.« Merit lehnte sich gegen das Auto und ließ ihren Blick noch einmal über Berge und Ebenen gleiten. »Es ist so schön hier draußen, ich frage mich, warum ich so lange nicht aus Reykjavík rausgekommen bin.«

»Weil du deinen Leidenschaften nachgegangen bist?«

»Stimmt. Aber einer davon kann ich auch in der freien Natur nachgehen«, sagte sie und zog ihn näher zu sich heran.

»Beweis es«, sagte er in ihr Ohr, und sein Atem an Merits Hals löste mehr als nur einen Seufzer bei ihr aus.

Sie saß, obenrum bereits luftiger bekleidet, auf der noch warmen Motorhaube und zog an Kristjáns Gürtelschnalle, um ihm näher sein zu können, als Motorengeräusche die Stille durchbrachen. Der Konvoi arbeitete sich hörbar die Anhöhe hinauf, weit konnte er nicht mehr sein. Schnell flohen sie ins Auto, und mit einem Brummen schloss er seinen Gürtel wieder, während sie ihr Hemd zuknöpfte, gerade rechtzeitig, bevor die Karawane von fünf baugleichen Offroadern sie in eine Staubwolke hüllte.

Merit lachte. »Das wäre lustig geworden, wenn sie uns in flagranti erwischt hätten.«

»Ich weiß nicht. Der Artikel im *Fréttablaðið* über uns war mehr, als die Welt zu wissen braucht. Diese Zeitung ist wirklich manchmal schräg drauf.«

»Ist es dir peinlich, mit mir …«

»Unsinn«, unterbrach er sie. Seine Züge wurden weich, als er die Sorge in ihren Augen las. »Wie kommst du darauf? Ich bin sehr stolz auf deinen Erfolg. Ich finde nur grundsätzlich das Interesse der Leute am Privatleben anderer befremdlich.«

»Die lieben eben Klatsch und Tratsch.«

»Mag sein, aber uns als ein erfolgreiches Einwandererpaar zu porträtieren, das die Kunstszene Reykjavíks aufmischt, halte ich doch für gewagt.«

»Das war peinlich, stimmt. Und was die immer mit den Einwanderern haben, verstehe ich sowieso nicht. Ein viel zu großes Wort, meiner Meinung nach.« Niemand wanderte von Hamburg nach München aus, obwohl zwischen den Städten so einige kulturelle Unterschiede existierten, von der Sprache mal ganz abgesehen. Leute zogen um und taten das inzwischen eben international. Island gehörte zwar nicht zur EU, und eine Menge hier erinnerte an die USA oder Kanada, dennoch war es allein durch seine Geschichte eng mit Europa verbunden. »Ich bin ja eigentlich nur eine Catsitterin auf Zeit.«

»Wirst du zurück nach Deutschland gehen, wenn Ísrún wieder da ist?« Seine Stimme hatte einen merkwürdigen

Ton angenommen. Für Merit klang es, als wäre ihm die Antwort wichtig. Doch vielleicht war das auch nur Wunschdenken.

Sie erinnerte sich daran, dass Ísrún gesagt hatte, sie sei willkommen, länger zu bleiben. Damals hatte sie das Angebot eigenartig gefunden, aber inzwischen fühlte sie sich in diesem Land sehr wohl. Und das hatte eine Menge mit Kristján zu tun.

»Solange ich Davids Atelier nutzen kann, würde ich gern hierbleiben. Was danach kommt, weiß ich nicht. Wie sieht es bei dir aus, gehst du im Winter wieder in den Süden?«

Hoffentlich nicht, dachte sie. Spanien stand für Merit seit ihrem sechzehnten Lebensjahr weit unten auf der Liste ihrer Lieblingsländer, obwohl sie dort einmal sehr glücklich gewesen war.

»Das hängt von meinem Chef ab. Wenn er den Vertrag verlängert, kann ich es mir aussuchen. Aus Norwegen gibt es auch ein Angebot von der Küstenwache.« Er ließ den Motor an; die Straße beanspruchte offenbar seine volle Konzentration, und während der restlichen Fahrt sprachen sie nicht mehr über das Thema.

Beim ersten Blick in das Tal, in dem sie ihr Lager aufschlagen wollten, musste Merit an eine Oase denken, die sich vor ausgetrockneten Wüstenreisenden auftat. Oder ans Paradies. Es fehlte an nichts: ein Waldstück, Wiesen, auf denen Pferde grasten, ein Fluss, und weiter hinten befand sich laut Karte der Wasserfall. Bevor sie hinunterfuhren, hielt Kristján an, damit Merit Steine und Sand einsammeln konnte, beide machten sie Fotos. Er von der Landschaft, sie von seltsamen Moosen und anderen Kleinigkeiten am Wegrand.

Unten angekommen, lag ein Flusslauf zwischen ihnen und ihrem Ziel. Die Hütte gehörte Pferdezüchtern aus der Region und wurde überwiegend von Reitern genutzt. In der Saison kam einmal wöchentlich ein Hüttenwart vorbei, sah nach dem Rechten, brachte Gas für Kochstelle und Heizung und nahm das Übernachtungsgeld mit, das die Ehrlichen in eine Holzkiste legten. Das hier war einer der wenigen Orte, neben dem Flohmarkt in Reykjavík, an dem auch in Island nur bar bezahlt wurde. Das alles hatte ihr Kristján unterwegs erzählt, und dass er für zwei Übernachtungen hatte reservieren können, was im Sommer kurzfristig selten gelang.

Das Wasser im Fluss war trüb vom Schwemmsand und machte es damit unmöglich zu erkennen, ob man sicher ans andere Ufer gelangen oder mit dem Motor untergehen würde.

»Und jetzt?«

»Entweder wir warten, ob andere vorbeikommen, was ich hier für extrem unwahrscheinlich halte, und versuchen es gemeinsam, oder wir testen es selbst«, sagte Kristján und stieg aus.

Merit folgte ihm und sah mit wachsender Verwunderung zu, wie er sich auszog und schließlich nur mit T-Shirt und Unterhose bekleidet auf den Fluss zuging. »Es ist eiskalt.«

»Stimmt«, sagte er und watete hinein.

Anfangs reichte ihm das Wasser nicht mal ans Knie, aber

plötzlich versank er mit einem Ausruf der Überraschung bis zur Taille.

»Das ist dann wohl zu tief«, rief sie und bekam einen Lachanfall.

»Hör auf zu lachen, sonst hol ich dich«, drohte Kristján und versuchte es an einer anderen Stelle, bis er den richtigen Weg gefunden hatte. Eilig kehrte er zurück, nahm dankbar das Handtuch entgegen, das sie ihm reichte, und zog sich wieder an.

Die Querung war danach fast ein Kinderspiel, obwohl die Strömung ihr Fahrzeug um bestimmt einen Meter versetzte, bevor sie das seichte Ufer auf der anderen Seite erreichten.

Merit lobte ihren Helden angemessen, musste aber zwischendurch immer noch lachen. Es hatte einfach zu komisch ausgesehen.

»Beim nächsten Fluss gehst du«, sagte er schmunzelnd, lenkte den Wagen durch ein lichtes Birkenwäldchen und später im Schritttempo an Islandpferden vorbei, die sie ein Stück begleiteten.

Merit öffnete das Fenster, und ein besonders neugieriger Schimmel steckte den Kopf herein. Offenbar erwartete er, gefüttert zu werden. Als sie ihm diesen Gefallen nicht tat, trabte er schließlich zurück zu seiner Herde.

Wenig später erreichten sie die Hütte. Neben dem Holzhaus mit angrenzendem Schuppen gab es eine eingezäunte Wiese. Grob gezimmerte Tische und Bänke mit überdachtem Grill waren auf der anderen Seite aufgestellt worden, und hundert Meter weiter entfernt stand ein Toilettenhäuschen, zu dem Merit eilig lief.

Außer ihnen schien niemand hier zu sein, und sie hoffte, dass es so bleiben würde. Nach den turbulenten Tagen hatte sie keine Lust auf Geselligkeit. Während sie sich im eiskalten Bergwasser die Hände wusch, hatte Kristján Getränke und eine Kühltasche hervorgeholt, aus der er Sandwiches und eine Box mit Muffins nahm.

»Wie toll! Ich falle gleich um vor Hunger.«

»Warum hast du nichts gesagt?«

»Seltsamerweise ist mir das erst jetzt aufgefallen.« Sie spähte neugierig in die Tasche. »Und was ist damit?«

»Ich dachte, wir grillen heute Abend.«

»Du bist der Beste. Ohne dich würde ich hier wahrscheinlich drei Tage an einem Müsliriegel knabbern und Schlammwasser aus dem Fluss dazu trinken.«

»Du übertreibst.« Er schien sich aber über ihr Kompliment zu freuen.

Anschließend bereiteten sie sich auf die Wanderung vor, von der Kristján behauptete, es würde nicht mehr als ein Spaziergang werden. Nach einer halben Stunde war sie froh über die Stöcke, die er ihr gegeben hatte, und eine Stunde später fragte sie sich, wo ihre Kondition geblieben war. In den letzten Wochen hatte sie das Laufen vernachlässigt, und wenn sie ins *Vesturbæjarlaug*-Bad ging, dann meistens, um im warmen Wasser zu entspannen, selten zum Schwimmen. Das musste sich ändern, wollte sie auch zukünftig Ausflüge mit ihm machen. Davon abgesehen machte ihr die Wanderung großen Spaß. Am Himmel beobachteten sie Falken und sogar einen Seeadler. In den Büschen rundherum piepsten Singvögel, mit denen sie sich leider nicht gut auskannte. Nur einen Zaunkönig glaubte sie gesehen zu haben.

»Sieh mal, Hugin und Munin.« Kristján zeigte nach vorn, wo zwei schwarze Vögel kreisten. »Ob Oðinn sie ausgeschickt hat?«

»Wenn, dann bringen sie ihm die Nachricht, dass hier eine fußlahme Malerin kurz vor dem Wasserfall verdurstet ist.«

Besorgt sah er sie an. »Hast du Schmerzen?«

Der im Mai verstauchte Fuß tat ihr tatsächlich weh. Nicht zu fassen, wie lange sich so eine blöde Verletzung hielt.

»Sollen wir umkehren?«

Sie legte den Kopf schräg und lauschte. Das Geräusch war seit einer Weile beständig lauter geworden. »Höre ich den Wasserfall?«

»Ja, es ist nur noch ein kurzes Stück bis dahin.«

Und tatsächlich erreichten sie bald darauf die Felskante, über die der Fluss hinunterstürzte. Im feinen Sprühnebel leuchtete ein herrlicher Regenbogen, und Merit hätte diesen Anblick um nichts in der Welt missen mögen. Sie fasste nach Kristjáns Hand, und gemeinsam gingen sie näher, bis zu einer Reihe von Felsbrocken, die Wanderer vor dem Weitergehen warnen sollten.

Auf dem Rückweg sahen sie bereits von ferne Pferde auf der Koppel. Merit zählte siebzehn Tiere. Eine Reitergruppe war angekommen, und obwohl sie sich über die Islandpferde freute und gleich Kontakt mit ihnen aufnahm, war sie doch enttäuscht, nicht mehr allein mit Kristján zu sein.

Er nahm es mit Gelassenheit, und am Ende verbrachten sie einen netten Abend. Die Runde war international: ein älteres Ehepaar aus Deutschland, Mutter und Tochter aus den Niederlanden und ein australisches Paar. Der Mitarbeiter des Pferdehofs stammte aus Irland. Nach dem gemeinsamen Essen gingen die Pferdeleute bald schlafen.

»Erstaunlich, da lassen die sich den ganzen Tag durch die Gegend tragen und sind dermaßen müde?« Kristján wunderte sich.

Merit, die wusste, wie anstrengend ein Tagesritt sein konnte, war dagegen nicht überrascht. »Du bist noch nie geritten, oder?«

»Nein, und ich glaube nicht, dass ich das jemals tun werde. Die Pferde sehen nett aus mit ihren strubbeligen Mähnen, und riesengroß sind sie ja auch nicht, aber so ein Tier ist unberechenbar.«

»Das stimmt.« Sie zeigte rüber zur Wiese. »Lass dich nicht täuschen, diese Biester sind unglaublich gefährlich.«

Die kleine Herde lag ausgestreckt im Gras. Zwei der Pferde standen mit gesenktem Kopf da und schienen zu dösen. In Wirklichkeit wachten sie aber über den Schlaf der anderen. Obwohl jedes von ihnen nur eine gewisse Zeit unter dem Sattel oder mit Gepäck ging und ansonsten frei mitlief, hatte der Ausflug offensichtlich auch sie ermüdet.

»Mach dich nur lustig, du waghalsiges Geschöpf.«

Sie setzten sich auf einen Felsbrocken, der vom Haus aus nicht zu sehen war, und so blieb ihnen, nachdem Ruhe eingekehrt war, die Illusion, allein hier draußen in der Natur zu sein.

Merit lehnte sich an seine Schulter und sah in den Himmel, der in den blassen Farben der untergehenden Sonne leuchtete. »Noch ein paar Wochen und man wird wieder die Sterne sehen«, sagte sie. »Darauf freue ich mich inzwischen total. Diese scheinbar endlosen Tage sind manchmal ganz schön anstrengend.«

»Die langen Nächte gehen dir aber auch schnell auf die Nerven. Du würdest wie alle anderen heilfroh sein, den *Sumardagurinn fyrsti* feiern zu können.«

»Was ist das?«

»Der Sommeranfang im April. Wir teilen das Jahr nur in Winter- und Sommerzeit auf.«

»*Wir* Norweger oder *wir* Isländer?«

»Wir Nordmänner.«

»Und Nordfrauen.«

»Ja. Das habe ich von Ísrún. Sie ist dem alten Weg, wie sie es nennt, sehr verbunden. Kein Wunder, ihre Schwester ist ja auch die *Elfenseherin.*«

»Wirklich? Ich dachte, das ist die Erfindung einer Marketingfirma.«

»Sag das nicht so laut, Elfen und Trolle verärgert man lieber nicht, besonders hier draußen an der Grenze zu ihrem Reich.«

»Dürfen wir dann überhaupt auf diesem Stein sitzen? Der ist doch gewissermaßen ihre Haustreppe.«

»Ich habe vorher gefragt.«

»Du glaubst daran«, sagte sie überrascht.

»Sagen wir mal so: Ich bin kein religiöser Mensch, aber es gibt viel Unerklärliches in der Welt, und die Mythen des Nordens sind mir näher als die des Orients oder Asiens. Normalerweise rede ich mit niemandem über solche Dinge.« Er klang verwundert.

»Ich auch nicht. Aber dir kann ich es ja verraten: Ich

bitte die Elfen jedes Mal um Erlaubnis, bevor ich etwas von ihrer Erde in eins meiner Gläser fülle.«

»Deshalb wohnt deinen Kunstwerken eine ganz besondere Magie inne.« Kristján zog sie näher zu sich heran. »Und dir auch, Elfenmädchen.«

Sie saßen noch eine ganze Weile dort, bis er aufstand und sich streckte. »Es ist kalt geworden. Der Winter meldet sich an, ich spüre ihn in meinen Knochen.«

»So alt bist du doch gar nicht.« Merit sprang ebenfalls vom Felsen herunter. »Wie alt bist du?«

Er sah auf die Uhr. »Dreißig. In genau zweiundachtzig Minuten.«

Himmel! Er hatte Geburtstag und ihr kein Wort gesagt. Merit nahm seine Hand. »Komm, alter Mann. Lass uns ins Bett gehen. Der Schlaf vor Mitternacht ist der beste.«

Sie hatten gemeinsam entschieden, nicht in der Hütte, sondern im Auto zu übernachten. Die Betten waren zu schmal, um bequem zu zweit darin zu liegen, und auf sieben Zimmergenossen konnte Merit gut verzichten. Nach einer Katzenwäsche am Fluss zog sie bibbernd zwei Paar dicke Socken und die Skiunterwäsche an, die ihr Lieke geliehen hatte, streifte den neuen, dunkelroten Islandpullover über und wartete auf Kristján, der wenig später zu ihr ins Auto stieg.

»Ich erfriere«, sagte sie. »Du musst mich wärmen.«

Es war ein bisschen kompliziert, aber schließlich gelang es ihnen, sich ein gemeinsames Nest aus Schlafsäcken und Decken zu formen, in dem sie bald darauf dicht aneinandergekuschelt einschliefen.

30.

Es war eiskalt, und der allzu bekannte Albtraum ließ sich nicht vollständig abschütteln. Wegen der Kälte war Merit tief in den Schlafsack hineingerutscht, bis sie sogar ihre Nasenspitze bedeckt hatte, um die Atemluft anzuwärmen.

Nun rang sie nach Luft. Von der Seite zog eine feine, aber zunehmend unangenehme Kälte hinein. Noch bevor sie ihre Hand nach Kristjáns Schulter ausstreckte, ahnte Merit, dass sie allein war. Mit klopfendem Herzen tastete sie nach ihrem Handy, dessen schwacher Lichtschein ihr Gefühl bestätigte. Die Sekunden auf dem Display verrannen, dann die Minuten. Vielleicht hatte er einfach nur kurz rausgemusst. Ein Uhr siebenundzwanzig.

Natürlich hatte sie seine Unruhe gespürt und war einmal von einem Geräusch aufgewacht, das wie ein unterdrückter Schrei geklungen hatte. Aber als sie ihn ansprach, hatte er nicht reagiert, nur leise gestöhnt und sich zur Seite gewälzt, allem Anschein nach in einem Albtraum gefangen.

Merit setzte sich auf und lauschte. Nichts. Es war überhaupt nichts zu hören. Die Stille, am Tag noch eine beglückende Erfahrung, wirkte nun bedrohlich. Das Rascheln des Schlafsacks nahm ihr die Furcht, das Gehör verloren zu haben. Offensichtlich hing sie zwischen Traum und einem merkwürdig halbwachen Zustand fest, unfähig, logisch zu denken.

Entschlossen schälte sie sich aus den Decken, tastete im Zwielicht nach ihrem Pullover, den sie vorhin leichtsinnigerweise ausgezogen hatte, und versuchte die Jeans anzuziehen, was in der Enge des Autos nicht einfach war. Jetzt noch Schuhe. Zum Schnüren fehlte ihr die Geduld.

Wenn Kristján zu Hause irgendwann des Nachts in sein eigenes Bett wechselte, war es schade, aber kein Problem. Hier mitten im Hochland fand sie es beunruhigend. Dass ein paar hundert Meter weiter Menschen schliefen, machte es nicht besser. Im Gegenteil. Was sollte sie tun, wenn er einen Anfall bekäme? Sie musste ihn suchen.

Draußen sah sie sich um, anfangs ohne viel zu erkennen. Der Himmel war zwar wolkenlos, und sicher würde die Sonne bald wieder aufgehen, aber außer dem Abendstern funkelte dort oben im müden Grau noch nichts, und hier unten im Schatten des Felsgesteins war es verhältnismäßig dunkel.

Doch dann sah sie ihn. Kristján kauerte mit angezogenen Knien auf dem Boden, an den Felsen gelehnt, auf dem sie vorhin gesessen hatten. Mit hängendem Kopf, die Arme schützend um sich geschlungen, hätte man glauben können, er schliefe.

Ihn so zu sehen schmerzte Merit. Doch sie hatte Bedenken, sich ihm zu nähern. Wenn sie ihn erschreckte, erkannte er sie womöglich nicht sofort und reagierte, wie er es im Krieg gelernt hatte.

Andererseits konnte er unmöglich hier draußen bleiben. Der Wetterbericht hatte Nachttemperaturen von zwei, drei

Grad über dem Gefrierpunkt vorhergesagt, und Kristján hatte nur an, was er vorhin zum Schlafen getragen hatte. Würde er länger dort sitzen bleiben, holte er sich vielleicht nicht den Tod, aber ganz bestimmt eine saftige Erkältung.

Also fasste sie sich ein Herz, ging näher und sprach ihn an. Er hob zwar den Kopf, aber es kam ihr vor, als sähe er durch sie hindurch.

»Kristján, ich bin es.«

»Merit«, sagte er, und ein geisterhaftes Lächeln huschte über sein Gesicht. »Das Elfenmädchen.«

»Ja«, sagte sie, erleichtert, dass er sie erkannte, und ging vor ihm in die Hocke. »Willst du nicht zurück ins Bett kommen?«

»Nein.« Er sah gequält aus. »Glaub mir, es ist besser so.«

»Schön ist es hier draußen«, sagte sie und setzte sich neben ihn. »Bald geht die Sonne auf.«

»Um fünf Uhr zweiundvierzig. Geh schlafen, Elfenmädchen.«

Sie hätte ihm gern erklärt, dass sie längst kein Mädchen mehr war, aber mit jemandem in diesem Zustand zu diskutieren wäre vollkommen unsinnig. »Das ist ja noch eine Weile hin«, sagte sie also nur.

Von ihm war ein Brummen zu hören. Ansonsten starrte er regungslos geradeaus, als wäre es im Grunde gleich, ob sie bei ihm saß oder nicht.

Was machte man mit jemandem, der in bösen Erinnerungen gefangen war? Sie sah in den Himmel und hoffte auf eine Eingebung. Stattdessen entdeckte sie eine Sternschnuppe, kniff die Augen zu und dachte an das, was sie sich am meisten wünschte. Die Stille war einzigartig. Unterbrochen wurde sie nur, wenn Merit sich bewegte. Von Kristján war kein Laut zu hören.

Schon bald jedoch kroch ihr die Kälte in die Knochen, bis sie zitterte. So ging das nicht. »Ich hole mir eine Decke«, sagte sie und wartete seine Antwort nicht ab.

Im Auto raffte sie alles Wärmende zusammen, klemmte sich ihre Jacke unter den Arm und kehrte beladen zurück.

Kristján half zwar nicht aktiv mit, ließ es sich aber gefallen, dass sie ihm ihren blauen Seelenwärmer-Schal um die Schultern legte, und setzte sich schließlich doch auf den Rand des Schlafsacks, der die Kälte vom Boden abhalten sollte.

»Wenn du eine Sternschnuppe sehen würdest, was wäre dein größter Wunsch?«, fragte sie nach einer Weile.

»Ich habe keinen.«

»Ich würde mir wünschen, dass der Schmerz verschwindet.«

»Schmerz?«

Wenn er weiter so einsilbig bliebe, würden sie noch viele Nächte hier sitzen. Heute war sein Geburtstag, verdammt noch mal! Er hatte es ihr vor der Abfahrt zwar nicht gesagt, offensichtlich aber hatte er diesen Tag mit ihr verbringen wollen. Nur mit ihr, weit weg von jedem anderen Menschen, den er kannte.

»Ich habe auch etwas zu feiern«, sagte sie, ohne seine Frage zu beantworten.

»Was?« Es klang wie *Was kann das schon sein*, doch Merit ließ sich nicht entmutigen. Immerhin bewegte er den Kopf, um sie anzusehen, als sie nicht sofort antwortete.

»Ich bin jetzt im zehnten Jahr.«

»Von was?«, fragte er nach einer Weile. Zwei Wörter.

»Meiner Psychotherapie. Wobei das nicht ganz richtig ist, denn seitdem ich in Island bin, hatte ich keine Sitzung mehr.« Wie auch? Ihre Therapeutin, die dritte inzwischen, saß in Berlin.

»Warum brauchst du eine Therapie?«

»Vielleicht aus dem gleichen Grund wie du?«

»Das glaube ich kaum. Es sei denn, du warst in der Armee.«

»Man kann Schreckliches erleben, ohne Krieg zu führen«, sagte sie. Merit hatte nicht vor, über ihr eigenes Trauma zu sprechen. »Was ist dir im Krieg passiert?«

»Das willst du nicht wissen.«

»Doch.« Er sprach manchmal im Schlaf, nicht immer ging das mit einem offensichtlichen Albtraum einher. Sie wusste instinktiv, dass er niemandem vertraute. Nicht einmal sich selbst. »Wer ist Morton?«, fragte sie und nannte damit einen Namen, den sie zu verstehen geglaubt hatte.

»Ein Freund. Ein Verräter. Das spielt keine Rolle. Er ist tot.«

»Und die Frau?«

Er drehte sich so schnell zu ihr und packte sie an den Oberarmen, dass sie erschrocken keuchte.

»Was willst du?« Kristjáns Stimme klang wie das Knurren eines Hundes. »Warum quälst du mich immer wieder?«

Er meint nicht mich, dachte sie. Es sind die Dämonen der Vergangenheit, die er sieht. »Würdest du mich bitte loslassen«, sagte sie so ruhig, wie es ihr möglich war. Er hätte das galoppierende Trommeln ihres Herzens eigentlich in seinen Fingerspitzen fühlen müssen.

So plötzlich, wie er über sie hergefallen war, ließ er von ihr ab. »Merit. Um Himmels willen! Geh weg von mir.«

»Das werde ich ganz gewiss nicht tun. Bitte, Kristján, erzähl mir, was mit dir los ist.«

Ausdruckslos, als wäre seine Seele in eine andere Welt entflohen, sah er sie an. Nach einer schier unendlich wirkenden Zeit wurde der Blick lebendig, die Augenlider flatterten kurz, und es brach aus ihm heraus. Dass er nie zur Armee hatte gehen wollen, dass er als Sohn eines hochrangigen Generals aber keine Wahl gehabt hätte. »Die Männer in meiner Familie sind Soldaten, Priester oder tot.«

Merit erinnerte sich, wie kalt er davon gesprochen hatte, dass sein Vater im letzten Jahr gestorben war. Dieser Tod schien eine Erleichterung für ihn gewesen zu sein. Verständlich, wenn der Mann ihn in den Krieg gezwungen hatte.

»Dass ich mich fürs *Search-&-Rescue*-Team beworben habe, gefiel ihm nicht. *Das ist was für Weicheier*«, äffte er seinen Vater nach. »Ich frage mich, woher er das wissen wollte. Schließlich war sein Platz am Schreibtisch, nicht in Afghanistan. Aber ich war dort, auch noch nachdem die meisten Kameraden längst abgezogen worden waren. Kurz bevor wir das Land verlassen sollten, sind ein paar von uns noch mal raus. An dem Tag habe ich Morton das letzte Mal lebend gesehen.«

Merit legte ihre Arme um Kristján und zog ihn näher an sich heran. Er zitterte, und sie sagte: »Du musst nicht weiterreden, wenn du nicht willst.«

»Doch. Du wolltest wissen, was los ist. Jetzt hörst du dir, verdammt noch mal, den ganzen Dreck auch an.« Er entzog sich ihrer Umarmung und schilderte das Kampfgeschehen; wie er versucht hatte, Morton davon abzuhalten, sich auf die Angreifer zu stürzen. »Wir sind geschickt worden, um sie da rauszuholen. Ich dachte, er wäre wahnsinnig geworden. Diese Wut. Kopflos. So habe ich ihn noch nie erlebt. Die haben ihn regelrecht in der Luft zerfetzt. Später mussten wir zwei Verletzte und das, was von ihm übrig geblieben war, bergen. Er war nicht mehr zu erkennen.«

Als sie ihm übers Gesicht strich, wurden ihre Finger nass von seinen Tränen. Merit sagte nichts, es gab keine Worte des Trosts in so einem Fall.

»Später hat sich herausgestellt, dass er und ein paar Kumpels, mit denen er abhing, Drogen besorgen wollten. Morton war süchtig. Ich habe nie etwas gemerkt.«

»Wie furchtbar.«

»Zu Hause haben wir geschwiegen. Keiner sprach darüber. Offiziell ist es nie passiert.«

Was er danach erzählte, mochte sie kaum glauben.

Statt Trost bei seiner Freundin zu finden, begegnete ihm diese Brigit mit blankem Hass. Er trüge die Schuld an Mortons Tod. Er hätte ihn überredet, zum Militär zu gehen. Niemals wäre er Soldat geworden, wenn er nicht immer genau das gemacht hätte, was Kristján ihm sagte. Sie hatte Kristján angeschrien und mit Geschirr beworfen.

Er rieb sich mit der flachen Hand über die Augen. »Das wäre alles nicht so schlimm gewesen. Die beiden kannten sich seit ihrer Schulzeit. Ich verstehe, dass man in seiner Trauer manchmal furchtbare Dinge sagt.« Er lehnte sich an den Felsen und sah eine ganze Weile schweigend in den Himmel. Mit monotoner Stimme fuhr er schließlich fort: »Sie behauptete, schwanger zu sein. Ich dachte, das Leben mag ungerecht sein, aber irgendwie war dieses Kind vielleicht eine Art Friedensangebot. Ein Leben für ein anderes.« Er schluckte. »Wie perfekt der Deal wirklich war, wurde mir klar, als sie mit der Wahrheit herausrückte. Das Kind war von Morton. Die beiden hatten mich seit Monaten hintergangen. Und während ich Einsätze geflogen bin, hat er im Heimaturlaub ...«

In diesem Augenblick hasste Merit die fremde Frau von ganzem Herzen. Sie ballte die Fäuste, bis sich ihre Fingernägel tief in die Handflächen bohrten, um nichts Unbedachtes zu sagen. Welch ein ungeheuerlicher Verrat!

»Ich bin ihr in Oslo begegnet. Sie hasst mich immer noch.«

Hatte er sich deswegen geschlagen? »Und du?«

»Ich fühle nichts. Nein, das stimmt nicht. Eigentlich tut Brigit mir leid. Das Kind hat sie später verloren. Vielleicht hat sie Morton wirklich geliebt und ist nicht über diesen doppelten Verlust hinweggekommen.«

»Deshalb hast du die Armee verlassen? Absolut verständlich.«

»Mein Vater dachte anders darüber. Wir haben uns gestritten und danach nie wieder miteinander gesprochen. Ich existierte einfach nicht mehr für ihn, für die ganze Familie.«

»Was sagt deine Mutter dazu?«

Sein Lachen klang bitter. »Die war klug genug abzuhauen, als ich mit zehn ins Internat kam. So hatte sie wenigstens noch ein paar glückliche Jahre, bevor sie an Krebs gestorben ist. Das hoffe ich jedenfalls für sie.«

Selten war ihr eine solche Anhäufung an Unglück begegnet, wie es diesen Mann getroffen hatte. Ungeliebt, von der Mutter verlassen, von den Freunden betrogen. Ihr erschien es wie ein Wunder, dass er im Alltag überhaupt noch einigermaßen normal agierte. Was auch immer *normal* bedeuten mochte.

Merit tastete nach seiner Hand und ließ nicht los, als er sie wegziehen wollte.

»Die Flashbacks kommen erst seit Kurzem, wie aus heiterem Himmel. Nach drei Jahren, verdammt. Ich dachte ...«

Beide blickten sie auf ihre ineinander verschränkten Hände. Seine groß und kräftig, ihre wie aus Porzellan.

»Merit, du bist ein wunderbarer Mensch. Ich habe geglaubt... Ich dachte, wir könnten vielleicht eine Zukunft haben. Aber ich bin ein Monster. Der Ausflug – das alles war ein Fehler. Du musst mich vergessen.«

Es stimmte, sie hatte sich für einen kurzen Augenblick vor ihm gefürchtet, weil es nicht das erste Mal war, dass er die Kontrolle über sich verlor. Vielleicht sollte sie wirklich gehen, bevor es zu spät war. Doch wenn jemand eine Chance verdiente, dann war es Kristján. »Du bist kein Monster, du bist krank. Geh zu einem guten Psychologen, lass dir helfen. Du kannst das in den Griff bekommen.«

»Wenn ich dir noch einmal wehtue, werde ich mir das nie verzeihen«, sagte er, und in seiner Stimme schwang so viel Verzweiflung mit, dass ihr die Tränen kamen.

»Ich war erschrocken. Ernsthaft wehgetan hast du mir

nicht.« Sie dachte einen Augenblick nach. »In der Therapie habe ich eine Soldatin kennengelernt, die hat ein paar Mal versucht, ihren eigenen Mann zu massakrieren. Glücklicherweise wusste er sich zu wehren. Es hat eine Weile gedauert, aber sie hat gelernt, mit diesen Panikattacken umzugehen. Du kannst das auch.«

Er schüttelte den Kopf. »Nein, du bist mit mir nicht sicher.«

David hatte ihn als störrisch bezeichnet. Wie recht er hatte. »Meinetwegen.« Merit bemühte sich, das nun Folgende so leicht wie möglich zu formulieren. »Ich habe eine Idee: Ich ziehe ins Atelier. Du gehst zu einer psychologischen Beratung, die auf Traumabehandlungen spezialisiert ist, und findest heraus, wie wir dir helfen können.« Sie schluckte. »Deal?«

Merit erwartete schon keine Antwort mehr, als er sich über sie beugte und auf die Stirn küsste. »Deal!«

Aneinandergelehnt hing jeder von ihnen seinen Gedanken nach, bis Merit etwas Seltsames über den Himmel wabern sah.

»Hast du das gesehen?«

»Was denn?«

»Da drüben, hinter den Bergen.«

Ein blassgrüner Schleier schwebte über den Gipfeln im Norden, blähte sich auf und wechselte seine Farbe zu einem Rosa, das langsam verblasste.

»Das sind Polarlichter. Der Winter kommt zurück.«

»Großartig! Was für ein Schauspiel.«

»Es ist sehr beeindruckend.«

»Beeindruckend? An deiner Ausdrucksweise müssen wir

aber auch noch arbeiten. Das ist absolut fan-tas-tisch. Pure Magie.«

»Naturwissenschaftlich zu erklären«, sagte er leise, und der Hauch eines Lächelns umspielte dabei seine Lippen.

31.

Ich habe es wieder getan.

Warum nur richteten sich die Aggressionen gegen das anbetungswürdigste Geschöpf, das ihm in seinem gesamten verkorksten Leben begegnet war?

Der Psychologe lieferte keine Erklärungen, er stellte Fragen.

Wie ihm das helfen sollte, wusste Kristján zwar nicht, aber sein Freund Trygve, mit dem er ein paar Mal telefoniert hatte, war zufrieden und hielt sein Versprechen, ihn nicht anzuschwärzen.

Dr. Bjarnason hatte für die US-Regierung gearbeitet und war mit der Welt des Militärs vertraut. Das machte es Kristján leichter, über seine Erlebnisse zu sprechen. Die wenigsten Zivilisten verstanden, was es bedeutete, die mentale Gesundheit in einer straff organisierten Hierarchie zu bewahren, in der Gehorsam an oberster Stelle stand.

Der Psychologe hielt ihn für fit genug, um zu fliegen, allerdings nicht mehr so viel und keinesfalls bis ans Limit oder darüber hinaus, wie es diesen Sommer mehr als einmal geschehen war, wenn er zusätzlich noch für Rettungseinsätze unterwegs gewesen war.

Kristján ging zu seinem Chef und bat ihn, die Anzahl der Wochenstunden zu reduzieren. Ursprünglich hatte er kündigen wollen, um niemanden in Gefahr zu bringen. Doch Bjarnason empfahl, unbedingt den durchstrukturierten Tagesablauf, den er sich geschaffen hatte, beizubehalten. »Sie haben nie anders als in festen Strukturen gelebt. Das zu ändern wäre eine Baustelle, die wir zum jetzigen Zeitpunkt nicht auch noch aufreißen wollen. Glauben Sie mir.«

In der Firma begründete Kristján die Bitte um eine Teilzeitlösung mit der Fotografie. Außerdem, sagte er, neige sich die Saison im nicht mehr fernen Herbst ohnehin ihrem Ende zu, und weil der Chef das natürlich wusste und obendrein in der Zeitung über die erfolgreiche Ausstellung im Marshall House gelesen hatte, willigte er ein. Es kam sogar noch besser. Da sonst niemand auf halbe Stundenzahl gehen wollte, bot er ihm an, den Vertrag zu verlängern. Für die wenigen Stunden, die man in den kommenden Monaten bei Tageslicht Rundflüge machen konnte, brauchte er nicht die gesamte Crew.

Kristján freute sich über das Angebot, erbat sich jedoch Bedenkzeit aus, um mit Merit zu reden. Wenn sie nach Ísrúns Rückkehr fortgehen wollte, würde auch ihn nichts in Island halten. Der letzte Winter in Spanien hatte ihm gutgetan, und sein dortiger Chef würde sich freuen, ihn wieder zu seiner Crew zu zählen, das hatte er ihm beim Abschied gesagt.

Die freien Stunden nutzte Kristján, um sich intensiver mit Fotografie zu befassen. Er ging jeden Tag ins Schwimmbad, wo er in den frühen Morgenstunden mit wenigen anderen seine Bahnen zog und im Whirlpool entspannte. Aber nicht nur dort.

Der Psychologe war unmissverständlich in seiner Ansage gewesen. »Mir ist gleich, für welche Methode Sie sich entscheiden, aber Sie müssen lernen loszulassen. Ich empfehle Yoga. Wenn das gar nichts für Sie sein sollte, finden wir etwas anderes.«

Ein bisschen Gymnastik würde ihn nicht umbringen, hatte Kristján gedacht, und er war ziemlich überrascht, seinen Trainer in so exzellenter Form zu sehen. Nach kurzer Zeit begriff er, dass die Entspannung hier über die Körperbeherrschung erzielt wurde und er trotz seiner Spezialausbildung fraglos einiges dazulernen konnte.

Auslöser der diagnostizierten posttraumatischen Belastungsstörung, vermutete Dr. Bjarnason, sei Stress gewesen. Die vielen Extraflüge konnten ein Grund sein und vor allem der emotionale Druck, den er sich selbst mit dem Versuch gemacht hatte, die tiefe Zuneigung zu leugnen, die er zu Merit empfand. Das Wort *Liebe* war in den Gesprächen nicht gefallen, aber gedacht hatte es Kristján in letzter Zeit durchaus. Noch wagte er nicht, an sein Glück zu glauben. So schnell schüttelte man schwere Enttäuschungen in der Vergangenheit nicht ab.

Obwohl es zwischen Merit und Brigit überhaupt keine Ähnlichkeiten gab. Seine damalige Freundin, das hatte er sich längst eingestanden, passte tatsächlich viel besser zu jemandem wie Morton. Brigit hatte kein einziges Mal in ihrem Leben gezögert, sich zu nehmen, was sie für ihr gutes Recht hielt, selbst wenn sie Menschen damit schadete, die ihr nahestanden. Und wenn sie sich doch einmal für andere einsetzte, dann wollte sie auch, dass jeder davon erfuhr. So erzählte sie beispielsweise gern, wie sehr das Schicksal der Pflegeheimbewohner sie berührte, brachte es aber nicht fertig, mit ihnen gemeinsam zu essen. Stattdessen ließ sie sich ihre Mahlzeiten von einer Pflegerin im Personalbüro servieren. Der Anblick der Alten widere sie an, hatte sie in einem unbedachten Augenblick gesagt, als er sie gebeten hatte, nach seiner Großmutter zu sehen. Früher oder später wäre die Beziehung an ihrem Egoismus gescheitert.

Merit war anders, sie ging mit offenen Händen durchs Leben. So offen, dass er sie vor denen beschützen wollte, die alles nahmen, aber niemals teilten. Menschen wie er. Nicht weil er es nicht gewollt hätte, sondern weil alles, was er ihr hätte schenken können, tief vergraben lag unter der Asche erkalteter Lebensenergie.

»Sie können dankbar sein, dass Ihre Freunde so besonnen reagiert und Sie zu mir geschickt haben,« sagte der Psychologe bei der nächsten Sitzung zu Kristján, nachdem er ein langes Gespräch mit Merit allein geführt hatte. »Eine lange Zeit unerkannte Posttraumatische Belastungsstörung ist ungleich schwieriger zu behandeln als Ihr Problem. Das bekommen wir schnell wieder hin, glauben Sie mir. Und unter uns gesagt: Diese junge Frau ist das Beste, was Ihnen passieren kann.«

Kristján nickte stumm.

»Sperren Sie Merit nicht aus Ihrem Leben aus. Sie weiß genau, was Sie durchmachen, und ist nicht nur wild entschlossen, Sie in jeder Hinsicht zu unterstützen, sie verfügt auch über Hintergrundwissen sowie eine beachtliche mentale Stärke. Aber die hat sie sich auch hart erarbeitet, denke ich.«

»Woher weiß sie so viel darüber?«

»Das wird sie Ihnen eines Tages gewiss erzählen. Drängen Sie nicht darauf.«

32.

Ihre Vermieterin war aus Kanada zurückgekehrt. Ísrún Bryndísardóttir wirkte kein bisschen überrascht, als Merit fragte, ob sie ihr Zimmer länger behalten könne.

»Das habe ich dir doch von Anfang an versprochen«, sagte Ísrún. »Wer sich um meine Streuner kümmert, ist hier ein gern gesehener Gast.«

»Was hättest du getan, wenn ich mich nicht auf die Anzeige gemeldet hätte?«

»Oh, es gab viele Bewerberinnen. Köttur wäre notfalls zu meiner Schwester umgezogen. Aber so war es doch eine nette Geste des Schicksals, nicht wahr?« Ísrún zwinkerte ihr zu.

Merit fragte nicht weiter nach, manche Dinge mussten nicht ergründet werden.

Sie verstanden sich bestens, und Ísrún nahm sie mit nach *Hafnarfjörður* zu einem Besuch bei ihrer Schwester, der Elfenseherin. Merit erinnerte sich an Guðrúns Bemerkung über die Magie ihrer Bilder und nutzte die Gelegenheit dazu, sich zu erkundigen, ob es ein Problem sein könnte, dass sie natürliche Materialien und zufällige Funde in ihren Werken verarbeitete. So richtig ernst konnte sie das Elfengerede nicht nehmen, aber wenn die Isländer die Geschichte für eine geeignete Möglichkeit hielten, ihre einzigartige Natur zu schützen, dann sollte sie sich als Gast des Landes auch an die damit verbundenen Regeln halten.

»Ich weiß nicht, warum, aber ich habe das Gefühl, um Erlaubnis bitten zu müssen, bevor ich etwas mitnehme«, sagte sie und kam sich dabei seltsam vor.

»Das ist absolut normal für jemanden, der Respekt vor der Natur hat«, sagte Ísrúns Schwester und schenkte ihr Tee nach. »Ich habe deine Bilder gesehen und weiß, dass die Elfen einverstanden sind mit dem, was du tust.« Doch dann sah sie Merit nachdenklich an. »Allerdings kann es nicht schaden, ihre Zustimmung zu erbitten, bevor eins davon das Land verlässt. Wir wollen ja nicht, dass ein Schiff untergeht oder ein Flugzeug vom Himmel fällt.«

Merit sah sie ungläubig an. »Ähm, nein. Das wäre nicht schön«, sagte sie und verbiss sich erfolgreich das Lachen, obwohl Ísrún im Hintergrund wilde Grimassen schnitt.

Ohne sich nach ihrer Schwester umzudrehen, sagte die Elfenseherin: »Ísrún ist eine Ungläubige. Obwohl sie ein großes Talent besitzt, hinter den Schleier zu blicken, der die Welten voneinander trennt.«

»Das stimmt nicht«, widersprach Ísrún. »Ich glaube sehr wohl an die Macht des Schicksals – und an den Umweltschutz auch«, fügte sie lachend hinzu.

Bald darauf verabschiedeten sie sich, und im Auto sagte Ísrún: »Sie ist nicht verrückt, nur ein bisschen anderweltlich. Aber Elfen gibt es wirklich, ich habe sie mit eigenen Augen gesehen.«

»Haben die zufällig Ähnlichkeit mit mir?«, fragte Merit aufgekratzt.

»Weil er dich Elfenmädchen nennt?« Ísrún lachte. »Wer

weiß? Kristján ist lange nicht so ein rationaler Mensch, wie er uns glauben machen will.«

»Das stimmt. Man muss sich ja nur seine Fotografien ansehen.«

»Allerdings«, sagte Ísrún und wirkte dabei sehr zufrieden.

Eine Woche später bat sie Kristján und Merit zum Gespräch in die Küche.

»Welche Pläne habt ihr für den Winter?«, fragte sie, nachdem jeder eine dampfende Tasse Kaffee vor sich stehen hatte, und nahm sich ein Stück von dem quietschbunten Kuchen, der eine von Liekes neuesten Kreationen für das Kaffi Berlin war.

Keine einfache Frage. Das Thema hatte sie seit dem Geburtstagsausflug vermieden, und Merit war sich noch nicht sicher, ob sie in Reykjavík bleiben oder weiterziehen sollte. Sie liebte Farben, und die gab es nur im Licht. Ihre größte Sorge war, dass in der dunklen Jahreszeit auch ihre Seelenschatten zurückkehren würden.

Verlegen widmete sie sich den bunten Schichten des Kuchens und legte jede einzelne gewissenhaft frei, bevor sie davon aß. Außer zuckrigem Marzipan schmeckte sie nichts.

»Ich habe ein Angebot von meinem Chef hierzubleiben«, sagte Kristján schließlich.

»David hat sich entschieden, den Winter in Miami zu verbringen. Keine Ahnung, was ihn daran so reizt. Er will das Atelier aber nicht aufgeben. Ich glaube, es wäre ihm recht, wenn ich weiter darin arbeite. Jetzt kann ich sogar Miete zahlen.«

»Hast du ein Bild verkauft?«

»Es sieht danach aus«, sagte sie verlegen. »Die Leute sind verrückt, so viel Geld dafür auszugeben. Aber ich will mich nicht beschweren. Wenn ich sparsam bin, kann ich damit bestimmt ein Jahr über die Runden kommen.«

»Gratuliere. Dann müssen die Elfen ja nur noch die Ausfuhr erlauben.« Ísrún zwinkerte ihr zu.

»Genau. Aber deine Schwester ist zuversichtlich. Vorerst bleibt es auch noch in Island. Die Ausstellung läuft bis Mitte November.«

»Aha«, sagte Kristján, der aufgestanden war, um frischen Kaffee aufzubrühen. »Was hat es damit auf sich?«

Sie erzählten ihm daraufhin, was die Elfenseherin über den Verkauf von Merits Bildern gesagt hatte.

»Hoffentlich gilt das nicht auch für Fotografien«, sagte er. »Heute habe ich den Vertrag für einen Bildband bekommen, und zumindest auf den ersten Blick sieht das Angebot sehr gut aus.«

»Ich freue mich so für dich!« Merit sprang auf und fiel ihm um den Hals.

»Das feiern wir«, raunte er ihr zu. »Ich habe auch schon eine Idee, wie.«

Sofort beschleunigte sich ihr Herzschlag. Sie hatten seit dem Ausflug nicht mehr miteinander geschlafen, weil Kristján von der Sorge gequält wurde, die Kontrolle zu verlieren und ihr etwas anzutun. Merit hielt ihn für übervorsichtig, Dr. Bjarnason übrigens auch. Doch nun schien er es sich anders überlegt zu haben.

Das wurde auch Zeit. Es war nicht zu übersehen, wie gut ihm das tägliche Schwimmen und die Yogastunden taten. Unauffällig ließ sie ihre Hand seinen Bauch hinabgleiten. Der Mann war in Topform. Er wirkte ausgeruhter und ungeheuer lebendig, einfach zum Niederknien sexy. Am liebsten wäre sie sofort über ihn hergefallen, hätte sich auf seinen Schoß gesetzt, das Hemd ausgezogen und ihres gleich mit, um ihm ganz nahe zu sein, ihn auf ihrer Haut zu spüren und sich von ihm auf jede erdenkliche Weise lieben zu lassen.

»Dann bleibt ihr also hier?«, unterbrach Ísrún ihre erotische Fantasie.

Merits Wangen brannten vor Scham, schnell setzte sie sich auf ihren Stuhl. Wie peinlich, sie hatte total vergessen, dass sie nicht allein waren.

Kristján schien die Kaffeemaschine plötzlich ungeheuer spannend zu finden. Seine Stimme klang belegt, als er über die Schulter hinweg fragte: »Worauf willst du eigentlich hinaus?«

»Ich werde den Winter über in Kanada bleiben und brauche jemanden, der sich um das Haus und Köttur kümmert. Ich habe darüber nachgedacht, es zu verkaufen, aber eigentlich habe ich keine Lust, es irgendwelchen Investoren in den Rachen zu werfen, die es nicht selbst nutzen, sondern tageweise an Touristen vermieten. In der Nachbarschaft gibt es sowieso schon viel zu viele von diesen seelenlosen Häusern. Es ist eine Schande.« Als Merit und Kristján schwiegen, sagte sie mit Nachdruck: »Ihr wäret mir die liebsten Mieter. Ich mache euch auch einen guten Preis. Überlegt es euch.«

33.

Es war kalt geworden. Merit hatte am Strand nach Material für ein neues Bild Ausschau gehalten, aber nichts Passendes gefunden. Dafür war ihr eine Idee gekommen, die sie so bald wie möglich umsetzen wollte.

Zurück im Auto, rieb sie sich fröstelnd die Hände und drehte die Heizung bis zum Anschlag auf. Es wurde Zeit, sich Handschuhe zu kaufen. Mit klammen Fingern griff sie nach dem Handy, das piepsend die neueste von vier Nachrichten meldete. Draußen war wegen der Brandung und dem böigen Wind nichts zu hören gewesen, und Merit verabscheute die Erfindung von WhatsApp und anderen Messenger-Diensten inzwischen ohnehin von ganzem Herzen.

Trotzdem konnte sie nun der Versuchung nicht widerstehen nachzusehen, wer ihr geschrieben hatte. Die erste Nachricht war von Guðrún, die fragte, ob sie Lust hätte, am Freitag mit *der Gang*, wie sie schrieb, auszugehen. Die Tag- und Nachtgleiche wäre ein schöner Anlass zum Feiern. *Bring den Mann ruhig mit*, hatte sie zum Schluss geschrieben.

Der Mann hatte zwei Mal angerufen. Er wollte wissen, wo sie blieb, und ihr fiel ein, dass sie zum Streichen verabredet gewesen waren. Bevor sie ihm antwortete, empfahl ihr isländischer Provider einen neuen Tarif, und die vierte

Nachricht kam wieder einmal von Unbekannt. *I am watching you* stand da, und ein Foto war angehängt, das sie und David zeigte, wie sie sich umarmten. Das war vor seinem Abflug nach New York gewesen, und ihre Schwester hatte danebengestanden, doch von ihr sah man nicht mehr als ein Stück des Mantels.

»Wie bescheuert«, sagte sie laut, drückte das Bild weg und warf ihr Handy angeekelt auf den Beifahrersitz. Irgendjemand spionierte ihr nach, und allmählich war sie sich nicht einmal mehr sicher, ob wirklich Sunny dahintersteckte. Denn sie hatte auch schon anderes bekommen, einen Schnappschuss von Köttur beispielsweise mit der Unterschrift: *Ich weiß, wo du wohnst.* Und immer wieder Aufnahmen, die beweisen sollten, dass Kristján ein doppeltes Spiel mit ihr trieb.

Es wäre zweifellos vernünftig, endlich mit ihm darüber zu sprechen. Obwohl sich Merit nicht für übermäßig eifersüchtig hielt, gingen die vergifteten Pfeile, die jede der Nachrichten enthielten, ihr doch inzwischen tief unter die Haut. Was, wenn er sie wirklich hinterging? Auch von Ferdinand hätte sie nie geglaubt, dass er dazu fähig wäre. Sie hatten ihre Schwierigkeiten gehabt, aber ihn für unehrlich zu halten, dafür hatte es keinen Grund gegeben. Bis zu dem Tag, als er ihr eröffnet hatte, schon seit geraumer Zeit mit einer anderen Frau zu schlafen.

Als sie Kristján so unverholen ein Angebot gemacht hatte, war ihre Trennung zu frisch gewesen, um an etwas Festes auch nur zu denken, aber sie hatte sich nach Zuwendung gesehnt und nach … gutem Sex. Sie wohnten unter dem gleichen Dach. Irgendwann wäre es wahrscheinlich sowieso passiert. Warum hätte sich Merit bis dahin unnötig quälen sollen?

Ihre Körper waren wie füreinander geschaffen. Auch ohne den Kommentar der viel erfahreneren Leonie wusste Merit, dass sie damit enormes Glück hatten. Auch auf erotischem Gebiet stimmte die Chemie zwischen ihnen. Wenn sie zurückdachte, dann war das schon damals auf der Fähre so gewesen, als eine unbeabsichtigte Berührung bereits Sehnsucht nach mehr ausgelöst hatte. Dass sie sich auch auf zahllosen anderen Ebenen verstehen würden, hatte Merit anfangs nicht gedacht. Auf den ersten Blick waren sie beide zu unterschiedlich. Doch dann hatte sie sich verliebt in den Mann, der hinter seiner harten Selbstdisziplin so verletzlich und sensibel war. Diese Verletzlichkeit, gerade jetzt, wo er sich mithilfe der Therapie öffnete, um die Schatten aus der Vergangenheit zu vertreiben, war auch der Grund dafür, dass sie ihm nichts von den Gemeinheiten seiner Ex-Freundin verraten wollte. Kristján besaß einen außerordentlichen Beschützerinstinkt und hätte es nicht geduldet, dass sie bedroht wurde. Ihm davon zu erzählen, fürchtete Merit, könnte einen neuen Anfall provozieren und damit das bisher Erreichte zunichtemachen.

Obendrein behandelte er sie neuerdings wie eine Heilige, die man auf Händen trug, mit der man aber nicht schlief. Merit empfand die Situation zunehmend als belastend. Möglicherweise war es nicht richtig gewesen, ihn an jenem Abend zu verführen, aber sie hatte sich so nach ihm gesehnt, und nachdem er sich anfangs ein wenig gesträubt hatte, war es ihr bald gelungen, ihn zu entflammen. Als es aber so weit war, ging nichts mehr.

Merit nahm die Sache gelassen. Ferdinand war das auch schon passiert. So etwas kam vor. Für Kristján war es offenbar das erste Mal und ein Riesenschock.

Sie wusste nicht, wie sie sich nun verhalten sollte. Darüber reden oder es demnächst einfach noch mal versuchen? Aber was, wenn es wieder nicht klappte? Sie hatte den Verdacht, dass er sich immer noch einbildete, eine Gefahr für sie zu sein, und sich deshalb nicht gehenlassen konnte. Am besten, sie überließ es ihm, den richtigen Zeitpunkt zu finden. Hoffentlich dauerte das nicht allzu lang.

Merit liebte Kristján und sehnte sich nach dem überwältigenden Gefühl, das sich einstellte, wenn ihre Körper in der Ekstase scheinbar miteinander verschmolzen und sie für einen kurzen Augenblick exquisiter Verzückung eins mit ihm wurde. Dafür lohnte es sich zu warten, dachte sie und beschloss, geduldig zu sein, obwohl es ihr schwerfiel.

Die hässliche Stimme des Zweifels meldete sich von Neuem in ihr: Und wenn er den Kontakt zu Sundance doch nicht endgültig abgebrochen hatte, wenn er wirklich ein doppeltes Spiel spielte?

Merit schlug mit der flachen Hand aufs Lenkrad, um sich Luft zu machen. Es hätte alles so schön sein können, stünde bloß dieser Zweifel nicht zwischen ihnen.

Vielleicht sollte ich mit seinem Psychologen sprechen, meldete sich die Vernunft. Mit diesem Vorsatz startete sie den Motor, um zurück nach Reykjavík zu fahren.

Kristján wartete bereits ungeduldig auf sie. Ísrún hatte vor ihrer Abreise einen Zimmertausch vorgeschlagen. Sie wollte mit ihren Sachen ins Gästezimmer ziehen, Merit sollte ihr Arbeitszimmer und den angeschlossenen Schlafraum bekommen. Zuerst hatte sie gezögert, das Angebot anzunehmen, doch der Wunsch nach mehr Platz, um zu Hause zeichnen zu können, ohne Kristjáns Küche dabei in Unordnung zu bringen, war schließlich stärker gewesen als ihre Bescheidenheit.

Damit war eine Entscheidung gefallen: Sie würde bleiben, vorerst jedenfalls. Wie lange, das hing auch von Kristján ab und von dessen Chef, der sich aus ihr rätselhaften Gründen noch nicht entschieden zu haben schien, ob er ihn den Winter über weiterbeschäftigen wollte oder nicht. Sie nahm sich vor nachzuhaken.

Ísrún hatte einen Großteil der Bücher und viele andere Dinge verkauft. Sie behielt nur, was unbedingt notwendig war. Besitz sei Ballast, sagte sie. Was übrig blieb, passte ins kleine Gästezimmer. Zufrieden war ihre Gastgeberin abgereist und hatte sie beim Abschied mit der Aufgabe betraut, den leer gewordenen Teil der Wohnung zu renovieren. Das war nur fair, fand Merit, denn die Miete hatte Ísrún nicht erhöhen wollen. Sie verdiene in Kanada genug, um die Kredite für das Haus zahlen zu können, und Künstler, das wisse man ja, wussten nie, wann sie ihr nächstes Werk verkauften.

»Wo bist du gewesen?«, begrüßte Kristján sie. Er wirkte angespannt. »Ich habe dich mittags im Atelier gesucht, nachdem ich dich übers Handy nicht erreichen konnte. Hast du vergessen, dass wir heute streichen wollten?«

Merit entschuldigte sich. Doch darüber reden, wo sie gewesen war und warum, wollte sie nicht. Dort draußen in der rauen Natur hatte sie heute eine Entscheidung getroffen, die nichts mit Kristján zu tun hatte, und wenn sie ihm davon erzählte, dann keinesfalls zwischen Vorwürfen und schlechter Laune.

»Ich habe angefangen, alles abzukleben«, sagte er, »aber für die Farben bist du zuständig. Wo warst du?«

Warum ließ er nicht locker? *Das geht dich nichts an*, war sicher nicht die diplomatischste Antwort, aber wer sagte eigentlich, dass sie ständig die Ausgleichende, Verständnisvolle sein musste?

»Du erzählst mir doch auch nicht immer, wohin du gehst oder ob du dich noch mit dieser Sundance triffst.«

Nun war es raus.

»Das war eine zufällige Begegnung. Wir haben einen Kaffee miteinander getrunken, sonst nichts.«

»Bitte?« Sie hatte nicht im Geringsten damit gerechnet, mit ihrer Provokation ins Schwarze zu treffen, und war für einen Augenblick sprachlos.

Kristjan sah sie nicht einmal an, während er die Rolle mit dem Kreppband aus der Hand legte und sich die Hände an seiner Jeans abwischte. Er log, davon war sie überzeugt.

»Du weiß, welcher Art mein Verhältnis mit Sundance war. Ich bin nicht stolz darauf, aber es war schon vorbei, bevor wir uns kennengelernt haben.«

Merit fühlte genau, wie er sich vor ihr zurückzog, aber sie konnte nichts machen – der Frust der letzten Wochen bahnte sich seinen Weg an die Oberfläche wie ein hässlicher Vulkanausbruch.

»So hat es bei uns auch angefangen.«

»Die *unverbindliche Affäre* war deine Idee, nicht meine.« Kristjáns Stimme hatte einen eisigen Ton angenommen.

»Aber dir hat es gut gepasst, nicht wahr? Zwei Frauen im Wechsel sind ja auch viel netter als nur eine.«

»Bist du verrückt geworden? Das würde ich nie tun!«

»Richtig. Seitdem du dich wieder mit ihr triffst, bin ich ja auch nicht mehr gut genug für dich. Sag, ist sie so viel besser im Bett, dass du mich nicht mehr anrühren willst?« Die Tränen in ihren Augen nahmen ihr vorübergehend die Sicht. Hier lief alles fürchterlich schief, aber sie war wie fremdbestimmt und konnte den Irrsinn nicht aufhalten.

Kristján war bei ihr, bevor sie reagieren konnte. Er sah wütend aus, und wie er sie gegen die Wand drückte, hatte nichts von der Rücksichtnahme, die er nach dem verkorksten Geburtstag als Grund angegeben hatte, sich von ihr fernzuhalten.

»Du hast keine Ahnung, wie sehr ich dich will.« Er küsste sie hungrig und nahm rücksichtslos von ihrem Mund Besitz.

Endlich. Merit gefiel es, wie er alle Zurückhaltung aufgab. »Beweis es mir«, hauchte sie, als er ihr in die Schulter biss, und bog sich ihm entgegen.

Er nahm sie gleich hier an die Wand gelehnt, zwischen den Farbeimern, und danach noch einmal auf der kahlen Matratze ihres Bettes. Hart, geradezu verbissen, aber nicht eine Sekunde brutal trieb er sie einem nie zuvor erlebten Höhepunkt entgegen. Merit schrie, er hielt ihr den Mund zu, und sie wand sich vor Lust, bis sie beide gemeinsam kamen.

»Glaubst du nun, dass ich nur dich will?« Kristján legte sich neben sie und zog ihren Kopf auf seine Brust.

Sein Puls raste ebenso wild wie ihrer, und erst als sich

beide Herzen beruhigt hatten, konnte sie ihm antworten: »Ich liebe dich.«

Er brummte etwas, das sie nicht verstand, gab ihr einen Kuss auf die Stirn und stand auf.

Merit hasste es, wenn Männer das taten. Schnell setzte sie sich ebenfalls auf, obwohl sie viel lieber noch eine Weile in seinen Armen gelegen hätte, um der abklingenden Leidenschaft Raum zu geben.

Zuzusehen, wie er die Gürtelschnalle schloss und sich das Haar aus dem Gesicht strich, als müsse er nach einem befriedigenden Intermezzo nun wieder seiner Arbeit nachgehen, gab ihr das Gefühl, benutzt worden zu sein. Dabei hatte er genau das getan, was sie sich seit Tagen gewünscht hatte und vielleicht mit dem Streit auch hatte provozieren wollen.

Sie stand auf und zog ihr Kleid zurecht, das sie über der langen Hose getragen hatte, die weiter vorn auf dem Boden lag.

Er war schon an der Tür, als wollte er vor ihr weglaufen, drehte sich dann aber noch einmal um. »Merit, das geht so nicht. Wir müssen reden, aber nicht jetzt. Ich habe gleich einen Rundflug über die Vulkane und bin sowieso schon spät dran.«

Wie praktisch. Ja, geh nur, dachte sie und sagte ebenso kühl, wie seine Worte in ihren Ohren geklungen hatten: »Klar. Ich streiche dann mal die Wände.«

Das tat sie dann auch. Mit voll aufgedrehter Anlage und einer Musik, die alles betäubte, ihr Hörvermögen und ganz besonders den Schmerz in ihrer Seele. Was war nur los mit ihr?

Abends schickte er eine Kurznachricht. Er hätte Bereitschaft und führe morgen direkt zum Flughafen Keflavík. Kristján hatte einen Termin in Hamburg, wo sich seine mögliche Agentur, die ihn als Künstler würde vertreten können, und auch der Verlag befanden, der mit ihm gemeinsam den geplanten Bildband besprechen wollte.

Merit tat daraufhin etwas in ihren Augen sehr Hässliches. Aber es ging nicht anders, sie musste es wissen. Deshalb ging sie nach oben, um in seinen Terminkalender zu sehen.

Ihre Erinnerung hatte sie nicht getäuscht, für den Bereitschaftsdienst war er erst in vierzehn Tagen wieder eingeteilt.

Die Reisetasche war weg, das T-Shirt, das er vorhin getragen hatte, hing über der Stuhllehne. Merit nahm es, drückte es an ihr Gesicht und legte sich in sein Bett.

Kristján hatte sie gebeten, ihn zum Verlagstermin in Hamburg zu begleiten. Sie hätte ihre Schwester besuchen und ihm die Stadt zeigen können. Doch vor allem wollte er sie gern dabeihaben, auch weil es ihm immer noch nicht so ganz geheuer war, dass jemand seine Fotografien tatsächlich für Kunst hielt. Gesagt hatte er das nicht so deutlich, aber Merit hätte schon blind und taub sein müssen, um seine Verunsicherung nicht zu erkennen.

Zunächst hatte sie ihm den Wunsch nicht rundweg abgeschlagen, doch je näher der Termin gerückt war, desto größer wurde ihre Angst. Letzte Woche hatte sie ihr Ticket storniert und behauptet, die Reise würde sie aus ihrer Arbeit herausreißen, und das ginge im Augenblick gar nicht.

Es war nicht zu übersehen, wie sehr Kristján verletzt

gewesen war, aber er hatte ihre Entscheidung akzeptiert, ohne nach den Gründen zu fragen. Und sie hatte wieder eine Gelegenheit verstreichen lassen, sich ihm endlich anzuvertrauen.

Dr. Bjarnason, der in groben Zügen über ihre Vergangenheit Bescheid wusste, hatte ihr erklärt, wie wertvoll ihre Unterstützung für Kristjáns weitere Entwicklung war. Aber er hatte ihr auch gesagt, sie dürfe nicht in dieser Rolle aufgehen und dabei ihre eigenen Bedürfnisse vernachlässigen. Natürlich riet er zu einem offenen Umgang mit ihren Ängsten und der Depression. Doch die Entscheidung, wann das geschehen sollte, müsse sie ganz allein treffen.

Vielleicht würde sie nach Kristjáns Rückkehr die Kraft dazu finden, jetzt brauchte sie alles, was ihr davon geblieben war, um zu überleben.

Nach einem kurzen, unruhigen Schlaf stand Merit wieder auf. Die Gefühle, die sie gestern gequält hatten, die Angst, ihn zu verlieren, und die Eifersucht waren verschwunden. An ihre Stelle war die lähmende Leere getreten, die sie allzu gut kannte.

Am liebsten wäre sie liegen geblieben und hätte gewartet, bis es vorüber war. Diese Phasen gingen aber nicht einfach weg, jedenfalls bei ihr nicht, das hatte sie in den letzten Jahren gelernt. Arbeit half ihr, und lange Zeit waren auch Medikamente wichtige Begleiter – und Gespräche.

Also wählte sie die Notfallnummer ihrer Therapeutin, erreichte aber nur ein Band mit der Ansage, dass die Praxis bis zur kommenden Woche geschlossen war. In dringenden Fällen könne man sich an den Psychologischen Notfalldienst wenden. Merit unterbrach die Verbindung und beschloss, ihre Zimmer fertig zu streichen und danach einzurichten, sodass sie schnell zu dem geschützten Refugium wurden, nach dem sie sich im Moment mehr sehnte als nach irgendetwas anderem.

Die körperliche Arbeit tat gut. Sie konzentrierte sich auf jeden Pinselstrich und dachte über nichts anderes nach. Im Augenblick leben, an nichts anderes denken als an das, was ihre Hände taten. Sie war gut darin, aber es hatte lange gedauert, diese Fähigkeit zu erwerben.

Am späten Vormittag war schließlich alles gestrichen und aufgeräumt. Ihr blieb der ganze Nachmittag, um nach Garðabær zu fahren und bei Ikea diese hübsche, weiße Kommode zu kaufen, zwei neue Teppiche und all die anderen Kleinigkeiten, mit denen Ísrúns Zimmer endgültig zu ihrem eigenen Reich werden würden.

Köttur, der längst wieder gesund war und hinausdurfte, ließ sich nicht sehen, vermutlich wegen des Farbgeruchs. Nachdem sie ihm frisches Futter und Wasser hingestellt hatte, machte sich Merit auf den Weg.

34.

Woher wusste Merit von dem Treffen mit Sunny?

Es war nicht zufällig gewesen, wie er behauptet hatte, und deshalb quälten Kristján Gewissensbisse. Doch nun hatte sie ihm ihre Eifersucht offenbart, und die empfand sie, er musste es leider zugeben, nicht einmal grundlos. Nicht, was ihn betraf. Er hatte mit dem Kapitel endgültig abgeschlossen. Sunny leider nicht.

Nach einem gemeinsamen Flug hatte sie ihn um eine Aussprache gebeten und zu sich nach Hause eingeladen. Keine gute Idee, fand er, und traf sie schließlich zum Lunch in einem Restaurant.

Elegant gekleidet, benahm sie sich wie eine Lady, das konnte sie durchaus. Kristján, der dem Treffen mit gemischten Gefühlen entgegengesehen hatte, entspannte sich und erzählte ihr, was sie über seine Fotografien wissen wollte und sogar von dem Termin in Hamburg.

Doch dann erkundigte sie sich nach Merit und ihren Arbeiten, und es wurde ziemlich schnell offensichtlich, dass sie herausfinden wollte, wie ernst es ihm mit Merit war.

Sehr ernst, aber das wollte er mit Sunny nicht diskutieren, und prompt spürte er ihren bestrumpften Fuß zwischen den Beinen. Was ihn früher erregt hätte, ließ ihn nun komplett kalt.

»Lass das, Sundance.«

»Komm schon, du magst es doch ein bisschen dirty. Weißt du noch, wie du mich beim Botschaftsempfang zur Nationalhymne gefickt hast?« Sie summte die Melodie von *The Star-Spangled Banner* und schaffte es, dabei ganz und gar unschuldig auszusehen.

»Das war nicht ich, das war der Sous-Chef. Ich weiß nur, dass ich alle Hände voll zu tun hatte, deinen Ehemann davon abzuhalten, den armen Kerl mit einem Tranchiermesser zu massakrieren.« Entschlossen griff er unter den Tisch, um ihren Fuß loszuwerden. »Lass es!«

Sie lachte und wackelte mit den Zehen.

Kristján drückte fester zu.

Für einen kurzen Augenblick ließ sie die Maske der amüsierten *sophisticated* Lady fallen. Nichts besaß weniger Stil als die Drohung, die sie nun mit böser Stimme aussprach: »Erinnerst du dich an meinen Unfall im Frühjahr? Davon gibt es Fotos. Was, wenn ich sagen würde, dass du mir die blauen Flecke zugefügt hast?«

»Das wäre eine Lüge. Ich war damals noch in Spanien.«

»Schade.« Sie zog ihren Fuß zurück. »Ach komm, was kann dir dieses deutsche Fräuleinwunder schon bieten?«

All das, was du nicht hast, dachte Kristján und winkte dem Kellner. »Wir hätten gern die Rechnung.«

»Eine Rechnung willst du? Die kannste haben.« Ihre Stimme war schrill geworden, und einige Gäste sahen sich nach ihnen um.

Der Ober nickte, um ihm zu signalisieren, dass er sich beeilen würde. Sundance bemerkte dieses Zeichen männlichen Einvernehmens und sprang auf. Verärgert sah sie in die Runde. »Dieser Kerl verführt nicht nur reihenweise anständige Frauen, er ist auch der mieseste Lover, den man sich vorstellen kann.«

Alle Gespräche verstummten, man hörte nur noch das Klappern von Besteck auf Porzellan. Die meisten Gäste blickten verlegen auf ihre Teller, nur am Nachbartisch drehte sich eine Frau um und sagte: »Lady, das schließt einander aus. Wir haben genug gehört. Gehen Sie, bevor der Gentleman beginnt, aus dem Nähkästchen zu plaudern.«

Vereinzelt hörte man Lacher, und Sundance verließ wütend das Restaurant, jeder der Schritte auf zu hohen Absätzen signalisierte ihre Empörung.

Es war ihm unerklärlich, warum er diese Frau nicht nur attraktiv, sondern auch sympathisch gefunden hatte. Ja, sie war schön und besaß Kurven, die sie gekonnt zu betonen verstand. Die achtunddreißig Jahre in ihrem Pass hätte sie nie zugegeben, und man sah sie ihr auch wirklich nicht an. Dass die perfekten Brüste ebenso wie ihre Nase vom Chirurgen erschaffen worden waren, hatte ihn nie gestört. Wie bedauerlich, dass man sich einen schlechten Charakter nicht auch wegoperieren lassen konnte. Es war naiv von ihm gewesen zu glauben, sie würden jemals zu einem freundschaftlichen Umgang zurückkehren können. Sein Kollege hatte damals recht gehabt: Sundance gehörte zu den Menschen, die ein Nein nicht akzeptierten und boshaft reagierten, wenn es mal nicht nach ihren Wünschen lief.

Nach dieser verunglückten Verabredung war der erste Schritt, in der Firma zu bitten, seine VIP-Flüge nicht mehr von Sundance, sondern von ihrer Assistentin begleiten zu lassen. Moira hatte sich im Laufe der Saison gut eingearbeitet und sich zu einer bestens informierten, heiteren und beliebten Reiseleiterin entwickelt. Kristján mochte ihren trockenen Humor und die effiziente Art, wie sie die gemeinsamen Rundflüge vorbereitete.

Da die anderen Piloten sich darum rissen, Sunny an Bord zu nehmen, und ihn schon immer um ihre Gunst beneidet hatten, ließ sich sein Wunsch problemlos erfüllen.

Doch das war nur der erste Schritt. Im zweiten musste er sich dringend Gedanken machen, was er von der Beziehung zu Merit erwartete, und herausfinden, wie ihre Pläne aussahen. Dass sie nicht, wie ursprünglich geplant, abgereist war und sich nun sogar in den neuen Räumen ein schönes Zuhause geschaffen hatte, stimmte ihn zuversichtlich. Aber ein Beweis, dass sie mit ihm zusammenbleiben wollte, war es nicht.

Wenn bloß diese verfluchten Flashbacks nicht wären. Bevor er sich nicht wieder in den Griff bekam, war es sinnlos, ernsthaft eine gemeinsame Zukunft zu planen. Eher würde er Merit verlassen, als sie noch einmal in Gefahr zu bringen. Dabei wollte er nichts lieber, als den Winter gemeinsam mit ihr in Reykjavík zu verbringen – und nicht nur diesen Winter. Ein Leben ohne Merit wollte er sich überhaupt nicht mehr vorstellen.

Ich liebe dich, hatte sie ihm noch ganz liebeswarm zugeflüstert. Aber so etwas war im Bett schnell dahingesagt. Wie konnte sie ihn lieben, wo er sich selbst doch so sehr verachtete?

Und es gab noch ein Problem: *Kein Sex!,* hatte er sich

verordnet, und dann war er über sie hergefallen wie ein Monster. Natürlich hatte sie ihn provoziert, aber es war die Sache eines Mannes, trotzdem cool zu bleiben.

Normalerweise wusste Merit sehr gut, was sie wollte, und setzte das auch in die Tat um. Dennoch war sie ihm dabei nie rücksichtslos oder egoistisch vorgekommen. Das liebte er ebenso an ihr wie die sensible Künstlerseele und die Fähigkeit, lustvoll im Augenblick des Seins aufzugehen. Gestern aber war sie ungewohnt passiv geblieben, und wenn er nicht mit ihr sprach, würde er nie erfahren, ob sie sich womöglich aus Furcht ruhig verhalten hatte.

Warum, zum Teufel, war er so schnell abgehauen? Ja, er war spät dran gewesen, aber für ein paar Minuten Zärtlichkeit wäre natürlich noch Zeit gewesen.

Kristján hielt sich für einen charakterlosen Unhold. Für sein Tun gab es keine Entschuldigung. Höchstens eine Erklärung. Er hatte Angst gehabt. Angst vor den heftigen Empfindungen. Angst vor der Liebe zu jemandem, den er nicht verdient hatte.

Das alles hatte er ihr abends sagen wollen. Doch dann musste er den nächtlichen Bereitschaftsdienst für einen Kollegen übernehmen. Kristján konnte nicht aus seiner Haut: Fiel ein Kamerad aus, musste ein anderer einspringen, und für die unverheirateten Piloten gab es keine Ausreden.

Um ihr wenigstens das zu sagen, fuhr er, anders als geplant, nach dem Dienst mittags nicht direkt zum internationalen Flughafen, sondern nahm den Umweg über die Ránargata. Das Mindeste, was er tun konnte, war, sich persönlich zu entschuldigen.

Doch Merit war nicht da. Die beiden Zimmer hatte sie fertig gestrichen, aufgeräumt und geputzt. Sie musste die ganze Nacht gearbeitet haben. Und jetzt war sie fort.

Das Katzenfutter war frisch, ihr Auto stand nicht vor der Tür, offenbar hatte er sie knapp verpasst.

Kristján war kurz davor, den Hamburg-Termin abzusagen. Doch was hätte das ihrer Beziehung gebracht? Das Fotografieren machte ihn glücklich. Merit und schon lange vor ihr auch David hatten ihn bestärkt und unterstützt. Sollte er das alles aufs Spiel setzen?

Schließlich schrieb er eine Nachricht, legte sie auf den Küchentisch und fuhr zum internationalen Flughafen Keflavík.

In der Maschine nach Frankfurt, wo er auf eine nationale Verbindung umsteigen musste, saß in der Reihe schräg vor ihm ein Mann in tadellosem Anzug, der offenbar unter Flugangst litt. Amüsiert beobachtete Kristján, wie zwei Flugbegleiterinnen sich große Mühe gaben, den armen Kerl zu beruhigen. Doch nichts half so richtig: Hoch aufgerichtet, saß der Mann in seinem Sitz und klammerte sich an den Armlehnen fest, bis die Fingerknöchel weiß wurden. So saß er auch noch da, als Kristján nach einem erholsamen Schlaf kurz vor der Landung erwachte.

Und plötzlich fiel es ihm wie Schuppen von den Augen. Das war es! Auf einmal ergab alles einen Sinn, und er begriff, was Merits Problem war. Die Ursache kannte er nicht, aber eins wurde ihm schlagartig klar: Sie hatte Angst vorm Fliegen!

Ausgerechnet seine größte Leidenschaft war ihr ein Gräuel.

Der Rest des Tages war ausgefüllt mit neuen Eindrücken. Beim gemeinsamen Abendessen mit dem von David empfohlenen Agenten lernte er ihn als einen humorvollen und aufgeschlossenen Mann kennen, dem er die Vertragsverhandlungen für sein Buch bedenkenlos anvertraute. Dem morgigen Gespräch mit seinem hoffentlich zukünftigen Verleger sah er zuversichtlich entgegen.

Im Laufe des Nachmittags hatte er ein paar Mal vergeblich versucht, eine Nachricht an Merit zu schreiben, aber jeden Text wieder verworfen, weil ihm alles zu kurz gegriffen oder banal erschienen war. Sie meldete sich ebenfalls nicht. Als Kristján nach Mitternacht in seinem Hamburger Hotelzimmer im Bett lag und allmählich zur Ruhe kam, kreisten seine Gedanken bald nur noch um Merit.

Dem Ex-Freund das Auto zu klauen war schon ein Husarenstück, wahrscheinlich aber hatte sie keine andere Möglichkeit gesehen, um nach Island zu reisen. Für seinen Brotjob hatte sie sich nie interessiert, was für Piloten eine ungewöhnliche Erfahrung war. Die meisten Menschen wollten mehr über seine Aufgaben wissen, und fast alle hätten sich gefreut, mitfliegen zu dürfen. Doch wegen der hohen Treibstoffkosten durfte er nicht mal seine Freundin ohne Erlaubnis mitnehmen, und er hatte das Okay auch nur deshalb relativ problemlos bekommen, weil der Chef zum einen seine Arbeit schätzte und zum anderen die Mehrkosten mit Überstunden verrechnete. Merit aber hatte die Einladung ausgeschlagen, und als er darum gebeten hatte, ihn nach Hamburg zu begleiten, hatte sie regelrecht ängstlich gewirkt.

Kristján hätte sich ohrfeigen können. Er war ein Idiot.

Nun lag genau so eine Einladung für Sonntag wieder auf ihrem Küchentisch. Natürlich würde sie ablehnen. Anders konnte die Arme gar nicht reagieren. Nicht einmal aus Liebe.

Auf einmal sah er alles in einem anderen Licht. Wie sie sich ihm nach dem Streit bedingungslos hingegeben hatte, bewies mehr noch als die danach geflüsterten Worte, was Merit für ihn empfand. Warum hatte er an ihr gezweifelt? Kristján ging es doch ebenso. Noch nie hatte er eine auf jeder Ebene erfüllendere Begegnung mit einer Frau gehabt. Er war ihr komplett verfallen, und das Beste war: Ihm gefiel dieser Zustand außerordentlich.

Kristján fühlte, wie sich ein Lächeln in seinem Gesicht ausbreitete. Wie immer, wenn er an sie dachte. »Meine zauberhafte Elfe«, flüsterte er in die Dunkelheit. »Wie sehr ich dich vermisse. Ich mache alles wieder gut!«

35.

Merit sah sich in ihrem Refugium um. Die schwarze Wolke hatte sich ein Stück zurückgezogen. Sie war noch da, würde das vielleicht auch immer bleiben, und heute deutlich in Sichtweite – doch lähmte das düstere Gebilde nicht mehr all ihre Gefühle, und dafür war sie unendlich dankbar.

Sie hatte viel geschafft. Das Zusammenbauen der Möbel dauerte sowieso immer länger, als man dachte. Auf den detaillierten Zeichnungen sah es einfach aus, aber dann ähnelten sich auf einmal alle Teile, und man stand da mit seinem Inbus-Schlüssel und wusste nicht mehr, was rechts und was links war. Doch nun war es fast vollbracht. Die Teppiche lagen, eine neue Vase mit frischen Blumen stand auf der Kommode, und in dem schönen Eisenbett bauschte sich, mit frischer Bettwäsche bezogen, eine dicke Winterdecke.

Zuletzt hatte sie neue Lampen aufgehängt, es würde ja auch irgendwann einmal dauerdunkel werden in diesem seltsamen Land. Doch bis es so weit war, würden ihr die Rollos gute Dienste leisten, die im Augenblick hochgezogen waren, weil sie die Wirkung der luftigen Gardinen begutachten wollte.

Ihr Handy piepste, doch dieses Mal war es keine unangenehme Nachricht, sondern die Erinnerung an die Verabredung mit ihren Freunden. Ohne Kristján. Er war noch in Hamburg und kam erst morgen Nachmittag zurück, würde aber tags darauf schon wieder einen Transportflug machen. So hatte sie sich seinen Halbtagsjob nicht vorgestellt. Aber man musste in diesem Gewerbe die Arbeit eben erledigen, wie sie reinkam.

Vor der Abreise nach Hamburg hatte er noch einmal zu Hause vorbeigeschaut, da war sie aber beim Einkaufen gewesen. Der Zettel auf dem Küchentisch war ihr erst am Abend entgegengeflattert, als sie die Terrassentür öffnete, um zu lüften und nach Köttur Ausschau zu halten.

Die Einladung in den Händen, ihn am Sonntag auf seinem Flug zu begleiten, setzte sich Merit auf einen Küchenstuhl. Das wievielte Mal hatte sie sich jetzt schon um einen Hubschrauberflug gedrückt? Was er wohl dachte? Dass sie ihm nicht vertraute, nicht mit ihm reisen wollte? Merit erinnerte sich an sein Gesicht, als sie den Hamburg-Trip abgesagt hatte. Sie musste sich ihm endlich anvertrauen.

Zur Ablenkung und weil an Schlafen auch heute nicht zu denken war, versuchte sie sich im Zeichnen. Porträts gehörten nicht zu ihren Lieblingsdisziplinen, doch seins fand sie am Ende ziemlich gut gelungen und steckte es in einen der leeren Rahmen, die sie ebenfalls von ihrer Einkaufstour mitgebracht und vorläufig an die Wand gelehnt hatte.

Immer wieder hatte sie über seinen fluchtartigen Aufbruch nachgedacht. Eigentlich gehörte es zu ihren Schwächen, sich einer unklaren Situation durch Flucht zu entziehen. Kristján dagegen war ein Fighter. Wahrscheinlich hatte er wirklich nicht anders gekonnt, als den Bereitschaftsdienst zu übernehmen, wie er schrieb. Und dass er allen Grund hatte, sauer oder zumindest enttäuscht zu sein, weil sie nicht mit ihm nach Hamburg gekommen war, musste sie ihm auch zugestehen. Sein Friedensangebot hatte er nicht per SMS geschickt, sondern persönlich übergeben wollen. Das bedeutete ihr viel, und es schmerzte sie, es nicht annehmen zu können. Aber sie würde ihm dieses Mal die Gründe dafür erklären. Ebenfalls persönlich. Deshalb war es besser, sich gar nicht zu melden und abzuwarten, bis er nach Hause kam, statt vorschnell Hoffnungen bei ihm zu wecken.

Mit Guðrún, Áki und den Sprachschülerinnen wollte sie nicht nur die Tag- und Nachtgleiche feiern, es war auch das Abschiedsfest für Amy und Martha, deren Aufenthalt sich dem Ende zuneigte. Lieke allerdings blieb in Island. Das Café lief gut, und mit Guðrún verband sie eine zärtliche Liebe.

»Diese langen Nächte kann ich mir nicht so gut vorstellen«, sagte Lieke, »aber ich will es unbedingt ausprobieren. Habt ihr gewusst, dass die Isländer dreizehn Weihnachtsmänner haben? Da ist im Dezember eine Menge los.« Alle lachten. »Falls ich einen Dunkelkoller kriege, kommt Guðrún im nächsten Winter mit nach Amsterdam.«

»Einen ähnlichen Deal hab ich mit Kristján auch vor«, sagte Merit in der Hoffnung, dass er hierbleiben konnte und wollte. Würde sein Vertrag nicht verlängert werden, bliebe ihm gar nichts anderes übrig, als anderswo einen Job anzunehmen, im Küstenschutz oder als Rettungsflieger. Aber darüber wollte sie jetzt nicht nachdenken und erzählte ihren Freunden stattdessen von den Veränderungen in der Ránargata und vom verkauften Bild, das es ihr überhaupt erst ermöglichte, länger zu bleiben.

»Kommt Kristján später?«, fragte Áki, der sich inzwischen damit abgefunden zu haben schien, dass Merit vergeben war.

»Leider nicht.« Sie berichtete von seiner Hamburgreise zum Verlag und freute sich, wie begeistert alle auf ihre Erfolge reagierten.

Später zog die Gruppe weiter durch die Clubs, und die beiden Amerikanerinnen zeigten, dass sie neben der Sprache auch das Feiern von den Isländern gelernt hatten. Merit hielt sich zurück. Erstens war ihr nicht nach Tanzen zumute, und zweitens war es besser, keinen Alkohol zu trinken, wenn die schwarzen Schatten sich bemerkbar machten. Sie saß an der Bar, sah den Leuten zu und nahm ab und zu einen Schluck von ihrem Fruchtcocktail, als sich Guðrún zu ihr setzte.

»Was ist los mit dir? Schlechte Nachrichten?«

»Wie kommst du darauf?«

»Mir ist beim letzten Mal schon aufgefallen, dass du jedes Mal zusammenzuckst, wenn irgendwo ein Smartphone piepst.«

Merit hatte sich vorgenommen, nach seiner Rückkehr auch darüber mit Kristján zu reden. Vielleicht war es keine schlechte Idee, die Sache vorher mit einer Freundin zu besprechen.

»Können wir kurz rausgehen?«, fragte sie. Hier im Club war es dafür viel zu laut.

Draußen sagte sie: »Ich werde gestalkt.«

»Echt? Wie denn?«

Sie zog ihr Smartphone aus der Tasche, um Guðrún die Fotos und Drohungen zu zeigen, da tauchte ein neues Bild auf: Kristján und Sundance vor der Elbphilharmonie. Sie spürte, wie sie blass wurde, und musste sich an der Hauswand festhalten.

»Zeig mal her.« Guðrún nahm ihr das Handy aus der Hand. »Das kann nicht wahr sein. Ach komm, weine doch nicht. Das ist ein Fake.« Sie sah sich die anderen Nachrichten an und schüttelte den Kopf. »Ich nehme an, er weiß nichts davon?«

»Nein. Es ging ihm in letzter Zeit nicht gut.«

»Du musst zur Polizei gehen.«

»Was sollen die denn machen? Es sind ja keine wirklich schlimmen Sachen dabei.«

»Ich weiß nicht, den Kater zu fotografieren und darunter zu schreiben *Ich weiß, wo du wohnst* klingt für mich nach einer Drohung.«

»Meinst du wirklich? Köttur ist seit zwei Tagen nicht mehr nach Hause gekommen.«

»Na ja, der ist ein Streuner. Da würde ich mir jetzt noch keine Sorgen machen«, wiegelte Guðrún ab. »Aber ich bin sicher: Das ist eindeutig das Werk dieser texanischen Schlange.«

»Du meinst Sundance.«

»Blöder Name.«

Merit musste wider Willen lachen. »Das gehört zu den wenigen Dingen, für die sie nicht verantwortlich ist.«

Guðrún hielt immer noch ihr Smartphone in der Hand und fuhr mit den Fingerspitzen über das Display. »Da! Ich habe ja gleich gesagt, dass es ein Fake ist. Guck hier. Dieses Konzerthaus wurde doch längst eröffnet. Was machen dann die ganzen Baufahrzeuge rundherum?« Sie vergrößerte das Bild noch weiter und lachte. »Jemand hat höchst dilettantisch versucht, den Kran zu retuschieren. Ich sage dir, das Foto ist älter. Über die Metadaten kannst du mit etwas Glück sogar Datum und Uhrzeit der Aufnahme und alle möglichen anderen Sachen rauslesen. Ich schicke dir gleich den Link zu einer App.« Sie gab Merit das Handy zurück. »Die ist nicht nur böse, die ist auch ausgesprochen doof.«

»Hoffentlich hast du recht.«

»Von mir aus können wir gleich hingehen und ihr diese Sauerei um die Ohren hauen.«

»Mitten in der Nacht?«

»Dann eben morgen früh.«

Nachdem sie ihre Freundin umarmt hatte, fuhr Merit nach Hause, um die Fotos mit ihrem Grafikprogramm genauer zu prüfen. Und tatsächlich waren einige eindeutig bearbeitet worden. Was Leonie von Anfang an vermutet hatte, stimmte also: Mangels Gelegenheit hatte diese fiese Kuh Fotos geschickt, die vermutlich alle aus dem letzten Jahr stammten, um Merit weiszumachen, Kristján hinterginge sie. Wie ärgerlich, dass sie nicht schon früher daran gedacht hatte, die Echtheit der Aufnahmen genauer unter die Lupe zu nehmen.

Sie begann, sich für Guðrúns Vorschlag zu erwärmen. Aber morgens um fünf Uhr war nicht der richtige Zeitpunkt, um jemandem die Leviten zu lesen. Merit legte sich in ihr neues Bett, schloss die Augen und war im Nu eingeschlafen.

Gegen Mittag erwachte sie, machte sich einen starken Kaffee und tigerte in der Wohnung herum, unfähig, etwas Sinnvolles zu tun. Sie hatte eigentlich zu Sundance fahren und sie mit der Handysache konfrontieren wollen, aber dafür war es jetzt zu spät. Kristjáns Flugzeug war bereits gelandet, und er würde bald hier sein. Es war schon beinahe lächerlich, wie sehr sie sich freute. Schließlich war er gerade mal zwei Tage fort gewesen.

Sie sah an sich hinunter. Eine Dusche wäre vielleicht nicht schlecht, und die Haare rochen fürchterlich nach Rauch und Schlaf. So schnell sie konnte zog sie sich aus, lief ins Bad, drehte die Wasserhähne auf und rümpfte die Nase. An den Schwefelgeruch würde sie sich nie gewöhnen.

Merit hatte sich gerade die Haare frottiert und wollte durch den kalten Flur in ihr neues Zimmer laufen, um sich anzuziehen, da hörte sie den Schlüssel in der Haustür. Blitzschnell wickelte sie sich in das nächstbeste trockene Handtuch, das leider ziemlich klein war, und öffnete die Badezimmertür. »Da bist du ja schon!«

Er stellte den Koffer ab, legte seine Jacke darauf und kam auf sie zu. »Ich hatte nur Handgepäck.«

»Oh«, sagte sie und sah zu ihm auf. »Bist du gewachsen?«

»Ich glaube eher, du bist geschrumpft«, sagte er und zog sich die Schuhe aus, was ihn aber auch nur unwesentlich kleiner machte.

»Sie wechseln dauernd die Farbe«, sagte sie und konnte den Blick nicht von seinen strahlenden Augen lösen. »Ist das üblich bei einem Elfen?«

»Elfen wechseln ihre Farbe?«

»Die Augen. Also, sie wechseln die Augenfarbe, nicht etwa die Augen, das wäre ja auch nicht besonders gesund.«

Seine Mundwinkel zuckten, und die Fältchen in seinem Gesicht wurden ein bisschen tiefer. Es war Zeit, von etwas anderem zu sprechen.

»Ich würde dich ja zur Begrüßung umarmen, aber das Handtuch …«

»Was ist damit?«

Es rutschte.

Mit einem undefinierbaren Laut ergriff er ihre Hände und zog sie weit auseinander. »Vergiss das Handtuch.« Voller Bewunderung betrachtete er ihren alles andere als perfekten Körper, aber Merit schämte sich nicht. Sie beobachtete, wie die Lust in seinem Blick aufflackerte, und genoss den Augenblick, in dem der Funke auf sie übersprang.

36.

Kristján gefiel es augenscheinlich so gut in Merits neuem Schlafzimmer, dass er es hauptsächlich verließ, um Getränke oder etwas zu essen zu holen. Wenn sie sich nicht liebten, redeten sie. Er erzählte von Hamburg und dem Buchprojekt, das groß klang und sehr schön.

»Ich war letztes Jahr schon einmal dort, mit…«, er seufzte bedrückt, »mit Sundance. Hamburg ist eine schöne Stadt. Dort könnte ich es aushalten. Irgendwann zeigst du mir mehr davon, versprochen?«

»Und von Berlin«, sagte sie. »Da habe ich zuletzt gewohnt, und eines Tages muss ich Ferdinand wohl auch sein Auto zurückbringen.« Sie fasste sich ein Herz. »Kristján, ich kann morgen nicht mit dir fliegen.«

»Ich weiß«, sagte er zu ihrer Überraschung.

»Tatsächlich?«

»Du leidest unter Flugangst.«

»Sehr zurückhaltend formuliert könnte man es so nennen.«

»So schlimm?« Sanft ließ er den Daumen über ihre Handfläche kreisen. »Es gibt Seminare.«

»Ich weiß, aber mein Problem geht tiefer.«

»Möchtest du darüber sprechen?«

»Ja, aber gib mir noch ein bisschen Zeit, okay?«

»Ich verstehe, dass es Dinge gibt, über die man nicht sprechen kann, wie du weißt. Aber glaube mir, es fühlt sich unfassbar gut an, wenn man es eines Tages doch tut.«

»*Du* fühlst dich immer unfassbar gut an«, sagte sie und küsste seinen Bauch, bis sie beide vergessen hatten, worüber sie reden wollten.

»Das bin ja ich.« Am Abend sah sich Kristján in ihren Zimmern um und war voll des Lobes.

»Gefällt es dir?«

»Und wie. Wann hast du das gezeichnet?«

»Vorletzte Nacht. Du hast mir so sehr gefehlt, da musste ich dich zeichnen.«

Er gab ihr einen Gutenachtkuss.

»Du bleibst nicht?«

»Die letzten Tage waren anstrengend, und morgen habe ich viel zu tun. Ich schlafe schlecht, Merit. Glaub mir, es ist besser so.«

»Dann treffen wir uns morgen zum Frühstück. Croissants wären nett.«

»Sehr wohl«, sagte er mit einer Verbeugung und ging.

Merit warf sich rücklings aufs Bett und sah an die Decke, wo der Sternenhimmel leuchtete, den Ísrún dort angeklebt hatte. Vor ihnen lag ein langer Weg, aber gemeinsam konnten sie ihn bewältigen, davon war sie inzwischen überzeugt. Eine Träne lief kalt über ihre Schläfe. Es wurde Zeit, die Heizung anzuschalten.

First things first. Sie würde ihm alles sagen. Die ganze Geschichte hinter ihrer Angst. Zuerst hatte sie allerdings etwas sehr Persönliches zu erledigen, und ein Wörtchen mit Sundance reden würde sie auch. Morgen, sobald er aus dem Haus war.

Nach dem gemeinsamen Frühstück – Kristján hatte zu ihrem Entzücken tatsächlich frische Croissants besorgt, was in ihrem Teil Reykjavíks gar nicht so einfach war – verabschiedete er sich. »Es kann spät werden. Vielleicht muss ich auch übernachten. Gehst du ins Atelier?«

»Nein, ich mache mir einen ruhigen Tag.« Merit hatte andere Pläne.

Die Tür war noch nicht ins Schloss gefallen, da stellte sie das restliche Geschirr in die Spülmaschine, lief in ihr Zimmer und packte eine Tasche zusammen. Sie kleidete sich sorgfältig. Nicht zu lässig, weil das für ihre Pläne hinderlich war, aber auch nicht zu elegant.

Mit der Tasche und einer warmen Jacke unter dem Arm eilte sie zum Auto, um nach Seltjarnarnes zu fahren, wo die Amerikanerin inzwischen wieder mit ihrem Mann wohnte. Was sie übrigens nicht davon abhielt, sich einen neuen Liebhaber mit dem Namen Orlando zu halten, wie ihr Guðrún gestern noch getextet hatte. Überhaupt hatte ihre Freundin ganze Arbeit geleistet und sie mit einer Menge Informationen versorgt, die Merit niemals in so kurzer Zeit bekommen hätte. Die Isländer hielten zusammen.

Es war kurz nach zehn, als Merit an der Haustür klingelte und eine junge Frau mit asiatischem Aussehen ihr öffnete.

»Ja, bitte?«

Aus reiner Gewohnheit legte Merit die Handflächen aneinander, um sie mit einem *Wai* höflich zu begrüßen.

Ein Lächeln huschte über das Gesicht der Frau, und sie erwiderte ihren Gruß. »Was kann ich für Sie tun?«

»Ich bin Merit Fournier und habe eine Verabredung mit dem Hausherrn.«

»Der Master ist nicht da.«

»Entschuldigung«, sagte Merit und verbeugte sich leicht. »Mein Englisch ist nicht gut, ich meinte natürlich die Hausherrin, Sundance«, ein schneller Blick auf das Klingelschild verriet ihr den Nachnamen, »Mrs. Miller.«

Merit war sich ziemlich sicher, dass die Haushälterin sie durchschaute. Dennoch öffnete sie die Tür und lud sie mit einer Geste ein, ihr zu folgen. Was waren das für Leute, die ihre Mitarbeiterin in ein altmodisches Hausmädchenkostüm steckten? Hochgeschlossen mit weißem Kragen und Manschetten, aber mit einem ultrakurzen Rock, der bei jedem Schritt kokett hin- und herschwang.

Sie durchquerten die schmucklose Eingangshalle, einen goldlackierten Salon und erreichten schließlich den Wintergarten, in dem Sundance zwischen allerlei esoterischer Dekoration im Morgenmantel an einem Tisch saß.

»Darling, bist du es?«, fragte sie, ohne sich umzudrehen.

Merit bedeutete der Hausangestellten zu gehen. Was diese dankbar tat.

»Ich glaube nicht, dass Sie mich erwarten«, sagte sie und genoss Sunnys Gesichtsausdruck, die erschrocken herumfuhr.

Die Überraschung wandelte sich schnell in Ärger. »Wie sind Sie reingekommen?« Sie legte das iPad beiseite. »Maria, komm sofort her!«

»Die Angestellte hatte keine Wahl, als mich einzulassen.« Merit hatte sich genau für eine solche Situation ein Obstmesser eingesteckt, von dem sie nun ganz kurz die Klinge zeigte.

»Unglaublich. Was wollen Sie von mir?«

Sie zog sich einen Stuhl heran und setzte sich, was gut war, denn ihre Knie zitterten. Merit war längst nicht so ruhig, wie sie tat. »Ich möchte über die Fotos reden, die ich seit geraumer Zeit zugeschickt bekomme. Und über die Drohungen.«

»Was für Fotos?«

»Bevor ich Kristján davon erzähle«, sagte Merit mit Nachdruck und sanfter: »Und Ihrem Mann.«

»Sie können überhaupt nichts beweisen. Ich habe ...«

Himmel, diese Frau war wirklich nicht besonders helle. »Sie haben dummerweise übersehen, dass jedes Foto eine eindeutige Markierung enthält, mit deren Hilfe man es zu seinem Ursprung zurückverfolgen kann. Wir haben das getan und, siehe da, alle Spuren führen zu Ihnen.«

Maria, das Hausmädchen, war zurückgekehrt. »Sie haben einen Wunsch?«

»Nein, geh weg.«

»Sehr wohl.« Maria drehte sich um und ging lautlos fort.

Listig sah Sundance Merit an. »Wenn alle Spuren zu meinem Handy führen und ich sage, dass es mir gestohlen wurde – was dann?«

»Dann müsste ich die Polizei einschalten. Sicher hätten Sie in diesem Fall eine Anzeige erstattet.«

»Ich will keine Polizei. Meinetwegen, ich habe ein paar Nachrichten geschickt, damit Sie die Finger von Kristján lassen. Das ist doch kein Verbrechen. Zufrieden?«

»Wie alt sind Sie? Vierzig? Da könnten Sie schon Großmutter sein. Zeit, erwachsen zu werden, meine Liebe.« Merit redete sich in Rage. »Sie können sich nicht entscheiden. Ihr Mann hat das Geld, Kristján ist eine Granate im Bett und – was kann eigentlich Ihr neuer Lover?«

Sundance erblasste. »Ich habe keine Ahnung, was Sie meinen.«

»Ist klar. Leider gibt es in der Stadt eine Menge Überwachungskameras. Außerdem habe ich Sie zusammen im Vesturbæjarlaug-Bad gesehen. Ich schlage Ihnen einen Deal vor. Sie verschwinden aus Island, wie es Ihr Mann schon lange will. Und ich erzähle ihm nichts von Ihren Machenschaften.«

Sundance sah sie kühl an. »Versuch es doch, bitch. Er wird dir nicht glauben. Das hat er noch nie.«

So war sie also nicht zu kriegen, Merit schwammen allmählich die Felle davon. Als ihr Blick auf einen magischen Traumfänger fiel, der vor der Terrassentür zum Garten hing, kam ihr eine Idee. »Wo ist der Kater?«

Damit hatte Sundance offenbar nicht gerechnet. Sie runzelte die Stirn. »Ich weiß nichts von einem Kater.«

Das konnte sogar stimmen, denn Köttur war wieder aufgetaucht, ein Nachbar hatte ihn äußerst hungrig, aber ansonsten gesund in seinem Schuppen eingesperrt entdeckt. Ob Sundance dafür verantwortlich war oder das Tier beim Herumstromern einfach nur großes Pech gehabt hatte, hätte Merit nicht mit Gewissheit sagen können.

»Oh doch«, sagte sie dessen ungeachtet und hoffte inständig, der Bluff möge gelingen. »Im Übrigen gehört das Tier nicht mir, sondern meiner Vermieterin, und die ist die Schwester der Elfenseherin. Diese Leute können sehr nachtragend sein.«

»Ach, ja?« Sundance gab Desinteresse vor, aber ihre Mimik verriet sie. Das hatte sie nicht gewusst, und es machte sie nervös. »Ich glaube nicht an den Spuk.«

Merit beugte sich vor und umfasste das kleine Kreuz, das Sundance an einer goldenen Kette trug. »Man muss nicht an IHN glauben, um den Zorn Gottes auf sich zu ziehen.« Wenn das nicht funktionierte, dann hatte sie verloren.

Sundance schlug ihr die Hand weg und sprang auf. »Meinetwegen. Werdet glücklich miteinander. Den Winter werde ich sowieso nicht hier verbringen.«

Das hatte sie hören wollen. Merit stand auf, drehte sich um und verließ grußlos das Haus.

Auf der Straße schaltete sie ihr Smartphone aus, mit dem sie alles aufgenommen hatte.

Der schöne Mann aus dem Vesturbæjarlaug stieg im gleichen Moment aus seinem Auto und lächelte ihr zu, dann ging er zum Haus. Die Tür öffnete sich, und das Hausmädchen schien etwas zu sagen, denn er drehte sich so weit um, dass sie ihn im Halbprofil sah. Diesen Augenblick nutzte Merit, um auf den Auslöser zu drücken. Der Mann ging hinein.

Mit einer angedeuteten Verbeugung in ihre Richtung schloss das Hausmädchen die Tür, dabei umspielte ein Lächeln ihre Mundwinkel.

37.

Wer bereit war, ein paar vertraute Dinge aufzugeben, konnte in Island gut leben, und dank Davids Unterstützung hatte Merit tatsächlich einen renommierten Galeristen gefunden, der an sie glaubte. Welche Ironie, dass er auch eine Niederlassung in Berlin besaß. Sie würde also erst einmal in Reykjavík bleiben können.

Katrine, mit der sie inzwischen einige Male telefoniert hatte, riet ihr sogar dazu. »Vielleicht ist er der richtige Mann für dich. Ein Künstler und trotzdem zuverlässig. Damit wären deine und sogar meine Wünsche erfüllt«, sagte sie in einem seltenen Anfall von Selbstironie.

Von Kristjáns Problemen hatte Merit den Schwestern nichts erzählt. Er besuchte die Praxis von Dr. Bjarnason einmal pro Woche und wirkte meist danach viel lockerer als vorher. Sie wusste, dass man sich nicht täuschen lassen durfte, vor ihm lag ein schwerer Weg, und es würde Rückschläge geben, aber darüber konnte sie sich Gedanken machen, wenn es passierte.

Merit hatte länger als geplant für die Fahrt von Reykjavík bis hierher gebraucht, denn der Regen schlug ihr waagerecht so heftig entgegen, dass die Scheibenwischer kaum dagegen ankamen, und seit sie die Stadtgrenzen passiert hatte, war der Himmel beinahe ebenso dunkel wie in einer der mondlosen Nächte, die inzwischen merklich länger geworden waren.

Die Elfenseherin hatte ihr eingeschärft, nichts vom Strand mitzunehmen, wie schön es ihr auch erscheinen möge. »Schwarze Elfen legen Köder für uns Menschen aus, und wer darauf hereinfällt, der zahlt einen hohen Preis.«

Merit fand, der Preis, den sie in ihrem Leben an irgendwelche Schicksalsgöttinnen gezahlt hatte, war bereits hoch genug.

Als sie warm und wasserfest eingepackt den langen Weg zum Meer ging, frischte der Wind auf, der Regen jedoch ließ nach.

Der Strand sah genauso aus, wie Ísrúns Schwester ihn beschrieben hatte: schwarz, als gehöre er dem Teufel persönlich, und erfreulicherweise war er nahezu menschenleer. Schroffe Basaltfelsen steckten in einer fast ebenso dunklen Wolke, die Spitzen ragten nebelunscharf aus dem Schaum des tosenden Atlantiks. Ihre Hände in den Taschen vergraben, stapfte sie vorwärts, darauf bedacht, der tückischen Brandung nicht zu nahe zu kommen, den Blick auf den Strand gerichtet, Tränen verschmolzen mit Regentropfen.

Der Schrei einer Möwe ließ sie zusammenfahren, die Wolken gaben unvermittelt die Sicht frei, und über ihr riss der Himmel weit genug auf, um einen Streifen Blau zu zeigen.

Heute war ein besonderes Datum. Zum wiederholten Mal jährte sich der Tag, an dem sich in ihrem Leben alles geändert hatte, der Tag, an dem sie zum zweiten Mal geboren worden war. Ein steiniger Weg zurück ins Leben lag hinter ihr, doch nun hatte sie das Ziel beinahe erreicht. Zum ersten Mal beschwor sie die damaligen Ereignisse freiwillig herauf. Entschlossen, sich nicht von der Erinnerung überwältigen zu lassen, sondern mit kühlem Kopf in die Vergangenheit zu blicken.

Merit war sechzehn und lebte als einziges der drei Mädchen noch in ihrem Zuhause, das damals in Spanien lag. Sie führte ein behütetes und glückliches Leben. Ein eigenes Pferd, Eltern, die ihre drei Töchter liebten, nette Freundinnen in der Internationalen Schule und das Allerwichtigste in jenen Tagen: die erste zarte Liebe. Steve, den alle Kiwi nannten, weil er aus Neuseeland stammte, war ein Jahr älter, der Schwarm ihres Jahrgangs – ein Riesenabenteuer, mit Herzklopfen und heimlichen Küssen hinter der Tribüne am Sportplatz.

Ihre Mutter arbeitete im diplomatischen Dienst, der Vater hatte seinen Job als Verkehrspilot für die Familie aufgegeben, machte irgendetwas mit Unternehmensberatung – die junge Merit interessierte sich nicht besonders dafür – und flog immer noch für sein Leben gern alles, was sich länger als sechzig Sekunden in der Luft hielt.

Merit hatte an jenem Wochenende eigentlich nicht mitfliegen wollen, weil Kiwi eine Pool-Party gab, aber die Eltern bestanden darauf. »Wir haben schon so lange nichts mehr miteinander unternommen.« Was Eltern eben so sagten.

Besonders gut kam es nicht bei ihr an, aber sie war zu wohlerzogen, um offen zu rebellieren. Also tat sie ihnen den Gefallen und begleitete sie zum gefühlt millionsten

Rundflug ihres Lebens in irgendeinem skurrilen Fluggerät.

Dieses Mal war es noch schlimmer als sonst. »In die Mühle steige ich nicht«, sagte Merit, als sie den alten Doppeldecker sah, auf den ihr Vater voller Stolz zuging.

»Komm, sei keine Spielverderberin, bisher habe ich jeden Vogel sicher runtergebracht.«

Auch ihre Mutter wirkte nicht begeistert. »Ich wünschte, du würdest dein Herz einmal an ein Flugzeug verlieren, das jünger als vierzig Jahre ist.«

»Bei einer Frau würdest du das nicht sagen.«

Sie lachte und zwinkerte ihm zu. »Da hast du allerdings recht.«

Merit wünschte sich ganz weit weg. Nichts war peinlicher als Eltern, die sich wie verliebte Teenies benahmen. Wenigstens hörte das hier draußen keine ihrer Freundinnen. Das Beste war, den Ausflug so schnell wie möglich hinter sich zu bringen, vielleicht schaffte sie es später doch noch zu Kiwis Party.

»Das ist mein Mädchen«, sagt ihr Vater, als sie hineinkletterte. »Ich schwöre, ich bringe meine beiden Frauen wie immer sicher runter.« Dabei machte er eine lustige Grimasse, und Merit musste lachen. So war er eben, und sie liebte ihren Vater sehr.

Der Flug wurde ihr bald langweilig, aber sie bemühte sich, Interesse für jedes Dorf zu zeigen, auf das er seine Passagiere aufmerksam machte. Die Mutter lächelte ihr mit verschwörerischer Miene zu. Wahrscheinlich langweilte sie sich ebenso, und obwohl das ein geringer Trost war, erwiderte sie ihr Lächeln.

Die Landschaft war dünn besiedelt und sah von oben in weiten Teilen ziemlich trocken aus. Man konnte bestimmt tagelang reiten, ohne einer Menschenseele zu begegnen.

Zuerst dachte sie, es wäre einer der Späße ihres Vaters, doch als die Mutter mit schriller Stimme seinen Namen rief, begriff sie, dass irgendetwas nicht stimmte.

Das Flugzeug war ins Trudeln geraten, und ihr Vater unternahm nichts dagegen. Es ging alles sehr schnell.

Später erinnerte sie sich nur noch an den Lärm und die Hitze.

Als sie zu sich kam, wurde es schon dunkel, und außer dem Zirpen der Grillen und einem Pfeifen im linken Ohr hörte sie zunächst nichts. Dieser Augenblick absoluter Einsamkeit verfolgte sie bis heute in ihre Träume.

Überall lagen Flugzeugteile. Merit konnte sich vor Schmerz kaum bewegen. Trotzdem kroch sie zu dem Bündel, dessen Formen entfernt an ein Lebewesen erinnerten. Der Vater, der geschworen hatte, sie heil wieder runterzubringen, fühlte sich ganz kalt an. Merit schrie und verfluchte ihn, bis ihr die Stimme versagte. Danach machte sie sich auf die Suche nach ihrer Mutter. Laufen konnte sie nicht. Ihr Bauch fühlte sich an, als hätte jemand versucht, ihr die Eingeweide rauszureißen. Also schleppte sie sich seitlich voran, bis ein Wimmern sie auf die richtige Spur brachte.

Wie lange es dauerte, bis Merit die Mutter erreichte, konnte sie später nicht sagen. Es war längst dunkel geworden. Irgendwann stieß sie an etwas Weiches.

»Mama?«

Leise hörte sie ihren Namen. »Es wird alles gut.«

»Was fehlt dir, Mama?«

»Mir ist kalt, so kalt.« Ein seltsam rasselnder Laut war zu hören, und es dauerte eine Weile, bis sie begriff, dass er von ihrer Mutter kam, die vor Kälte mit den Zähnen klapperte. Merit bemühte sich, noch näher an sie heranzurobben und sie so gut wie möglich zu wärmen.

Hilflos wurde sie Zeugin, wie das Leben aus dem Körper ihrer Mutter buchstäblich im Boden versickerte.

»Sag deinen Schwestern, dass ich euch drei mehr liebe als alles andere auf der Welt.«

»Mama, bitte bleib bei mir!«, rief sie, doch ihre Mutter war fort, und niemand da draußen hörte ihr Weinen.

Merit hatte all ihre Kraft verbraucht, um der Sterbenden beizustehen. Nun brach sie zusammen und erwachte erst drei Tage später in einer Spezialklinik für Verbrennungschirurgie in Köln. Der Flug dorthin war bis heute ihr letzter.

Während sie eine Operation nach der anderen erduldete und doch am liebsten gestorben wäre, kümmerten sich die Schwestern um alles, was getan werden musste: von der Haushaltsauflösung in Madrid bis zur Waisenrente. Katrine fand einen Job in Düsseldorf, wo Merit später ihren Abschluss machte und studierte.

Von den Eltern hatte sie sich nie verabschieden können. Sie waren schon lange beigesetzt, als sie die ersten Schritte außerhalb der Klinik machte. Die Ärzte hatten exzellente Arbeit geleistet. Natürlich würden ihre Verbrennungen immer zu sehen sein. Aber ihre Haut war elastisch und bereitete ihr kaum Probleme.

Ferdinand absolvierte sein Freiwilliges Soziales Jahr in der Klinik. Er war schnell zu einem guten Freund und erst viel später, als sie sich kurz vor ihrem Examen wiedertrafen, zu ihrem Lebensgefährten geworden.

Merit sah reglos auf die wilde Gischt.

Ja, das alles würde sie Kristján erzählen. Aber zuerst musste sie etwas anderes erledigen. Etwas, das sie schon längst hätte tun sollen.

Den Abschiedsbrief zu schreiben hatte ihr Mut abverlangt. Die versiegelte Flasche, in der er nun lag, hielt sie fest umschlossen in ihrer Hand, bis die Schaumkronen der aufgeregten See ihre Füße umspülten.

»Ich werde euch immer lieben!«, rief sie der Brandung entgegen und schleuderte ihre Flaschenpost mit Schwung so weit es ging ins Meer hinaus.

Eine Weile tanzte das grüne Glas noch auf den Wellen, dann war es fort. Womöglich hatte Neptun danach gegriffen und dankte ihr nun, indem er keine tosende Welle schickte, die sie verschlang, weil sie sich leichtfertig seinem Reich genähert hatte.

Auf dem langen Fußweg zurück zum Auto dachte Merit, wie passend es war, sich ausgerechnet an diesem bizarren Ort von ihren Eltern zu verabschieden. Die Idee war ihr beim Anblick eines Felsbogens gekommen, der in eine andere Welt hineinzuragen schien. Außerdem war Merits Mutter Wassermann und ihr Vater im Sternzeichen Fische geboren worden.

Dann musste sie unter Tränen lachen. Was, wenn die Eltern Stier und Löwe gewesen wären? Hätte sie die Flaschenpost dann im Kolosseum in Rom vergraben müssen, um sich vom Fluch der Erinnerung zu befreien?

38.

Zwei Aufgaben hatte sie bewältigt. Würde ihr die dritte auch gelingen?

Im Gegenlicht sah Merit einen Hubschrauber im weiten Bogen übers Meer ziehen. Ihr wurde flau im Magen. Ob das Kristján war? Allerdings gab es viele Anbieter von Rundflügen, sie konnte sich nicht sicher sein.

Ob seine ehemalige Geliebte tatsächlich in die USA verschwinden würde, wusste sie nicht. Aber jetzt hatte sie ein Geständnis der ehelichen Untreue mitgeschnitten, und wenn die Gerüchte stimmten, mit denen Guðrún sie versorgt hatte, war dieser Mr. Miller äußerst eifersüchtig. Kristján hatte auch so etwas angedeutet.

Merit war überzeugt davon, dass der Mann von Sunnys Eskapaden wusste, auch von ihrem Verhältnis mit Kristján. Doch das war geschehen, als das Ehepaar vorübergehend getrennt gelebt hatte. Nun wohnte Sundance wieder in seiner Villa, und die Spielregeln, da war sie sich sicher, hatten sich geändert.

Den Flughafen Isavia am Rande von Reykjavík erreichte sie schneller als gedacht, denn es hatte aufgeklart, und je weiter sie nach Westen kam, desto besser wurde das Wetter. Merit blieb noch Zeit, bis Kristján zu seinem Transportflug aufbrach. Sie atmete tief durch, setzte die Sonnenbrille auf, um die vom Weinen blanken Augen dahinter zu verbergen, und stieg entschlossen aus ihrem Auto.

Irgendwann würde sie es sowieso tun müssen. Es gab keinen besseren Zeitpunkt als heute, um auch den dritten Drachen aus ihrer Seele zu vertreiben.

Wie so häufig in Island hatten sich die Elemente nach einem vehementen Ausbruch schnell wieder beruhigt. Am Himmel standen nur noch wenige Wolken, und der vorhin noch so wütende Wind blies ungewohnt sanft über die Hangars hinweg, als wollte er ihr die Entscheidung leicht machen, sich seinen unsichtbaren Schwingen anzuvertrauen.

Der Geruch von Kerosin und Gummi weckte Erinnerungen. Erstaunlicherweise waren es keine schlechten. Als Kind hatte sie mit ihrem Vater glückliche Stunden auf Flugplätzen verbracht und war immer stolz auf ihn gewesen.

Merit nahm Tasche und Jacke heraus, verschloss den Wagen und ging zu dem flachen Gebäude, an dem das Logo von Kristjáns Firma *Ice Air* prangte.

Eine sympathische Frau mit deutlich schottischem Akzent begrüßte sie und fragte, wie sie ihr helfen könne.

»Ich bin Merit, die Mitbewohnerin von Kristján Kjellsson. Er hat gesagt, ich kann heute mit ihm fliegen.« Der Knoten in ihrem Hals war gewaltig angewachsen, aber noch hielt die Stimme.

»Hallo, ich bin Moira. Der letzte Rundflug ist schon gelandet. Er hat gar nichts gesagt.« Neugierig sah Moira sie an.

Merit seufzte. »Das wird daran liegen, dass ich ziemlich

große Angst vor dem Fliegen habe und er nicht mehr damit rechnet, dass ich seine Einladung annehme.«

»Ach je, du musst aber keine Angst haben. Das Fliegen mit einem Heli ist ganz anders als in jedem Flugzeug. Du merkst gar nicht, wenn du in der Luft bist. Fast wie Ballonfahren.«

»Was ich auch nicht für ungefährlich halte.«

»Gefährlich? Nicht mit Kristján.« Sie senkte ihre Stimme, als ein Mann vorbeikam und Merit neugierig musterte. »Er ist der beste Pilot in ganz Reykjavík. Aber lass das bloß die anderen nicht hören.« Ihr Lächeln war herzlich. »Warte, ich muss nur noch etwas holen. Dann bringe ich dich zu ihm.«

Es war alles wieder da: Die Gerüche, das Brummen der Motoren, als kurz nacheinander ein kleines Passagierflugzeug landete und eine Propellermaschine langsam zur Startbahn rollte; die Begeisterung, die der Vater fürs Fliegen empfunden hatte und wie sie als kleines Mädchen immer alles genau hatte wissen wollen. Wie die Geräte funktionierten, was es mit dem Wind auf sich hatte, einfach alles.

»Meine Merit wird eines Tages Pilotin«, hatte ihr Vater stolz jedem auf dem Platz erzählt, und die Männer hatten gelacht, weil Mädchen keine Piloten wurden.

Merit hielt sich an diesen Erinnerungen fest, weigerte sich, an die dunklen Seiten zu denken, während sie mit Moira an Hangars vorbeiging auf einen Helikopter zu, dessen müde herunterhängende Rotoren lange Schatten auf den Asphalt warfen.

Auf einmal sah sie ihn. »Hallo, Kristján.«

Der Schraubenschlüssel, mit dem er gegen irgendetwas geklopft hatte, glitt ihm aus der Hand. Er wirbelte herum. »Merit, du? Ist was passiert?«

Die Geräusche des Flugbetriebs traten in den Hintergrund. Aus dem Augenwinkel sah sie, wie Moira eine große Tasche in den Hubschrauber stellte und zum Flughafengebäude zurücklief.

Eine Menge war passiert, aber nichts, was ihn hätte beunruhigen sollen. Merit versuchte ein Lächeln. »Alles in Ordnung. Du wolltest doch mit mir fliegen. Hier bin ich.«

Ungläubig schüttelte er den Kopf, um sie dann fest in seine Arme zu schließen. »Du bist wirklich hier.« Kristján hatte deutlich Mühe, sich zu sammeln. Schließlich nahm er ihr Jacke und Tasche ab, stellte beides in den Hubschrauber. »Ich habe gerade den Preflight-Check gemacht, eine Sicherheitsüberprüfung, ich kann dir aber gern noch mal zeigen, was dazugehört.«

Sicherheitscheck klang gut. »Ja«, sagte Merit leise. Zu mehr war sie nicht fähig.

»Dieser Heli ist eine Bell 407.« Er zeigte ihr eine Liste. »Die muss immer abgearbeitet werden. Zuerst sehe ich mir die Rotorblätter an.« Mühelos stieg er auf den Helikopter und fuhr mit der Hand über alle vier Flügel. »Die Mechaniker haben das alles geprüft und die einzelnen Punkte abgehakt, aber jeder Pilot checkt seine Maschine noch einmal selbst.«

»Vertrauen ist gut, Kontrolle ist besser«, zitierte sie, ohne nachzudenken, ihren Vater.

Kristján sah sie überrascht an. »Stimmt«, sagte er. »Obwohl das nicht unbedingt aus der Fliegerei kommt.«

Schritt für Schritt zeigte er ihr, worauf es bei der Prüfung ankam. Zu Merits Erstaunen sah er sich sogar die Scheibenwischer an. Allmählich kam sie zu dem Schluss, dass ein Unglück mit solch einem Fluggerät nur Schicksal oder höhere Gewalt sein konnte, wenn jeder Pilot ebenso sorgfältig vorging wie er.

Ihr Herzschlag normalisierte sich langsam. Allerdings nur, bis er die Kabinentür öffnete, um sie einsteigen zu lassen. Panik wallte in ihr auf.

Kristján nahm ihre Hand. »Du musst das nicht tun.«

»Ich will aber«, sagte sie und musste wider Willen lachen, weil sie so störrisch klang wie ein Kind.

Er half ihr beim Anlegen der Sicherheitsgurte, und sie bekam sogar einen Helm mit Headset. »Den braucht man nicht unbedingt, ich fliege aber lieber mit Helm«, sagte er, und seine Stimme klang über die Kopfhörer ganz anders als sonst – technischer, aber nicht weniger kompetent.

Er saß rechts von ihr, was erst einmal gewöhnungsbedürftig war. Die Checks gingen weiter. Daran konnte sie sich gar nicht erinnern. War ihr Vater vielleicht nachlässiger gewesen? Aber nein, die anderen Piloten hatten ihn manchmal scherzhaft *Mister Hundertprozent* genannt. Wahrscheinlich hatte sie als Kind einfach nicht so sehr auf diese Dinge geachtet. Aber warum war er dann damals abgestürzt? Mit einem Mal saß sie doch wieder in der Unglücksmaschine, die Mutter schrie, der Vater rührte sich nicht, obwohl er gerade jetzt alles hätte tun müssen, um den Absturz zu verhindern.

Merit keuchte vor Anstrengung, um die Bilder zurückzudrängen.

»Ist wirklich alles in Ordnung mit dir?« Kristján sah zu ihr rüber, und sie riss sich zusammen.

Vormachen konnte sie ihm nichts. »Es geht so«, gab Merit zu. »Aber ich kriege das schon hin.«

Er legte ihr eine behandschuhte Hand aufs Knie. »Wenn dir schlecht wird oder sonst etwas sein sollte, dann sag mir Bescheid. Ich kann fast überall runtergehen.«

»Mach ich.«

»Ready?«

Sie nickte und hoffte, dass es bald vorüber sein würde. Worauf hatte sie sich nur eingelassen?

Durch die Kopfhörer war der Lärm der sich immer schneller drehenden Rotoren gedämpft, aber das Beben der Maschine spürte sie deutlich. Kristján trat eins der Pedale und drehte damit die Schnauze des Helikopters vom Hangar weg, er hob das Hubschrauberheck leicht an, während er sich beim Tower zum Starten anmeldete.

Eine knarrende Stimme antwortete etwas, von dem sie nur verstand: »... you are cleared to proceed as requested.« Die Startfreigabe.

Merit hörte nicht weiter zu und schloss die Augen. Der Lieblingsspruch der Isländer kam ihr in den Sinn: *þetta reddast* – es wird schon schiefgehen.

»Siehst du, da unten ist der alte Hafen mit dem Marshall House.«

Sie waren schon in der Luft? Merit öffnete die Augen. Der Atlantik glitzerte silbern, und die Stadt leuchtete in allen Farben.

»Das ist toll«, sagte sie eine Spur außer Atem vor Aufregung.

Kristjáns Job war nicht einfach. Mit beiden Händen und Füßen bediente er gleichzeitig unterschiedliche Steuerelemente. Dieses Fliegen kam ihr wie ein Balanceakt vor. Autopilot gab es hier nicht, man musste die ganze Zeit konzentriert bleiben. Kein Wunder, dass er nach einem langen Tag oft erschöpft wirkte.

»Wir fliegen jetzt ein Stück die Küste entlang nach Norden«, hörte sie ihn sagen.

Langgestreckte Strände wechselten sich mit schroffer Steilküste ab. Schmelzwasser von den Eisfeldern im Hochland bahnte sich in Bächen und Flüssen seinen Weg ins Meer. An Flussmündungen entstand ein breites Farbspektrum, gewebt aus Gezeitenstrom, Wind und Sedimenten. Wo Salz- und Süßwasser aufeinandertrafen, reflektierten die winzigen Elemente das Sonnenlicht auf eine atemberaubende und für Merit ungeheuer inspirierende Weise.

Später bog Kristján in einer weiten Kurve nach Osten ab, und bald darauf tauchte der Nationalpark *Þingvellir* mit seinem tiefen Graben auf, der das Auseinanderdriften der amerikanischen und eurasischen tektonischen Platten kennzeichnete. Hier lag die Keimzelle des isländischen Staates. Nördlich des Sees, erklärte Kristján, läge das *Kaldidalur*, was *Kaltes Tal* bedeute, im Süden befände sich das Thermalgebiet *Nesjar* mit seinen dampfenden Quellen.

Als sie weiter vorn eine Fontäne erblickte, um die herum winzig kleine Menschen standen, frage Merit: »Sag mal, machst du mit mir eine Sightseeingtour?«

Er lachte. »Warum nicht? Es liegt fast auf dem Weg. Sieh mal, da hinten ist schon der *Gullfoss.*«

Über den Wasserfällen blieb er im Schwebeflug in der

Luft stehen, und Merit konnte sich gar nicht sattsehen an dem Wasser, das unter ihnen in die Tiefe stürzte. »Es ist von hier oben noch viel beeindruckender«, sagte sie. »Und da ist der arme Mann wirklich hineingefallen?«

»Er war Asylbewerber, und ich möchte nicht wissen, was ihn dazu bewogen hat, über alle Absperrungen so nahe an die Kante zu gehen.«

»Schrecklich.« Merit schauderte und zeigte nach unten. »Guck dir das an. Die Leute sind doch verrückt. Vor wenigen Wochen ist jemand hier ums Leben gekommen, und die klettern auf den Felsen herum, um ein Selfie mit *Gullfoss* zu machen.«

»Wir müssen diese Irren später retten«, sagte Kristján und flog weiter.

Längst vergessene Gletscher hatten im Dahinkriechen über Jahrtausende ihre Spuren in den Felsen hinterlassen und damit eine so vielfältige Landschaft geschaffen, dass man hunderte Flüge wie diesen hätte machen können, ohne jemals alles gesehen zu haben. Wo kein Gletscher die Landschaft geformt hatte, da beeindruckten die bizarren Formen erkalteter Lava. Während die zuletzt entstandene Schicht immer am dunkelsten war, zeigten vorherige Gesteinsschichten eine große Farbenvielfalt von Rot und Gelb bis zu einem an Asche erinnernden hellen Grau. Flechten und Moose, die Wiesen und einige wenige Felder trugen dagegen die Farben des Herbstes.

Gebannt lauschte Merit Kristjáns Ausführungen. Schließlich ging er in einem einsamen Tal runter, in dem es außer einem Gehöft und ein paar Schafen nicht viel zu sehen gab.

Sie waren gerade gelandet, als vom Hof ein Pick-up in ihre Richtung startete.

»Was liefern wir da eigentlich?«, fragte Merit und tat es Kristján nach, der seinen Helm abgesetzt hatte, während die Rotorblätter noch ausliefen.

»Keine Ahnung, aber sie scheinen es dringend haben zu wollen. So eine Zustellung ist nicht billig.«

Zwei Männer stiegen aus dem Fahrzeug. Mit Kristjáns Hilfe hoben sie etwas Großes, gut Verpacktes aus dem Helikopter. Sie wechselten ein paar Worte, gaben ihm ein Paket in die Hand und fuhren davon. Wenig später waren sie wieder in der Luft.

»Fliegender Postbote bin ich übrigens auch. Hast du Lust auf Eis?«

»Sicher.« Was er mit der Frage bezweckte, wusste sie zwar nicht, aber gegen ein Eis hatte Merit nie etwas einzuwenden.

An der atemberaubenden Landschaft, die sie überflogen, konnte sie sich nicht sattsehen. Doch erst als sie in tiefe, schmutzig und gefährlich wirkende Gletscherspalten blickte, verstand sie, was Kristján gemeint hatte und warum er sie in der Einladung gebeten hatte, Stiefel und eine dicke Jacke mitzubringen. Er flog mit ihr auf einen Gletscher.

Die endlos erscheinende weiße Fläche unter ihnen glitzerte in der Sonne wie ein Feld aus Milliarden Edelsteinen. Bei der Landung wirbelten die Rotorblätter so viel Schnee auf, dass sie in dem feinen Eisnebel für einen Augenblick kaum etwas sahen. Kristján schaltete den Motor aus, und es wurde ganz still. Lautlos rieselte der Schnee zu Boden, und das Funkeln war wieder da. Er hatte sie in eine Märchenwelt entführt.

Merit zog ihre Jacke an, öffnete die Tür und sprang hinaus. Sie lief ein Stück und ließ sich dann rücklings in den Schnee fallen. »Unglaublich«, rief sie ihm zu. »Wie das glitzert und diese Luft erst. Wie Champagner auf Swarovski-Kristallen, nur schöner.«

Kristján winkte ihr zu und machte sich am Heli zu schaffen. »Komm, ich habe was gefunden.«

Sie ging zu ihm und schaute neugierig in die Tasche, die Moira vorhin geholt hatte. »Ein Picknickkorb? Eins muss man euch Fliegern lassen, ihr wisst zu leben.«

»Eis ist leider nicht dabei und auch keine Brillanten.«

»Aber Champagner? Ich fasse es nicht.«

Nachdem er eine dicke Isolierdecke ausgebreitet und Schaffelle daraufgeworfen hatte, setzten sie sich.

Merit versuchte, ein Sandwich auszuwickeln. Ihre Hände zitterten. Sie legte es beiseite.

Kristján, der gerade den Metallbügel vom Champagnerkorken entfernen wollte, hielt inne. »Merit«, sagte er, »bitte rede mit mir.«

»Willst du wirklich wissen, warum ich nie wieder fliegen wollte?«

Er legte ihr einen Arm um die Schultern. »Erzähl mir, was passiert ist.«

Und das tat sie. Merit sprach von der Liebe ihres Vaters zu seinen Frauen, wie er immer gesagt hatte, und zur Fliegerei. Von seinem schwachen Herzen, ihrer starken, zärtlichen Mutter und deren Job als Botschafterin.

Als sie den Absturz beschrieb und was danach geschehen war, konnte sie manchmal nicht weitersprechen. Wenn sie weinte, gab Kristján ihr Taschentücher, um die Tränen zu trocken, wenn sie zitterte, hielt er sie und flüsterte ihr beruhigende Worte ins Ohr.

Als Merit geendet hatte, sprachen sie lange Zeit kein Wort. Bis er sich schließlich ein paar Mal räusperte und mit rauer Stimme sagte: »Dein Vater hat sein Versprechen, euch sicher runterzubringen, nicht halten können, weil er wahrscheinlich schon tot war, bevor ihr abgestürzt seid.«

»Darüber habe ich noch nie nachgedacht. Es hat Untersuchungen gegeben, das stimmt. Meine Schwestern haben versucht, mit mir zu reden. Aber ich wollte nichts mehr davon wissen.« Sie lehnte sich an seine Schulter. »Als Kind habe ich das Fliegen immer gemocht. Ich bin Ballon gefahren, aber in einem Helikopter saß ich noch nie. Es ist etwas ganz Besonderes – genau wie du.«

Er küsste ihr die Tränen aus dem Gesicht. »Und du erst, Elfenfrau.«

»Ach, bin ich plötzlich kein Mädchen mehr?«

»Du bist so viel mehr.« Kristján neigte sich zu ihr herab. »Weißt du, was ich jetzt gern tun würde?«

Merit setzte sich auf und sah ihm in die gletscherblauen Augen. »Ja, ich glaube schon.«

Nachwort

Reisen Sie nicht nach Island!

Als echtes Pferdemädchen war ich zum ersten Mal dort, als die Menschen vielleicht ein wenig verschlossener, aber überaus gastfreundlich waren. Als man ohne Weiteres im liegengebliebenen Auto erfrieren konnte, weil tagelang niemand vorbeikam, der hätte helfen können (okay, kann man heute auch, aber das ist kein echter Vorteil). Und als die wenigen Hotels noch wie überheizte Jugendherbergen aussahen. Mit anderen Worten, wie man in Island auch sagt, »vor der Krise«.

Das neue, das touristische Island habe ich mir inzwischen ebenfalls angesehen. Es ist immer noch einzigartig und schön, aber anders.

Sie werden trotzdem hinfahren und sich vermutlich in diese überwältigende Landschaft verlieben. Was Sie aber bitte nicht tun sollten: Essen Sie kein Walfleisch, die meisten Isländer tun es auch nicht. Wir wissen viel zu wenig über diese intelligenten Tiere, und sie werden überwiegend für Touristen geschlachtet. Gekochten Schafskopf können Sie gern probieren, von fermentiertem Hai rate ich aus olfaktorischen Gründen ab, oder Sie trinken dazu *Lundi,* den selbst gebrannten Schnaps der Isländer.

Fragen Sie nicht nach Elfen, reden Sie nicht über Walfang. Wenn Sie es doch tun, denken Sie daran, dass ich Sie gewarnt habe.

Fahren Sie bitte, bitte niemals abseits der Wege. Das Moos hat viele hundert Jahre gebraucht, um zu wachsen, und jeder, der es zerstört, wird schon lange tot sein, wenn der Schaden, den er leichtsinnig angerichtet hat, endlich von der Natur behoben sein wird. Die wilden Lupinen dagegen dürfen sie gern ausreißen, davon gibt es viel zu viele – sagen jedenfalls viele Isländer.

Übernachten Sie nicht in den oft noch unverschlossenen Kirchen, um Geld zu sparen, nehmen Sie nach einem Picknick Ihren Müll wieder mit und klettern Sie nicht für ein Selfie in Flipflops über irgendwelche Felsen, das haben andere schon vor Ihnen getan.

Und glauben Sie um Himmels willen, dass eine Straße unbefahrbar, eine Piste nicht für Ihr Auto geeignet oder das Wetter gefährlich ist, wenn Sie ein entsprechendes Hinweisschild sehen oder den Wetterbericht aufrufen. Isländer neigen in diesen Dingen wirklich nicht zu Übertreibungen.

Damit ein Buch entsteht, braucht es viele Fachleute, und ich möchte allen Beteiligten für ihre Unterstützung danken.

Neben den guten Geistern im Verlag sind das insbesondere meine Schreibkollegenfreundin, Ratgeberin und Lieblingsnachbarin Kristina Günak, Catherine, die ihren Namen nicht so gern in Danksagungen liest, sowie Julie, Katharina und Kerstin – Freundinnen, die mir in einer schweren Lebensphase beigestanden und Mut zugesprochen haben.

Danken möchte ich auch Johanna, der ich dieses Buch gleich zweimal vorlesen durfte. Zuerst in Tagesetappen, während ich daran schrieb, und ein zweites Mal nach der ersten Lektoratsrunde; Frank, der mein Schreiben und Leben schon so lange begleitet, Stefanie Ross, die wunderbare Übersetzerin Gabriele H. und Huldar für wertvolle Tipps, und nicht zuletzt danke ich Sóley Kristjánsdottir, die geduldig neugierige Fragen beantwortet und mir ihre optimistische Weltsicht ans Herz gelegt hat: *þetta reddast* – wird schon schiefgehen!

Sóley (was sich übrigens als Butterblume übersetzen lässt) hat recht behalten.